创世界宗教入门

本书获二〇一六年贵州省出版发展专项资金资助

向世界敞开大门

——陆景川散文随笔集

陆景川 ◎ 著

贵州出版集团
贵州人民出版社

图书在版编目（CIP）数据

向世界敞开大门：陆景川散文随笔集 / 陆景川著. -- 贵阳：贵州人民出版社，2016.10
ISBN 978-7-221-13561-2

Ⅰ. ①向… Ⅱ. ①陆… Ⅲ. ①散文集－中国－当代 Ⅳ. ①I267

中国版本图书馆CIP数据核字（2016）第229702号

向世界敞开大门——陆景川散文随笔集

陆景川　著

出 版 人　苏　桦
责任编辑　杨　礼　程林骁
装帧设计　陈　电
出版发行　贵州出版集团　贵州人民出版社有限公司
地　　址　贵阳市观山湖区会展东路SOHO办公区A座
印　　刷　深圳市泰和精品印刷有限公司
规　　格　787×1092mm　1/16
字　　数　350千字
印　　张　27.25
版　　次　2016年11月第1版
印　　次　2016年11月第1次印刷
书　　号　ISBN978-7-221-13561-2
定　　价　58.00元

01
向世界敞开大门

作者在山区采风

02
向世界敞开大门

作者在锦屏乡村

1991年3月在全国青年业余文艺创作者大会上作者（前排左二）和柯岩老师（前排左一）在一起

2001年3月作者和中国文联主席周巍峙（右）在全国民间文艺家大会上

2010年9月作者和中国散文学会会长林非（右）在散文大会上

2016年6月作者和中国作协副主席、党组成员、书记处书记白庚胜（右）在北京

2002年11月作者参加鲁迅文学院昆明笔会

2005年2月作者在第二届贵州省文艺奖颁奖大会获文艺奖

2010年9月作者在北京参加中国散文优秀作品颁奖典礼

2010年9月作者和王景科教授（右）在北京参加散文笔会

2015年10月"陆景川与黔东南地域文化研讨会"在贵阳举行

2015年10月袁仁琮教授（左三）、杨玉梅博士（左一）等在作者（左四）作品研讨会上合影

2016年6月作者（前排右二）在北京参加"侗族文学研讨会"

作者在台江参加苗族姊妹节

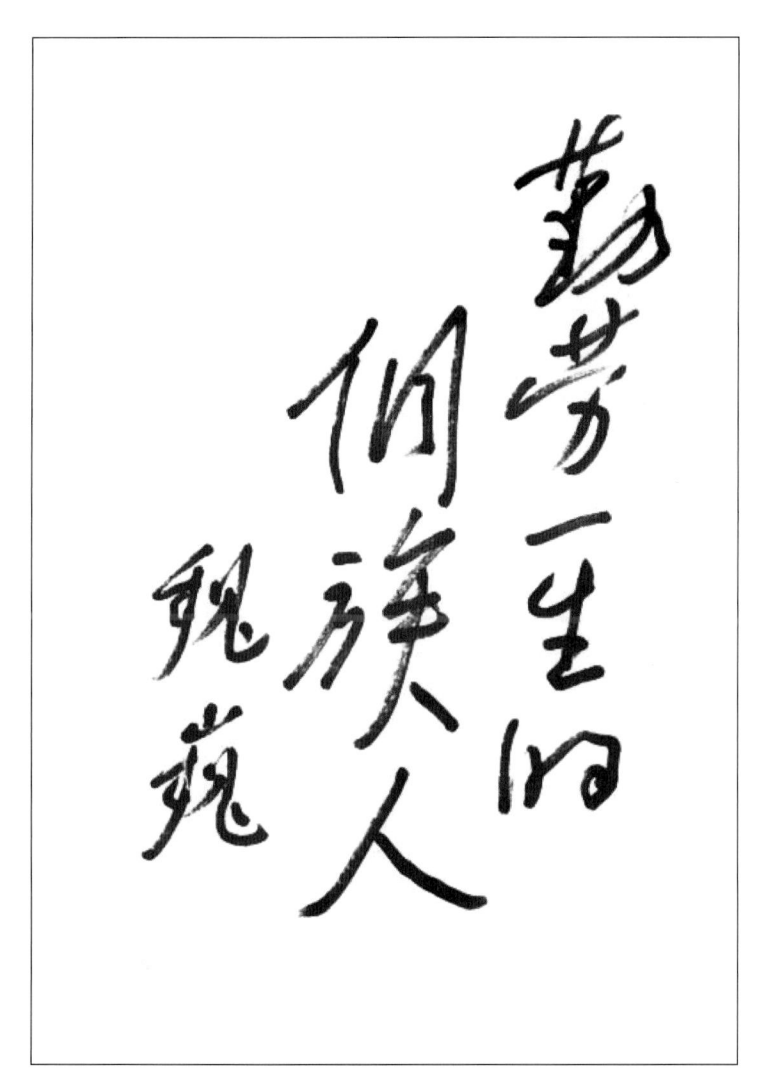

1997年著名作家魏巍为作者题写书名

不断修改，愈改愈好！动人心灵之散文佳作，相融化，一定会写出读书，读人生。

林非 二〇一〇，九，六

2010年9月林非先生给作者题词

获 奖 证 书

陆晨川：

  在1995年的6月—9月间举办的迎接联合国第四次世界妇女大会"写给妈妈的话"全国性征文活动中荣获 __名人__ 组 __三__ 等奖，特颁此证。

批准单位：
联合国第四次世界妇女大会(中国组委会)宣传动员委员会

委托单位：
联合国儿童基金会驻中国代表处办事处

主办单位：
中国共产主义青年团中央委员会、中华全国青年联合会

联办单位：
《光明日报》、《中国青年报》、《中国少年报》、《中华儿女》杂志社

承办单位：
中华儿女爱国主义教育发展中心

1995年9月6日 北京

作者获奖证书

"写给妈妈的话"征文活动评选揭晓

经联合国第四届妇女大人宣动委批准、受联合国儿基会委托，共青团中央、全国青联主办，由《光明日报》、《中国青年报》、《中国少年报》、《中华儿女》杂志社联办，中华儿女爱国主义教育发展中心承办的"写给妈妈的话"和"向第四次妇大会献辞"征文活动日前已圆满结束。

经过评委会认真阅读稿件、严格评选，结果已揭晓，现将获奖名单公布如下：

名人·知识分子卷：
一等奖：伍绍祖　高占祥
二等奖：邵华泽　李琦　陈昊苏
三等奖：王景清　高子君　陆景川　朱琳　李光曦
优秀奖：18名（略）

作家卷：
一等奖：管桦　刘心武
二等奖：毕淑敏　刘学江　解思忠　朱晴
三等奖：梁秉堃　铁竹伟　杨匡满　叶文玲　叶楠
优秀奖：3名（略）

青年卷：
一等奖：张伟宏（北京）　胡友竹（江苏）
二等奖：邹怀强（北京）　泽仁曲珍（湖北）　张建宝（安徽）　张歌旗（河南）　陈斌（西藏）
三等奖：江水（北京）　许承芹（广东）　杨艳梅（四川）　邝宏东（江西）　梁素伟（江苏）　李明星（河北）　庞余亮（江苏）　蔡冰（四川）　杨成模（贵州）　金柱（四川）
优秀奖：100名（略）

中小学生卷：
一等奖：郝洁：河北省张家口市第七中学
王迎春：辽宁少彰武县铁路中学
杨林洁：四川省南充市大北街小学
李虎：云南省大理中和一完小
安琪：北京市阜外一小
二等奖：刘云云（河北）　刘婕（湖南）　饶娟（河南）　黄辰（北京）　叶顺兰（福建）　李滔（山东）　周涛（安徽）　沈辐璐（浙江）　刘心莹（北京）
三等奖：秦伶俐（广西）　薛扬（黑龙江）　牛萌（河北）　李亚欣（北京）　吕玮（山东）　肖蓝子（湖南）　王猛（河南）　何睿（四川）　张莹（河北）　王颖哲（内蒙古）
优秀奖：200名（略）

1996年《中华儿女》第一期刊载的"写给妈妈的话"征文活动评选揭晓名单

目 录

序一　散文随笔创作的丰硕成果　　王景科　　　01
序二　一部富有张力的佳作　　　　袁仁琮　　　05

01　人物素描

龙大道与毛泽东周恩来　　　　　　　　　03
杨和钧：从侗乡歌师到革命烈士　　　　　08
缅怀陶承老妈妈　　　　　　　　　　　　15
罗章龙逸事　　　　　　　　　　　　　　19
费孝通的苗侗文化情结　　　　　　　　　23
张毕来与茅盾的"笔墨之交"　　　　　　30
龙咸灵探秘"电离层"　　　　　　　　　35
吴冠中：苗岭清江丹青情　　　　　　　　39
挪威大使迷"醉"黔东南　　　　　　　　45
台湾黔籍"快手作家"姜穆　　　　　　　50
叶大年的一片冰心　　　　　　　　　　　54
刘东生为台江人民谋"幸福"　　　　　　60
省长的牵挂　　　　　　　　　　　　　　64
冯骥才：文化不能旅游化　　　　　　　　69
"我们到家了"
——叶辛的黔东南情怀　　　　　　　　74

于丹视野下的文化黔东南	82
李雪健：名震京华　情在贵州	86
"赤脚医生"胸中的大世界	92
"苗人小龙"王飞鸿	101
苗族歌王王安江	106
在苗村侗寨构筑"精神高地"的人	116

123　岁月心曲

车　遇	123
遐想在我们心中	126
我的"乳娘"	129
杉乡神韵	133
做跨世纪的一代新人	
——出席全国青年业余文艺创作者大会随感	139
鼎罐菜	144
侗　乡　情	147
勤劳一生的侗家人	154
继　父	158
哭远森	167
忆　胜　先	172
仲夏金泉湖	177
她会回来吗	180
绿色的记忆	183
阿龄的花腰带	187
青山界：不老的歌谣	193
怀念进铨师	202
他给我们留下了什么	
——追思龙玉成老师	208

217　乡土遗韵

侗家洗澡节	217
侗家"儿女杉"	219
侗家细草鞋	222
侗家腌鱼	225
侗家油茶	227
凯里酸汤鱼	230
雷山银球茶	232
鼓楼文化恋	235
迷奇的九寨风情	244
分享"5·28"	
——贵阳新机场通航庆典文艺表演速写	250
文艺下乡小记	254
五亿年前的古生物化石群	
亮相苗疆震惊全球	257
"春风吹度北侗乡"	275
瑶白摆古节	283
唱歌是白邦人的生活方式	292
向世界敞开大门	
——侗族大歌"漂洋""申遗"记	297
九寨玉泉庵	311

312　游踪拾趣

相识在深圳	319
中秋在北京	322
承德印象	325
足球特区大连	330
名人捧出江山美	334
诗意山水　重安古峡	338
旅　游　缘	346

眷恋海石	351
金庄银杏待人识	356
娄江遐思	368
高铁站就在家门口	373
台湾的明天更美好	377

383 附录

让侗族妇女形象走向世界	
——读陆景川获奖散文《勤劳一生的侗家人》	383
作家的文化情怀与文学理想	
——读陆景川散文随笔集《向世界敞开大门》	386
读书读人生的人	
——记全国民间文艺家、民俗学家和侗族作家陆景川	393
"勤劳一生的侗家人"	
——陆景川先生评记	407
"贵州情怀：一个人和一片土地"	
——陆景川与黔东南地域文化研讨会在筑举行	417

420 后记

序一

散文随笔创作的丰硕成果

王景科[①]

前几年我曾受贵州写作学会会长袁昌文先生的邀请，参加华东地区三省一市的百人百文写作采风研讨会，到了贵州省的务川县，那里的山之奇、水之爽、人之纯朴厚道，给我留下了深刻的印象。去年金秋九月在北京参加《中国散文家大辞典》《中国散文家代表作集》首发式的大会上认识了贵州的陆景川同志，又一次让我感受到作为少数民族侗族作家的那种质朴、实在与厚道。

陆景川的这本散文随笔集首先让读者对少数民族的生活、习俗及民族风情有了较为深入全面的了解。在其名篇《勤劳一生的侗家人》中，作者对母亲的倾情描述，让人感受到了母爱的伟大和无私。为了儿子的工作和

---

① 王景科，女，山东师范大学文学院教授、博士生导师，中国作家协会会员、山东省写作学会会长、山东省散文学会副会长。

国家的利益，她可以放弃自己对亲生儿子的那份私爱，让儿子远走他乡为国家去工作，贡献出对国家的大爱。这种母爱不仅仅是母子之间的亲情之爱，她还展示了作为侗族母亲对祖国的那种民族之爱，作为侗族人民的典型代表向国家表达的一种无私大爱。

《勤劳一生的侗家人》，原载王晨主编的《写给妈妈的话》〈名人卷〉，1995年8月大众文艺出版社出版。1995年9月该文荣获联合国儿童基金会、联合国第四次世界妇女大会中国组织委员会、共青团中央、中华全国青年联合会授予的"迎接联合国第四次世界妇女大会"名人组优秀征文三等奖。2010年9月又荣获中国散文学会的"中国当代散文奖"，并被收入由林非、周明、石英主编的中国当代散文大系《中国散文家代表作集》。

本书让读者除了看到侗族同胞的高贵品质之外，还了解到他们的热情好客及待人接物的真情实感；并让读者知道"侗族大歌"是我国目前保存完好的最优秀古老的文化遗产之一，是最具特色的中国民间音乐艺术；更让读者了解到一个富有传奇而又蕴含多元文化的古老侗寨所独有的本土文化精品——瑶白摆古节及迷奇的九寨风情等。这些令人耳目一新的侗族的风俗民情可以让读者看到一个民族的兴旺发达与传承进步，也可以让读者看到文学作品中的地域印记与特征。

而在其他的篇目中，让读者感受到少数民族所展现出来的某些人文精神和人文情怀。作者在不少篇目中不仅写了侗族的人文精神及人文情怀，如侗族革命家龙大道、侗族歌师烈士杨和钧的理想追求、坚毅品性和民族性格，侗家妹的心灵手巧、天籁歌喉及生活情感；而且还写了其他民族所展现的人文精神和人文情怀，如作者对汉族黄医生将一腔热血洒在了方圆百余里的九寨侗乡的回忆，对在苗乡侗寨为十里八乡各族人民健康扎根乡村艰苦行医而"感动中国"的苗族"赤脚医生"李春燕的描写，令人感动，更让人佩服；还有著名空间物理学家龙咸灵的执着追求与拳拳之心，从十岁就到黔东南凯里市的影视艺术家李雪健的贵州乡情，以及苗家山寨"文斗星"姜穆先生艰难的文学追求等……在这些名人和常人的身上都充满着这一方水土的人文精神和人文情怀，作者如数家珍将他们一一道来，给读者打开了一方地域鲜活的人物画廊。同时一些作品还体现了有关领导同志、专家学者、文艺名流等有识之士为这方水土倾注过的人文精神和情怀。

在另外的篇目中，作者还让读者感受到侗乡苗寨、清江林海那木楼林立、诗意山水的秀美风光；探寻远古生命摇篮、古生物化石故乡的科学奥秘；鉴赏源远流长、丰富多彩的文化遗存；品尝香味四溢、生态保健的风味食品；领略勇于开拓、百折不挠、创新奋进的苗侗儿女的勃勃英姿。当然，在作品中也看到了作者的人生经历和心灵轨迹，以及他对苗侗自治州民族民间文化遗产的变异、流失与传承、保护的忧虑与思考。

这本散文随笔集的又一个特色是作者对生活的深入观察与真实记录，都体现在每一个细节上。作者在生活中可谓是一个有心人，大到一次会议，小到生活的点滴，作者都能详细记录下来，这样不仅有现场感，而且生动感人。散文创作的最重要之点就在于记真事、写真人、说真话、抒真情。作者在作品中都能具体而生动地体现出来。

如今，他将自己多年来的作品选编出版，这标志着他散文随笔创作的丰硕成果。笔者谨此祝贺并期待着他有更多更好的佳作问世。

2011年9月于山东师范大学

（原载《黔东南社会科学》2012年第5期。）

序二

一部富有张力的佳作

袁仁琮[1]

《向世界敞开大门》是值得一读的好书,它在读者眼前展开了广阔的天地和这片天地里美不胜收的自然风光、历史文化和饶有趣味的民风民俗,为世人所惊叹。读罢此书,能清晰地听到贵州走向世界有力的脚步声,感受到苗侗各族同胞敞开胸怀,拥抱世界的积极姿态。集子一开头便是个鲜为人知却生动不俗的小故事:

当毛泽东听到龙大道是贵州人氏,便操着一口浓重的湖南话询问:

"大道同志,你是贵州么个地方的?"

龙大道用湘黔边地的方言回答说:"我是贵州锦屏的,与湘西邻边呢。"

"哦,原来我们还是'半边老乡'哩!"毛

---

[1] 袁仁琮,贵阳学院教授,中国作家协会会员。

泽东高兴地说。沉吟一会，他又赞许道："你的名字叫大道，光明大道啰，这个名字有意思，取得蛮好嘛！"

这时，站在一旁的周恩来插话说："他还有一个家名呢！"

毛泽东来了兴趣，又兴致勃勃地问："你还有一个么子名字？说来叫我们开开眼界！"

大道介绍说："按家里的族谱，我这一辈的字辈是'康'字，所以，家里原来给我起的名字叫康庄。我在上海大学入党后，找到了通向共产主义的光明大道，所以就把'康庄'的名字改为'大道'了。"

毛泽东满脸微笑，风趣地说："好啰，你这个半边老乡想得可周到。不过，'康庄'和'大道'你都占着了，那我和恩来还有什么出路呢？"

大道也不失机敏："你不是常说，大路朝天，各走各边吗！何况我们为了共同的目标，今天都走到一条道上来了嘛！"

周恩来在一旁爽朗笑道："哈哈，看我们的大道同志，也是伶牙俐齿啊，不愧为湘黔老乡、贵州才俊嘛！"（《龙大道与毛泽东周恩来》）

这个小故事，寥寥数语，活画出三位领导人的诙谐、亲密无间和普通人的一面，拉近了读者和革命家之间的距离。这篇短文两千余字，这个细节仅五百余字。短文面世以后，《人民政协报》、光明网、人民网、中共中央党史研究室中国共产党历史网、中共中央文献研究室网站、中华人民共和国年鉴网等同时转载，反响热烈，胜过长篇大论。

跟着，《向世界敞开大门》向读者展开一幅幅广阔的社会生活图景。贵州科学界为发现寒武纪古生物化石群艰苦卓绝的努力，中国科学院资深院士刘东生、叶大年、杨遵仪为在贵州台江建立古生物博物馆奔走呼吁，省委省政府领导亲自过问，5.2亿年前世界罕见的古生物化石群在贵州台江苗疆腹地上重见天日，改写了达尔文的进化论。集子不但挖掘了贵州久远的历史，还浓墨重彩地抒写享有盛名的专家、学者、作家、画家和贵州的不解情缘。贵州结束"静如处子"，不为外人知晓的时代。一步一景的贵州山水，丰富多彩的民族歌舞、风俗习惯，鲜明特别的民族气质，让挪威驻华大使白山先生迷醉；异彩纷呈的贵州，出现在绘画大师吴冠中的画里，跳动在著名社会学家费孝通的言谈中，洋溢在贵州炉山人现代文学史家张毕来脸上……革命先驱龙大道、著名科学家龙咸灵、令人扼腕的医生、兢兢业业的民族文化工作者、乡间崛起的侗族大歌队、从事民语译制的电影放映队、令人敬佩的乡村女医生，还有那最普通的边远山区中学教师……无论他们走出了贵州抑或留在本土，都会在人生舞台上绽放生命之花。

贵州大山雄奇，河流、飞瀑多姿多彩；鼓楼、风雨桥别具一格。无边的杉山，神奇的二十里重安长峡，底蕴厚重的摆古、恢弘气派的芦笙舞，这些描写，是集子里的重要组成部分，它们在读者眼前构成宏大、高远、瑰丽多姿的世界。进入这个世界，始而目不暇接，继而流连忘返，再而回味绵长。我相信只要读过这本集子，若干年以后，还会记起它们。这些篇章，没有华丽的外衣，不是无病呻吟，没有故作深沉的艰涩，它们像大山里的树木那么朴实，像脚下的土地那么厚重、实在。

读这本书，我触摸到了作者的赤诚之心。作者深知写革命领导人思想、感情、生活细节的分量。《龙大道与毛泽东周恩来》这篇短文，仅查史料就经历漫长的过程，作者自云：

> 只写一两千字的文章，但至少我要先看十几万字的资料，为了确定《龙大道与毛泽东周恩来》中毛泽东什么时候到的上海，我查了大量的资料，光《毛泽东传》我都看了三个版本，还参考了数本的周恩来传记和其他资料。（《黔东南日报》2012年2月18日）

《向世界敞开大门》，记述了侗族大歌历经三个阶段、八年挑战，终于申遗成功，列入联合国"人类非物质文化遗产代表作名录"的漫长过程。由于作者曾参与申遗这件艰难而浩繁的工作,不仅整个过程记得非常详尽,而且处处能从"不露声色"的文字里感受到作者的忧虑、焦灼和欣喜,对本民族天籁之音走向世界的强烈渴望。

在贵州南部月亮山深处,山高坡陡,道路崎岖,乡亲父老生活拮据,在一个药箱就是治病救人的全部家当的情况下,读者看到了一位乡村女医生李春燕忙碌的身影。不是作者深入采访和翔实地记述,很难想象她经历了怎样的艰难困苦,才撑起乡间这片为百姓诊疗的天空。

"这期间,为了购买药品使诊所维持下去,她变卖祖传的银项圈,随后又把结婚时丈夫给的金戒指、金耳环也卖了;丈夫为了支持她,卖了做生意的农用川路车;最后,公公狠了狠心,把家里仅剩的那头水牛也卖了……她家的房子在前几年就垮掉了也没有钱整修。再后来房子的屋基被洪水冲掉了一个角,柱子悬空,楼枕弯曲,墙壁开裂,房屋已经倾斜了……李春燕为了治病救人,还失去了自己的心上肉。"(《"赤脚医生"胸中的大世界》)

这位乡村苗族女医生荣获2005年感动中国的十大新闻人物光荣称号,我能想象作者是怀着怎样的心情写这篇文章的,"从喷泉里出来的都是水,从血管里出来的都是血。"[①] 这不是普通的文字,而是从心底里流淌出来的赞歌。

《勤劳一生的侗家人》写的是作者母亲的故事。母亲身体很差,很希望儿子留在身边,但一听说是国家调动儿子去远处工作,便不再言语。读者很容易掂出"国家"在母亲心中的分量。

"为了参加改变家乡穷山沟的建设,我可以不去国外留学,只要县里需要,我可以从省城回到锦屏侗乡来。"这是从侗乡走出去的俊彦,作者同窗好友的心曲,也是这位被癌魔夺去生命的年轻医生的精神支柱。

---

① 鲁迅,《革命文学》:《中国现代文论选第三卷》242页,贵州人民出版社1984年出版

（《哭远森》）作者一定是流着泪写下这些缅怀文字的，我读它，从字里行间感受到作者心灵的疼痛。

其实，我更多的不是在读文章，而是同作者一道咀嚼人生的酸甜苦辣，感受中华民族的伟大，吸纳博大精深的中华文化滋养，在同作者对话，进行心灵交流。我时时能感受到文章背后的那位直率、真诚而执着的人民之子的心声。

《向世界敞开大门》是一本颇具特色的书，其中许多篇章与众不同。作者更注重内在的张力、冲击力与文章整体的实在性，而把体式外部特征置于次要地位。台江发现古生物化石群为什么让世界震惊，是以确凿数据作支撑的。文章说，古生物化石群存在的时间是5.2亿年前，有11个大门类168属300余种。（《五亿年前的古生物化石群亮相苗疆震惊全球》）此外有一段描写侗家细草鞋的文字特别细腻，可看作这本集子表现形式的典型例子：

> 它用糯谷草芯和麻线编制而成。每年糯谷成熟，人们把糯谷穗一根根扯出，捆成把，晒干，脱尽谷粒，再把草芯蒸熟，晾干，存藏在粮仓里。使用时把草芯喷水捶软，搓成细线，或与麻线混合搓，或单用麻线搓成细草练、细草耳，用茶油擦滑，最后在织器上一股股地编织。由于股线精细，一双草鞋有二三百股，故称为"三百股草鞋"……有歌唱道：草鞋细细三百股，试姣手巧是手粗？手巧织得草鞋细，伴郎同上姻缘途。

这一段文字，将侗家一种脚上的艺术品写得实实在在。这样的实际效应，是一般意义的散文无法达到的。重安长峡景观的描述也很具体，那里有镰刀湾、三十三浪、十八险滩、深谷幽溪、水晶垂帘、仙人看地、间歇瀑布、三朝桥等景致，沿江交错。如果要游此峡，即可从《诗意山水 重安古峡》一文中得到导游。侗歌究竟有哪些种类，即使身居侗乡，也未必知道仅仅在"九寨嘎花"（婚嫁歌）这个门类中，就分有敲门歌、进屋歌、转席歌、坐凳歌、洗脸歌、甜酒歌、茶烟歌、赞席歌、叙旧歌、挽娘歌、催娘歌、诉苦歌、恭贺歌、开路歌等十四种，真是大开眼界。

世界本来多姿多彩，社会生活也如此。如果作为思想、观点、感情和表现客观现实的载体单一化，技巧把握也有限，命笔将无法达到"游刃有余"的境地。

二十世纪德国哲学家伽达默尔有一个大家不甚熟悉的论断，他说："一切自我认识都是从历史地在先给定的东西开始的，这些在先给定的东西，我们可以用黑格尔的术语称之为'实体'，因为它是一切主观见解和主观态度的基础，从而它也就规定和限定了在流传物的历史（Andersheit）中去理解流传物的一切可能性。"[①] 换一种说法便是"认识无不是以实实在在的客观存在为基础的"。既然这样，则无论任何一种表现形式都有其存在和流传的充分理由，唯一的判别标准是读者是否喜欢它们。读者不认可，无论怎样贴标签都没有意义。

这不是序，仅仅是《向世界敞开大门》这本集子读后的一些想法。

（原载2014年12月5日《贵州政协报》，《杉乡文学》2014年第12期，《当代贵州》2015年第6期。）

[①] 《二十世纪哲学经典文本·欧洲大陆哲学卷》第595页~596页，复旦大学出版社1999年出版。

人物素描

一方水土养育一方人，造就一方人的人文精神世界，一方人的性格和品质。历史名人、时代伟人、当代名流、专家学者、文艺宿将在黔东南留下的足迹，给这片土地增添了无穷的瑰丽色彩，留下了宝贵的文化遗产，也倾注了温暖博爱的人文情怀。

龙大道与毛泽东周恩来

龙大道是1923年加入中国共产党的早期优秀党员,中国工人运动的先驱者和活动家,著名的侗族革命家。在他短暂的一生中曾和毛泽东、周恩来有过一段关于姓名讨论的幽默插曲。

1926年秋,毛泽东来到上海后,经周恩来介绍,会见了前不久刚从莫斯科东方大学留学归来、时任上海总工会组织部负责人的龙大道。

当毛泽东听到龙大道是贵州人氏后,便操着一口浓重的湖南话询问:"大道同志,你是贵州么个地方的?"

龙大道用湘黔边地的方言回答说:"我是贵州锦屏的,与湘西邻边呢。"

"哦——原来我们还是'半边老乡'哩!"毛泽东高兴地说。沉吟一会,他又赞许道:"你的名字叫大道,——光明大道啰,这个名字有意思,取得蛮好嘛!"

这时,站在一旁的周恩来插话说:"他还有一个家名呢!"

毛泽东来了兴趣,又兴致勃勃问:"你还有一个么子名字?说来叫我们开开眼界!"

大道介绍说:"按家里的族谱,我这一辈的字辈是

'康'字,所以,家里原来给我起的名字叫康庄。我在上海大学入党后,仿佛找到了通向共产主义的光明大道,所以就把'康庄'的名字改为'大道'了。"

毛泽东满脸微笑,风趣地说:"好啰,你这个半边老乡想得可周到——不过,'康庄'和'大道'你都占着了,那我和恩来还有什么出路呢?"

大道也不失机敏:"你不是常说,'大路朝天,各走各边'吗!何况我们为了共同的目标,今天都走到一条道上来了嘛!"

周恩来在一旁爽朗笑道:"哈哈,看我们的大道同志,也是伶牙俐齿啊,不愧为湘黔老乡、贵州才俊嘛!"

寒暄过后,龙大道向毛泽东汇报了自己组织训练上海工人纠察队及参加第一次武装起义失败的经过。

毛泽东听后,若有思索地说道:"是嘛,我们党的经验教训就是要掌握自己的武装,没有武装,你就莫得胜利,只有靠枪杆子才能夺取工人起义的胜利……"

周恩来和龙大道都表示一定要抓好工人纠察队这支武装,争取下次上海工人武装起义的胜利。

这一次会面,让毛泽东对龙大道有了难忘的印象。事后,他们会面的趣事就传开了。于是,上海总工会的同志们就经常拿"康庄""大道"的名字来开心。

一次,上海总工会女工部部长朱英如就当着同志们的面逗趣说:"喂,大道同志哥,你可够狠啊,革命的'康庄大道'你都占着了,那我们还能往哪边走?"

面对着调侃,大道揶揄地回答说:"我哪敢啊?谁都惹不起女部长!只要你乐意,那我邀你们都来走工人武装起义的大道吧!"

说得大家哄然大笑,快乐开心。

随后,在紧张残酷的斗争中,龙大道于1927年3月,协助周恩来、赵

1930年龙大道和父亲（中）、妻子在上海

世炎指挥上海工人纠察队夺取了震惊中外的上海工人第三次武装起义的胜利。4月，龙大道出席了在武汉召开的中国共产党第五次全国代表大会。6月，他率上海工人代表团参加在汉口召开的中华全国总工会第四次劳动大会。会上，龙大道任经济斗争委员会主任，主持起草了《经济斗争决议案》，他还代表上海工人代表团在会上报告了上海工人三次武装起义的斗争经过，揭露蒋介石在"四一二"惨案中屠杀上海工人群众的滔天罪行。会后，他被留在武汉与全国总工会负责人刘少奇及林育南、向警予等一起领导全总和湖北省总工会的工作。

1928年4月，龙大道调任中共浙江省委工人部长。5月，中央对浙江省委班子进行调整，龙大道任省委常委、代理省委书记。在浙江省委工作期间，龙大道深入基层，深入农村，调查研究，指导工人运动，同时组织领导农民协会，实行减租减息，反对封建剥削，为进行土地革命准备条件，特别是巩固和发展了党的组织，创建了中共浙南特委，为浙江革命事业的发展做出了重要的贡献，被誉为新中国成立前牺牲的"九个浙江省委书记"。

1930年1月，龙大道调任上海总工会秘书长兼上海市各界人民自由运动大同盟主席、党团书记。之后，因反对六届四中全会王明的"左"倾宗派主义和教条主义，受到王明无情的打击和报复。

1931年1月17日，因叛徒出卖，龙大道不幸被捕。2月7日，龙大道、林育南、何孟雄等和五位青年革命作家李求实、柔石、胡也频、殷夫、冯铿共二十四人被国民党反动派秘密杀害于上海龙华警备司令部，史称"龙华二十四烈士"。就义时，龙大道年仅三十岁。

龙大道等烈士殉难后，周恩来为悼念死难战友，反对国民党的血腥屠杀，立即为《群众日报》撰写了《反对国民党残酷的白色恐怖》的社论。文章写道：何孟雄、龙大道等二十三个同志（当时只知道二十三人），他们都是无产阶级的先锋战士，他们的牺牲"是革命中巨大的损失"，"革命战士英勇斗争的热血，必须更要燃烧着广大工农群众的革命火焰，更迅速摧毁和埋葬帝国主义、国民党以及一切反动势力的死亡的进程。"

1931年4月25日，为了抗议反动派的血腥杀戮和纪念战死者，鲁迅先生和国际友人史沫特莱等共同发表了《中国左翼作家联盟为国民党屠杀同志致各国革命文学和文化团体及一切为人类进步而工作的著作家思想家书》，文中强烈谴责国民党当局"用了活埋和枪毙的毒刑，于同一时刻暗杀了十九个革命家（其中一个是孕妇）、五个革命作家——一共虐杀了男女二十四人。"后来，鲁迅在悲愤和沉郁中又写下了《为了忘却的纪念》，并坚信历史和人民决不会忘记龙华二十四烈士："即使不是我，将来总会有记起他们，再说他们的时候的。"

当时，在中央苏区的毛泽东听到"半边老乡"龙大道等烈士的遇害噩耗后，心情十分沉重。但是，当时的中央苏区也受到了王明"左"倾路线的严重干扰和破坏，毛泽东被撤销了党内和军队的职务，没有一点发言权。这个"落难"之人面对着已经"遇难"的"半边老乡"和其他战死者，没能倾情泣诉，更不能挥毫笔诉祭诗文。这是中共党史上最为沉痛的夺情悲剧啊！

但，毛泽东并没有忘记这些人。他的心和鲁迅的心是完全相通的——"即使不是我，将来总会有记起他们，再说他们的时候的。"

终于，历史等待到了1945年4月20日。这一天，中共中央六届七中全会通过了经毛泽东亲自主持修改的《关于若干历史问题的决议》，决议在对龙大道等二十四烈士做出客观公正的评价后热情地赞誉，"……他们为党和人民做过很多有益的工作，同群众有很好的联系，并且接着不久就被敌人逮捕，在敌人面前坚强不屈，慷慨就义……所有这些同志的无产阶级英雄气概，乃是永远值得我们纪念的。"

毛泽东签发的龙大道烈士证

1961年，毛泽东在为纪念鲁迅八十寿辰而作的七绝诗中，再次高度赞扬龙大道等烈士在龙华英勇就义的壮举为"龙华喋血"。就在这一年，毛泽东亲自签发了革命牺牲军人家属光荣纪念证，由中华人民共和国中央人民政府颁发给龙大道亲属，褒扬龙大道烈士："丰功伟绩，永垂不朽！"

（原载2012年2月2日《人民政协报》，新华网、光明网、人民网、中共中央党史研究室中国共产党历史网、中共中央文献研究室网站、中华人民共和国年鉴网等国家主流媒体和权威研究机构及地方网站等同时转载。）

杨和钧：从侗乡歌师到革命烈士

"血性文章血写成"——这是郭沫若曾为革命烈士诗抄题写的诗句。

当年红军长征路过的贵州侗乡，也有这样一位用鲜血和生命铸写激情诗篇的革命烈士杨和钧。

杨和钧，侗族，1894年出生于贵州锦屏县婆洞乡者蒙村（今启蒙镇），幼年聪慧好学，不论是在家乡读书，还是外出黎平、镇远求学，都品学兼优，助人为乐，故深受同学钦佩与先生好评。这一时期，他不仅读了很多书，还苦练书法，勤勉习诗。其中有一首颇能看出他的少年志向：

英雄豪杰用功夫，

不外先生孔孟书。

学业高超成大为，

还需苦读就鸿儒。

他把这首诗以楷书抄写贴于床头，作为自己的座右铭。

侗乡是诗歌的海洋。侗族古歌、大歌、情歌、各种礼俗歌和反歌（农民起义歌）浩如烟海，它们共同哺育着杨和钧，使他成为百里侗乡有名的歌师。当他人到中年，还常同年轻人出去玩山赶坳，垒词对歌，这也为他的诗歌创作奠定了扎实的民间文学基础。

杨和钧不仅知书识礼,通晓草医,而且悉武好义,性格豪爽。他平日里为乡邻医治疾病,写诗作对,分文不收;走村过寨,路见不平,见义勇为。

1934年12月8日,中央红军长征经过杨和钧的家乡婆洞者蒙村,红军的政治主张和民族政策使杨和钧深受感动和鼓舞。12月26日,他冒着生命危险救护了红军伤病员王连长和吴排长,还为两位伤员疗伤,洗衣做饭,并与两人铺起连床,昼夜交流,品诗论文,畅谈革命。三人情如手足,血酒盟誓,结拜兄弟,打了老庚。红军走后,反动派卷土重来,杨和钧几经辗转,送走了伤愈的吴排长。而王连长却在他离家后,不幸遇害。为此,杨和钧悲愤欲绝,长歌当哭,作诗哀悼。

之后,他先后两次外出寻找红军,到过广西富禄、柳州、百色一带。一路上,风餐露宿,备尝艰辛。因找不到红军,只好折返回乡。再后来,他就秘密组织义友,兴办学校,发动乡民,开展活动。

1936年11月22日,国民党乡政府武装逮捕他后,即以"卖客"(出卖当地政府)的罪名,将他残杀在婆洞者蒙村寨边花桥下,时年四十二岁。

1952年,已是西南军政委员会领导的吴排长还千里迢迢从重庆来到锦屏县者蒙村寻找杨和钧。当听到他被杀害的噩耗后,恸哭而归。

1986年3月12日,贵州省人民政府追认杨和钧为革命烈士。

杨和钧一生创作的诗歌数量很多。据笔者1984年采访其生前好友杨成松老人的回忆,杨和钧生前写有三本厚厚的诗歌集,只因他救护红军屡遭追捕,加上他家三次遭遇火灾、数次搬迁而未能保存下来。今天,我们能看到的遗诗仅有七首。下面逐一简介评述,以飨读者。

《板壁上的指南》写于1934年12月26日。当时红军主力已顺利通过婆洞沿清水江向剑河方向挺进。红军过境时,由于老百姓不明真相,纷纷上山躲藏。但红军纪律严明,恪守礼俗,秋毫无犯,很快就使当地侗族人民消除了疑惧。老百姓陆续下山回家,一到寨上,只见木板墙壁、街头寨尾到处都张贴着"打土豪、分田地""政治上、经济上苗人侗人与汉人有同样的权利""各族兄弟支援红军北上抗日"等口号和《关于我军沿途注意与苗民关系,加强纪律检查的指示》,以及由毛泽东、朱德署名的《出路在哪里》的文告等等。侗家人对这些宣传感到挺新鲜,看得津津有味。没有跑上山的杨和钧是最先看到这些标语文告的,红军宣传的道理一下子就打动了这个侗族知识分子的心窝。

他目睹了红军标语文告吸引感召穷苦农民的感人场面,不禁激情澎湃,即兴写下了《板壁上的指南》:

> 赶场天或是平常,
> 寨上的农民或是行人来往,
> 人人的目光都投向板壁上,
> 因为板壁上有农民的指南。
> 这指南是红军留下的宣传标语,
> 它召唤穷苦农民站起来,
> 打倒土豪劣绅分田地夺政权,
> 扛起枪把东洋鬼子赶下海洋。

如果说《板壁上的指南》还只是对红军宣传标语的赞颂,那么《无价之宝》则从更高的角度对红军所传播的马列主义作了热情洋溢的讴歌:

> 王连长呵王连长,
> 你赐给我无价之宝。
> 这宝比太阳还亮,
> 亿万金银买不到。
> 它赛过飞机大炮,
> 它赛过冲锋枪花梨[①],

[①] 当地称步枪为花梨。

>　　它是人类解放的真理——马列主义！

这首诗写于1935年5月6日。当时红军已经北上抗日去了，王连长也离开人间数月有余。一度乌云散尽的晴朗天空又被白色恐怖笼罩着。但是，红军在侗寨播下的革命种子，王连长教给他的革命道理，却在他的心窝里生根、发芽、开花、结果，这是反动派的狂风暴雨所摧残不了的。

其实，杨和钧在1935年1月14日写的《苦》就表明了他对当时形势和前途的深刻认识：

>　　苦呵苦，
>　　老是纠缠着农夫。
>　　农夫要想离开苦，
>　　要等红色太阳东方出！

这首歌完全依照侗族民歌的韵律来写，朗朗上口，易记易唱。一经传唱，就像长了翅膀，很快传遍侗乡的四面八方。据说，当时的国民党政府乡长听到这首歌后，惊恐不已，连声骂道："这是反歌，不准唱，不准唱！谁唱就砍头！"

在杨和钧的遗诗中，最多的是悼念、缅怀王连长的诗，现存的共有三首。

其一是《感恸七绝词一首》：

>　　千里迢迢只为民，
>　　中途丧命泪沾襟。
>　　革命真传亲遗嘱，
>　　永世不忘誓词盟。

其二是《奠祭》：

>　　土壤同胞千百年，
>　　惜恨革命未成天。

但愿英灵多佑护,
遗留口诀尽量宣。

其三是《清明》：

清明时节忆王兄,
泪落胸前心里恫。
为国为民往北上,
途经此处萍水逢。
三日桃园结兄弟,
不幸一晨命遭凶。
有朝革命成功日,
光荣簿上有你功。

《再见》诗作于1936年6月5日。这时，非常关注着红军消息的杨和钧闻听广西百色地区有红军在活动，便毅然决定变卖寿木，凑足盘钱，再次离家，寻找红军。

上路那天，他背着简单的行囊，驻足在寨边的花桥上，面对送别的一家老小亲人，翘望着鼓楼，不禁百感交集，思绪万千：

再见，连绵的山峦；
再见，淙淙的小溪；
再见，穷苦的农民兄弟；
再见，父母妻子儿女。
再见吧，再见吧！
家乡的一切！
我要往北上寻觅那——
光辉绚烂的红日。

"自古多情伤离别"。此时此刻，诗人用全部的激情向着这"家乡的

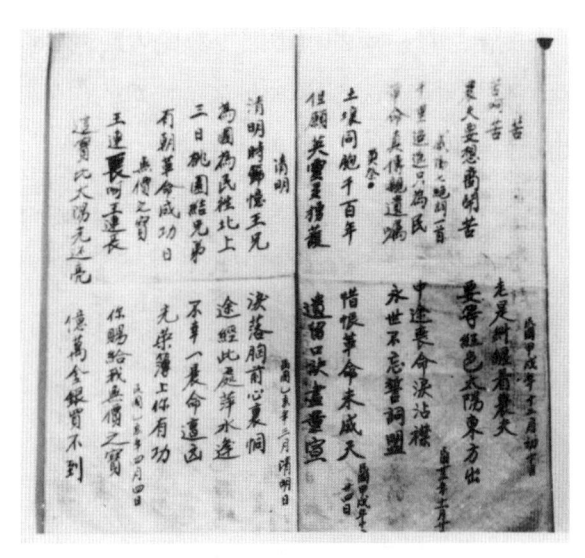

杨和钧烈士诗词手稿

一切"反复呼唤："再见吧，再见吧！"真是未曾离乡先伤情，肝肠寸断，百味入心。但是，为了追求真理，为了寻找红军，杨和钧又毅然决然斩断柔情，告别家乡，抛弃一切，义无反顾，踏上征途去寻觅那光辉绚烂的红日。

这首诗采用排比手法，层层推进，成功地表达了一位有血有肉、舍家取义、追求真理，坚决跟着红军和共产党走的侗族先进知识分子的真挚情感与理想追求。

杨和钧的诗歌，既有鲜明的政治倾向，又格调清新自然，感情真挚朴实。他的诗作，是一个侗族民间歌师向革命志士发展转变的历史记录，是民族文学百花园中一朵绽放异彩的奇葩，也是无产阶级革命文学中的珍贵遗产。

杨和钧的一生，集民间歌师、侗族诗人、革命志士于一身，极具神秘色彩与典型性。他是目前所知的中央红军长征以后因救护红军而惨遭国民党反动派杀害的有史记载的第一个少数民族革命烈士，也是在自己的诗歌创作中直接宣传"马列主义真理"的早期侗族革命诗人。其事迹和作品手稿曾先后在遵义会议会址和北京中国人民革命军事博物馆展览，诗作被全国多种版本的《革命烈士诗抄》辑入出版。

1981年5月人民出版社出版的《中国少数民族》记载："红军在锦屏的启蒙寨驻扎时，侗族青年杨和钧为掩护两位红军的伤员，惨遭国民党杀害，为革命献出了自己的生命。"

（原载2010年6月18日《中国民族报》。）

缅怀陶承老妈妈

"往事如烟",人们常常对消逝的过去发出悲戚的感叹。人生漫漫,历尽春秋,那数不清、记不尽的往事,犹如一片片过眼烟云,去而不念。然而,谁都会有那么一绺绺岁月难以忘却,有那么一桩桩往事终生嵌刻在心头。

我自己就曾经历过这样的往事——

1983年9月的一天,我们为了搜集中国工人运动先驱、著名上海龙华二十四烈士之一龙大道的有关史料,专程前往湖南长沙东郊老干所拜访革命前辈陶承老妈妈。

初秋的季节已凉意悠悠。前去东郊的公共汽车上乘客无几,甚为空落。稠密的雨点打在车窗玻璃上,很快便化成一行行雨水慢慢往下浸落,给这秋景增添了缕缕清冷与寂寥,也给我们的心头平添了些许惆怅与落寞。

虽说前两天已经面见了帮助陶老整理回忆录的梅嘉陵同志,并托他联系与陶老妈妈相见一面。可是直到刚才临行前还未得到陶老妈妈允诺的回音,只知道她目前正在干休所疗养治病。老实说,陶妈妈会不会面见我们,而且身体能否支持,我们是没有一丁点儿谱的。不过,千里迢迢,登门索稿,我们作了吃闭门羹的思想准备。

坐了一节路的公共汽车,我们便徒步寻访。这时雨下得更大，唰唰直朝脸上打来，我们东躲西避，一阵阴风吹来，掀开单薄的衬衫，身上直打冷颤，牙齿也磨得格格响，真是"秋风秋雨愁煞人呐"。

当找到老干所陶妈妈的住宅时，衣服湿得紧贴着肉体，水珠沿着头发直往下掉。我们按着门铃稍候片刻，即有一位中年妇女出来开门。我们说明来意，那妇女转身进去，一会便出来亲切地招呼我们："请进来吧！"

我们终于见到了心中景仰的陶承老妈妈。她坐在轮椅上，嘴角带着温厚慈祥的微笑，亲切地示意我们坐在她身旁。我们转达了龙大道家乡人民对她的衷心问候和祝愿，她热情而谦和地说："你们从贵州来，辛苦了，我谢谢你们！"说着，她叫旁边一位来访的退休女教师拿来帕子让我们抹脸，并心疼地关照我们千万不要感冒着凉了。我们心里热乎乎的，真正感受到了革命老妈妈的慈爱与温暖。先前凉秋的清冷，心头的忐忑，此刻已烟消雾散。

心情平静一些后，我才恭敬地打量着还在红领巾时代就无限敬仰的这位革命老战士。如今，老人满头银丝，额前眼角寿斑点点。那满头银丝是她漫长而传奇的革命生涯洗礼而成，那点点黑斑是她饱尝人间辛酸苦辣刻下的印记。只有那双眼睛，始终是那样的深邃、明朗与慈祥……

陶妈妈是1927年冬至1928年和龙大道在武汉从事党的地下工作的战友。我们党史办早先曾去信向她请教当年的史实。她欣然允诺要写点文字缅怀烈士，激励后人。

现在，我们来到她身边，老人甚为欣慰。只见她沉思默想一会，便仿佛置身于那风雨如磐的年代：

"我第一次见到龙大道同志，是在1927年冬。一天傍晚，我正在里屋纳鞋底。突然，有人轻轻地敲了三下门。凭着这熟悉的暗号，我知道是自己人，便将门闩抽开。随着，一个身影闪了进来。他，看上去约莫二十六七岁，平头，戴一副眼镜，穿着灰黑色棉袍，十分朴实。我丈夫梅生介绍说：'这是龙大道同志，负责县委的工运工作。''梅嫂子，今后我们就是一家人啦！'龙大道同志亲切地说……"

突然，陶妈妈用手帕捂住了嘴唇，肌肉抽搐了一下，咳了两声，顿

接受采访时已九十一岁的陶承老妈妈

时,两眼噙着泪花。旁边的退休教师忙向我们解释说,陶妈妈因为《我的一家》,"文化大革命"中被"四人帮"抓去关了五年多监牢。出狱时,已身患多种疾病,下身完全瘫痪,全靠手推车行走。前几个月,车子脱轮,害她老人家摔了一跤,把牙唇碰伤了,最近才出院,医师还不准她会客呢。陶妈妈笑了笑,接着翻起齿龈给我们看,牙齿脱落了,齿龈还在红肿发炎。陶妈妈服了一粒药,又说了起来:"我的口腔正在发炎,医师要我少讲话,可是我这个人生来就爱讲话,尤其是客人来了,怎么能不讲,我常常对他们说我们讲我们的吧!"

眼看着陶妈妈强忍着疼痛向我们追忆,望着她那雪浪般的头发,我心里百感交集,很过意不去,几次劝她休息一会后再慢慢讲。可她等不了,又坚持把龙大道如何在武汉领导工人运动,教育她的儿子欧阳立安识字念书,照顾梅生的病况等详详细细都说了出来。

老人回忆时,记忆犹新,谈吐清晰。说到兴头时,似乎忘记了疼痛,提高嗓音,摆动着右手,侃侃而谈,还面挂微笑,有时竟笑出了激动的泪花,像个小孩子一样天真热忱。

是什么力量支持着这个年逾九旬、下肢完全瘫痪的老人有这样昂扬的精神呢？是她的执着禀性，还是她的进取乐观，抑或是先烈们的精神鼓舞？我想，也许都是吧。但是，当说到她丈夫欧阳梅生不幸病逝、龙大道等悲壮殉难时，她心情沉重，低着头，说不下去了，一次又一次地抹泪抽泣……

陶妈妈用手帕顶着下巴，歇了一会，又服了一粒药，接着告诉我们，她20世纪50年代写的《我的一家》已再版了四次，目前仍供不应求。另一本《祝福青年一代》已被团中央、全国青联、全国学联列为全国青年读书活动的推荐书目之一……

她还说："党史征集工作开展以来，全国各地约我写回忆录的很多，都忙不过来。但是不能不写，这都是党的任务，是我们老一辈的责任，也是交班呀！我经常想，几十年来，我们跟着党南征北战，经历了不少艰难曲折的斗争，现在已到垂暮之年，所剩时间不多了。当我们这辈人去见马克思的时候，给后代留下什么呢？我们没有万贯家财，唯一的就是把走过来的路、做过的事，真实地写下来，传给后代……"

这次访问历时一个多小时。虽然陶妈妈一再挽留我们多坐一会，多谈一些，但考虑到她的健康，我们在为她老人家拍了照，并请她签名留念后，便向老妈妈握别告辞……

我们回到县里后不久，就收到陶妈妈寄来的回忆文章《缅怀龙大道烈士》。之后，她又通过梅嘉陵同志代笔，经常来信关心、指导我们的党史工作。后来，中共中央烈士传编辑委员会在编写龙大道的传文时也采用了陶妈妈追述的史实。我撰写的《龙大道传》也参考利用了文中的有关资料。

古词云："人成各，今非昨。"如今陶承老妈妈已长眠地下五春秋，我也调离党史部门数寒暑。而且千里坟茔，无以拜谒。但是九年前对她的访问，仍记忆犹新，历历在目。她，虽然离开了我们，但她实现了生前的夙愿——她不仅给全国人民留下了《我的一家》和《祝福青年一代》等传世佳作，而且还给龙大道家乡的各族人民留下了史料翔实、文笔流畅的华章。

我们永远怀念敬爱的陶承老妈妈！

（原载《杉乡文学》1992年第3期。）

罗章龙逸事

今年2月23日上午,当我忙完手头的工作,又是毫不经意地翻阅案头的报纸时,突然,人民日报的一条消息震惊了我——《罗章龙同志逝世》。我握着报纸的双手,禁不住颤抖起来,胸中一阵急促的心跳……但没有眼泪,也没有过分的悲伤,只是久久地喟然长叹……随后,即由记忆带回到那远逝的年代——

我与罗老先生素未谋面。记得最早知道有罗章龙其人,是在20世纪70年代的教科书上。当时称他是党内第三次路线斗争中分裂党中央的总代表。其实,罗章龙是肥是瘦,是死是活,连向我们振振有词授课的政治老师也茫然无知,反正人云亦云罢了。不过,当时的我,年轻气盛,立场坚定,从心骨里恨透了这个罗老头。

光阴荏苒,物换星移。20世纪80年代初我由县城一中调到县委党史办工作。初来乍到,什么都感到新鲜稀奇,我如饥似渴地翻阅各种党史资料、书刊、传集。奇怪了,不少的史料上都有罗章龙写的文章,有写毛泽东、刘少奇的,也有写陈独秀、李立三的,还有写王明、米夫的,更有写"五四"学潮、工人运动的等等。其中有的地方还讲到我家乡锦屏县的龙大道烈士。

晚年罗章龙

这时候，我才知道罗章龙居然还活着，而且在北京。于是，对罗老先生的零碎了解就连缀起来。

罗章龙，1896年11月生于湖南浏阳。早年参加湖南新民学会与"五四"爱国运动，后组织北京大学马克思学说研究会，是北京共产主义小组成员。先后参与领导了陇海铁路、长辛店、开滦煤矿、京汉铁路等工人大罢工的斗争。1921年后，任中共北京大学支部书记、中国劳动组合书记部北方分部主任，曾当选为中共第三届中央局委员，第五届中央委员，第四、六届中央候补委员。1931年脱离中共后，化名罗仲言，先后在河南大学、西北大学、华西大学、湖南大学、湖北大学等校任教，为全国一级教授。1979年起，任中国革命博物馆顾问，系第五、六、七届全国政协委员。著作有《中国职工运动状况（1928年—1930年）》《中国国民经济史》《国民经济计划原理》《欧美经济政策研究》《康德传》《椿园载记》等总计近百万字。1995年2月3日在北京逝世。

罗老先生与我国早期工人运动活动家、著名的上海龙华二十四烈士之一龙大道又是老战友。他们最早相识是在1927年4月于武汉召开的中共"五大"会议上。会后，龙大道因工作需要留在武汉全国总工会和湖北省总工会工作，其时罗章龙任中共中央工委书记、中华全国总工会党团书记，主编《中国工人》刊物，两人成了工人运动中同一战壕的战友。

1930年在中共六届四中全会上，共产国际代表米夫确立了王明的中共中央领导地位。为反对危害中国革命的米夫、王明篡权，四中全会后，罗章龙、何孟雄、林育南、龙大道、张金保等中共江苏省委、中华苏维埃准备委员会和全国总工会的领导人先后多次开会，并发表声明反对四中全会的选举及其错误决议。对此，王明视其为是反对中央、分裂党的"右派"而给予无情的打击和报复……

有了这些历史线索后，我们党史办即以县委的名义于1983年5月12日给罗老先生写了一封信，向他征集龙大道烈士的史料。信件发出后，我们没有抱多少希望，一是罗老年事已高，怕体力不支；二是与他素无交往，恐怕石沉大海。谁料6月下旬，我们收到一封"北京缄"的挂号信。拆开一看，竟是罗老先生的亲笔楷书：

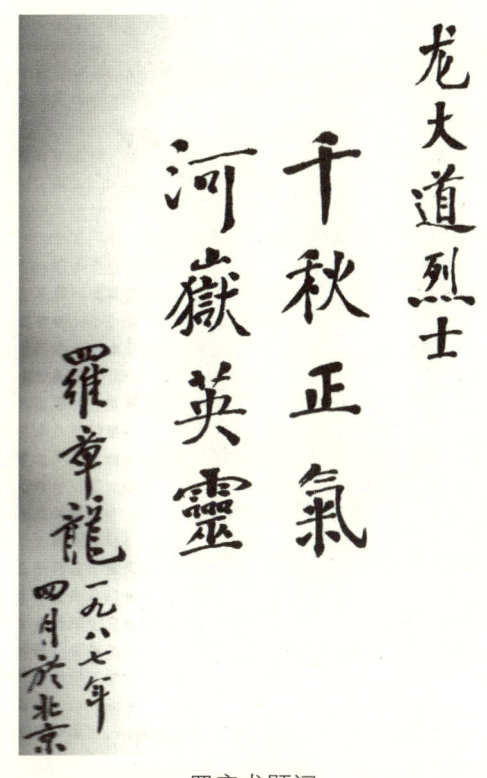

罗章龙题词

贵州中共锦屏县委负责同志：

　　五月十二日惠函悉，所询各事因我正在出席全国政协六届会议一时未能详告，俟会议结束再行联系。龙大道烈士在上海从事工人运动与我共事长久，我对他很熟悉，以后当写文章纪念。您方如现搜集有他的文章手迹照片等，请寄我一阅，信寄中国革博顾问室交。

　　致以敬礼！

罗章龙敬启
一九八三年六月十一日

之后，我们将搜集到的龙大道烈士的有关资料整理一套寄给罗老先生，同时也翘首盼望他的回忆文章。后因种种原因，罗老未能挥毫成文留下馈作，终为遗憾。

1986年，我着手撰写《龙大道传》，并奉告罗老先生，希望能得到他的纪念文章或题词以增辉拙作。次年，罗老先生通过大道亲属转来一幅工整精秀、挥洒自如的题词。

我想，罗老先生虽然没有写文章纪念战友龙大道烈士，但一幅题词亦已足胜巨著鸿篇。如今，罗老先生已追随老友们而去。他从一个民主学者到工运领袖、中共先驱，又转回到专家教授的原点上，似乎是转了人生的一个大圆圈，最终又回归到起点。这莫不就是轮回论的"从哪里来又回到哪里去"吗？他九十九岁的生涯，留下了近一个世纪风雨沉浮、是是非非的多色人生，令历史评说也一言难尽，欲说还休。

罗老先生的晚年，把全部的余热都贡献给中共党史的研究、写作和革命遗址的鉴定工作上。为此，新华社在报道他逝世的消息中写道："1978年，罗章龙同志调任中国革命博物馆顾问。他拥护中共十一届三中全会以来的基本路线和方针政策，拥护以江泽民同志为核心的党中央。虽已耄耋之年，仍笔耕不辍，出版了回忆录《椿园载记》等著作，为抢救和搜集整理党的历史资料工作作出了巨大的努力。"

这也算盖棺定论吧。在中国的政治传统中，一个历史人物，在死后能得到晚节不亏的结论与评价，九泉之下他也该瞑目了。

而对于罗章龙，如今也该是人们整理、研究、写写他的时候了……

（原载1995年6月24日《黔东南日报》，1995年8月21日《贵州民族报》，《人事世界》1995年第7期。）

费孝通的苗侗文化情结

新中国成立初期，著名的社会学家、人类学家和民族学家费孝通曾率领中央民族访问团来到黔东南，对当地苗族社会的政治、经济、文化诸方面进行考察，留下了丰厚的人文遗产。

1950年，贵州境内已全部解放。为了贯彻党的民族平等团结的政策和欢庆边远少数民族解放当家做主人，时任中央人民政府文教委员会委员、清华大学副教务长的费孝通教授被任命为中央访问团第三分团团长，于1950年7月率团到贵州进行历时六个半月的访问。

在此次访问调查中，费孝通足迹遍及黔东南的镇远、炉山、凯里、黄平、雷山、台江等地。访问结束后，他写了一系列的文章，连载于1951年《新观察》的各期上。后来编辑成册，取名《兄弟民族在贵州》，由三联书店出版社出版。著名的美国传记作家戴维·阿古什教授在其《费孝通传》中称："这是一本颇受欢迎的介绍该省各少数民族复杂情况的著作，材料是访问该省各个地区时搜集的。"

有一天，费孝通和团里的同志去香炉山访问，他们沿着崎岖的山道一步步地往上走，路越走越窄，越走越滑，越上越陡。后来，费孝通只好下马步行。他们来到一个

1950年费孝通在黔东南考察

破庙门边,气喘吁吁,便一屁股坐在地上歇息。尽管走得很累,但他们还是感觉很有趣,望着那高耸入云的香炉山,实在壮美。而山脚下群峰逶迤,气势又极不平凡。摸着石头,看看那些石头缝中,包谷长得极为清瘦,但生命力却很强。而苗家人就在这石缝之中,艰难地年复一年种下自己的生活。他们感觉到这山和山里人的坚毅与执着。他们坚信,只要继续往山上爬,哪怕爬得脚板起了泡,就会在山上边找到兄弟民族居住的地方。因为,他们已经认识到兄弟民族就是在爬山竞赛中获得生存的,山上边就是他们生存的空间和地方……

这天晚上,他们在山寨里举行了一个座谈会。座谈快要结束时,有一位六十多岁的苗族老人站起来唱了一支歌。他的音调深沉激动,愈唱情绪也愈高,全场肃静,很多在座的苗族老人跟着流泪。座旁的苗胞告诉费孝通,这是"反歌"。反歌的内容是叙述苗族领袖怎样起义,怎样鼓动群众,怎样进军,后来怎样失败。最后是他们的领袖被汉官捉住了逼他投降。把他的头颅打开,灌油火烧,问他苗族今后还反不反了?他说:"汉人欺侮我们一天,我们就反一天!"——据说,这"反歌"从来不唱给汉人听,只是老年人在一定场合下用来教育青年的。这晚上,这位老者破了例,因为他说:从此苗汉是一家人了,汉人不会再欺侮苗家,苗家也不会再造反。所以他可以把这"反歌"唱给毛主席派来的人听。最后,他还唱了一段歌颂毛主席的歌献给访问团……

这首"反歌"唱的就是张秀眉咸同年间起义的故事。这段血泪斑斑的历史,究竟谁应当负责呢?作为一个社会学家,费孝通认为应该由汉族封建统治者来负责。在黄平，费孝通还搜集到这样的资料。在黄平县城附近一个山坡上有一个"杀人洞"。这个洞的来历有个传说：在咸同年间，清朝皇帝派兵到了黄平，召集苗人来听"圣旨"。各处来的苗人都要上这一个山坡。清兵就埋伏在坡后，来一个杀一个。杀了就把尸首丢在山窝里。这个山窝底下有个洞，流出一股水。人的血染红了这股水，慢慢地流到山坡外。后来的人们看见水里淌着血，知道不妙，回身就跑，把村寨里留下的妇女孩子都集合了，逃到十几里之外一个绝壁上的山洞里，上下都得用绳子吊，这样才逃出了虎口，幸免于难。据说，后来的苗家都是这洞里的妇女传下来的。为了实际考察，费孝通还亲自去看了这个洞。他认为，这个传说虽然不一定完全是事实，但是咸同年间，清朝封建帝王屠杀兄弟民族却是有历史记载的。

一唱雄鸡天下白，兄弟民族庆翻身。新中国成立后，我们的祖国成了各民族团结的大家庭。费孝通在访问调查中强烈地感受到这一时代的变化。

他在《千山万水访兄弟》这篇文章中写道："毛泽东的旗帜飘到什么地方，什么地方就是欢跃，就是幸福，就是光明。我们真是荣幸，有机会在这面旗帜的光辉下，跋过了山，涉过了水，握着了我们民族大家庭里千万个兄弟姊妹的手。从他们兴奋鼓舞的脸、感激动人的泪、欢欣忘情的跳跃、夜以继日的歌唱里，我们更深刻地认识到，尽管语言不同，服装有别，尽管相隔着千山万水，尽管几千年来受尽了敌人的挑拨离间，甚至曾经流血残杀，但是，只要把平等团结的民族政策，明白交代清楚，千万群众只有一个呼声：'毛主席万岁！'我们在响彻山谷、震荡回复的欢呼声中，也总好像听见了在天安门前毛主席的声音：'人民万岁！'声声相应，心心相印，脉脉相通。那一种伟大的场合，消融了累积凝固已久的民族隔阂和仇恨，扭转了历史，展开了民族友爱合作的新页。"

在黔东南访问的日子里，费孝通不仅看到了民族兄弟在政治上翻身解放、当家做主人的历史巨变，而且他还以人类学家的独特视角考察了苗族的历史经济及其丰富的文化。

　　费孝通认为，苗族和瑶族最先开发了长江、珠江和闽江流域，苗族曾在湖北、湖南、江西地区建立了一个大国。从现在贵州兄弟民族分布的情形看，还可以见到一些符合这历史过程的线索。苗族的中心区在清水江流域，但是在黔东北的松桃一带还有苗族区，而且和湘西的苗区相连。过去很可能是与清水江流域连成一块，早年从湖南来的，贵州苗区中心可能就在乌江流域。但是汉族从四川南下，又从湖南西进，把他们隔成两地。乌江以北现在很少有兄弟民族，只在遵义地区的一些山地里还有苗族数千人。

　　他通过考察和研究还得出基本的历史观。他说，广大的中国疆域，正如范文澜先生所说："不是哪一个民族所能独立开发出来的，她是许多已经消失了的和现时正在发展的各民族合力开发，经数千年的艰苦奋斗，才逐步建立起这个伟大的中国来。""中华各族的劳动者既然是中国的创造者，中国当然是属于他们的，他们当然是中国历史真正的主人翁。"

　　对于苗族的经济，费孝通写道：苗家男女都热爱劳动，视劳动为光荣，不仅没土地的贫民要劳动，就是有土地的，甚至有多余土地出租的，也不脱离劳动。因之，除了个别地主外，至多是半地主式富农。比如黄平的谷陇区4100户，苗族占人口的95%，没有地主，仅有半地主式富农10户和富农50户，中农占大多数并占土地的大部分。苗族内部的租佃关系和汉苗之间的租佃关系在剥削程度上也有区别。苗族内部平常都是活租制，只有很少是定租制，一般没有押金。租额一般是平分，极少数有在分租前抽百分之十上粮。除了帮地主小量的无偿劳动外，并没有其他残酷的超经济剥削。苗族内部阶级分化不显著，这是它的另一重要特点。而汉族地主倚仗势力霸占田地，靠剥削过日子，不劳动，生活也必然逐渐腐化。而苗家农民克勤克俭，虽则在重重剥削和压迫之下，部分的还能劳动发家。日子久了，苗家的经济力量逐渐上升。腐化了的汉族地主把土地卖给了上升的苗家，苗家势力也一步步下了山。但是，民族压迫阻碍了民族经济的发展，当苗家农民经济势力上升到一定程度，有力量来反抗汉族封建势力的压迫时，也就发生了暴动。于是，当地的封建势力就用"平苗乱"的口实去动用官员来"征剿"。经过一度战争后，苗族又被屠杀，土地又被霸占，这样构成了苗族经济在历史上不断遭受破坏以至恢复成长的循环过程。贵州流行着一句话："苗族三十年一次小反，六十年一次大反。"这周期性的民族战争是有其经济基础的。

苗族的经济不仅决定了她的政治和周期性的战争，而且也决定和影响了苗族的文化。经过深入苗族地区的田野考察，费孝通认为，苗族群众性的文艺活动内容丰富，苗族爱唱歌、爱跳舞。苗族的文化封建主义的意识比较薄弱，而且其文艺活动还与劳动密切地结合在一起。

他在文章中热情地赞美道："一提到苗家，谁也不会不联想到他们美丽的服装，活跃的舞蹈，动人的歌唱。'到处是歌声'绝不是一句过分的话。我有一次被一位苗家妇女硬邀去吃饭，刚坐下，歌声就开始了。主人唱了一曲，客人就得喝一碗；客人唱了一曲，主人也得喝一碗，唱来唱去，一直唱到席散。——这是酒歌。送客出门，又得唱送别歌。在路上走，唱山歌。游方的时候，唱情歌。歌的种类说不完。他们并不像我们，学会《东方红》就只会唱《东方红》，而是'即景生情，即情生词'，一个调子临时填词，用来代替谈话。因之，一唱可以唱上半天、一天甚至几天、几晚。"

同时，他对苗族的服饰、衣裙、帕子、腰带也赞不绝口，认为它们是最具有民族形式的文化。尤其是苗族妇女"反面绣花正面看"，既不打样，又不画线，任手绣去，整齐美丽。因此，费孝通称她们是真正的"绣花英雄"。

作为一个世界著名的文化人类学家，费孝通主张文化的多元化。因此，他在文章中不但批判了国民党统治时期强迫少数民族"剪裙子"、搞同化政策的丑行。而且也指出，新中国成立初期民族民间文化就潜伏着受汉族文化冲击的危机，因为当时他在镇远街头就看到了不穿苗衣而改穿汉装的苗家妇女了！

由于贵州的兄弟民族众多，分布又广，所以这次调查对于侗家、水家、僮家（即后来的壮族）等都没有机会去访问。但对于侗族，费孝通还是作了比较深刻的研究。他认为，在贵州东南部，侗家以黎平为中心来分布，侗话和仲话（布依话）、水话、僮话（壮话）均属侗台语系，也就是"泰语系"。从整个分布来看，这些民族是东南亚沿海的民族。他们有可能是从东亚大陆沿海受了汉族统治者的压迫而向南搬来的。或是从马来半岛起源，曾向北伸张到东亚沿海地区，后来又被逼南退的。如果进一步从他们风俗习惯及传说中去研究，他认为还可能得到更多的启发。

由于对侗族研究的局限，因此，费孝通一直关注着侗族文化的发展。2001年初，当他得知我的家乡锦屏县已创办了九寨侗族文化艺术业余学校，把当地的民族文化引入课堂学习传承时，已是九十一岁耄耋老人的费老，竟然克服两手颤抖的不便，欣然命笔，为该校题写了"贵州省锦屏县九寨侗族文化艺术业余学校"的校牌，使侗家人的民族自信、文化自觉，倍受鼓舞。

一生以促进民族经济文化建设"志在富民"为己任的费老，生前始终惦记着黔东南，并期盼旧地重访。20世纪80年代以来，中央各民主党派对口扶贫贵州毕节地区。1995年6月8日至13日，已担任全国人大常委会副委员长的费孝通，曾率民盟中央的同志到毕节考察指导，但因行程紧张却无暇到黔东南旧地重访。然而，当2001年3月11日，黔东南苗族侗族自治州在北京师范大学召开"黔东南民族文化保护开发研讨会"时，费老欣然应邀参加会议。在会上，他激情发言，对贵州民族文化的保护传承与开发利用提出了真知灼见的建议，还兴奋而旧情未减地回忆了当年赴黔东南访问的趣事——

2003年初，全国政协常委、贵州黔东南州副州长王先琼女士在全国

费孝通（右）与钟敬文在黔东南民族文化保护开发研讨会上

"两会"期间，曾邀请费老前往黔东南重访指导，他慨然应允。可会后却因事务缠身，加上年事已高，他最终未能如愿再访黔东南，留下历史的遗憾——否则，这位著名的社会学家、人类学家、民族学家和社会活动家，还会给黔东南苗侗儿女留下更加丰厚的文化遗产……

（原载2009年4月10日《中国民族报》，清华校友网等全文转载。）

张毕来与茅盾的"笔墨之交"

1956年7月,亚洲作家大会即将在印度首都新德里召开。

一天,中国作家协会外国文学委员会主任、著名作家杨朔受全国文联副主席、作协主席、国家文化部部长茅盾的委托找到张毕来说,亚洲作家大会这个月要在新德里召开,茅盾主席将率领中国作家代表团参加这一盛会并要在大会上作报告。他要我与你商量,希望你能够写一篇文章,全面地介绍当前我国的文学情况,作为他在大会上的发言。你看可以不可以?张毕来愉快地接受了这一任务。

张毕来,时任人民教育出版社中学语文编辑室主任,主持全国中学语文课本的编辑工作。编中学语文教材,就难免与茅盾发生关系,因为张毕来选课文总要选到他的某些作品,而且还多次向茅盾请教和商量作品中的有关问题与注释。正是在张毕来等人的辛勤工作下,茅盾的短篇小说《林家铺子》《春蚕》和散文《白杨礼赞》等名篇才选入中学语文教材中,成为全国千百万中学生学习的范文。为此,茅盾对张毕来是尊重的。后来接触多了,加上又读过张对自己几部中短篇小说的创作思想和创作方法的论述和其他作品,于是茅盾对张毕来也就有了更多的了解和认识,乃至信任与倚重。

张毕来，贵州炉山（今凯里）县人。1936年就读于国立浙江大学文理学院教育系。1937年在浙东从事抗日工作，1938年参加中国共产党。1942年任国立桂林师范学院讲师，旋升副教授，1949年后任东北大学和东北师范大学教授和中文系主任。1953年秋，调任上海华东师范大学中文系教授，1954年春调至北京人民教育出版社，担任全国中学语文教材编辑室主任。

张毕来先生

张毕来是我国最早从事中国现代文学史教学与研究的专家之一。还在20世纪40年代，他就在高等院校讲授中国现代文学史课。建国以后，仍继续讲授这门课程，并于1955年出版了《新文学史纲》。这部专著是建国初期全国仅有的几部关于新文学史方面的有代表性的著作之一，是第一部在新文学史中介绍共产党人的文学主张的著作。与同时代的其他几部著作比较，有着自己的特点。《新文学史纲》注意到文学流派并以文学流派作为分章立节的条件，从创作方法的角度叙述文学史的发展变化。特别值得指出的是对作家作品的论述和介绍，不是单个地来评论作家作品，而是从史的角度，把作家放在一定的历史阶段，注意到文艺运动和作家作品的结合。正因如此，这部专著一直作为大学中国现代文学史课教学的重要参考书。同时，他还翻译出版了印度作品《走向自由·尼赫鲁自传》《监狱·我的第二家庭》（尼赫鲁著）、英国长篇小说《亚当·比德》（乔治·艾略特著）、苏联长篇小说《小北斗村》（穆沙托夫著）等外国作品。

茅盾正是基于上述对张毕来的了解和信任，才把这一建国初期中国作家代表团的外事文化交流活动的重任交给张毕来去完成。

张毕来自然知道这一重任的意义和责任。为了把文章写好,他反复斟酌后,便就文章的主要内容和根本观点等重要问题与茅盾商量,两人互相交换了各自的看法,结果所见略同。最后,按照商定的纲要,张毕来发挥自己立论遣词、轻重详略之笔力所长,经过几天紧张伏案疾书,终于不辱使命,拿出了文稿。

送交茅盾审阅后,茅盾很感满意。这篇文稿数千字,在全面介绍了我国当时的文学概况后,文章在最后一段总结分析道:"总起来说,我们的文学情况仍然是不能令人满意的。虽然产生了一些作品,但这些作品从题材上看,还嫌狭窄,从风格上说,还嫌单调。这些作品,大部分是反映战争、农业和工业建设的,广大人民的其他的生活领域,还很少在文学作品中得到反映。缺少独创性、缺少新颖的艺术构思和独特的语言风格的作品,还是很多。在文学理论批评方面,常常多注意作品的思想内容和题材性质,而少注意对作品艺术性的分析。这一切,同文学理论批评和创作方法上的教条主义的倾向,是有关系的。1956年6月间提出来的'百花齐放,百家争鸣'的方针,便是针对着这种缺点的。在文学艺术领域内,'百花齐放,百家争鸣',扼要说来,就是应重视文学的艺术特征和作家的个人特点,大力倡导反映多方面的社会生活和创造丰富多彩的艺术形式,同时必须提倡文学理论批评的百家争鸣。在'百花齐放,百家争鸣'的号召下,全国作家更为活跃起来,最近已经开始更多地出现各种各样的题材,各种各样的体裁和各种各样的风格的作品。'百花齐放,百家争鸣'的号召毫无疑问使我们的新文学更向前迈进一步。"

这篇文稿由茅盾在亚洲作家大会上报告后引起强烈反响,受到各国作家的好评。

后来,张毕来把为茅盾所写的这篇文章编入高中文学史常识课本《文学史概述》一书的现代部分之中,题为《现代文学》。不料在后来出现的"拔白旗"运动中,这篇文章的结尾部分以及茅盾和张毕来都受到来自

"左"的偏颇的批判。为此，张毕来一直抱歉对不起茅盾。

茅盾作为杰出的文艺理论家，对于古典名著《红楼梦》是十分重视的，他也很关注张毕来在红学领域的研究。为此，1979年秋，张毕来将自己不久前由人民文学出版社出版的《漫说红楼》亲自送请茅盾指教。11月28日，茅盾亲自给张毕来写来一封信："承赐大著《漫说红楼》，感谢感谢。可惜我左目失明，右目仅0.3的视力，小字书不能看。渴思拜读大作，奈力不从心，只能世袭珍藏，留作最宝贵的纪念了。"对于茅盾在目疾严重的情况下还亲笔写来信函，张毕来是非常感激的。

1980年春节期间，北京开了一个纪念商务印书馆八十周年的座谈会，茅盾、周建人、胡愈之等人和张毕来都参加了会议，会上茅盾说了几句起了很大政治作用的话。他说，大陆应该与在台湾的学人进行学术交流。而与台湾进行学术交流，以《红楼梦》研究为最好。茅盾的这几句话很快就引起了海外的反应。不久，香港的《明报月刊》就发表了一篇论文，响应茅盾的主张。其论文的题目也很妙，叫作《国共两党合作研究〈红楼梦〉》。

张毕来从茅盾的讲话中获得启示，随后在《红楼梦学刊》编委会上提出了一个建议。张毕来说，在红学这门学问里，我们和在台湾的学者有些共同的语言。至少在以下两点，彼此的看法一致。一是爱国主义。我们认为《红楼梦》是我国古典文学中很宝贵的一份遗产，他们也这样说。二是

1985年12月张毕来（前左二）参加《文学遗产》座谈会

反封建主义。我们认为《红楼梦》暴露了封建主义的罪恶，他们也这样说。之后，在全国《红楼梦》学术讨论会上张毕来又提出了这一主张。为了进一步实现茅盾的愿望，张毕来还努力履行中国红楼梦学会副会长的职责，亲自主持全国《红楼梦》学术讨论和中国《红楼梦》学会理事会，发表了一个《致台湾红学界同仁书》。其中说："伟大的古典小说《红楼梦》，是中国文化的结晶，中华民族的骄傲，世界文学的瑰宝。凡我同胞，无不为自己祖国和民族有这一极为珍贵的文化遗产而自豪。"并表示"愿与台湾红学家们建立联系与发展友谊，加强学术交流，齐心协力繁荣红学。"

以后数年中，全国红学界在这方面做了很多工作。仅《红楼梦学刊》就先后刊登了好些文章，或介绍海外研究《红楼梦》的情况，或转载海外学人的文章。有的同志在国外与海外学人接触，共同讨论《红楼梦》。有的同志编辑台湾学人的论文集出版。在张毕来和红学界同仁的共同努力下，茅盾关于红学的主张逐步得到了实现。

1981年3月27日，茅盾这位现代伟大的革命文学家、杰出的文艺理论家、批评家、翻译家、文化活动家、新文学运动的先驱者，不幸因病逝世，享年八十五岁。

噩耗传来，张毕来悲痛万分，为了怀念这位文学大师和杰出的文化活动家，他很快就写出了纪念文章发表于报刊。

十年后的1991年12月5日，张毕来这位著名的社会活动家、文学史家和《红楼梦》学家也因病在北京逝世，享年七十七岁。

如今茅盾和张毕来都已作古而去，但他们之间的友情和各自的文学成就与学术硕果却是永存人间的。

（原载2011年10月21日《中国民族报》，2011年11月3日《人民政协报》，新华网、光明网等媒体全文转载。）

龙咸灵探秘"电离层"

1993年3月26日,我国著名无线电物理学家、空间物理学家龙咸灵教授因病在武汉去世,享年八十二岁。

武汉大学的挽联写道:"教书尽瘁勋德流芳八三碧血春秋率先研究电波脉冲飞刺太阳系;学界同悲神州永志千百承恩弟子接踵探测空间哀声直达游离层。"

武汉大学常务副校长、博士生导师、著名物理学家侯杰昌等龙咸灵20世纪60年代培养的研究生的挽联是:"寿逾八旬躬耕珞珈山六十载文章学问皆楷模功绩无量育英无数德望重;身隐九天斜测电离层一万里电波太空悉精神音容长存仰首长恸导师归。"

这两副挽联都概括了龙咸灵教授一生八十有余躬耕武大教书育才勋高德重并率先探测"游离层"(后称电离层)推进"电波"传播科学发展的独特贡献,从而点出他在我国空间物理科学界的重要地位,同时也表达了千百弟子学界同仁一齐悲悼,努力继承遗志去完成其未竟事业的愿望和决心。在修辞上,两联对仗工整,巧用嵌辞、学术词语,趣味独特,如"八三"对"千百","研究电波"对"探测空间","太阳系"对"游离层","八旬"对"九天","六十载"对"一万里"以及"无量""无数"与"长存""长恸"的上下工对和平行嵌对，真可谓奇对天然，神来之笔。两副挽联不仅辞情并茂，哀恸悲切，而且评述一生，切合身份。使人悲诵挽联，即联想起逝者生前的不凡人生——

龙咸灵，1911年6月6日出生于贵州锦屏县茅坪村一个贫苦的苗族家庭。在兄妹七人中排行老二，从小刻苦好学，那时家境虽然贫寒，但吃尽了不懂文化苦头的父母仍竭尽全力供他们兄妹读书。他先后在茅坪和锦屏县城读完小学，以后在天柱读初中，因时局动荡，经济窘迫，读书断断续续，直到1933年才在贵阳高中毕业。1935年考取国立武汉大学物理系。在武大读书时最苦，那时他父亲聋了，家里的东西变卖得精光，没有一个钱寄给他。没有书费，他就把一年级的教科书全卖光，才买二年级的，以后一直这样。后来是靠亲友资助和贵州省政府的奖学金完成学业。1940年他以优异的成绩毕业并被留校任教。

做出他留校任教这一决定的是著名空间物理学家和地球物理学家桂质廷教授。桂教授1924年获美国普林斯顿大学博士学位，1939年任武汉大学理学院院长、物理系主任。是他于1937年首次对武昌上空游离层进行探测，之后主持建立了武汉大学游离层实验室，后来又在武汉大学创办了电离层电波传播专业，他是我国空间物理研究的先驱。是他"慧眼识才"，把龙咸灵留校并引入电离层电波传播这一陌生而神秘的领域。从此，龙咸灵为此奉献出毕生精力，并将导师桂质廷的事业发扬光大。

电离层是人类在20世纪30年代才开始探测和研究的。电离层对人类经济活动的重大意义首先是和它对电波传播的影响联系在一起的，它涉及无线电通讯、广播、无线电导航、雷达定位等方面的应用。而无线电是20世纪发展最为迅速的学科和技术之一。收音机、电视机就是靠无线电传播才将声音、图像送达给人们的。但是，地球是圆的，无线电靠直线传播是传不远的，它也不易环绕地球转。于是无线电问世后，科学家就盯着电离层，靠电离层的接收和反射，就可以使无线电传播到地球任何一个角落，所以电离层在无线电传播中具有举足轻重的地位。这就是电离层电波传播研究和应用的重大意义和科学价值。

正是出于对电离层和电波传播科学价值与运用意义的深刻认识，龙咸灵留校后就参加了电离层实验工作，搞观测及资料分析。1946年，他在全球范围内最先发现电离层中的E2层并总结了它的变化运动规律，并于1948年公诸于世。1949年他在美国著名学刊《JGR》上著文，确证电离层赤道异常现象，这一成果受到世界同行的注目和赞誉。

新中国成立后，他更是获得了新生，并于1954年光荣加入了中国共产党，而他对电离层的研究也跃上了一个新台阶。这时他参加创设武汉大学物理系的电波传播专门化点，这一研究专业是我国独有的，因而受到国内外的高度关注。苏联莫斯科大学物理系古谢夫教授因此两次来到武汉大学访问讲学，并与龙咸灵合作研究。

龙咸灵在实验室

1958年，中国科学院在武汉成立中国科学院测量与地球物理研究所，他是该所的学术委员会委员。20世纪60年代，他领导建立武汉大学黄陂电离层实验站；70年代，他主持建立武汉大学空间物理系、武汉大学电波传播与空间物理研究所，并任第一届系主任和所长；80年代，他领导建立珞珈山电波综合观测站。在他的领导和亲自参与下，首次在我国利用自制的设备进行中低纬电离层斜向探测，随后又研制成FXZ实时选频系统，有效地保证了无预约频率情况下的高质量通信。他还利用自制设备，获取了国际上最低纬度日食观测的高频多普勒效应资料，取得了日食对低电离层影响的新结果，得出了中、低纬平流层增温时中层冷却的结论。同时，在"跨赤道电离层电波传播的研究""核爆炸电磁效应及其对通信的影响""高速飞行器再入等离子鞘套中电波传播的特性""毫米波、亚毫米波传播及其工程应用"等研究中，均取得了显著的成果。为本学科和国民经济的发展，特别是为我国的国防建设作出了重要的贡献。上述成果，有的填补了国家空白，有的为国际领先或国内外先进水平，因而深受国内外该领域学术界的重视和高度评价，得到工程实用部门的采用与赞誉。曾分别获得1978年全国科学大会奖，1988年国家教委科学技术进步三等奖，1988年国家自然科学三等奖等。他在七十二岁高龄时撰写的两万多字的《关于电波传播科学规划的建议》，为国家的科技发展出谋划策，受到国家有关部委的重视和采纳。

在教学中，他先后讲授了普通物理、无线电基础、无线电工程、网络理论等多门课程，培育了一届又一届大学本科毕业生。自1955年开始培养研究生以来，共为国家输送了三十余名研究生，他们中的大多数已成为该学科领域中的教学和科研骨干，一些人还被选为市、省和全国人大代表、政协委员或劳动模范，成为教授、博士生导师与省级、国家级有突出贡献的专家。龙咸灵教授为我国高级人才的培养作出了卓越的贡献。

由于功绩累累，他分别在武汉和北京三次受到毛泽东主席的接见，并当选为第五届武汉市政协委员、第六届全国人大代表。还先后担任武汉大学校务委员会委员、学术委员会委员，国家科委电子技术科学专业学科成员，中国空间科学学会副理事长，中国电子学会电波传播学会副主任委员，国际大地测量地球物理联盟中国委员会委员兼秘书，湖北省武汉市通讯学会副理事长，中国大百科全书：固体地球物理测绘学、空间科学卷编辑委员会委员，电子学与计算机卷编辑委员会电波传播副主编等。

因此，在龙咸灵教授追悼会上，侯杰昌常务副校长代表武汉大学在悼词中高度评价说：龙咸灵教授是我国电离层与电波传播研究和专业教育的一位重要奠基人和学术带头人。几十年来，他严于律己，诚以待人，勤勤恳恳，忠诚党的教育事业，备受推崇和爱戴。他为我国电离层电波传播科学事业的发展作出了重要的贡献。他的逝世，是武汉大学和我国空间科学界的重大损失，我们深感悲痛。我们要学习他的高尚精神，化悲痛为力量，努力投身四化建设，以实际行动悼念敬爱的龙咸灵教授。

侯杰昌教授的悼词，正表达了学界同仁、千百弟子对龙咸灵教授的深切哀悼与怀念！

（原载台湾《黔人》第16卷第4期。）

吴冠中：苗岭清江丹青情

那年他已六十有二,是花甲老人了。但对艺术孜孜以求的执着精神,仍然使他勇于承受着寂寞与艰难。

"乡村是艺术材料的生产地,城市是艺术的加工厂。农村盛产粮食,我是到这里来吸取艺术食粮的。"

"艺术的成功从苦中泡出来,养尊处优是不能有艺术成就的。"他以生命来追求艺术,艺术就是他的生命。

于是在1980年盛夏,他来到贵州山丛寻画,并向青年们掏出了上面的心里话。他就是当代中国著名画家、中央工艺美术学院一级教授吴冠中先生。

吴老好深山老林,几乎每年都有几个月生活在边远地区或深山密林中,足迹踏遍祖国的名山大川。他到过雁荡山、普陀山、黄山、泰山,也登过武夷山、井冈山、玉龙山、青城山……可这一回,是千里迢迢来到我们贵州的雷公山。

我是山里人,可并不认识山。"不识庐山真面目,只缘身在此山中"。然而我听过省外朋友、国外友人赞美过贵州的山具有峻、秀、苍、野的特色,是美丽的山国。曾有诗这样惊叹:"如浪卷,似涛翻,涛翻浪卷贵州山;望不断,数还乱,不知山有几十万。"或许正是这山的诱惑，引来了画家的青睐。

他首先爬上雷公山。雷公山是苗岭山脉主峰，海拔2178米，为黔东第一高峰，山势磅礴，莽林遮天，雾气蒸腾，晴雨莫测。曾有《浪淘沙·雷峰烟雨》词咏赞：

　　四百里纵横，
　　雾锁云吞，
　　出头敢说众山惊，
　　五岳移来休比峙，
　　空负虚名。
　　原始有森林，
　　烟雨沉阴，
　　长年草木不知春，
　　反是冬来气候暖，
　　顶上晴明。

由于雨多、坡陡、路滑，吴老靠着向导砍来的一根竹杖，一步步在陡坡边挪移。雨衣划破了，裤脚湿透了，手背被草割出了血，他依然沿着山羊小道的峭壁向上爬行。雨下个不停，他只好用雨伞扎在画架上，把大块塑料薄膜张挂在树枝间聊作帐篷，开始了捕捉雷公山粗犷原始之美的创作。

第二天，吴老又用三个多小时从住地步行到响水岩瀑布。响水岩瀑布高达一百余米，飞瀑一泻三叠，似银龙飞舞，如白练飘逸，颇为壮观。吴老随向导从瀑布斜对岸一处农田边小道入口，一直下到陡坡丛林。渐渐地再往下便没有路了，向导的声音也越来越远，越来越小，最后互相呼喊也听不到了，只有潺潺的水声永远在呼唤！吴教授人老年高，是经不得跌了，只好像儿童似的，紧紧捏着树枝，匍匐着慢慢往下爬。有时扳着的树枝是腐朽了的木灰，他险些滚下去……大自然无穷的生命力啊，竟能让一个老人为了艺术而着魔！因为人们需要美，而大量的美又偏偏在大自然里。

从寂寞的雷公山来到清水江畔的绿色锦屏,吴老感到最吸引人的还是生活气息。他说,锦屏是深山林区中一个比较干净的小县城,清水江、小江、亮江三江相汇,江水澄碧,林木蓊葱,完全不是他担心的穷山恶水的贵州野镇,画意正浓。

那时我在锦屏中学教书。闻听北京的大教授画家来到了县城,犹如春天里一声春雷震撼着人心。第二天一早,我们几个青年教师就跑到县政府招待所去一睹这位老人的风采,但服务员说:"天一亮,他就背着沉重的画箱出门去了。"

吴冠中先生在锦屏写生

直到吴老离开锦屏前夕,在县委宣传部召开的座谈会上,我才有幸见到了这位老人,并且就坐在他的身旁。原来,他个小、人瘦、脸黑,全不像我想象中的北京大教授的样子。他穿着一件普通的灰色衬衣,上面油迹斑斑,一双黄皮鞋磨得脱皮裂口。满头银丝,前额红黑,有几排苍劲的沟纹。眼睛不大,但深邃灵透。说话时声音干哑,但手势优美有力。消瘦的颈脖上,绽着根根青筋,手臂上曝晒后的皮肤开裂,一块块像鱼鳞般的脱落下来。

据省文联的同志介绍,吴冠中先生是当代中国杰出的绘画大师,被人们誉为"20世纪中国的骄傲"。他以一生甘苦浇灌的艺术之花,已在世界文化的花坛中盛开。吴教授热爱艺术就像热爱自己的生命。在创作上选材严格,一丝不苟。这次在锦屏画了十幅,有两幅不太满意,就全部抹掉重来。他是有国际影响的画家、一级教授,但生活俭朴,外出写生时只带两个馒头,一般都不带水,在同行中,以能饿、能渴、能站、能爬、能晒、能淋而闻名。在新疆作画时,为了画一幅乱石溪水滩上的日出,他早上四点多就起床出门。这次到锦屏,每天五六点钟就起床出去,经常摸黑回来。他把锦屏的山前山后、江河沿岸都跑遍了,细心地观察揣摩,然后在脑子里综合选择,组织形象,挖掘意境……

那天,有人出了一个美好的主意去河口,使他历尽惊险……

原来,那一天他们坐船逆清水江而上,沿途可画两岸佳景。清水江不但潭连滩,滩连潭,奇险中含清幽,奔放中带温柔。而且两岸景观奇异,或绝壁对峙,蓝天一线;或杉山连绵,一派翠色;或侗寨苗村,木楼鳞次……起初,吴老一行乘坐的小快艇如离弓之箭,飞驰在清蓝碧澄、倒影婆娑的宁静江面上,真有春水船似天上坐之感。

然而好景不长,当快艇驰入门槛滩时,暗礁横陈,吼声如雷,浪花飞卷,直撞入他们胸怀。瞬间,快艇如飞高坡,人头皆如悬空……吴教授不习水性,当年留学巴黎时又曾有在塞纳河遭过覆舟的险情。此时他紧紧抱着唯一的一个救生圈,如惊弓之鸟,纹丝不敢动。民谣云:"门槛滩,鬼门关,十船下江九船翻。"历史上,船排过此,船夫排汉都要先杀鸡敬神拜佛,然后才敢启航。好在这次的舵手技高胆壮,刹那间便把快艇窜入水中,然后昂首冲出门槛滩……船如箭飞上水平如镜的四里塘,悠然间眼前柳暗花明,一片彩云,两岸清幽,古木蔽日,猿啼鸟鸣。小快艇终于驰进了河口。

河口是锦屏西部的第一个口岸,因清水江和乌下江两河汇于一口而得名,形成"一渡两江三山岸"的奇特景观。河口地势狭窄,青山高峻巍峨,古木荫翳,满目翠色。南岸的姚家坪,是以经营木材发家的木商巨富姚百万于嘉庆年间兴建的清代建筑,画栋飞檐,临崖横空,险峻壮观。北岸的苗寨瑶光,历史悠久,风情醇浓,风光无限。1934年冬,中央红军长征经过河口，由林彪、聂荣臻率领的红一军团的先头部队曾与国民党黔军第一旅的两个团在这里激战并胜利抢渡渡口。这是一块洒有红军鲜血的热土。吴老对此红色遗迹、佳景名胜、苗族风情赞叹不已，他抖掉先前风尘，摆开画板，便调色挥毫……

吴教授不仅对黔东南山水情有独钟，而且对苗侗人民礼赞不绝。黔东南是中国苗族、侗族的母土之地，人文风情千姿百态，异彩纷呈。他盛赞苗族吃新节那高高的横斜芦笙是艺术的标杆，那苗家姑娘的银饰盛装及男女一路踏歌的队伍为美妙绝伦的艺术画卷；他称誉打着红伞、背着侗布包一路欢笑赶去对歌的山里侗姑，说不定日后会成为举世闻名的歌唱家；他惊呼苗乡侗寨斗牛场的"牛打架"是古罗马斗兽场景的浓缩；他感慨在高山的露天剧场听侗族大歌比在城市大剧场更能享受到莫大的愉快。正是带着对苗乡侗寨的深情痴迷和无尽眷恋，他依依惜别了黔东南。

1984年夏，我参加编写《红军在黔东南》，为了给史书增辉，曾建议编写组去函向吴老索取那年他在河口的一幅油画作图片资料辑入书中。对于这封信的结果，当时大家都心中无底，期望不大。

可谁也料不到十天后我们就接到吴老的来函：

中共黔东南州委党史办公室负责同志：

接读来函知你们正编写《红军在黔东南》的册子，拟采纳我1980年在河口的一幅写生油画。仍如所言，我那次激浪险身去河口是冒了很大风险的。因为当时十分匆忙，画虽画得并不很理想，但还是表达了江山的险要和人民生活的情调。既是红军两次抢渡的渡口，很有历史价值，令人怀念。因此我决定将原作奉赠你们，除收入集子外，还可配合文物陈列，引起人们对革命战斗环境的追念。昨日接信后，我已将画找出，是画在三合板上的油画46×60厘米，邮寄不很方便，怕途中拆裂。如你们最近有便人来京，随身带回最好，实在无人时再寄，如在贵阳印刷制版，则托贵阳便人来取也行。你们研究定夺后来信,该如何处理?等你们来信。我8月份将离京,早日确定后我将画交代家人,等候来取,并致敬礼。

吴冠中
1984年7月13日

展卷拜读,吴老那浓情厚谊,博大胸怀,跃然纸上,令人仰止。

可没想到,后因种种原因,编写组没有再与吴老联系要画,终成一件憾事。但吴老那封字迹飘逸、义重情深的书信却鼓励我完成了红军长征在黔东南的史实采访、搜集和撰写任务。

之后,虽几经搬迁,岁月流逝,我都将这封信视如珍宝随身收藏着。我知道,这封信记载着吴老对那次采风写生的难忘追念,也饱蘸着他那一片苗岭清江丹青情。

(原载1998年5月1日《贵州日报》。)

挪威大使迷"醉"黔东南

1995年4月,著名的挪威生态博物馆专家约翰·杰斯特龙先生专程来黔东南考察民族文化。他在参观了榕江寨头、摆贝和锦屏隆里后,情不自禁地赞叹:"黔东南有如此丰富的民族文化,这是你们的财富,也是国际文化的共同财富。我希望长久地给以保护。两百多年来,世界上许多少数民族用树皮盖房子已很少见到了,这里的苗乡侗寨还保持着,很了不起。我相信不久的将来,这里的生态博物保护会得到安排,我回去以后会有新的建议。"

正是在这个基础上,挪威驻华大使白山先生赴黔东南考察。其目的是为在贵州建立民族社区生态博物馆进行可行性的调研。

1998年4月5日,白山大使、斯竹娜女士在中国博物馆学会安来顺博士和贵州省文化厅李嘉琪副厅长等人的陪同下风尘仆仆来到凯里。

第二天,大使一行前往黎平。车子经过雷公山时,大使多次下车欣赏雷公山风姿,还详细询问了雷公山的海拔高度,自然保护区的面积范围,原始森林情况,都有哪些生物种类?珍稀的动植物有哪些?当看到一片片光秃秃的山岭翻着黄土时,大使惊异了:"那是毁林开荒吗?"我们忙解释:"那是当地农民搞坡改梯,栽经济林。"大使于是含笑点点头。

在榕江,大使考察了车江侗寨的风情。车江的榕树,云冠巍峨,四季常青。在苍翠碧绿的古榕下,一二十名侗族姑娘身着无领大襟中长上衣和滚边便裤,头挽发髻,项套银链,手带玉镯,有的轻弹琵琶,有的飞针纳鞋,大家簇拥着在唱侗歌。看到这幅古朴亮丽的风俗画,大使一行陶醉了。他们用刚刚学会的侗话对姑娘们说:"纳赖,纳赖!"(您好,您好!)然后就兴致勃勃地加入到琵琶弹唱的行列中。在侗家农户里,两个五十多岁的妇女正在忙着纺纱织布。大使对古老的纺纱织布机和妇人娴熟的技术产生了浓厚的兴趣。他弯腰询问这台光亮的木织机已有多长历史,织一卷布要多长时间?从种棉、采棉、捻棉到纺纱织布、漂洗浆晒,要花多少工夫等。一个五十开外的老人,竟像小孩一样新鲜好奇。

下午,夕阳西下,炊烟袅袅。大使一行在黎平的新寨、寨头流连忘返。这里的木桥、小溪、鱼塘、粮仓和风水树,构成一幅世外桃源风景图。尤其是保存完好已有数百年历史的寨门、鼓楼和风雨桥,三位一体地构成了侗族建筑的系统地标,充分展示了侗族能工巧匠的非凡技艺和聪明才智。大使连声赞叹:"这种建筑群体,世界罕见,蔚为壮观。"

第三天上午,白山大使考察了天生桥。据世界权威的《吉尼斯世界纪录大全》介绍,世界上最长最大的天生桥是美国西部的犹他州天生桥,长88.7米,高30.5米。而黎平高屯的天生桥长达350米,高38米。在溪水边仰望,那天桥绝壁横空,巍峨壮观,气势非凡。清代有诗人咏赞:

> 人凿难施鬼斧穷,
> 天心不厌地玲珑。
> 两山壁立龟梁架,
> 巧妙争传造化工。

大使从不同的角度反复考察这座桥后,连连称赞:"这是世界罕见,天桥奇观,希望一定要好好保护它!"

中午，大使的越野车沿着弯弯曲曲的林区便道驶进锦屏县的隆里乡。隆里古城，为明代军事城堡遗址。城垣为泥土夯筑，街道系卵石铺就。城内有三街六巷，七十二井。城外四面设有城门，鼓楼巍然耸立。民居临街整齐铺排，一色三间两层风火墙。墙上细雕花木鸟兽，台阶全磙青石墩板。房屋木质结构，工艺严谨精良，整个建筑风格，全系明代遗址。

当大使一行步入隆里村口，只听铁炮九响，震天动地，锣鼓喧天，一片闹腾。由一百五十位男女村民组成的舞龙队舞起"五龙迎宾"，向大使等贵宾欢迎致意。大使虽游历世界，各国礼仪，见多识广，但民间这等阵势，却叫他耳目一新，叹为奇观。

在花街和广场上，舞龙队以娴熟高超的技巧表演了串花龙、滚地龙、大盘龙、小盘龙、二龙抢宝、双龙戏珠、金龙抱柱、黄龙翻身、青龙吐丝和五龙相会等十多种花样。万余观众与贵宾沉浸在喜庆的气氛中。

随后，大使来到村民夏宗材家做客。热情好客的主人为贵宾摆满了丰盛的风味食品。大使食欲大振，先尝了小碗香喷喷的油茶，又吃了半个甜藤粑。然后分别品尝了五色米花、脆爽炒米和香酥麻叶。大使吃得津津有味，还亲切地与主人摆起家常来。当年逾花甲精神矍铄的夏宗材老人端起芳香扑鼻的重阳糯米酒敬给大使时，大使欣然站起，一饮而尽。接着一个妇女唱起当地民歌表达隆里人民对大使的友谊与欢迎：

喜鹊叽叽叫不停，
欢迎大使到我村。
恭敬一杯糯米酒，
略表我们一片心！

面对乡民的浓浓深情，大使激动得站立起来即兴讲话：

我这次贵州之行来到隆里，看到隆里传统文化这么富有特色，感到非常精彩，非常神奇，非常难得。我一走进这个村寨，看到舞龙,被震惊住了。过去在泰国我曾经看过舞龙,但像隆里这样舞得雄奇壮观的还是第一次。隆里舞的龙特别有力,栩栩如生,富有强劲的生命力,这才是中国真正的传统舞龙。像隆里这样对民族文化遗产保存得那么好,我也感到震惊。这里的苗族、侗族与汉族相互团结,和睦相处,这也是很令人震惊的。今天我的所见所闻,在我心中留下深刻的印象,使我终生难忘……

第四天清晨,白山大使一行向雷山郎德行进。

郎德是一个百来户人家的苗族村寨。这里民族文化悠久厚重,有鳞次栉比的吊脚木楼,古朴动人的铜鼓芦笙,异彩纷呈的民族歌舞,工艺精湛的银饰盛装。靠着这厚重的文化积淀,1987年,郎德被贵州省公布为对外开放的第一座民族村寨博物馆。1996年被国家文化部授予"中国民间艺术之乡"称号。十多年来,接待旅游参观者三十余万人次。

这天下午,郎德苗族人民冒雨在寨头摆下十二道拦路酒,以传统的敬牛角酒这种苗家的最高礼仪来迎接贵宾。寨老们敲起铜鼓,吹响古老的芒筒,把大使一行迎进寨里。大使兴奋不已,欣然穿上苗族服装,手舞足蹈与村民们跳起古朴欢快的芦笙舞。接着大使考察参观了郎德风情馆和村容寨貌,最后观看了苗族刺绣、芦笙制作、银饰加工、民间剪纸、泥哨手工等民族民间工艺表演。离开郎德时,大使对村委主任说:"感谢你们为保护民族文化做了卓有成效的工作。我希望还能再来郎德!"

白山先生来华前,曾任挪威王国驻联合国特命全权大使,到过世界的许多国家,也到过我国的港澳台地区,而且还学过汉语,对各国及地区文化很有研究。因此,我们当面请他谈谈对黔东南民族文化风情有什么印象?这些文化与国外或国内的云南、广西相比又有什么样的特点或区别?

大使稍加思索,便侃侃而谈:

黔东南州的民族文化保存得很纯真,与国外和中国的云南、广西相比,也很有特点。比如在巴黎或维也纳有很多的文化艺术

作者、白山大使、安来顺博士（从左至右）在隆里状元桥

中心，那都是举世著名的，但它们都有人工集中的痕迹。在云南和广西，我也看到了丰富多彩的少数民族文化和人文景观，但那里已受到旅游业带来的生态污染。而黔东南却是一片神奇迷人的净土，这里的苗族侗族文化很纯真，很古朴，令人迷醉，这是非常珍贵的，我希望要好好保护它。

大使深邃的见解与精辟论析，令举座叹服。

（原载1998年7月24日《贵州日报》。）

台湾黔籍"快手作家"姜穆

姜穆先生，1929年5月出生于锦屏县文斗乡上寨一个苗族农民家庭。文斗，是苗族聚居地，地处清水江南岸，山高路陡，十分贫困，距县城有33公里水路。文斗虽穷，但民风向学。从前这里读书人多，便将其比作天上的文曲星斗，故名文斗。但历史常常捉弄人，到姜穆出世之前，文斗还没有出现一个名副其实的"文星斗"，反而涌现了几个剽悍尚勇的"武星斗"。诸如曾在咸丰年间任过花翎参将的姜毓英，还有名垂"清史"的一品大员、曾国藩悍将记名提督朱洪章等。

家乡的这些英雄豪杰对姜穆有何影响，不得而知。但姜穆后来从军，且达校官军阶却是事实。也许大山里出来的人，且又流淌着苗族的血液，尽管历经磨炼变化，但万变不离其宗吧，姜穆在台湾成了"文坛快手"后，也还带有军人作家的"虎莽"。台湾从事30年代文艺研究的专家李牧先生曾称他为"草莽英雄"。姜穆听后调侃说："英雄则未必，草莽气息实有一些。"大陆研究港台当代文学理论的著名学者古远清教授在其论著《台湾当代文学理论批评史》中，有一节题为《姜穆对三十年代文学的"武化"研究》。"武化"者，古先生指的是姜的文学研究带有火药味的政治批判。古先生1995年曾经访问过台湾"中国文艺协会"，并在"海峡两岸诗歌座谈会"上结识了姜穆。他回来后,写了一篇文章《初识"草莽"英雄姜穆》发表在1996年第4期全国优秀社科期刊《书与人》上。

这样看来,故乡莽莽杉林的元气,民族剽悍桀骜的风习,不管是对姜穆的就武或从文,都是烙上印痕的。这种"莽气",与其父母的初衷似乎大相径庭。在文斗这个贫困的山旮旯,要持家为计是很艰难的。少年姜穆,共有十个兄弟姊妹,他排行老三。一家如此众口,莫说是种稻吃粮,就是上山挖蕨充饥,也要蚕食去半边坡。然而,明晓事理

姜穆先生

的父母,在使其他兄弟姊妹多受些委屈的情况下,也要让姜穆入私塾念书。动机并不是贪书中如玉之颜与黄金之屋,老人心里想的只是为避免受人欺侮,使家庭能过上平静的日子而已。后来,姜穆进了小学,上了初中。在爱国的先生们指导下,他知道了我们的国家在列强的铁蹄下几遭瓜分,后来在"不从军就是不爱国"的舆论影响下,他于十七岁即弃学从军。这期间,少年姜穆虽然读了几年书,识得几个字,但真正说来,他觉得这点水平"其实信都写不通"。后来他之所以能搞创作、任编导、当编辑,成为台湾文坛"快手作家",完全是靠滴水穿石之功自学成才的。

回首往事,姜穆感慨万千。他说:那时军人的生活是苦闷的,待遇极低,月饷发起来,只够打两次牙祭,获得一些口腹之乐。至于平常生活,那就更艰苦。今天吃的是豆渣拌地瓜叶,明天的菜单是地瓜叶羼豆渣。大地就是饭厅,风一吹,菜汤上面浮了一层灰,像是加上一层胡椒佐料,用汤匙拨一拨,才能舀起来喝。很少有机会吃上肉,偶然有点肉,大家把眼鼓得比牛眼还要大。三操两课既枯燥,又辛苦。因此,苦闷、思乡、忧伤、孤独之情油然而生。星期天休息,别人睡觉、游玩,我却用来搜集资料、读书学习和写作。我把生活感受形诸文字,发表在报刊上;这样一

来，写作既成了我发泄心中苦闷的方法，也成为我唯一可以增加收入的捷径。从此，我走上了写作这条路。

然而，创作是需要才华的。姜穆明白自己年少读书少，在创作上缺乏才华。于是，他决心以笨治笨，利用一切空隙时间苦读。那时他在军队里做事，军队只许玩枪弄棍，从黑洞洞的枪管里出入，不许有别的业余爱好。可姜穆偏不信邪，在下岗以后偷看《左传》。有一次被长官发现了，便被训斥一顿："你又不是左派，怎么能看《左传》？'左'是共产党的代称，你难道不知道？"姜穆哭笑不得，一声苦叹："真是秀才遇到兵，有理说不清。"

后来，他又搞起了文艺研究。他说："搞研究与写小说不同，它更需要学问，而我却是'骑在牛背上的牧童'，不能不边走边吃草，否则无奶可挤也。"当时，当局又严禁30年代文艺传播。因此，要研究瞿秋白、鲁迅、沈从文、丁玲、萧红、周扬等，需冒极大的风险。但具有苗族血统的姜穆根本不怕这一套，他偏在暗地里着手搜集30年代文艺史的各种资料，随后分类整理，竟然有一二百卷之富。

祖国改革开放以来，他还多次利用回大陆探亲的机会，大量采购30年代的文艺史料和地方志。当人们买玉、买古董、买酒的时候，他却将资料书籍一本本地搜集，一箱箱地运回台湾。

他还特别注重抢救活资料。沈从文是中国现代文学史上将自己的命运与南方少数民族（苗族与侗族）的命运联结在一起的著名作家，他的不少作品写了湘西，也写了黔东。而且沈是个没有入过中学、行伍出身、完全靠努力自学成名的教授，这些无疑都是姜穆这个从军多年的苗家人最感兴趣的研究课题。为了研究沈从文，姜穆去北京前曾拟了详细的访问提纲准备当面请教，诸如沈与丁玲的关系，追张兆和的一些趣闻真实性如何，《自传》中的那位白脸孩子的姐姐是否真有其人，《边城》是否有原型人物等等。

1988年5月，当他来到广州得知沈老去世的消息后，心里顿时感到深深的伤痛与失落。

回到贵州探亲，他为家乡的巨大变化而振奋，挥笔写下了《三千里走访"苗侗自治州"》《观贵阳老家》等文笔酣畅、情透纸背的观感文章。

古语云："天道酬勤。"正是靠这种"笨"办法，他积累、占有了丰富广博的文学史料。他家中，连走廊客厅都摆满了书架，几乎成为文学史料的专业图书馆。靠着这些资料的帮助，他不断地苦读，感悟，勤奋耕耘，先后出版了诗歌集、小说集、散文集、报告文学集、游记集、文论集和影视文学集等四十多部作品。特别是在《解析文学》《三十年代作家论》《三十年代作家续论》和《三十年代作家脸谱》等专著中，他以30年代"左翼联盟"为主的作家为主要评论对象，并以其文艺组织为经，对鲁迅与共产党的关系，丁玲与沈从文、胡也频等人的关系，萧红与萧军、端木蕻良、骆宾基的关系，周扬与胡风的关系，以及梁实秋、台静农、萧乾、徐志摩、郭沫若等作家一一做了研究，以一人为主线，旁及其他人物，使读者方便快捷地了解其中错综复杂的关系，从而揭开了30年代文坛的神秘面纱。

同时，他又以治史的严肃态度写出30年代作家鲜为人知的趣闻、绯闻。其中有爱恨交集的故事，也有人物命运随时代沉浮而变化的故事。虽属轶事，却句句有所本，因而不仅具有趣味性、知识性，而且具有深刻的历史意义。

对此，古远清教授评述道：

"我感到他的确掌握了30年代文艺的大量史料，是一个认真做学问的人。

"在他多年的努力下，对冰心作品的独特风格、萧红《生死场》的艺术成就、端木蕻良的乡土色彩、沈从文的性格与婚姻等项，取得了与众不同的研究成果。

"姜穆先生不仅在30年代文艺研究方面自成一家之言，而且对台湾军中的作家，如张默等人均有独特的研究，甚至可视为他的专长。"

古教授的这些赞语，对姜穆先生而言是恰如其分、受之无愧的。

如此看来，姜穆先生不仅是台湾的"快手作家"，而且成了贵州苗家山寨升起的一颗"文星斗"。

（原载《当代贵州》1998年9期。）

叶大年的一片冰心

最早听说叶大年先生,是在湖南怀化的一次学术会议上。当时怀化的同志介绍说,叶大年是中国科学院院士、全国政协常委、著名的经济地理学家,他根据地理对称的科学原理,最先提出怀化有建设成中等城市的区位优势。他的文章《怀化——发展中西部的一着重棋》当年在《怀化日报》和《湖南日报》发表后,引起极大反响。经过他的策划并联合其他政协委员奔走呼吁,"重棋"中的"重举"——渝穗铁路中的渝怀段获国家批准动工修建,贵州的铜仁地区也因近水楼台而受益。从此,我对叶先生的心仪与日俱增。

1998年10月,《光明日报》在显著位置刊载了《贾兰坡等十四名院士呼吁——让我们继续寻找"北京人"》的新闻,我惊奇地发现,在署名中就有叶大年。读着这篇言简意赅、闪烁智慧的短文,我不仅对叶先生等院士要寻找人类的良知、寻找对科学进步和全人类和平的信念,为即将到来的新世纪做出自己贡献的历史责任感敬仰不已,而且脑子一亮,就联想到这可能给我带来某种机遇与希冀。

这时候,我已经在台江县挂职任县委副书记。前不久,县委、政府根据我的建议已做出建立台江古生物博物馆的决定,并明确由我负责筹建的具体工作。恰好叶院士又是地质科学家,这真是天助我也。激情之下,我便贸然提笔给他写信,恳求他为我们的博物馆题词写馆名。当信即将封发时,我却胆怯了起来。原因是我与他素不相识,一个小小的县级古生物博物馆要请大大的科学家写馆名,人家不会笑话我癞蛤蟆想吃天鹅肉吗?不久,我又到怀化参加会议,谈及此事,与会的文化部文艺研究院的杨志一老先生就鼓励我要敢吃"天鹅肉",他愿帮我带信回北京亲自交给叶院士,以助我一臂之力。

我半信半疑,将就从命。不料几个月后,叶院士就给我回了信。信中说,他因不间断地生病,把事拖了下来,实在抱歉!还随信寄来了他的题词:"台江化石宝库给人类提供了研究古生物化石的金钥匙。"对于题写馆名,他谦虚地说:"我替你请刘东生先生题写馆名,刘先生是中国科学院资深院士、著名古生物学家,曾任中国科协书记处书记、第三世界科学院院士、国际第四纪研究联合会主席,刘先生是大学问家,他题馆名,更为合适。"字里行间,显透出他求实负责的科学态度和谦逊诚挚的高贵品德。

这之后,筹建中的博物馆借风助力,扶摇直上。1999年4月30日,在"99生态环境游·贵州苗族姊妹节"期间,台江古生物博物馆隆重开馆,中国科学院古生物研究所致电祝贺,九十一岁高龄的杨遵仪老院士风尘仆仆专程从北京赶来剪彩。当年11月,中国科学技术协会命名台江古生物博物馆为首批"全国科普教育基地",这是当时全国唯一入选的一个县级馆。

从那以后,我与叶先生建立了通讯联系,但对他的过去,知之甚少。直至后来在《贵州日报》上看了他的回忆文章《母校情》,以及今年3月在北京的全国文艺会上他与我们贵州代表面晤后,我才知道他与贵州有一段浓浓的不了情。

历史回溯到1945年8月,抗战胜利的鞭炮声响遍中国的大江南北,这鞭炮声驱走了八年离难的晦气,给流落他乡的人们以返回老家的希望,也给国家的建设带来了生机。不久,国民政府交通部成立湘桂黔铁路工程局都(都匀)筑（贵阳）工程处，叶先生的父亲作为筹备组成员，携妻带子举家由柳州迁来贵阳。从此，叶家就和贵州有了不解之缘。

在贵阳，先生少年时读过最好的公立学校贵阳实验小学，以后转学到铁路子校扶轮小学。谈起这些往事，他童趣未泯，神采飞扬。他说扶轮小学学生不多，只能复式教学，颇像农村山区的学校。但是，老师中高级师范和大学毕业的比比皆是，教学质量都很好，还开设有英语和铁道常识课。谈到动情处，他竟泪花闪烁地唱起扶轮校歌来："贵山富水佳气郁葱葱，汽车如电过，文化随交通，我们励品学，锻体魄，奋发志气雄。"解放后，他考入贵阳二中，其前身就是贵州著名革命家王若飞的母校"达德中学"。三年后进入贵州省新建的完全中学贵阳六中。正是贵阳的中小学教育给了他扎实的基础、健康的体魄和广泛的兴趣，使他后来考上北京地质学院，并成为中科院地质所的研究生直至晋升为研究员，最后迈入殿堂被遴选为院士。

也正是在贵阳，由于国民党发动内战，加上贵州恶劣的自然环境和历史造成的落后，使他读小学时就知道了通货膨胀的滋味，也尝够了上街摆地摊卖破烂的辛酸。当然在全家九口生活难以为继的时候，他就到农民菜地里拣白菜，而菜农们总会有意多留一些好菜让他拣。当年菜农们的那份善良与淳朴，使他从小就受到感染和熏陶。

回忆起青少年时代的学习与生活，叶先生总是笑哈哈地说，我对贵州总的印象是美好的，她是我的第二故乡。自然，情之深也就念之切，甚至有点为贵州抱不平。他在文章中写道："贵州贫困和落后与其生态环境脆弱有密切关系。老实讲，对贵州来说，老天爷是不太公平的，挑战多于机遇，颇有点'置之死地而后生'的严峻形势。"面对这种形势，他没有忘记自己对第二故乡的责任，并为她捧出了一颗挚爱的拳拳之心。

是的，这些年，叶院士的视角从没有离开过贵州。他任全国政协常委后，曾经到六盘水市考察。通过对中国大城市网络的深入研究，他认为六盘水和怀化、赣州、延安等地同样具有发展为中等城市乃至大城市的潜力和条件。去年，他应贵阳市的邀请，专程来筑策划讨论发展贵州经济的问题。

作为一个科学家，叶先生同样善于奇思异想。他常说，魏格纳在地图中以美洲东海岸与非洲西海岸的海岸线相似的事实为出发点，提出了著名的"大陆漂移"学说，那我们在普通的地图上还能有惊人的发现吗？而作为经济地理学家，研究对称又是他的本行。几十年来，他潜心研究地图，包括不同比例尺的中国和世界地图，以致达到如痴如醉的程度。真是"众里寻她千百度，蓦然回首，那人却在灯火阑珊处。"

1996年，他突然萌发并提出了"地理对称"的构想。这就是用拓展了的对称概念(包括反对称、色对称、斜对称和曲线对称)去审度地图，从中看出别人看不出的未知规律。例如，从武汉——幕阜山——罗霄山画一条直线，湖南和江西就以此直线为对称轴对称起来了。他的这一科研成果就凝结在即将出版的专著《经济地理中的对称现象》中。

那么，贵阳之行他给第二故乡带来了什么？2000年11月，《贵州日报》发表了他和同事的文章《贵州城市的对称分布和交通建设》。文章运用"地理对称"的原理和比利时著名科学家、诺贝尔奖获得者普里高津的耗散结构理论，科学地分析了贵州城市的格子状分布、贵州经济地理上的对称性和以贵阳为中心的城市靶形分布等区位结构态势，根据西部大开发的发展趋势，结合贵州的客观实际，提出建立旅游名胜黄果树市、梵净山市和黎平、罗甸两个县级市的城市化建设构想；并依据东部经济发达地区交通线为"四管齐下"或"五管齐下"的交通格局，呼吁修建沿320国道和210国道的高等级公路并规划修建东面的230国道、南面的330国道及西面的231国道以及建成贵州铁路网呈"米"字形的四通八达的交通格局。他充满信心地指出，只要上述项目得以实施，那贵州的经济振兴，特别是少数民族聚居区的脱贫致富就必将指日可待。

这一文章发表后，引起贵州省市领导和有关部门的高度重视，也受到西部地区的喝彩与好评。这一次，他还专门去寻访当年的那几户菜农，与他们拉家常，商量致富路子，并现场帮助解决他们的实际问题。老人们激

作者与叶院士（左）在北京

动得老泪纵流。这可以看作是叶院士对第二故乡的"春晖行动"吧！

在北京，我们除了谈贵州的经济文化外，自然免不了谈到贵州的少数民族问题。一提少数民族，叶院士就一往情深地说："我们家在贵州住了很长的时间，贵州是多民族的省份，我有一些同学是少数民族，所以我对少数民族很有感情。1996年我在贵阳加入贵州苗族学会，1998年又在北京加入全国侗族文学学会，结交了一批侗族和苗族的朋友。正因为如此，我专门研究侗族、苗族、彝族聚居区的经济地理学问题。"

记得去年，当贵州省文化厅、省旅游局、省民族宗教事务局和黔东南州人民政府在2000年神州世纪游中联合举办"中国黔东南苗族侗族服饰文化节"的时候，组委会邀请他前来参观和考察，他欣然应允。不料节日前夕，他因科学考察出访俄罗斯。于是临行前，一封他亲笔的热情洋溢的贺信飞到黔东南自治州首府凯里市：

> 得知中国黔东南苗族侗族服饰文化节暨苗族侗族文化研讨会定于2000年10月在凯里开幕，我非常高兴，感谢同志们的盛情邀

请。由于这个时间我正好出国访问，错过了这个很好的机会。但是我要用这封信来表达我的心情。民族服饰文化是民族文化的重要内容，而且是民族的基本要素之一。我从小在贵州长大，对贵州少数民族的服饰有所了解，也保持深厚的感情。贵州苗族侗族的服饰有极其丰富的内涵。我希望把民族服饰文化提高到民族振兴和发展经济的高度来认识，因为我把自己看成是少数民族的一员。我衷心地预祝大会圆满成功！

10月8日，《黔东南日报》在头版头条对此作了专题报道。当黔东南各族人民和参加节日的中外游客看到这一消息时，无不为叶大年院士的少数民族情结感到欣喜和激动。

自然，这一次在北京开会他与我们贵州代表的面谈，多少能弥补些许他未能去凯里参加服饰文化节的遗憾。当交谈结束时，我问他对第二故乡有什么赠言？他笑了笑，爽朗地说："贵州乡友若相问，一片冰心在玉壶。"

（原载《当代贵州》2001年第8期，鲁迅文学院《文学院》2003年第1期。）

刘东生为台江人民谋"幸福"

　　台江古生物博物馆作为唯一的县级博物馆，跻身全国两百家科普教育基地之一，无不凝结着八十二岁高龄的刘东生院士对地方科普事业的关爱与支持——

　　1998年8月，我们台江县委、县政府根据我的建议做出了建立台江县古生物博物馆的决定，并明确由我来具体负责筹建的工作。

　　台江是远古生命的摇篮，是地球优秀生命物种的殉难地。这里发现的5.2亿年前的11个大门类168属300余种古生物化石群，其门类众多、数量丰富、质量上乘、标本精美为世界罕见。台江两个动物群和一个界线的发现，为古生物学、古生态学、古环境学和埋藏学的研究提供了稀世的科学证据，有力证明了台江这块"苗疆腹地"及贵州有着悠久的历史、古老的文化。

　　尽管如此，在争取立项经费及筹建的过程中，我们还是碰到了不少意想不到的困难。

　　就在工作处于徘徊无奈时，我看到了《光明日报》刊登的贾兰坡、刘东生、叶大年、杨遵仪等十四名院士的呼吁——《让我们继续寻找"北京人"》。面对这一报道，

刘东生先生

我无比的激动和振奋。我找来了《中国科学院院士自述》等资料认真查阅。读着几个地学部院士的自述，我脑子里马上冒出一个大胆向他们"呼吁"的念头。我心里想，刘先生是中国科协书记处书记，曾担任过中国科学院贵阳地球化学研究所研究员，对贵州这个古生物王国不会陌生，说不定还研究过贵州的地质和古生物。我们目前筹建古生物博物馆，一定会引起老先生的兴趣和关注。于是我提笔给他写了一封信，介绍台江古生物的情况以及建馆的方案，并请他赐题馆名。可信写完后，我又有些犹豫了。我与刘先生素昧平生，冒昧写信打扰很唐突，恐怕信也不容易寄到他手里。于是，鼓足的勇气泄气了，这封信便搁置在桌上。后来，经文化部文艺研究院杨志一老先生的引荐，我有幸结识了叶大年院士。经叶院士热心牵线，我与刘东生老先生取得了联系。这以后，我多次在电话里向刘老先生请教和汇报，都得到他的热忱帮助和指导。

不久，他通过叶院士寄来了亲笔题写的馆名"台江县古生物博物馆"。收到这位八十二岁著名科学家题写的馆名，我们心里涌起一股潮水般的激情与感动。他的书法刚健有力、气韵凝重，让人想起他筋骨硬朗、精神矍铄，八旬有余还登上青藏高原做科学考察的样子。

1999年3月，刘东生老院士又给我们写来了一封热情洋溢的书信。在信中他对台江古生物给予严谨、科学的评价，并对建馆工作予以充分肯定和鼓励。信中写道：

台江动物群是国内，很可能也是全球发现的早期生物遗迹的最为古老的地点和丰富的动物群。这对于研究生物起源与演化至关重要。很好的保存与展览，不仅能增长人们的知识，同时也进行了爱国主义和乡土文化的教育。你们有此远见卓识和提倡推动，这是台江县人民的幸福，也是贵州和全国人民的幸福。我作为一名地质古生物工作者深为敬佩，并表示热烈的祝贺！

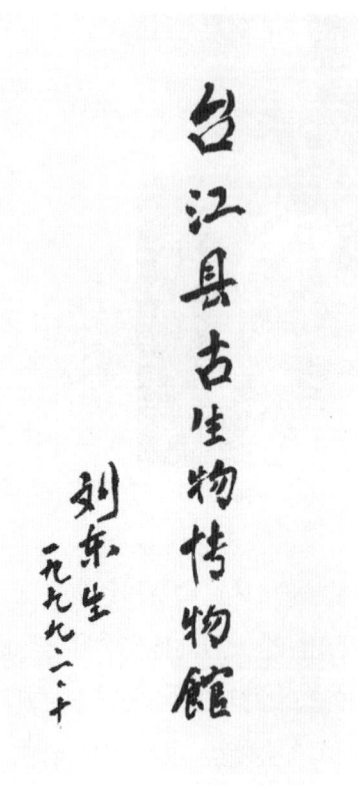

刘东生院士题写的馆名

老院士的这封信，增强了我们筹建办公室全体人员的勇气和克服各种困难的决心。1999年4月30日，在"99生态环境游·贵州苗族姊妹节"期间，台江古生物博物馆隆重开馆，刘老先生未能莅临开馆仪式。此时，他正带领科考小组在黄土高原进行紧张的科学考察。但在开馆前夕，他寄来了亲笔的贺信：

我作为一名地质古生物工作者对4月30日台江县古生物博物馆开馆表示热烈的祝贺！由于我赴野外出差不能前来亲自祝贺，特写此函表达拳拳之心，并祝开幕式圆满成功！

1999年6月，中国科协为贯彻落实《中共中央、国务院关于加强科学技术普及工作的若干意见》，决定建立首批"全国科普教育基地"。经过层层推荐和严格评审，台江古生物博物馆作为唯一的一个县级馆跻身全国两百个科普教育基地之一。

虽然，至今刘东生老院士仍无暇来到台江古生物博物馆参观指导，但为了记住他对建馆的关心和贡献，我们把他的照片放大并配上文字说明，镶嵌在展馆最显著的位置上，让每一个参观者都知道老院士对建馆的功劳和为科学普及事业做出的贡献。

2004年2月20日上午，中共中央、国务院在北京隆重举行国家科学技术奖励大会，时任中共中央总书记、国家主席胡锦涛为获得2003年度国家最高科学技术奖的中国科学院院士、中国科学院地质与地球物理研究所研究员刘东生，中国工程院院士、中国载人航天工程总设计师王永志颁发了奖证和奖金。

当从电视上看到这一隆重的场面和崇高的定格，我的心灵无比震撼，激情沸腾，热泪溢出。我为八十七岁高龄的老院士刘东生获得这一殊荣而兴奋，我似乎分享到了他的荣誉与成功，面对着电视银屏，我心里虔诚地为他贺喜与祝福！同时，在内心深处，对他又一次给我们黔东南和贵州、给全国人民带来的科学收获与幸福，涌动起深深的敬意与感激……

（原载2005年5月28日《中国民族报》。）

省长的牵挂

6月30日的台江县城,梅雨纷纷,云烟氤氲。下午1点10分,时任中共贵州省委副书记、省长钱运录,副省长莫时仁一行冒雨来到台江古生物博物馆考察参观。

前天,也就是6月28日晚上,中央电视台"焦点访谈"以"禁伐尽伐"为题报道台江县牛角坡乱伐天然林的事件后,江泽民总书记立即给省委领导打电话,作出了重要指示,要求一定要就乱伐事件查个水落石出。第二天一早,钱运录省长、莫时仁副省长即带着有关部门的负责人风尘仆仆赶赴台江。下午3点钟到达台江县城时,人车不停就沿坑坑洼洼的山村便道艰难行驶66公里到达交包村。交包村海拔近千米,与雷山县接壤,是台江县南宫乡西南边一个前不挨村、后不巴店的自然村。车子到交包后已无路可走,省长一行便弃车徒步,沿着羊肠小道,涉溪涧,穿莽林,艰难跋涉了10多公里才接近牛角坡,这时天已大黑。当他们查看完乱砍滥伐现场原路返回时,直到深夜12点过才拖着饥肠辘辘、疲惫不堪的身躯回到台江县城的苗疆宾馆。

次日,为了研究处理乱伐事件,从清晨开会到中午12

点半。中餐后，还要赶往省政府办公厅的扶贫联系点丹寨县。这是一个旅途劳顿、政务繁忙的行程。因此，我不敢奢望省长还能忙里偷闲去看一个县级博物馆。

"再忙，也一定要看看！"钱省长对陪同的州县领导和身边的工作人员说。我知道，省长虽然日理万机，但他是牵挂着台江古生物博物馆的。

台江古生物博物馆是今年4月30日"99生态环境游·贵州苗族姊妹节"期间开馆的。由我主编的宣传册《震惊全球的台江古生物化石》传到钱运录省长手头后，省长拨冗亲阅，并于5月7日作了重要批示："已阅，非常宝贵。要切实注意保护工作，在保护的基础上，加强科研工作，有领导、有计划地合理开发、利用。"省政府办公厅为此责成省科委、省文化厅、中科院贵阳地化所和黔东南州政府要大力协助台江县抓好古生物化石的保护、科研和开发利用工作，并要求拿出切实的落实措施报办公厅。这以后，在省长的心中又多了一份责任和牵挂。

这不，他和莫时仁副省长冒着细雨朝着文昌宫博物馆拾级而上来了。我急忙走下石阶，与两位省领导紧紧握手，热烈欢迎。

省长好像驱赶了连日来的困倦，他神情认真地连续询问："这座文昌宫建筑物有多少年历史了，这些石板、木料和城墙都是原来的吗？"

我忙答："这座文昌宫是省级文物保护单位，已有一百多年的历史，它的材料都是清末的，省政府曾两次拨款维修。"省长满意地点点头。

当他瞅着台江县博物馆的牌子时，即随便问道："你们知道为什么叫台江县吗？"我这个刚来挂职的县委副书记一下被问懵了，我只记得"台"是"台拱"的意思，可"江"的来历一时短路，正在语塞窘迫之际，身旁县委宣传部的"县情通"老田忙回答："台江县原叫台拱县，民国时裁丹江县，一部分并入台拱县，一部分划入八寨县，故取台拱、丹江两县首尾一字命名为台江县。"

"这种说法准确吗？"省长穷追不舍。

"比较准确。"我不加思索地肯定。省长不再说什么,似乎默许了。

经此一阵,我心默想,等进展馆后,省长一定还有一连串的考问。我暗暗提醒自己,不要心慌,随机应变。又暗示和我一起筹建博物馆的助手小邰紧随身边,以备询查。

省长沉稳平静,细心观看,好像根本没有还要赶往丹寨的意思。

他在展馆"前言"边伫立片刻,接着认真地看第一单元"地球·生命"。面对着地球结构图,省长沉思良久,然后若有所指地自语:"我们就生活在这地球上,地球为我们的生存提供了物质资源,可惜我们不太会保护它,生态环境日趋严峻……"

第二单元以400多块精美的化石标本详细介绍了台江、凯里动物群的生物种类。面对琳琅满目、栩栩如生的化石标本,省长不时摘下眼镜,俯身察看。然后抬头一丝不苟地观看生物复原图和审视文字说明。终于,他如获至宝,面露笑容,连声赞美:"宝贵!丰富!这些化石是国宝,价值连城!"

对着一块明晰精美的三叶虫化石,省长兴趣盎然地问道:"这种三叶虫现在还存在吗?它是否演变成了其他生物?"

"三叶虫现已不存在,它在1.7亿年前就已灭绝,没有演变成其他生物。"小邰迅敏地回答。

"那这些生物有哪些至今还存在?"

"只有这种蠕虫动物还存在。"小邰指着蠕虫复原图回答。

这时省长的目光移到中科院资深院士杨遵仪的一句话前:"台江早中寒武世化石群誉享全球第三位"。他马上问道:"那谁是第一、二位呢?"

我接话:"加拿大的布尔吉斯动物群占第一位,云南澄江动物群占第二位。但是,随着挖掘和研究的不断深入,台江动物群有望可能往前移。"

"宝贵,真是无价之宝!"省长又啧啧赞叹。在第三单元达尔文的图像前,省长凝神注目良久后才说:"达尔文是伟大的科学家,为什么说'寒武纪生命大爆发'向他提出了严峻的挑战?"

我迅速理了一下思路说:"达尔文的《物种起源》提出了物竞天择、

作者（左）陪钱运录省长（右）参观台江古生物博物馆

适者生存的进化论，这是伟大的贡献。但它否认生物演化的突变性，对于寒武纪生命大爆发这一奇特现象，他的'渐变论'无法解释。换句话说，达尔文的进化论只承认事物的量变，而否定事物的质变，因而是不完整的。当然，寒武纪生命大爆发的'突变性'并不是对达尔文'渐变论'的简单否定，而是对这一学说的科学补充。"

"对，对！"省长面露喜色，连声赞赏。

在第四单元中，省长指着数幅外国科学家的照片询问我："他们来过台江吗？"

"来过。"

"带走了化石吗？"

"经办理手续，带走了一些科研用的化石。"

"噢……你们要注意加强保护，严格管理。"

这时，莫副省长插话说："要按省长交代的去办。另外，屋顶漏雨的那个角角，要迅速想办法解决好，保证展厅和化石不受损失。"

"是，我们一定按照省长的指示办。"我充满信心地回答。

钱省长最后看了看结束语，环顾周围笑着念道："……她的幽秘和异彩昭示着台江辉煌灿烂的明天——这句话很好！"

大家听后，心里感到热乎乎的，充满了激情和憧憬。

省长满意地步出展厅。在天井里，他冒雨提议："请馆里的工作人员都来照张相。"于是，县里的领导和馆里的人员就地淋着毛雨与省长照了一张纪念相。随后，省长又关切地询问了古生物化石遗址是否划定了保护区？有没有保护法规和管理人员？我们一一回答他，已划定保护范围，颁布了保护法规并有聘请专门的人员保护着。

省长欣慰地点点头，似乎那份牵挂方才落了心。

这时，我突然想到应该请省长题个词，以作纪念。但不管怎么巧言周旋，硬缠软磨，省长就是不答应。最后，省长神情严肃地指出："中央有规定，不准题词，我也要讲纪律嘛！"

话虽这样说，但他好像看出了我们有些失望和为难，便笑着宽慰道："对台江古生物化石，我已作了批示，词就不题了。我回去后，要帮助你们进一步落实保护、开发和科研利用的问题。"

走出大门时，省长把我拉到他身边，要工作人员给我和他单独照了一张相。然后，他握着我的手鼓励道："今天，我已经看到了博物馆，你们为保护古生物化石做了大量艰辛的工作，为贵州做了一件好事，我感谢你们！"

省长一席话，表达了他深深的牵挂，也涌起我暖暖的热流。当我目送他们的背影在霏霏细雨中渐渐远去时，已是下午1点50分……

（原载1999年7月22日《贵州民族报》。）

冯骥才：文化不能旅游化

当代著名作家冯骥才先生自20世纪90年代以来就致力于中国民间文化遗产的抢救保护工作。为了这一他认为"不能拒绝的神圣使命"，为了摸清祖国民间文化遗产博大精深的家底，他走访大江南北长城内外，到过发达的东南沿海，也看过贫瘠的西部边疆。然而，作为内陆省份的贵州，虽然民族众多，民间文化异彩纷呈，但他因未能身临其境而抱憾。"黔地风情，实在迷人。你身在其中，真福气也。"他在一封信中对我说的这些话，无不表露了他对贵州山水人文的艳羡。

2003年10月27日至30日，时任全国政协常委、中国文联副主席、中国民间文艺家协会主席、中国民族民间文化保护工程委员会主任委员的冯骥才先生考察了黔东南。

十月，秋阳如花，苍山如黛。但贵州高原的山际间，浓雾缭绕，已迷漫了几许寒意。当冯骥才一行驱车来到黄平县飞云崖时，他顾不得车外的秋凉，就急下车，朝着前方撩人的景致直奔而去。眼前，飞云崖古建筑群掩映在一片碧荫之间，壁洞前溪水淙淙，山崖后峭岩突兀，水绕山立，幽静迷人。县里的同志介绍说，飞云崖，又称飞云岩、飞云洞，因

冯骥才穿上僅家服

洞中窟顶乳岩倒垂、怪状参差嶙峋，形如乱云飞渡，故而得名。飞云崖自明初建寺以来，即为贵州名胜，素有"黔中奇景""黔南第一洞天"之称。明清时代，此为通往滇、黔、缅的古驿道，来往官员、使者、商旅，络绎不绝。王阳明、林则徐等历史名人都曾到此游览并留下佳句。冯先生听后连称飞云崖历史久远，文化厚重。当游览到飞云崖主体普陀崖时，冯先生看到岩顶边缘处生长着一株千年古柏，树根错杂虬结，像巨大鹰爪牢牢抓住洞窟一样。冯先生即景赞叹："这个景点富有灵气，是世间少有的景色！"

随后，冯先生一行到达重兴乡枫香寨。这是黄平县僅家聚居人口最多的寨子，他们在寨头受到僅家男女老幼的夹道欢迎。僅家小伙吹响金芦笙，姑娘们端着米酒、红蛋和糯米饭拦门迎客。冯先生虽然年过六旬，但第一次看到热情涌动的僅家人群，竟毫无倦意。面对英武靓丽、鲜艳夺人的僅家服饰，他以文化学者的眼光问主人为什么僅家的服饰如此奇特？县里的同志介绍说，僅家是苗族的一个分支，其先民为古僚族支系，但他们不承认自己是苗家人。相传古时后羿弯弓射下八个太阳，留下一个，使大地草木繁盛，苍生安居，皇帝就奖赏后羿一个英雄帽，后羿交给了女儿。这个帽后来就成了僅家女子的红缨珠帽。

僅家女装穿戴时年龄有别。少女盛装戴红缨帽，妇女则戴花冠帕，两者均着蜡染刺绣花衣，罩以贯首飘铠，下着百褶短裙，腰系围裙片，脚裹红色刺绣绑腿，再配上银饰，头插别簪并围银圈（相传是后羿的箭和弓），还配戴耳环、项圈、手镯、银腰、刀叉等。整个打扮银光闪闪，耀眼夺目，俨然一派"赳赳武夫"的英姿。冯先生访游中外,博见多闻,但这等英姿飒爽的女性服饰,折射如此厚重文化底蕴,他也是头一回眼见耳闻。再看男子们穿的都是青衣长衫和蜡染刺绣衣,绣衣还配有刺绣手巾、银片、锦鸡毛和凤尾等装饰品。他便兴致勃勃穿上㑩家服装,频频与群众合影留念。

此前他曾在《文化的自审》中感慨地写道:"中华民族这样一个古老民族竟然连民族服饰也没有。"今天,身临其境感受㑩家服饰,他是别有一番滋味在心头。他似乎在这些㑩家同胞身上看到了自信和希望。他欣喜地对县委书记说:"黄平作为一个县,有如此富集的旅游资源是十分罕见的,尤其民族风情文化,更是不可多得的瑰宝。除了开发利用外,还要下决心保护好,作为原始的民族文化生态环境,全国也没有几处了,谁保护好,谁就是功臣,谁就为中华民族做出了不可磨灭的贡献!"

末了,他饶有兴致地题词:"黄平美天涯"。

穿越沟壑丛生的山区泥泞道路,冯先生来到了台江县方召乡反排村。反排是闻名中外的"东方迪斯科"——反排木鼓舞的故乡。1990年国庆,反排木鼓舞表演队进京到中南海献艺受到好评,当时还邀来江泽民、李鹏等中央领导人并肩共舞,留下珍贵的历史镜头。随后反排村民带着木鼓出访西欧、北美、澳洲、东南亚等诸多国家和地区,使木鼓舞赢得了国外友人的青睐,被赞誉为"东方迪斯科"。

临近反排,那山村野趣令人兴味横生。站在山头远望反排,四周田野,层峦叠嶂,云蒸雾罩,寂静迷离,反排坐落在苍山林海之中有如深山藏古寺的幽寂禅意。冯先生对此啧啧赞美:"这样清静如画的苗寨,一尘不染的生态环境,真叫人羡慕!"

反排有首民谣是:"木鼓一响,脚板就痒;芦笙一吹,你赶我追。"随着一阵密集、激越的鼓声震荡上空,身着苗家盛装的男女青年踩着雄浑、有力的鼓点,唱着古朴、凝重的祭鼓曲,甩着原始、野性、跳跃的舞步跳起了木鼓舞,整个场面热烈奔放,粗犷雄浑,豪迈磅礴。冯先生一行忘记了秋风秋雨,热烈鼓掌。

接着表演反映青年男女结伴游方、富于逗趣的踩桥舞。这个土风舞回归自然，叫人赏心悦目。随后演唱方召情歌，也就是后来在中央电视台西部民歌电视大赛夺得两个金奖之一的苗族民歌。当这些种田下地的青年男女把方召情歌唱得声调悠扬而富于变换，旋律婉转而低回舒缓以表达男女之间的悲欢离合、生死相爱时，冯先生这位民间文化遗产普查抢救的领军人由衷地赞美："这是孕育于苗岭高原的天籁之声，是从苗族人民血脉中流淌出来的艺术。"

最后是几个小学生表演的苗族歌舞。学生们表演得活泼天真，稚气未脱。冯先生从他们身上看到了这里的民间文化传承后继有人。他高兴得忘形地甩下雨伞，跑去抱住孩子们，和他们合影留念，并表示衷心祝贺："我感谢小朋友们学会了自己的苗族文化。"

离开反排时，冯骥才一行显得有些依依不舍。他一再嘱咐村主任，反排的民间文化遗产很珍贵，特别是木鼓舞，具有世界影响，一定要保护传承好。同时为了适应旅游和民族文化考察的需要，要搞好村里的公共卫生和旅游公厕的建设。

冯先生一行接着来到雷山县的郎德苗寨。当冯先生听说郎德是中国民族艺术之乡，被国家文物局列为全国百座特色博物馆之一，是第五批全国文物重点保护单位时，他连声说好，随之要求到处看看。

当冯先生来到踩鼓场时，对场上的鹅卵石极感兴趣，还把有图案的方块照了相。忽然，他指着场中央的柱子问："那是什么？"我说："是吊铜鼓的图腾树。""以前有吗？""没有，是这里兴起旅游后，

作者陪冯骥才先生在郎德

这几年才立起来的。"他不再说什么，神色显得沉重。这使人想起了他在一本书中的名句："旅游大兴，山水与文化这两种资源便遭到了空前的劫难。在中华大地上，文化正面临着旅游化，但旅游却没有文化化。"

随后，踏着鹅卵石小路转了几个弯，冯先生在一家沧桑老旧的木楼前停住了。他打开镜头，不停地拍摄，拍了苗家的几样古老家什、竹藤器具、牛圈猪圈，还有农民用竹子编制缀着红布、棉花等饰物的祭祀法器，最后拍下了古老的寨门。

面对这些生产生活物象，冯先生说，当一种特殊的生活方式被时代淘汰而消失了，它的精神便转移到曾经共存的物品上和环境中。过一段时间，人们就从这器物和环境中了解、感受与认识昔日生活的形态与精神了。因此，要特别加倍珍惜那些具有历史感的痕迹与细节。这样，不仅古迹、器物得以保护，历史也受到尊重，并被摆到神圣不可侵犯的位置。听了冯先生的阐释，我心里默想，这些观点和主张就是冯先生的文化远见与卓识啊。

返回的路上，冯先生若有所思地问我："你们州里还有原始的自然村落吗？"

"'任是深山更深处，也应无计避侵袭'！据我所知，已经没有了。"我如实的回答。冯先生听了，显出几分的意外。

停了一会儿，他深情而又无限期待地对我说："黔东南的民族村寨风情迷人，蕴藏着大量优秀文化。但生活方式在急遽改变，拆老宅子建小砖楼，很多村寨年轻人进城打工，传承人中断，人亡艺绝的情况也是严峻的。因此，你们必须首先抓好抢救，尽快弄清家底，做好保护工作。现在国家实施这项文化抢救保护工程，决不仅仅只是为了维持某个地方的文化特色和旅游资源，而是为了民族的情感和精神传衍，为了加强民族的凝聚力。只有这样，我们才不至于把民间文化保护变成一种旅游景点或纪念品式的营造。一言以蔽之，文化不能旅游化！"

（原载2004年4月9日《中国民族报》，《当代贵州》2004年第18期。）

"我们到家了"
——叶辛的黔东南情怀

几十年来，著名作家叶辛与黔东南有着割舍不去的情缘。早在1969年他中学毕业的时候，就被"文化大革命"的疾风暴雨所裹挟，背着发配边疆的背包，随着知青下乡的滚滚洪流，高唱"知识青年到农村去"的战歌，远离都市上海，来到贵州的修文，品嚼背井离乡的况味，开始了"年少不知愁滋味"的青涩人生。

修文县，偏僻贵州一角，不为外人所知。即使是资深的文化人，也只能模糊记得明代有个著名思想家王阳明有段"龙场悟道"的故事。当然，这"悟道"喷发出来的"心学理论""知行合一""致良知"的思想体系，不仅后来被称为"阳明文化"，而且在当时就震撼了荒蛮的贵州，也影响大明王朝，甚至泽播海外，在中国思想发展史上耸立了一座无以伦比的丰碑。不过年轻的叶辛是否受到阳明先生的影响，未见记述，不得而知。但第二年，为修建湘黔铁路，他跃入修文县民兵团新四连的行列，再一次背起背包，跟着猎猎战旗，一路风餐露宿，步行千余里来到黔东南黄平县重安江畔的谷陇苗乡参加筑路大会战，历练了筋骨，体验了风情，收获了成果，却是真实的故事。

对于这一段生活，叶辛曾回忆说，我当时参加了一百六十多万的修建湘黔铁路的大军，湘黔铁路工地的生活，最初是"天当铺盖地当床，终年吃的南瓜汤"。不过，他没有闲心太在意吃的和住的，他想的只是搜集点素材写东西。为此，每天上班前下班后，他都带着一个小本子，去记录苗乡的地理环境、房屋结构、民情风俗。比如，苗家婚丧嫁娶时为什么非要按一定的程序办？当地流传着哪些民歌？上山对歌时，男女青年之间唱的是些什么内容？他还好奇地问村上的老人，苗家的鱼为什么养在稻田里？坡上的树都叫什么名字？林子里有些什么鸟？解放前的山岭河谷是这个样子吗？有没有土匪？商人们是怎样进这一带山里来的……问完了，回到工棚里，就把它们一五一十记在本子上。第二天一早，不等别人起床，他又爬上山头，去看晨雾如何从山谷里袅袅升起，去听雀儿怎样开始啼唱，去看苗家姑娘们背篓挑担上坡的逶迤身影，去观察寨上怎样开始一天的生活……他还把人们的对话，吵架时谩骂的污言秽语，老年人口中的谚语歌谣，接触某人某事的零星感受，思考的点滴收获等等，都随时记下来。苗岭的山野、树林、竹丛、溪流、河谷，大自然的一切，人间的万象色彩，无不让他心动，引起他慢慢地品味和思索。

随着记录的东西越来越多，同一种人物见多了，同一现象看熟了，脑子里的素材也渐渐丰厚起来。于是，不管筑路生活如何紧张艰苦，也不管劳动强度如何超载了他柔弱的肩膀，他都忍着、熬着、挺着，他坚信思想家何塞 马蒂说的一句话："劳动给人营养。"同时，火热的生活也不断点燃了他的写作欲望。就在工棚的简易木板上，他试着给周围一些熟悉的人事写小传，编故事，先后完成了小说《春耕》《岩鹰》《风雨之夜》《短促的第一课》与散文《鱼塘月色》《山寨的春天》及一些诗歌的创作。对于这些文字，他没有太在意能否发表，权当习作练笔，但心里自信，劳动给了人营养，营养就会酿造成功的生活。

两年后，他离开铁路会战工地，离开了朝夕相处的谷陇苗乡，又回到了修文，回到了当年王阳明的"悟道之乡"。这一回，也许受王阳明苦思磨砺的激励，几年中他笔耕不辍，终于喷发出了一鸣惊人的处女作《高高的苗岭》。

这是一部儿童文学的小说，讲的故事是1950年人民解放军进军苗岭，清剿国民党残匪和反动寨主时，十二岁的小主人公隆开遇到了被匪徒围捕的解放军侦察员孙大叔后，他机智勇敢地掩护负伤的孙大叔，最后想方设法把重要的作战情报送到部队，迎来解放军，苗岭从此得到了解放。小说情节比较简单，但是内容适合少年儿童的阅读需求。所以，1977年上海人民出版社出版后，不久就被改编成电影剧本，由北京电影制片厂拍成电影《火娃》，火热了当时的影院。随后，小说于1979年2月由少年儿童出版社重新出版，印数达十七万册。当年，叶辛调入贵州省文联从事专业创作，旋任《山花》杂志主编、贵州省作家协会副主席。不久，他调回上海市文联，结束了贵州的生活。但贵州十年丰富跌宕的经历，使他和文学结了伴，也与黔东南和贵州结了缘。

离开了贵州，他一路飙升，历任上海市作协副主席，上海市文联副主席，上海市人大常委委员，中国作协副主席，全国青联常委，第六届、七届全国人大代表等，先后出版了《蹉跎岁月》《家教》《孽债》《三年五载》《恐惧的飓风》《在醒来的土地上》《华都》《缠溪之恋》《过客亭》等四十多部小说。而且，由其改编的电视剧《蹉跎岁月》《孽债》《家教》播放后，在全国引起轰动。但是，他没有忘记贵州，更没有忘记因乡土文化滋养了他第一部小说的黔东南。之后，他多次来黔东南，后来常常每年来一次，似乎是回娘家，百回不厌，乐在其中，而且回回都有新感觉、新梦想。

2011年4月，是他黔东南之行中印象特别深刻的一次。当他一走出贵阳龙洞堡国际机场机楼时，凯里市的领导就迎上前去紧紧握手，亲切问候，他无比兴奋温暖，情不自禁地对夫人王淑君说："看，我们到家了！"

当天，他站在下榻的腾龙宾馆的阳台上，眺望着四周，还在林木掩映之处寻找当年住宿营盘坡宾馆的旧貌，感慨凯里的沧桑巨变。他对同行的上海朋友说，这些年凯里变化太大了，城市扩大了好几倍，还建起了具有地标性的民族体育场、市行政中心大楼，建筑美观，大方气派，真的树立了一个优秀旅游城市的范本。

这一次，他先后走访了凯里市石龙寨、麻塘革家、南花村和雷山县的西江苗寨，所到之处，尽享"回门娘家"之乐，陶醉在苗家革寨的山情水韵之中。

他激动地说："几天来的乡村之行，使我真切感受到黔东南的山更绿了，林更密了，水更清了，天更蓝了，路更畅了，人更富了！"在麻塘看完革家的村容寨貌和歌舞表演后，他思绪万千，然后就对市里的领导说："革家虽然人口少，国家也尚未进行族别论定，但他们却有自己完整的文化系统，有自己是后羿子孙的传说故事，有自己的建筑标志、色彩标志和歌舞标志，有自己的风俗信仰，他们是一个乐观和充满朝气的族群，是我们祖国民族大家庭里一朵艳丽的奇葩，我们应该好好的保护革家的文化！"

来到西江，他更感震撼，眼前的车水人流，商铺街景，民居花桥，使他与2000年第一次到西江时的记忆今非昔比。眼前，三个停车场都密密麻麻挤满了，大约有一千多辆，旅游观光的团队一拨接一拨，文艺表演广场，人山人海，火爆的场面令人觉得这不是苗岭深山的村寨，而好像是人声鼎沸的大都市。登上西江坡顶观景台，他眺望对面苗寨鳞次栉比的吊脚楼组成的牛角图案，气势磅礴，拥天立地，再回眼看看身旁石柱上赫然醒目的"天下西江"四个大字，真觉得名副其实，果不虚传！

作为一个著名的作家，也是一个独立特行的思想者，这些年来的中外之行，使他更感觉到黔东南自然生态和民族文化的珍稀宝贵，心灵深处常常涌起敬畏之感。

在座谈会上，他特别强调，在当今世界上，黔东南的原生态就是一块绿土，一块宝地，这块宝地深深地吸引着很多外来人。而黔东南的民族文化，不仅丰富多彩，而且保存良好，这是非常难得的。大家知道，一个地域的文化是这个地域的特质，它若消失了，就像自然界的物种一样，再也找不回来了。当然，好东西没人知晓是不行的，可要让人知道就得开发宣传，而在开发与保护之间要把好一个度，这个度说得容易做时难。为此，他建议黔东南州对民族文化要立法保护，并且把开发利用放在法律条例之中来施行。条例就好比斑马线，是世界通行的，不仅州里人人要遵守，外来的旅游者也要遵守。这样对保护我们的风情、保护我们的山寨、保护我们的山林、保护我们的民族文化，都有好处。

对于民族文化资源的包装,叶辛指出:"我们的民族文化虽然丰富,但不能缺少了包装,而且还要包装好。怎样包装呢?第一要保护好它的原汁原味,第二要挖掘出其文化内涵,第三要让人知道它好在哪里,要能说出其历史渊源和文化品位来。"

叶辛十分珍惜感恩铁路会战时在黔东南那段难以忘怀的岁月。他深情地对文学爱好者们说,我之所以能写出自己的第一本小说《高高的苗岭》,就是与那两年苗乡的生活经历息息相关,我对黔东南有着很深的情怀。当年在重安江畔的谷陇,我除了上工地施工外,凡打水、洗衣、砍柴等生活都是跟苗家人在一起,生活在同一屋檐下,这些生活的积累,给了我写作的灵感和资源。所以,黔东南的山山水水对我来说有份特殊的感情。黔东南的水是清凉透亮的,黔东南的山是高耸奇秀的,黔东南的阳光照在苗乡侗寨上,照在黔东南山水相连的背景上,跟我在上海看到的阳光是不一样的,太阳虽然是同一个太阳,但照在黔东南就觉得格外的美,黔东南真是一块宝地。黔东南的原生态风光和多彩民族文化是发展经济和繁荣创作的得天独厚的资源,我们务必要好好保护与合理利用它。"

叶辛非常关心黔东南的文学创作,并对本土作家寄予厚望。他说,谈起写作,无非就是读书、勤奋和感悟,但说来容易做来难。不管你写什么,不管你用什么手法写,即使是魔幻的、意识流的手法,但是都要真实地反映我们苗乡侗寨的生活及文化现象,苗侗文化也好、传统的民间文学也好,只要我们有机地结合起来,就一定能写出优秀的作品,展示出苗乡侗寨独特的风貌。但作家要劳动,要沉下身心,写作是一项孤独的劳动,只有劳动才能获得营养。作家要耐得住孤独与寂寞,只有以鲁迅先生所说的韧性精神,长期坚持写下去,最终才能有收获。他还对在场座谈的黔东南州委领导建议说,我们黔东南素材是有了,可写作还会有盲点。所以,要多让作家到外地和沿海去走一走,必要时去外国看一看,看看别处的风情世俗,感受外界的现代生活,开拓一下眼界,对比观察一下不同的文化背景,从中寻找出两地之间的区别来,这样才能找出新的角度去创作,才能写出好的作品来。

叶辛率采风团在云台山

　　2014年7月底,叶辛率第24届全国图书交易博览会"品鉴贵州——中国著名作家贵州行"采风团再次来到黔东南。这一次,他们通过两天时间走进了世界自然遗产施秉喀斯特。其实,2000年叶辛曾来过施秉,那次漂流杉木河的美好记忆还历历在目。这次旧地重游,再漂杉木河,他觉得虽然山河依旧,但多年来的生态保护,使眼前的山水更显生机勃勃。那多情的草木,葱茏的杉木,纯净的河流,如泉的水质,使人漂流河中,如坐春风,神清气爽,意趣无穷。

　　第二天,艳阳高照,山黛、水幽、天蓝、云飘。当他们欢快地进入云台山喀斯特核心区后,即从樱桃湾起步,踏上原始森林石阶,环山绕岭,步步攀登。崇山茂林中,蝉鸣鸟叫,猿猴嘶啼,霜天万类,欣欣向荣。来到山顶印斗阁时,原始景致,尽收眼底,那全球热带亚热带喀斯特发育类型的杰出代表,那世界上最美的白云岩喀斯特神奇地质地貌,犹如天庭中飘落下来的一幅山水国画,令人心潮涌动,醉美淘淘。叶辛环视云台山的巍峨雄姿,远眺舞阳河的峡谷风光,不禁感慨大自然的魔力造化,鬼斧神工。趁着性灵澎湃,他泼墨挥毫,妙得一诗《施秉云台山》:

> 云台风光天下秀，
> 如今名声响全球。
> 雄鼎峰立媚春秋，
> 八方来客争相游。

笔落书成，县领导接过书卷，围观游客掌声一片，笑语飞天。

饱览山水，心有感悟，叶辛深情地对陪同的领导说，一个景区，无非用美丽景色、人文景观、风情景致吸引游客。所以景区打造，须从细微深处做好文章。当然，云台山还要完善导游词，突出导游词内容结构的层次感，给人以高品位的欣赏意蕴，才能让游客留下脚步，带走感动。

每一回的黔东南之行，都使他收获良多，也令他难以割舍。不过在他的心灵深处，黔东南这方神秘的文化沃土，还有一件心事几十年来搁压心头，难以释怀——那就是他要刨根寻源作为一代名女的陈圆圆，究竟命归何处，魂隐何方？

早在20世纪80年代初，叶辛刚调到贵州省文联不久，就被"陈圆圆的坟墓在贵州岑巩县水尾镇马家寨被发现"的新闻牵绕身心。由于这一"发现"，史学界议论纷纷，争执不休，而又事关贵州，因而引起了叶辛的关注与研究。直到离黔回沪二十三年后的2003年9月，他还在发行广泛的《新民晚报》上，发表了连载十日的长篇散文《陈圆圆归隐之谜》，引起读者和文友的浓郁兴趣。著名电影导演谢晋还曾一度与他商约把陈圆圆之谜改编为电影，后因谢晋的辞世方才搁浅。但从2005年开始，他就对陈圆圆之谜进行了构思与创作。2012年5月28日，当新华社的《专家：一代佳人陈圆圆最终归隐于贵州岑巩马家寨》的报道发布后，又一次引发了叶辛的沉思与遥想。2014年春夏时节，他趁着去贵州铜仁做讲座的机会，又一次踏进了隐没在岑巩县远山近岭之中的马家寨，实地考察有关遗址、墓葬、碑文等历史遗迹，并访问了吴氏秘史传承人，搜集、核实、考证了大量资料。几经增删、修改、打磨，耗费心血，终于在2015年6月由安徽文艺出版社推出了他的第一部原创历史小说《圆圆魂》。

在《圆圆魂》的开篇中，叶辛写道：

对于明末清初那段历史，对于陈圆圆以及和她相关的吴三桂，我始终不能释怀。

尤其是在广泛的阅读中，我发现，三百余年，浩如烟海的文字中，写到陈圆圆，不是把她写成一个妩媚多情、善解人意、忧国忧民、深谋远虑的才女；便是把她写成一个在刀光剑影、政权更迭时代阴谋机巧地周旋于各种强势男人如崇祯、李自成、永历帝、吴三桂、刘宗敏之间的妖娆女子，似乎她比西施更美，比吕后更阴险，比武则天更迷恋权势、更放荡……

而忘记了陈圆圆是一个绝代名妓，忘记了陈圆圆经历这一切时不过只有二十一岁。

三百多年前的陈圆圆，首先是一个人，一个从风尘中袅袅然飘进历史腥风血雨中的女人，一个有灵魂的女人。

她无奈地改变了中国历史，三百多年来始终争议不断地出现在我们的视野中，时而是具体的，具体到似乎连细节都能触摸；时而又是朦胧缥缈的，总让人感觉亦真亦幻，不可捉摸。

就连她的归宿，她的离世，三百四十年来都在一波又一波的争论中激荡出阵阵涟漪，让世人越争议越觉得迷惑……

在这段清丽风华而又沉重深刻的文字牵引下，我拜读完了《圆圆魂》。我好像和作家一起走进了陈圆圆和吴三桂那个时代的迷魂阵，走进了陈圆圆作为一个影响历史进程的绝代女人的隐秘世界，走进了陈圆圆内心深处的魂灵，并感悟了困惑历史几百年的美人归隐之谜。

对于《圆圆魂》的出版问世，叶辛整整写了满十年。"十年辛苦不寻常，看来句句都是血。"当我捧读《圆圆魂》，就觉得这是叶辛几十年来黔东南情怀之花的硕果，是他重返第二故乡携带归来的厚礼！

（原载2016年6月20日《黔东南日报》。）

于丹视野下的文化黔东南

在著名文化学者、北京师范大学教授于丹眼里，黔东南是一个梦想，一个传说，一个多种文化形态高度集中的神秘圣地。一直以来，她就心仪黔东南。终于，在孟夏时节，她充满憧憬地踏上了这块神奇的土地。

2013年5月8日下午，于丹一行一路风尘，从贵阳乘坐旅行中巴在阳光明媚的厦蓉高速公路上奔驰，然后转入高低不平、左弯右拐的省道县道，于当晚灯火阑珊时抵达了从江县城。

经不住夜景的诱惑，晚上9点过后，于丹不顾旅途劳顿，提出外赏夜景。在陪同人员引导下，大家信步来到从江鼓楼广场观赏29层的特大鼓楼。夜空下，鼓楼巍峨挺立，直逼苍穹。鼓楼内外，华灯璀璨，恰似一幅江山多娇的油画。于丹震惊了：多美啊，这是令人陶醉的风俗诗画。她一边观赏，一边关切询问鼓楼是否有图纸？陪同的从江县委宣传部李峥嵘部长介绍说，过去没有，现在有了。于丹仰望着挺拔夜空的鼓楼，若有所思地赞叹：这鼓楼建筑不用一钉一铆，而造型宏大，结构精巧，太神奇了。那么壮观奇美的艺术精品，图纸一定要保护好！

作者和于丹（右）在"三朝桥"上

　　第二天，于丹兴致勃勃地考察了从江县的岜沙苗寨。她边看边拍照，边询问边思考。她凝重而又深情地说，在岜沙，我最敬重的是人和树的关系，一个人他的生命树伴随着他的生命一路成长，人离去的时候，他和树是合一的，而在他的坟墓上又长起了一棵新的树，把他的生命再延绵下来。其实，每一个民族对生命的起源和生命的远离，都有自己的理解。在岜沙，它保持着对生命的那种尊敬，保持着对天地的敬畏，保持着人的规范，这一切都是约定俗成的。因此，她强调，对于岜沙我们不要再用加法了，只能用减法。加法给岜沙加上了太多的东西，它负担太沉重。一种事物要保持本质的东西才是原生性的，才是理想的。如果开发过度，它就失真了。旅游给民族文化带来的侵袭与污染太重了。为此，她为敬畏的岜沙而献词："道法自然！"

　　在小黄侗寨的鼓楼里，于丹被没有指挥、没有伴唱的多声部侗族大歌震撼得心飞天外。她抑制不住激情而上场去，与侗家男女青年们踩歌堂。她兴奋，侗家人更激动，最后青年们把她抬起来抛上空中，她乐不可支……面对着姑娘们嘴里飞出歌声，手里忙着刺绣活，同时还与小伙子们对唱着情歌,她激情地赞美:"这就是一种欢欣啊。这种生活,翻腾着喜悦,充满着情趣,它不就是大都市的人们一直都在追求的幸福吗?我要感谢黔东南,在岜沙,使我懂得了'敬畏',在小黄,使我找到了'幸福'!"最后,她欣喜地留言:"大歌唱世界,小黄美人间!"

来到雷山县西江千户苗寨,迎接她的是滂沱阵雨。如注的大雨劈头盖脸打来,叫人浑身透凉,于丹的裤脚全被打湿了。过了一会,整个西江山色空蒙,雨点清丽。她忙放下手中的伞,疾步登上山顶的瞭望塔,频频拍照,备存资料。第三天早上,她一个人静静地参观了西江苗族博物馆。展馆的图文实物,引发了这位当代文化学者的沉思。走出博物馆时,她感慨地评述:这里乡规民俗约定的社会管理系统自成体系,这些对于现代的社会,特别是在处于转型时期道德滑坡的背景下,更具有反思的意义。今天,我们在走向国际化的时候,实际上我们有些规矩已经失去了。但是在西江这些地方,仍没有失去。人的规矩,人的归属没有失去,人的伦理没有失去。这样一个系统就是大家都心存默契,内在有精神的凝聚,有它自己伦理行为的底线,而外在有集体议事的公平性。为此,她挥毫寄托:"收藏传统,祝福未来!"

而到了黄平县之后,于丹在重安江"三朝桥"上流连忘返,似乎与古时从桥上走过的文人、官宦、商贾、武士在接气对话。在旧州教堂里她凝视外国传教士留给红二六军团萧克将军的那幅地图默想……在"黔南第一洞天"飞云崖,她仰视巧夺天工的古建筑,似乎在呼吸品味着那弥漫在空中的文化气息,觉得眼前豁然开朗。她颇有感触地说,黄平这地方,平坦开阔。相比于从江、雷山那样一种相对封闭的、坚定的、确定性更强的文化,黄平表现出来的是一种多元的包容,这个地方既有商贾往返带来的多元文化的交流,也有传教士留下来的宗教遗迹,还有红色文化留下来的精神种子。你会觉得所有的文化在这里,在这个平坦的地面上迅速的整合,它成为这个地方生生不息的新的文化源泉。

而一到镇远古城,于丹更是喜形于色,热情洋溢。这不仅因为安排他们下榻的"两湖会馆"古色古香、精美典雅,让她饱赏了汉、唐、宋、元、明、清各朝房式的文化风貌,而且当天下午,夕阳西下,照耀着古城的屋檐瓦楞、潕河清波,那万千气象,叫人心旷神怡,荡气回肠。按说,一个来自京城的学者,又是温婉睿智的女性,几天来,一路风尘,翻苗山,过侗寨,穿峡谷,登丘陵,十分辛苦。但于丹却显得轻松从容,精神饱满,兴趣盎然,一路都走在我们的前面。镇远的景致美不胜收,那古民居、歪巷道、老会馆、祝圣桥、青龙洞、潕阳河,叫她如陷迷宫。我们多次劝她停步休息,都无济于事。

待后来,她的连珠妙语,才使我们破解了她那着迷入画的心境。她激情地对我们说:"在镇远,我特别感动的是这个地方能够把不同文化的气息都融合成当代活色生香的生活状态。我到镇远非常惊讶,一眼望去的徽派民间建筑,同时又融合了苗寨的一些特征,甚至连书院都是吊脚楼,而会馆又与侗族的戏楼风格相交融,你会觉得这是多么神奇的事情。它有一种坦荡的、开放的对于外来文化的欢迎。但是根植于本土的时候它又自然而然地做了自己的加工,所有的融合,会让你觉得这是生命改造的现象和力量。这是一种文化生命,从包容到阐发,然后再去创造的力量。"据此,她赞言镇远:"美誉天下——镇远气象雍容四季新!"

11日上午,于丹依依惜别镇远时,情思交织,感言喷发:"黔东南是一个梦想,一个传说,多种文化形态在这里高度集中,黔东南是民族文化的博物馆。在这里,我感到很震撼。老百姓生活得很休闲、幸福,充满欢乐,他们生活得很踏实安详,对生命充满敬畏。这种价值系统在当下中国是很缺少的。黔东南是一本大书,更多的解读还需要慢慢地沉淀与静思。几天来与它的结缘仅仅是翻开了一个序幕,我希望以后有机缘再来,也希望更多的人了解黔东南。因为黔东南之美,不仅仅在于它的风物之美,更在于它的人情之美、信念之美、文化之美,在于它那种文化的坦荡与坚强!"

(原载2013年5月27日贵州"当代先锋网",2013年5月29日《黔东南日报》,2013年5月31日《贵州政协报》。)

李雪健：名震京华 情在贵州

他是令人憎恨的"林彪"，也是让人崇敬的"焦裕禄"；他是老实憨厚的"宋大成"，也是令人扼腕的"宋江"。他，就是从贵州凯里走出去的影视艺术家李雪健！

2005年12月28日，纪念中国电影诞生100周年大会在北京人民大会堂隆重举行。大会向五十位获得"国家有突出贡献电影艺术家"荣誉称号的电影工作者颁了奖。中共中央总书记、国家主席、中央军委主席胡锦涛发表重要讲话，并向这些为中国电影事业作出突出贡献的艺术家表示崇高的敬意和衷心的感谢！在这百年来涌现的五十位杰出电影艺术家中，从贵州凯里走出来的李雪健与孙道临、张瑞芳、秦怡、田华、陶玉玲、潘虹等一道，闪耀在国家有突出贡献电影艺术家的人物长廊中。霎时，李雪健的名字和形象通过媒体，再次震动京华。

一

李雪健，这个从贵州凯里走出去的当今中国影、视、话剧三栖著名演员，至今对艰辛的童年有着特别难忘的记忆——

1954年2月他出生于山东省鄄城县凤凰乡。1964年秋他们一家随父亲"支黔"来到贵州凯里。从此,他就一直把凯里视为自己的家乡。他十岁时在凯里附小读书,随后升入凯里附中。那时,任凯里县委宣传部部长的父亲,已在"文化大革命"的动荡年月中成了"走资派",他为此受到蔑视和白眼。作为兄妹五人中的老大,他由此步入了艰难的人生。每天放学后,他邀约伙伴到龙头河岸边的发电厂去捡煤渣,以帮助妈妈减省烧火做饭的开销。好多年中,这条河一直映照着这个苦孩子的辛酸身影。当然也是这条河,让他学会了游泳。当畅游在碧绿如蓝的河水中,或搏浪横渡河岸时,他似乎体会到这需要极大的勇气和耐力。在河里玩累了,他们就上岸捡石头打水漂,比比谁的技艺高。或者爬上岸边的山坡比赛,看谁最先登上山顶。后来他还在农历六月十九日爬坡节那天登过黔东第一峰的香炉山。少年时代捡煤烧火、游乐山水的往事给李雪健的印象很深,也陶冶塑造了他做事忍耐平和、坚毅不懈的心灵和性格。

李雪健领奖

在学校,他时常曲不离口,哼些当时流行的歌曲,而唱得最多的是《十六条就是好》和《东方红》。在参加《东方红》的多次合唱中,他感觉到别人对自己的尊重并消融了心头的重压。1970年,他初中毕业就进入中央国企210厂做车工。除了踏实干活外,他在厂里仍爱唱歌演戏。每当工友们干活休息时,他唱的样板戏就成了大家的精神快餐。他还多次在全厂的文艺晚会上扮演过《白毛女》中的"穆仁智",因为太逼真,不少工友就干脆叫他为"老穆"。1972年部队在凯里征兵,他因演唱《亚非拉人民要解放》使部队首长满意而被带到云南二炮当了一名业余文艺兵。

二

到二炮后,他经常随文工团下基层部队表演,因而练就了多面手的本领。1976年春全军文艺调演在北京举办,他被二炮推荐给解放军总后话剧团参加《千秋大业》的演出,虽然在戏中他演的角色不起眼,但他一丝不苟的劲儿还是得到该剧导演、曾任昆明军区文化部部长鲁威的重视。就在调演完成他即将离开北京的前夕,鲁威约见他并写信推荐他去投考空政话剧团。也是功夫不负有心人,他被空政话剧团录取了。在这里高手云集,人才济济,他就一丝不苟地向周围的同志们学习。也许是机遇选择有心人吧,在林彪叛国投敌后,空政话剧团要排《九一三事件》,选来选去,林彪这个主要角色由他担任了。他仍是一丝不苟地表演,并用全身心去体会、揣摩这个角色的心理,凡举手、投足、讲话、吃饭,都潜心拿林彪的派,结果演出大获成功。该剧连演了四百多场。一次,《九一三事件》演出给全国政协委员看,演毕,部分委员登台与演员握手。王光美,这位对林彪怀有深仇大恨的委员轮到要与他握手时,突然愤怒地将手收回,转身便走。这一举止虽然使他一时尴尬,但也足以证明他表演得相当逼真了。

而1990年更是他在影视创作上的丰收年。这一年,他在影片《焦裕禄》中饰演人民公仆焦裕禄一角,经过反复仔细揣摩人物,他既追求形似,又刻意神似,真实自然地再现了焦裕禄大公无私、鞠躬尽瘁的感人形象,影片上映后引起轰动,他的表演受到了专家和观众的高度评价,连焦裕禄的妻子都充分肯定了他饰演的焦裕禄形象,认为他演出了焦裕禄清瘦的身影,会说话的眼睛,走进了焦裕禄的情感世界,把焦裕禄演活了。《焦裕禄》演出的成功,使党风再振,使人民的焦裕禄又回到了人民中间。《焦裕禄》被认为是1990年优秀国产影片的扛鼎之作,作为主角,他当之无愧地摘取了第十一届中国电影"金鸡奖"和第十四届《大众电影》"百花奖"最佳男主角和最佳男演员"双奖"桂冠。颁奖会上,老老实实的李雪健说出了心中的大实话:"苦和累,都让一个好人焦裕禄受了；名和利，却让一个傻小子李雪健得了。"他的话自然、真诚和谦逊，叫台下掌声大作。1990年李雪健在电视剧创作方面也获得了极大成功。这一年，我国第一部室内电视连续剧《渴望》轰动一时，万人空巷。李雪健在剧中扮演可亲可敬、憨厚善良的宋大成，这一形象一时间深入千家万户，他那松弛自然的表演获得观众的认可。他因而拿下当年电视剧"飞天奖"和"金鹰奖"的最佳男演员奖。

李雪健对央视记者说："我是从贵州走出去的演员。"

这时，李雪健红透了大江南北。

1991年3月1日，江泽民总书记在中南海与三十多位艺术家座谈，李雪健名列其中。进中南海，唯有他一个人是骑着妻子的自行车去的，车后还有一个小孩车座。此举令警卫大吃一惊。李雪健释疑道：我平时就"坐"这辆车。警卫们笑笑赞叹道：我们的兵哥哥没有艺术大腕的骄派。

1992年10月，李雪健作为代表出席了中国共产党第十四次全国代表大会。

1994年在首届中国十佳影视演员的评选中李雪健榜上有名，这标志着他已经步入中国一流演员的行列。

1997年10月，李雪健又被选为党的代表出席了中国共产党第十五次全国代表大会。

多年来，继《焦裕禄》与《渴望》之后，李雪健又在《四十不惑》《幻影》《沙镇的故事》《蓝风筝》《生死拍档》《飞虎队》《荆轲刺秦王》《横空出世》等影片和《水浒传》《抉择》《至高无上》《中国轨道》《历史的天空》《搭错车》等电视剧及《陈毅出山》《火热的心》

《李大钊》等话剧中饰演了一个又一个性格鲜明、身份各异、绚丽多彩的人物形象，成为观众心中极有号召力的著名演员，并于2000年荣获中国电影华表奖"优秀男演员奖"，第十一届中国电视飞天奖"优秀男配角奖"，第三届全国电影表演学会奖，第九届大众电视金鹰奖"最佳男主角奖"以及德国柏林电影节奖；还被授予"全国先进工作者""全国文化系统先进工作者"和2004年"全国中青年德艺双馨文艺工作者"称号。直到2005年12月28日被授予一百年来最杰出的五十位"国家有突出贡献电影艺术家"的崇高荣誉称号。

三

如今，李雪健的名字和形象通过媒体，再次震动京华。对此，他自然是欣喜的，然而他也是冷静的。到任何时候，他都不会张扬。常言道，富贵不忘本，树高不忘根。早在1990年底，他就曾随黔东南在京人士回乡访问团回到凯里进行慰问演出。在凯里地区欢迎在京人士回乡访问团文艺晚会上，面对着如潮的人群，雷鸣的掌声，面对着家乡的土地，面对着父老乡亲，他深深地行礼鞠躬，然后才为亲人们表演了影视剧中自己担任不同角色的人物形象，他那生活化的细节，投入酷肖的表演，赢得台下经久不息的掌声。最后，他深情地把《渴望》中的主题歌《好人一生平安》献给了家乡的父老乡亲。他说："能为家乡的人民唱歌演戏，这是我终身的幸福。"

这次，他在家乡凯里受到了热烈的欢迎。家乡浓浓的乡情，清清的龙头河，高高的香炉山，奇特的吊脚楼，金色的竹芦笙，清亮如水的侗族大歌，昂扬奔放的苗族舞蹈，都使他神游在梦幻的童年时代。他来到自己就读过的凯里附小及附中，拜访了学校的老师，感谢他们辛勤的耕耘培育；他看望了亲友，感激他们对他这个傻小子的关爱和照顾；他来到同学和工友们中间，与伙伴们一起分享他的成功，同时互相勉励在人生的道路上永远不要放弃希望。

李雪健回黔东南体验生活

1993年深秋，应贵州省文化厅的邀请，李雪健率五十多人的文工团回贵州慰问演出。在家乡凯里，在省城贵阳，名城遵义，在全省的九个地州市，他们进行了几十场的慰问演出。李雪健说，这是向家乡人民学习、回报贵州父老乡亲的最好方式。虽然演出紧张，又忙又累，但非常值得。

三十年来，他共参演了三十多部电影、电视剧和话剧，而且多是扮演主角，被影视界誉为"双料影帝"。

回首往事，现任中国电影家协会副主席、国家话剧院一级演员的李雪健平静地坦言："我是从贵州走出来的演员，贵州大山的坚韧、人民吃苦耐劳的精神和多彩的民族文化给我很大的影响。演了几十年的戏，吃了不少苦，也累坏了身体。但只要生命不息，我将工作不止。要认认真真演戏，清清白白做人，以此报答党和人民的培育与家乡亲人的厚爱！"

（原载《当代贵州》2006年第5期。）

"赤脚医生"胸中的大世界

2006年2月9日晚,在中央电视台《感动中国2005年人物评选颁奖典礼》上,李春燕与魏青刚、丛飞、黄伯云、洪战辉、陈健、邰丽华、杨业功、王顺友、费俊龙与聂海胜一道,荣获2005年感动中国的十大人物。评选委员会给李春燕的颁奖辞是:"她是大山里最后的赤脚医生,提着篮子在田垄里行医,一间四壁透风的木楼,成了天下最温暖的医院,一副瘦弱的肩膀,担负起十里八乡的健康,她是不迁徙的候鸟,她是照亮苗乡的月亮。"

一

李春燕,1977年3月出生于贵州从江县雍里乡宰略村一个苗族农民家庭。先后在宰略小学、大洞初中读书。她的父亲李汉民是20世纪70年代国家培养起来的一名"赤脚医生",在当地行医三十年,颇得乡邻的好评。1997年9月,南京爱德基金会和贵州省卫生部门合作,为资助贫困地区的青年学医在黎平县办班。在父亲的鼓励下,春燕报名学医,成了黎平卫校"爱德班"的一名学生。在校期间一回家,她就跟随父亲行医,因而医疗知识和技术得到很

李春燕领奖

大的提高。卫校毕业后，因为爱情的力量，让她义无反顾地选择了大塘这个贫困的苗族山寨，成为村里的媳妇。

大塘村位于月亮山深处，有524户，2554人，80%以上是苗族。其所属的大寨、刚边、田坝、瑶人等自然村寨零星地散落在几个山坳上。这里山高路陡，交通闭塞，自然条件恶劣，经济文化相当落后。村民们的收入就靠种田，而且人均不足七分耕地。若生了病，除了苦熬，就是请巫师驱鬼避邪，或是用"土办法"自己治疗。死了，谁也不晓得到底是啥原因。

李春燕嫁到大塘后，牢记着父亲要她看病救人的嘱咐，决心行医，以解决农村缺医少药的问题。在丈夫孟凡斌和公公、婆婆及全家人的支持下，家里把三头耕牛卖掉两头，筹得资金2000元。然后腾出一间房子，放上一张桌子和一铺床就成了诊所。为了省钱买药，春燕连药箱也没有买，把药放在房间里，用纸箱装起来，而听诊器、止血钳、镊子和剪子等医疗器械都是跑去跟父亲借来，她仅仅花钱买了一支体温表。2000年12月7日，春燕心爱的诊所开业了。

小诊所开了几个月，来看病的人寥寥无几。村民们宁愿相信巫术，也不相信医学。直到有一天，情况才有了转机。那天，村里一位姓王的村民因为喝酒过量昏死过去，家里人请了巫师以后仍然没有苏醒过来，便哭哭啼啼地为他准备后事。这时，患者的弟媳突然想到了春燕，便对家人说："听讲孟家刚过门的媳妇会看病，不如喊她来看看。"春燕赶到后，马上进行救治，给患者打上了吊针。随着药液的缓缓流动，患者渐渐苏醒了过来。这一下，村民们都惊呆了，七嘴八舌地说春燕"神"得很。

又一次，村民蒋金往的老婆生下第二胎，孩子一生下后因缺氧而脸色发紫。蒋金往想起第一胎就是因为孩子生下时缺氧而死去的便恐慌起来。于是他赶忙去找李春燕。春燕赶到蒋家诊断孩子的病情后，二话不说就给孩子做人工呼吸，经过一番紧急抢救，孩子活过来了，蒋家感激不已，逢人便说，春燕是救人的"活菩萨"。

为了更好地和村民相处，在丈夫和家人的帮助下，李春燕慢慢地用行动改变了村民的看法，并最终被村民们接纳，还尊敬地称呼她为李医生。

2004年10月3日，《公益时报》记者黎光寿、中国扶贫基金会杜娟、首都经贸大学毕业生刘志洁这三名青年志愿者，到大塘村进行社会调查。经历了一场抢救一个刚出生婴儿的动人事迹。

这一天吴智键（志愿者取的名字）降临在村民吴昌军家。由于早产，体内器官发育不全，出生时吸入羊水过多，造成气管堵塞，随时有生命危险。

李春燕迅速赶到吴家，立即采用按压治疗法，把小孩的两只手放在胸上，用自己的手有节奏地按压孩子的小手。几分钟后还是没有任何效果，孩子仍然紧闭双眼，甚至没有半点呼吸和心跳。春燕又将嘴对准孩子的小嘴，轻轻一吸，随即将一口黄色的液体吐在纸巾里；又继续凑过去……但小孩还是没有一点反应，而且皮肤继续青紫，渐渐失去了光泽。

"马上送县医院！"看着孩子的严重病情李春燕立马决定。去医院的途中，她继续用手有节奏地按压孩子的胸部，还一次次地给小孩做人工呼吸，但孩子始终没有反应。吴家人开始感到了绝望，只有春燕仍然镇定地给孩子做人工呼吸……

一到县医院，春燕走下汽车时，因疲劳过度瘫倒在车门口。医生全力抢救婴儿，但由于早产，器官发育不全，最终还是没有成功。

当时有人问春燕："为了一个没有多大希望的生命，你付出了那么多，你是怎么想的？"

春燕说："我什么都没想，唯一的念头就是尽可能地挽救孩子的生命，哪怕孩子只有1%的希望，我也要尽100%的努力去抢救。"

她的行为感动了在场的每一个人，尤其是随车帮忙、一直在场见证这一真实故事的三名青年志愿者，更是感动不已，终生难忘。

二

从江是贵州的极贫县，而雍里又是从江的极贫乡。最初春燕的想法很简单，她原以为开办诊所既可以为群众看病，又可以为家里增加一些收入。大塘村有2500多人，如果每天为十多个人看病，养家糊口是不成问题的，说不定还能慢慢地富裕起来。但不久，她发现随着病人的增多，小诊所的状况不仅没有改善，反而越来越难以维持了。

平时春燕为村里的产妇接生一个孩子，得到的回报很少超过5块钱，有时守一个通宵，只有几角钱。

一天，李春燕为蒙奶奶看病。她患的是神经痛，已有三年的病史，因为没钱，一直没能到县医院治疗。每次痛起来，必须连打三天的针才好转。为了减轻老人的痛苦，李春燕每次都按时给老人打针。这次打完针，蒙家付给她6元钱，其中2元是已经欠了两年的药费。

而潘红正欠李春燕的医药费则更多。2004年，村里的姑娘潘红正到广东打工得了肾结石转回到家。在县医院治过多次，把打工的钱全部花光了也不见好转，还经常痛得在床上打滚。从此，她对生活产生了绝望。春燕知道后，亲自上门看望她，并把她接到自己的诊所治疗。经过一段时间打针、吃药，潘红正感觉好了许多，人也精神起来。春燕又到懂中医的父亲那里找来草药给她吃，一个疗程后，她的腰痛渐渐消失了。后到县医院复查,结石基本没有了,肾也正常了。可春燕为了给她治病,前前后后为她垫付了一千多元的药费,而她却无法还付一分钱。

不仅如此,有时外村的病人吃住医还得由春燕全部包。刚边寨有个小男孩叫王岁山,得的病是肠套叠。因为家里穷,到县医院住了几天就回家了。孩子的病拖了两年,已越来越严重。于是春燕主动上门去治疗。刚边寨在山脚,路很烂,往返一趟要个把小时,春燕每天要往返两趟,常常不是一身灰就是两脚泥。后来,她干脆把孩子接到家里治疗,这一住就是四个月,既要给他打针吃药,又要管他吃住。在春燕的精心治疗照料下,小孩病慢慢地好了。可是病好后,他却不想离开了。

得到这样治疗的不仅王岁山一个人。村里村外的吴努网、滚尼爸、潘洪爸、余努迷等人,都被春燕接到家里治疗和护理过。甚至谷坪乡高武村一个患妊高症而身无分文的妇女,也被春燕收留免费包医包吃住四十多天,直到病情基本好转才回家。

但这些病人都付不起药费,久而久之,欠账越来越多,资金周转越来越难。几年下来,春燕家背上了近万元的外债。

"不是他们故意拖欠,哪怕有一分钱,他们也一定会付上。"翻开两本厚厚的欠账本,李春燕说,"通常,乡亲们都要等到种植的椪柑秋收出卖,才会陆续想办法来还钱。"

这期间,为了购买药品使诊所维持下去,她把祖传的银项圈变卖了,随后又把结婚时丈夫给的金戒指、金耳环也卖光了;而丈夫为了支持她又把做生意的农用川路车也卖掉了;最后,公公狠了狠心只得把家里仅剩的那头水牛也卖了。真可谓卖物救穷,卖物救命。但由于债台高筑,即便卖了金银家宝和农家视如生命的帮手耕牛,也仍是入不敷出。由于外债难还,她家的房子在前几年就垮掉了也没有钱整修。再后来房子的屋基被洪水冲掉了一个角,柱子悬空,楼枕弯曲,墙壁开裂,房屋已经倾斜了……

不仅财空屋破,李春燕为了治病救人,还失去了自己的心上肉。那一年，春燕去为一个产妇接生，当时她自己已怀有三个月的身孕，由于下雨路滑，不小心摔了一跤。在她接生完别人的孩子回到家的当天晚上，她的第一个孩子就这样悄悄流产了。一直支持她的婆婆对此非常有怨气，责怪说："我们原以为得个好媳妇，才这样全家支持你，没想到，你这么粗心大意，现在好了，什么都没有了，我们哪还有脸去见人？"春燕听了很伤心，只有默默地忍受着年轻媳妇初次失子的痛苦和揪心……

三

　　五年多来，李春燕扎根乡村，心灵世界里始终装着人民群众的健康。她艰苦行医，累计出诊一万多次，步行三万多公里，诊治村民群众一万余人次，而且牺牲自家的生活、财物乃至心头新生的生命，去救死扶伤十里八寨的百姓乡亲，这震撼人心的事迹不仅感动了月亮山下的老百姓，也感动了从北京等地去从江扶贫助学的青年志愿者，同时也感动了各地的新闻媒体。

　　2004年10月中旬，黎光寿回到北京后就把李春燕抢救那个新生婴儿的故事写了出来，以《这个新生儿为何会夭折》为题首发在10月20日的《公益时报》上。《法制早报》10月28日改题以《一生只有八小时》转载。2004年11月1日《南风窗》全文刊发了这篇文章。而香港凤凰卫视是最早关注李春燕的电视媒体，2005年3月份《冷暖人生》栏目亲赴从江大塘村，对李春燕进行了采访，4月19日以《最后的赤脚医生》为题，报道了李春燕的事迹。中央电视台《实话实说》栏目组7月份到达从江，对李春燕的事迹进行了采访。8月4日，在北京录制了李春燕的节目，8月23日，以《乡村女医生》为题报道了李春燕的事迹。《中国青年报》也对李春燕和大塘村的医疗问题表示了高度的关注，派记者进驻大塘村两周，采写出了《春燕衔泥唤春归》作为头版头条进行报道。另外，《新华每日电讯》，香港《读者文摘》，美国《华尔街日报》，《贵州日报》《当代贵州》《贵州都市报》《黔东南日报》和贵州电视台等媒体先后对李春燕和大塘村的医疗问题给予关注或报道。

与此同时，李春燕2004年底获得《南风窗》"年度人物奖"，2005年5月当选"贵州省劳动模范"并光荣加入了中国共产党，同年被共青团贵州省委树立为"增强团员意识教育先进典型"，并被评为贵州省优秀共青团员。随后，中共黔东南州委、州人民政府做出了《向李春燕学习的决定》。2006年2月她被评为2005年感动中国的十大人物之一。

一位河北观众在看完了李春燕等参加的"感动中国"颁奖典礼后写下了一段动人的"感言"：我是流着眼泪看完"感动中国2005年度人物颁奖典礼"的。那张张朴实、善良的面孔，让无数人崇敬；那件件动人的事迹，让人赞叹；那面对面的采访，让无数人热泪盈眶；那篇篇颁奖辞，无不是对他们人生的最真实褒奖。他们在平凡的岗位、平凡的生活中，把人生淋漓尽致地诠释，他们那种朴实、善良、坚强、勇敢、无私的品质，无不感动着每一位中国人。在他们身上，我们看到了爱的奉献，看到了生命的珍贵，看到了真挚的追求，看到了一种精神的闪烁。他们像一座座丰碑，矗立在中国人的心中。

现在，李春燕就像月亮山上的丰碑耸立在高高的苗岭上，就像苗乡侗寨的月亮，照亮着十里八乡的各族乡亲。由于得到各地媒体的关注，贵州省内外社会各界也向李春燕和大塘村伸出了援助之手，使她把"感动中国"的故事继续演绎和延伸……

四

2004年底，一位热心人给李春燕汇来了7000元，帮村民们还了那笔药费账。深圳的一位好心人也给春燕捐了8000元，叮嘱她一定要修好被大雨冲坏的房子。许多热心人士汇来了药品。于是，从这年底，春燕对一些贫困户开始免收药费，有的只象征性地收一元钱的手续费。到后来，干脆给村里的五保户老人免费打针送药。

2005年5月1日，刚刚获得"贵州省劳动模范"称号的李春燕捧着鲜花回到从江。路过县里的一家医院门口的时候，她发现村里的一个姑娘，刚刚生下孩子得了孕高症，而她又无钱住院。春燕就从自己刚刚得的5000元劳模奖金中抽出3000元，交给了医院。

5月30日，七十八岁的老华侨陆宇恩夫妇，从澳大利亚专程前来从江县大塘村看望李春燕，并捐款5000元，向乡政府捐款1000元，用以发展乡村卫生事业。同月，南京军区第四干休所八十一岁的张大爷夫妇省吃俭用，将10000元捐给李春燕。

8月13日，李春燕接到通知，说有多达三十多大包来自广东等地的捐助衣物、书籍和药品寄到了大洞。

2006年1月12日，贵阳欧亚男科医院蒙亚丽一行来到大塘村，将价值8万元的一车药品送给李春燕，就匆匆返回贵阳。1月15日，由中国红十字会捐资10万元修建的占地120多平方米、高达三层楼的"大塘村博爱卫生站"竣工挂牌，成为中国红十字基金会的全国第一座"博爱卫生站"。在此期间，李春燕家破旧的老屋，也得到了维修与扩建。

事实上，李春燕对大塘苗寨的悄悄改变，已不仅局限于医疗层面。通过她，按照中学每年600元、小学每年200元的标准，大塘村共有70名孩子得到了广东、福建等地被李春燕感动的人们的资助。

不仅如此，她的事迹还使全县乃至省外的同行们得到了关注和帮助。2005年底，中共从江县委、县人民政府做出决定：自2006年起，全县所有的乡村医生，每月将获得政府发放的50元工资。而福建省永定县在看到了中央电视台播出春燕的事迹后，县人民政府于2005年底制定出台了《永定县乡村医生享受政府津贴实施办法》，从而解决了长期未能解决的政府津贴待遇问题，使乡村医生得到了应有的报酬与尊重。

2006年2月中旬，当李春燕从北京参加"感动中国2005年度人物颁奖典礼"回到黔东南时，她对记者说："我只是做了我该做的事情，从来没想过自己会获得这么高的荣誉。现在有了社会各界的支持,更坚定了我当好乡村卫生员的信心和决心,我将以最大的热情投入到基层医疗卫生事业,尽我所能为村民们解除病痛和疾苦。"

这就是从小山村里走来的"赤脚医生"胸中的大世界!

如今,在大塘村,人们照常可以看到她,梳着马尾辫,背着个小药箱,疾步如飞,穿梭于各个自然村寨,继续以她那副瘦弱的肩膀,担负着十里八乡各族人民的健康……

（原载陆景川《伟人名家与黔东南》,2006年7月作家出版社。）

"苗人小龙"王飞鸿

"苗人小龙"王飞鸿如今在影视界已是名声远播。这些年来，他参加了众多影视作品的表演。比如在大型电视剧《霍元甲》（郑伊健版）中饰演陆大安，长篇电视连续剧《精武陈真》（2007香港无线版）中饰演陆大安，电影《璇玑图》中饰演一把刀等等。同时频频应邀媒体作特邀嘉宾演员，如中央电视台《星光大道》的特约嘉宾，2006年湖南卫视《谁是英雄》的两连冠冠军，2006年东南卫视《超级明星脸》中模仿李小龙获得冠军，香港无线电视台TVB《残酷一叮》特约嘉宾等等。

2008年9月底，王飞鸿应邀回家乡凯里参加"第二届中国凯里原生态民族文化艺术节"开幕式。国庆节这天晴空万里，阳光灿烂，我们陪他回家去看望老母亲。一路交谈，便了解了他的人生之旅。

1980年7月20日，王飞鸿出生于凯里市大风洞乡桐油坪村的一个苗族家庭。七岁时父亲去世，家里的全部重担靠母亲一人撑起。面对艰难贫苦的生活，母亲常常哼唱着苗歌以寄托对生活的向往，这种乐观向上的性情深深地影响着小飞鸿。到该念书的年龄了，但家里拿不出钱去报名。为了挣到学费，他就去砍柴卖。虽然一挑柴挑到几里路远的重安江镇去卖只能得一块多钱，但他心里很乐意。那时除了读书外，他每天还要苦练苗家武术。因为父亲没留下什么，只有家传的苗家刀法和棍术是祖传遗产。而且叔父们大多都会武术又愿耐心地教他，希望他以后能把苗家武术弘扬光大。

十二岁那年，有一次他挑柴去重安江集市上卖完后，路边一家电影放映店门前，里面传来的打斗声震耳欲聋，那喧闹的声音使他的心痒痒的。在门前徘徊一阵后，终于，年少的他没能抵御住武侠的诱惑，只好咬着牙掏出2毛钱买票进去看。可没想到，就是这张电影票，影响了他以后的人生。荧幕上，武艺高强的李小龙勇斗外国侵略者的威猛形象深深地感染着他。从此，李小龙的爱国情怀和无所畏惧的尚武精神让他久久难以忘怀。慢慢的他逐渐琢磨着中华武术的精神，也初步学会了李小龙创建的截拳道。

1993年的苗家芦笙节，乡里要举办舞蹈大赛的启事吸引了他。几经思量，他报了名。虽然他没有专门学过舞蹈，但在那个迪斯科流行的年代，他看到别人跳，自己就模仿。家里没有镜子，就在煤油灯下借着自己的影子反复琢磨体验，一直到自己认为练得不错了才罢休。比赛那天他借来了衣服和鞋子，就连报名费的两块钱也是借来的，他就这样第一次登上了舞台……兴许是功夫不负有心人，这次舞蹈大赛他获得了第二名。当他捧着50元的奖金回家后，当天晚上兴奋得睡不着。躺在床上，他想心事，这次参赛得奖，说明自己的模仿能力是有希望的。——可是，这样的机会还有吗？

当然，机会永远是青睐那些有准备的人啊。1996年对他来说是命运的一次转机，这一年他十六岁了。当时黔东南州民族艺术团正在招收舞蹈演员，看到这个消息后，他决定去报考。但妈妈坚决不同意，她的意思是想让儿子多学文化知识考大学，而不是去搞什么蹦蹦跳跳的玩意。他理解妈妈的苦心。但妈妈的劝阻没能打消他的念头，他第一次违背了妈妈的意志，偷偷跑到凯里报了名。凭着他多年的武术功底和超强的模仿能力，他最终被艺术团的领导留下了。经过一年的基本功训练和编排，他随团到全国各地去演出。几年的舞台磨砺，他不仅学到了谋生的本领，而且极大地丰富了自己的表演

作者（左）和王飞鸿在其老屋前

能力和舞台经验，还掌握了木叶、芦笙、葫芦丝、排箫、唢呐等民族乐器的演奏法，特别是截拳道等武术特长得到了淋漓尽致的发挥。

习武让他英气勃发，特别是李小龙永远是他心目中崇拜的偶像。但是，为了谋求更大的发展，他还是决定告别艺术团去闯京城的世界。1999年，他第一次来到北京，并找到了一份工作——在傣家村艺术团演奏芦笙和跳舞。为了不影响他人休息，他租了个地下室，白天上班演出，晚上就在不足十平米的屋子里苦练功夫。干了一段时间后，他觉得这里不是他追求的梦想，于是再次选择了离开。之后，他拿着自己的积蓄，买服装、道具和乐器，干脆自己组织了一个贵州飞鸿民族歌舞表演队。经过一段时间的筹备，他就率队离京到各地去演出。

一次，在东北表演的时候，不少人纷纷议论他像李小龙，这让他十分兴奋和惊奇。接下来，他干脆就以李小龙为模仿对象，从发式到装束，再到眼神，以歌曲、功夫展示和才艺表演创编了自己的"李小龙模仿秀"。当他第一次以李小龙的形象出现在舞台上的时候，坐在下面的观众惊呼声此起彼伏，一套拳法与演唱，才艺衬武术，令观众们睁大了眼睛。接着表演的更让观众大开眼界：那李小龙标志性的功夫截拳道和双节棍，还有苗家的上刀山下火海与金枪刺喉、钢筋锁喉、铁砂掌、铁布衫、飞菜刀等绝活气功一路耍来……再配上芦笙、巴乌、葫芦丝、萨克斯、排箫、木叶等乐器的特色演奏，顿使观众席像炸了锅一样，掌声和呐喊声响彻整个演出现场。从此，"苗人小龙王飞鸿"就为人津津乐道，远近传扬。

于是，在2006年初湖南卫视大兵主持的《谁是英雄》正当火爆时，朋友们便建议他去报名参加。几经犹豫后，他终于把自己的表演录制成光盘寄给了湖南卫视《谁是英雄》栏目组。不到一个星期，就接到李清海导演的电话，邀请他去参加《谁是英雄》节目的录制和比赛。

这年3月的一天，王飞鸿以"苗人小龙"的角色从黑龙江背着行李前往湖南长沙。经过二十多个小时的奔驰，火车终于到达了长沙。他还没有来得及休息和准备，导演就要求他展示功夫。当时虽然很疲惫，但他心里也清楚，自己千里迢迢走南闯北，就是为了表演。表演就是他的机会，也是他生命的意义。但是，那天在表演场上，当他刚露出三招，导演就威严地叫停。当时他没敢相信自己的耳朵，而心里顿时也凉去了半截，自知前景已无望。就在他心里还在琢磨不透的时候，导演突然又像变戏法似的大声说道："当代李小龙啊，太像了，节目不错，好好准备一下，明天中午就录制！"得到导演的肯定，他倍感鼓舞。第二天，虽然是他第一次在电视上表演，可是他心情沉静，自信满怀，一口气表演了李小龙截拳道、夺命无常双节棍和金枪刺喉、钢筋锁喉、钢刀砍人、气功断钢丝等苗家绝技。当时，台上台下，观众掩面惊叹，传说中的绝技真实地出现在众人眼前，大家掌声雷动，呐喊声欢呼声响彻在整个演播大厅。他的表演成功征服了评委，也征服了奥运冠军刘璇、笑星周卫星、歌手湘湘，刘璇还打出了超出满分的11分。这次表演使"苗人小龙"王飞鸿脱颖而出，终于夺得了《谁是英雄》（第21期）"奇人绝技大擂台"的冠军。

随后，"苗人小龙"的精彩表演不仅引来了中央电视台朱军主持的《想挑战吗？》、河南卫视《沟通无限》、浙江卫视《奇开得胜》、山东卫视

《阳光快车道》、吉林卫视《吉林之星》、香港无线电视台《残酷一叮》等的热心关注，就连国际级别的香港导演关锦鹏先生也辗转打听小龙的住址，向他抛来了橄榄枝——与郑伊健、陈小春等大牌演员合演电视剧大侠《霍元甲》。之后在大侠《霍元甲》剧中，"苗人小龙"饰演陆大安。那一天，就在理发师为他剃光头时，李小龙的弟弟李振辉也亲自跑来看。李振辉见面的第一句话就是说"哎呀，真的太像我哥哥了！"惊讶间流露着亲切。进入剧组后，小龙更加努力勤奋了。一天在拍一场和斧头帮的武打戏时，小龙的右脸因为擦破了皮而肿了起来，但他仍然坚持着。他经常说："机会总是留给做好准备的人。因为有梦想，所以我要继续努力去追求。"

2007年5月，中央电视台《乡约》节目组到"苗人小龙"的家乡黔东南跟踪报道，拍摄了他个人一小时的演出专访特辑。最高兴的是2008年7月23日，应家乡政府邀请，他参加了"贵州黔东南州原生态艺术节"的演出。他的《霍元甲》主题歌唱出了大山里硬汉的风骨，而苗族歌曲《蒙哒哟》则倾泻了苗山秀水的原生态。十年后重回故乡，看到久违了的熟悉的山水，久别的父老乡亲，他感到无比亲切和兴奋。他希望通过自己的努力及故事，使社会和人们关注贵州，关注苗乡侗寨的民族文化和民间绝技的保护与传承。

他虽然多年在外漂泊，但他的心一直惦记着自己的家乡。在那天回家探亲的路上，虽然回凯里时已是晚上十点多钟了，但在路过一个苗寨时，他还是备办了礼物亲自到寨上已过世了的师父家里去看望师娘一家人。他回到家乡，不仅没有忘记曾经帮助过他的人，而且还想多为家乡做点好事，来家乡演出他从不收出场费。

这一路上陪他，我们不仅分享了他的成功，同时也触摸到了他醇浓未减的乡情和朴质纯正的心灵。

2008年10月于凯里

苗族歌王王安江

2010年6月25日,被誉为"苗族歌王"、民族文化的守望者、国家级非物质文化遗产《苗族古歌》传承人的王安江老人安然合眼,乘歌仙逝,享年七十岁。

这一回老人确实是死了,但很多人都不相信,他怎么会死呢?他不是死了几回又活转了几回吗?人们还记得,长期衣衫褴褛、忍饥受冻、奔波在外搜集苗族古歌的王安江,2005年秋又一次病倒而住院。经医院检查,他患有严重的风湿心脏病和冠心病。虽然儿子东拼西凑借了3000元钱,几经医治,也没见明显好转。而且这一住就是将近两个月,致使债台高筑,不知如何是好?台江县委、县政府领导得知这一消息后,即刻到医院看望,安慰他安心养病,不用担心拖欠的医疗费用问题,还表示决定帮助他实现出版苗族古歌的心愿。这一来,昏迷之中的他,似乎听到了出版古歌的事,竟然奇迹般地从阎罗王的魔掌中微醒过来,昏糊默首。之后,在医院的精心治疗下,他熬着忍者拖着挺着,竟然使病入膏肓、奄奄一息的躯体又奇迹般地从死神的手中逃了回来。

王安江几乎死过几回又都没有死,人们说就是古歌书

王安江向年轻人传授苗族古歌

稿的事还在他心里沉甸甸地搁着呢！书没有出版，就不能死，凭着这一认定死理的信念，王安江在他的古稀岁月中，与苗族古歌演绎了一部传奇多难、悲壮坎坷的人生之歌。

王安江，苗名商君，1940年10月出生于被誉为"天下苗族第一县"的贵州台江县台盘乡棉花坪村，这里是一个以歌表现生活的苗族村落社会。

孩提时代，王安江到姑妈家去玩，听到姑妈唱起忧郁的苗歌，他就学得了几首，之后经常哼唱在嘴边，从此产生了对苗歌的兴趣。1955年，仅读了两年小学的他，凭着自己的毅力和聪慧好学，被安排到邻村一所乡村小学当民办教师。20世纪60年代初是我国经济困难的时期，而他又雪上加霜，母亲重病在床，于是于1962年被迫离开学校，回家与妻子杨荣美一道担起了一家七八口人吃、穿、用的家庭重担。但生活的压力，劳作的艰辛，也从没使他放弃过学习文化。每天起早摸黑上山下地劳动之后，夜晚他就点着松油柴，借着忽明忽暗的火光在读书。这一切，完全是为了满足自己对文化知识的渴求。

他完全可以这样以耕读为本，了度此生。但一次尴尬的遭遇却完全改变了他家男耕女织的平静生活，也使他交上了艰辛多舛的命运。1967年的苗年节，他们寨上一个小伙子从附近娶来一个新媳妇。按照风俗十三天后，他陪男方家亲友们，送新娘回家门。酒席上，主人和客人酒过三巡便对起歌来。在一唱一答中，对方最后唱起古老深奥的苗族古歌，王安江他们因为对不上，只得受罚喝酒。结果喝得两脚轻飘飘，满地打滚，一败涂地。更为难堪的是在主人家男女亲友面前脸面扫地，羞愧丢人！这不仅刺伤了王安江好强的心，也激起了他非要学好古歌的决心。

本来他也会一些苗歌，只是对苗族古歌比较生疏。回来后，他开始向本寨和附近村寨的老人学习古歌。他一边学，一边唱，一边记，几年下来，就学会了几百首。从此，他被古歌勾了魂，也领悟到了古歌的精妙。随着学到的古歌越来越多，他也成了周边村寨颇有名气的歌师。

当了"歌师"后他常常想，古歌至今没有人系统全面地以书面形式整理出来，而苗族又没有文字，那些宝贵的古歌靠的是一代又一代族人口传下来。可眼下年轻人对这些古歌已不感兴趣，学习古歌的人越来越少。随着老歌师一个个的相继离世，苗家的古歌可能就要人亡歌息而失传……于是，一种责任感驱使他要将苗族古歌记录整理、变成文字传下去。

那一年，他打听到凯里市凯棠乡大坪村有位叫"故沙"的老人很精通古歌，便按当地风俗，选定良辰吉日，带上一只鸡，一把糯谷，两条鱼和一元二角礼钱前去投师。不巧老人不在家，之后又去了一次仍未见到。再过后，他第三次来到故沙家，老人对这位"歌痴"早有耳闻，知道他极爱古歌，就对他说："早听说你古歌唱得好，今天我要看看你的本事，我们两个就从天黑唱到天亮吧，谁输谁喝酒！"老人说完倒满酒，就要他先唱。迫于无奈，他就开始唱起来：

　　鸭子游浮在水塘，
　　水牛转悠斗牛场。

>本人来到您老寨,
>一切听由您安排。
>十二首歌传古今,
>《洪水滔天》要摆来……

故沙听罢,即答道:

>鸭子游浮在水塘,
>水牛转悠斗牛场。
>兄弟你来自远方,
>来到我们的家乡。
>邀我摆古来唱歌,
>要唱《运金运银》吧,
>可要丢下《娘欧瑟》!
>若唱《蝶母诞生》呢,
>又得撇下《榜香曲》!
>……

两人你来我往,歌声缭绕,直到天亮,也分不出高下。最后,老人钦佩地说:"再唱下去也难分胜负,你这样的徒弟,我想收也不敢收呀!"

从此两人成了忘年交,老歌师便传给他许多难得的苗族古歌。

1984年的一天,八十四岁高龄的老歌师故沙病危,便让人把王安江叫到病榻前。老歌师拉着他的手说:"我怕是不行了,方圆这几十里,只有你能继承我的这些东西。老话说'前人不摆古,后人忘了谱'。我放不下这个心,才叫你来见最后一面啰,你一定要把我们的古歌传下去,这可是我们苗家的根啊!"

握着歌师干瘦如柴的无力双手,听着老人临终奄奄一息的嘱托,那一刻,王安江深深感到了肩上担子的沉重。他明白,这不仅是一位老人的遗嘱交代,也仿佛是整个民族对自己的重托!更是自己作为一个苗家人义不

《王安江版苗族古歌》

容辞的责任!

之后,老歌师在弥留之际,还向王安江传授了几首他一直藏在心底的古歌。完了之后,这位倍受当地苗家人崇敬的一代老歌师闭目而去。

从故沙家悲痛回来后,王安江牢记老歌师的嘱托,他把在县里学过的解放后创立的苗文重新捡起,边学边念用来记古歌。当时,他家里子女多,经济比较困难,有时连油盐都吃不上,但他总是挤出点钱去买纸张来记歌,如果实在买不起纸了,就到县里的一些部门去讨。在他搜集的几箱古歌手稿中,可以看到有些是函头纸,有些是方格纸,有些是白纸,有些还是报纸,这些五花八门的纸张中,有的纸边皱巴巴的,卷曲得不成样子了。

由于忙着搜集古歌,他在家里除了做犁田和砍柴等一些重活之外,几乎很少做农活。他也没有养鸟的爱好,只对苗歌感兴趣。有时整理古歌入迷了,连饭都顾不上吃,直到子女们把饭碗端到他的桌前,才匆匆扒上一两碗,又埋头整他的古歌。妻子见他这样"走火入魔",便多次好言相劝说:"商,我们家崽女多,唱歌又不能当饭吃,你又不是领工资的,还是不要整了,免得亲戚朋友都看不起我们!"他没有回答妻子的话,只是依然做着自己的事。

为了寻找苗族迁入黔东南时各支系议椰分居的"党告坳"这个苗民心中的文化圣地,追寻苗族古歌的源头,王安江在故沙死后,先后五次到黔东南有苗族的县份去寻找。在一次次的寻觅中，他像自己的苗族祖先迁徙时一样，身无分文，饿了摘点野果吃，渴了喝点山泉水，天黑了睡稻草堆或牛棚。最后，在几个县交界的剑河县久仰乡，他终于找到了心灵向往已久的"党告坳"。在这偏僻荒远、大山深处的老苗寨，他终于学到了不少以前从没听过的古歌。

这期间，他常常是一身泥巴，灰头土脸，风尘仆仆。在外流浪日子久了，内衣上长满了"虱子"。伴着这些与穷愁潦倒、饥饿相生的小生物，他疲乏无奈地回到了家门口。妻子见状，忙叫孩子们把他堵在门口，不让进家，想以此断了他的寻歌念头，但最终毫无效果。妻子气愤不过，丢下他们父子几个外出乞讨去了。后来，妻子在上海被收容了一个多月，回家后患了肝病，因无钱治疗，不到两年便撒手而去。真是祸不单行，妻子一死，正在读高中的大儿子，因无钱缴费维持学业，也在十多天后于绝望之中，饮服农药，随母而去。妻亡子夭，在短短的半月时间里，家破人亡，王安江痛得撕心裂肺，呼天号地："这都是我给他们造的孽啊，为这古歌，我害苦了全家！"

妻儿死后，村里人把他一家看成了另类，都把这家人的不幸归于王安江这个"歌疯子"。五个子女因受不了邻人的白眼，相继离家打工或远嫁他乡，这使得年老的王安江心里感到极度的孤独与苍凉。但每当夜深人静，他躺在床上，又常常想起老歌师的临终嘱托，就感到身上负有不可推脱的责任。于是，他又信念不改，一定要把苗族古歌整理出来，绝不能让它在自己这一代失了传！

从此，他把全部的寄托都放到古歌上。那年夏天，他毅然决定，带上十多岁的小儿子，带着干粮，冒着酷暑，离开贵州，从湖南向江西进发，然后从江西沿着苗族迁徙的线路，一路乞讨，一路搜集古歌。一次，在寒冷的冬天途中，因找不到住宿，饥寒交加的父子俩就在田坎边垒砌的稻草堆里，拉出两捆稻草盖在身上睡下了。不料，深夜里下起了大雪。第二天起来时，俩人头发和眉毛都结了冰。迫于无奈，父子俩还得举起沉重的步子，摇晃前行，否则，就逃离不了眼前饥饿死亡的逼近。又有一次，在省外因父子俩影响市容而被城管队抢夺包包丢进垃圾池。这让王安江痛苦不堪，在恍恍惚惚中他穿越铁路，险些被火车撞倒负伤……就这样，不管在烈日当照、风中雨里或冰天雪地之中，在别人的不解、嘲笑和鄙视之中，他不停地奔波，苦苦地搜集，足迹踏遍了贵州、湖南、江西、浙江、福建、广东、广西、云南、四川、重庆、湖北等省市区的600多个苗寨，甚至还到过越南的苗民原住地，总行程近5万公里，相当于绕行地球一圈多。在四十多年的艰辛岁月中，他以乞讨的方式，脚不停歇、口不停唱、心不停记、手不停写，历尽劳苦，搜集古歌，走出了他漫漫的古歌人生路。

在搜集整理苗族古歌上，他没有什么条件。为了完成一个老人临终的遗愿，仅凭着一腔对自己民族的热爱之情，靠着一颗矢志不渝的痴心，执着去追求。虽然家徒四壁，一贫如洗，只有一个破旧的学生包，一些讨来的纸张和几支劣质的笔，但靠着这简易的几样东西，凭着百折不挠的信念，以对古歌的痴迷热爱为动力，经过几十年的艰辛努力，他终于将流传于苗族民间的《开天辟地》《耕地育枫》《跋山涉水》《运金运银》《仰阿莎》《四季歌》《造屋歌》《嫁女歌》《喹婴歌》《打菜歌》《造纸歌》《丧事歌》等十二部古歌整理出来，手稿达16册3200页，计有76800行384000多字。他希望这些古歌能够出版问世，世代相传。

为此，他背着书稿到处乞求，企望有好心人资助出版。看到他满身的灰尘，破旧而脏兮兮的学生包，人们常常用疑惑的眼光看着他，认为碰上了"疯子"，避之不及，无人问津，因而他处处碰壁，近乎绝望。

回到家后，他将誊写的另一份手稿重新整理，又到县里和州上的有关部门去奔走。虽然他的述说和艰辛深深打动了不少热心人，但终因种种原因都未能如愿。而这时却有一位国际知名人士找到他，要买下书稿拿到国外去，但他不同意。凭着几十年的风雨阅历，他隐约有一种不祥之感与担忧。他心里默想，这是我们苗家的宝贝啊，怎能要拿给外国人呢？

2006年9月，王安江再次背上书稿，怀着试一试的心理，来到凯里找到了黔东南州委宣传部。听着他的诉求，农家出生的宣传部长耿生茂被他那坎坷多难近乎传奇的经历与坚毅执着的不懈精神深深地打动。耿部长望着眼前这位衣衫破旧、一头白发、满脸沧桑的老人，油然升起一股怜悯而崇敬之情。他当即派人前往王安江家乡调查了解情况，然后向州委作了汇报。州委、州政府研究后决定将王安江搜集整理的苗族古歌编辑出版。与此同时，台江县组成了以县委宣传部牵头的"王安江古歌出版筹备小组"，协助王安江对手稿进行了整理。

2007年夏天，刚刚成立的贵州大学出版社，甚至还没来得及挂牌，便把抢救《苗族古歌》纳入重要的工作计划。随后半年中，出版社的同志深入苗疆腹地，对王安江演唱的《苗族古歌》全本录像、录音，并将他的传奇人生摄制成电视专题片，还把他演唱的古歌版本进行了认真的校注和订正。最值得称道的是，出版社一反原来民间采风成果为"文化人"占用的模式，明确提出了"王安江版苗族古歌"这个概念，对这位民间歌师表示了最大的尊重和敬意。他们首次在出版物中将民间歌师放到主角的位置上，同时又真实地保存了"原生态"古歌的韵味与内涵。

对于贵州来说，《苗族古歌》的搜集、校订与出版是一项重大的文化工程。在这一过程中，作为出版家的石宗源在从国家新闻出版总署署长位上调任贵州省委书记后不久，在了解到出版社的《苗族古歌》选题策划之后就作出了重要批示：看后很振奋，希望贵州大学出版社把这部书当作精品力作来出版。随后，贵州省新闻出版局也将本书列为"全省重点图书项目"予以大力支持。2008年5月，这部历经劫难的《王安江版苗族古歌》终于出版问世。全书十二部苗族古歌，分"王安江版"和"专家注释本"两部，计270万余字，可谓皇皇巨著。

本书之所以定名为《王安江版苗族古歌》，是为了表彰王安江一生以生命为代价的搜集整理工作，也是要通过王安江个人传唱的形式保留古歌的"原生态"特色本质，使它在古歌演唱的众多门派与诸多形式中保持"王安江"的文化脉象。它与所有之前出版过的《苗族古歌》最大的不同，便是歌师站在台前，不再被知识分子"掠美"。在这部书中参与编辑工作的所有专家学者都只是王安江的"助手"。

在这部书里，还采用多种手段，立体地记录原生态状态的《苗族古歌》。它既有苗文的记录，又有汉文的直译和意译，还有王安江演唱全本录像、录音。考虑到《苗族古歌》作为口传文学必然消失的趋势，以现代的方式转换它的传承模式，成为本书关注的所在。从这个意义上说，它更是一部留给人类文明宝库的文献"实录"。因为，《苗族古歌》是一部史诗，它记录了苗族的历史渊源、迁徙路线、生产生活、思维视野和生命观念。它所包含的神话、传说、故事、歌谣的样本以及其民族、历史、文化、科学、情感及风俗信仰等因素，是人们认识苗族社会的重要途径和文献。同时本书还收录了有关苗族人民生产生活的大量图片，使读者打开《苗族古歌》，就可从图片透出的大量信息中，直观地了解苗族人民的历史文化背景，感受苗族社会丰富多彩的灿烂文化。直到今天，它仍然可以并在事实上启迪着人类的生存态度与智慧选择，可以说，它就是一部苗族文化的百科全书。

为了表彰王安江传奇感人的人生，国家有关部门及社会组织给他颁发了2006年中央电视台"感动中国"人物提名奖，文化部授予他"国家级非物质文化遗产传承人"的荣誉称号。

此后不久，他那发誓永不回家的儿子，也回到了家中，来陪护自己风烛残年的老父亲，让他安度晚年。同时，贵州大学出版社的编辑人员还与王安江相约，把出版的第一部书，拿到故沙老人的坟前烧祭，以告慰这位老歌师的在天之灵。

2010年2月，《王安江版苗族古歌》荣获第四届贵州省人民政府文艺一等奖。当县领导把获奖证书和奖金送到这位老人手中时，他那满脸皱纹的脸庞绽开了笑容，老人激动得热泪盈眶，他对大家说："非常感谢你们，感谢党和政府！这以前，我几次差点死了，要是真的死了，我最大的遗憾就是自己搜集的苗族古歌没能出版。而现在，我再也不担心了，有党的好政策，有各级政府的关心，有专家的帮助，歌书出版了，如今还得了奖，我一块石头落地了，就是死，我也安心了！"

在交谈中，他还向县里领导表示，我还要继续搜集整理好苗族民间文学，组织乡亲们传唱，带好传承人，把苗族古歌世世代代传唱下去。

也许是人生几十年的心事了却落地，别无遗憾了，又或许真是天命终有所归吧，四个月后，与《苗族古歌》相依相伴了大半生，用心血和生命演绎了一世悲欢离合古歌之梦的歌王王安江，终于踏着苗族古歌的旋律，驾鹤西去。

当地人传说，他的在天之灵在重新找到了"党告坳"这个心灵圣地后，就与老歌师故沙汇合一起，然后渐行渐远，最终奔向了歌谣仙界的天堂……

（原载全国政协文史和学习委员会主编《苗族百年实录》，2015年6月中国文史出版社出版。）

在苗村侗寨构筑"精神高地"的人

在黔东南州不通公路的苗村侗寨，经常看到一支三四人的队伍，肩挑臂托电影放映器材跋山涉水去给村民送电影，他们就是黔东南州电影公司民族语电影译制中心的放映队。

黔东南州民族语电影译制中心成立于1981年7月1日建党六十周年之际。当初进中心的时候，他们还是稚气未脱连汉话都说不好的苗侗小伙或姑娘，如今岁月流逝，他们中年龄最小的四十七岁，最大的已年过半百了。三十年来他们没有虚度年华，心里装着父老乡亲。为了乡亲们能看懂看好电影，他们共译制了868部不同内容的影片。其中苗语故事片403部、侗语故事片235部、水语14部、布依语6部、彝语2部；科教片208部，其中苗语片112部、侗语片86部、水语8部、布依语2部。三十个春秋，寒来暑往，花开花谢，他们走村串寨，风雨无阻。凡逢年过节、村委开会，或计生节育、婚丧嫁娶之际，他们就把电影译制片送到村委会和乡亲们的家门口，受到干部群众的欢迎和好评。

一次，在凯里市舟溪镇舟南村放映完影片后，村支书潘德光激动地对他们说："谢谢你们喽，看了苗语影片

宋其生（右）等在配音

《五月的声音》，听到温总理能说我们苗家的话，感到非常高兴与亲切，好像总理就在我们苗家的身边！"

语言是一种媒介。民族同胞喜爱民语片，这不仅因为民族语言是一种认同文化，是地域文化的载体与风景，同时也是一种世代相传的精神情结，是心灵健康的营养剂，是同胞们喜闻乐见的艺术传播形式。

正是为了这种文化认同与情结，三十年来，译制中心兢兢业业、攻坚克难，成绩可嘉，捷报频传。1984年，苗语故事片《武当》获得国家文化部和国家民委颁发的"苗语优秀译制影片奖"，这一年两部委还授予他们"民族语影片译制发行放映先进集体"的荣誉称号。之后，他们译制的民族语影片中，侗语故事片《燃烧的婚纱》、苗语故事片《取长补短》分别荣获国家民委、广播电影电视部、文化部、中国文联联合颁发的民语译制片"腾龙奖"；侗语故事片《同在蓝天下》荣获第二届全国少数民族题材"骏马奖"的"综合技术奖"，苗语故事片《毛泽东和他的儿子》则获得"骏马奖"的"优秀译制片奖"；苗语故事片《男妇女主任》荣获第三届全国少数民族"骏马奖"的"最佳少数民族语译制片奖"；侗语科教片

《水果套装栽培》、苗语故事片《一个都不能少》同时荣获第四届全国少数民族题材"骏马奖"的"少数民族语优秀译制片奖",等等。为此,该中心成为贵州省唯一一个民族语电影译制单位,也是全国五十五个少数民族中仅有的十一家民族语电影译制单位之一。

国家广电总局赵实副局长因此亲临黔东南州民族语电影译制中心慰问考察。当她看到译制人员在非常简陋的录音棚下还在使用以陈旧的南宁16毫米放映机改装的录音设备一丝不苟而又激情洋溢地工作时,这位坚强女性也眼睛湿润想哭了:"我对不起你们,你们身居陋室,以最差的条件,创造了最好的业绩,获得了国家的'骏马奖',我为你们骄傲,也因此而难过,我真想哭……真想有个地洞钻进去。"当时,赵局长现场拍板,明确表态支持两台大空调和一套最先进的录音设备,价值达70多万元。省里陪同的部门领导也随即表态给予10万元的配套资金。领导的关心与支持,大大地改善了他们的工作条件,为提高录音质量保障了硬件设施。

之后,在全省的历届"农民电影节""农村2131电影放映工程""建国60周年'向祖国汇报'国产影片展映"和"建党90周年"等活动中,该中心都做出了不凡的成绩。随着科学技术日新月异的发展,数字电影代替了传统的胶片放映。2009年11月中国第一部苗语版数字电影《凤凰岭》译制完成,放映后深受苗族群众的喜爱。

2010年3月,中国电影集团译制中心主动联合他们,共同译制了《建国大业》苗语版。身为黔东南州民族语电影译制中心副经理兼配音员的宋其生介绍说:"《建国大业》需要配音的角色有一百四十多个,由于人手奇缺,我只好不断变换腔调,变换情感,为毛泽东、周恩来、陈独秀、蔡锷等四十多个角色配音。如果不全身心投入,不尊重原角色的音色与情感,就无法打动自己的观众。"该影片于当年7月9日由国家广电总局及电影局与贵州广电部门,联合在千户苗寨的"天下西江"隆重举行了首映式。当苗族群众看到毛主席、周总理等老一辈革命家用苗语高唱《国际歌》时，八旬老人宋光和对着央视记者采访话筒激动地说："苗语电影真好看，说到我们的心坎上。感谢党的政策好，我们才看到苗家的毛主席！"中央电视台、《中国电影时报》《中国日报》海外版等中央和地方媒体对这次活动进行了热烈报道。

三十年来，他们在全省26个县（市）2600多个放映点，累计免费放映电影10万多场，观众达3000多万人次，还先后获得了国家文化部、国家民委、国家广电总局等表彰的"民族语影片译制发行放映先进集体"和国务院表彰的"全国民族团结先进集体"的光荣称号。他们为构筑贵州的"精神高地"贡献了青春年华和智慧力量。

但令人意想不到的是，这些构筑"精神高地"的基层文化工作者，至今仍然艰难地生活在报酬待遇的"经济洼地"之中。据了解，由于各种原因，20世纪90年代以来由于电影业陷入低谷，该中心的十多个配音人员陆续流失，如今只剩五名苗语配音员了。在近三十年的配音生涯中，由于他们是企业人员，所以长时间每人每月仅有198元生活费，2011年涨至450元，今年才增加到800元，然后靠译制影片与放映来补贴。在这物欲横流的社会里，他们虽然感到落寞与无奈，但还是义无反顾地生活与工作，因为他们有一种挥之不去的故乡民族语言的情结。他们不仅在贵州高原筑起了文化建设的"精神丰碑"，也培育起了一种自强不息、自觉自信的"贵州文化精神"！

他们说，之所以能有这份自信与坚守，毅力和动力就来自于苗乡侗寨，来自于跳动着文化血脉的乡音。副经理兼配音员宋其生说："那一年，我们到榕江寨蒿镇的自然村去放映侗语的爱情故事片《金画眉》，当地群众设拦门酒欢迎我们。当影片放完时已是深夜12点过，村里的男女青年和寨老歌师还来簇拥我们去喝酒唱歌，把我们译制人员当成电影明星来捧场。群众的喜爱与认可，就是无形的赞美，这是金钱也难买到的幸福。我们生活虽然不富裕，但感到活得受人尊重有价值！"

还有一次，他们到很偏僻的苗寨对江村去放映苗语科教片《农村优生优育》。电影放到一半时，村主任站起来拿着话筒大声说："大家听好了，电影要好好地看，现在知道了，近亲接亲、代代亲、老表亲的婚姻危害大，不是生残疾的崽，就是生哑巴的儿，崽多母苦啊……所以，还是搞计划生育好！"

当晚离开村里时，支书和主任一直送他们到村口，还一再握着他们的手依依不舍地表白："感谢你们啰，这场苗语电影的效果，比我们磨破嘴皮讲计划生育还要好。这个片子真管用，大家信得过，希望你们要经常来！"

（原载《当代贵州》2012年第14期。）

岁月心曲

这是一方地域鲜活的人物画廊与世俗万象，人的痛苦与欢欣，悲凉与温情，低俗与高雅，闭守与开放，丑恶与正义，是一首唱不完的生命之歌，是文学艺术永恒的主题。苗侗儿女没有穷尽的人生轨迹，凸现出苗村侗寨文明进步的脚印，记载着他们走出国门走向世界的奋斗历程，诠释了民族同胞寄予伟大祖国的复兴强国之梦。

车　遇

　　初春，寒凝大地。我乘坐农村公共汽车向我的家乡奔驰而去。锦屏山区的公路，坑坑洼洼，弯弯曲曲，车凳常常把人的屁股甩开，叫你七上八下。

　　车上的旅客，大部分是山里的侗胞老乡。他们似乎早已习惯车子的摇摆，尽兴地享受着由于这颠簸带来的乐趣，而且不时发出一阵阵的欢叫声。然而，我的同座——倒数第三排左边26号座位上的旅客，却牢固地抓着扶手，稳如泰山，任凭汽车颠簸跳动。

　　他是受了十五年冤屈后，前年平了反才回到家乡平秋中学任代课教师的，如今教初中语文，月薪四十元。他的家庭早在他"运交华盖"时已经分散了，现在他身边收养有一个父母双亡的小学生，一老一小，相依为命，共度时光。他五官端正庄肃，高高的前额，有力的鼻梁，温厚而深沉的双眼，那满头鬓霜中，间或还顽强地冒出几根青丝。也许，这白发记载着他的风霜岁月，这青丝标志着他心中蕴含的坚韧信念。

　　一路上，他情绪昂扬，谈吐纵横。从粉碎"四人帮"到落实政策，从十一届三中全会到责任田落实与经济体制改革，从恢复高考到提高教师的地位和普及农村教育，等

家乡的山区公路

等,他都能侃侃而谈,口若悬河。言辞中无不饱含着坚毅、乐观和希冀。动情激昂处,他神采飞扬。尽管那受屈的十多年岁月,风雨如晦,多灾多难。可是,这几年家乡还是有所变化。比如这侗家山区吧,竟也办起了农村中学。于是,他走马上任,全力以赴扑在家乡教育事业上。虽说平秋中学到县城才是21公里的路程,可是,对于他,这条故乡山区的新公路却是陌生的。因此,今天在这坑坑洼洼、翻坡过岭的公路上行驶,究竟要多少时间才到平秋,他不清楚。而且,由于没有表,又怕误了赶上午第三节课,无奈,他一路上只好不厌其烦地向四座打问时间,自然,大家都乐意告诉他。

车子在皇封溪村停了几分钟,有七八个旅客下车了,又上来了三四个。有位工人模样的人来到他的前排空位上,他热情主动地与工人打招呼。工人一坐下,即与他攀谈起来。两人你言我语,十分投机。

突然,那人像有所发现地惊叫起来:"……您,您就是罗老师吧?多年不见,我差点都忘了,对不起老师!"

"哪里,哪里,你一上车,我就有些面熟,你是——"

"是的,老师,我就是杨景平!您教过我们,我是您二十年前的学生!"

"噢……那是在平秋小学的时候啦,你都还记得?"

"记得,记得!您教得真好,那时我们最喜欢您上课……"工人兴奋地追忆着。

"真是这样，书教得好，学生最听他的话！"一个旅伴也接话深表同感。

工人想问问老师的不幸遭遇，但又怕车上人多，不方便，于是话到嘴边又改了口："罗教师，您这么大年纪了，还跑县城，是办什么来的？"

"唔——"罗老师也从幸福的追忆中回神过来，"昨天是星期天，我下城去买几本书，今天还要赶回学校，上午第三节是我的课。"

说着，他弯下腰，从座位底下把旅行包拿出来——那包的拉链已经坏了，他忙将包口一分开，马上从里面捧起一叠书来："这次下城就是为了买这几本书，你们看！"

我斜身一看，只见有《古文观止注解》《文艺百科全书》《作文教学论集》《教学研究》《教育名言录》《治学方法谈》等等，足足有十多本。啊，面对这叠崭新的还散发着墨迹芳香的书籍，看着他满头银丝，我不禁有些酸楚与不安，继而，崇敬之情，油然而生……

他，一个年过半百刚刚告别牢房的代课教师，就像一只受了伤的工蜂一样，来不及嗡嗡怨愤，就艰难而辛勤地采集万紫千红，来酿造人间甜美智慧的蜜汁，然后毫不吝惜地献给曾给他带来冤屈不幸的社会。为了学生，他不顾薪金微薄，不畏年高体衰，仍然节衣缩食，然后去买那价钱不菲的书籍来教书育人，这是为什么？这不是一种红烛精神吗？

这就是红烛，这就是闻一多先生赞誉过的红烛精神：

　　红烛啊！
　　流罢！你怎能不流呢？
　　请将你的脂膏，
　　不息地流向人间，
　　培出慰藉的花儿，
　　结出快乐的果子！

（原载《贵州教育》1985年第7期。）

遐想在我们心中

在我精致的小木箱里，保存着一封书信——这是18年前，敬爱的王老师写给我的。每当我双手捧着它，望着那不为岁月流逝而褪色的清丽娟秀的字迹，重温那令人感奋的话语，我不由自主地回忆起那伤情感怀的年代——

1969年秋，我们平秋山区五个公社的百名侗家子弟跨进了平秋中学的校门。

上我们语文课的是王老师。我们特别喜欢上他的作文课。

那时候两周才有一次作文，这对于我们来说，真不过瘾。他讲的作文课有着自己的特点，既注重分节练习，又能连节成篇，每节课我都有某一方面的收获。

叫我终生难忘的是他给我们讲的《十八岁的遐想》。他站在讲台上，激情昂扬地为我们朗读他的示范作文。在抑扬顿挫的语调中，他用语言的色彩，为我们勾勒了革命导师、先烈志士、专家学者、作家诗人、战斗英雄、劳动模范等形象，还为我们的人生编织了一幅幅绚丽多彩的未来的梦幻与遐想……

我们听得如痴如醉，想得锦绣如花，好久好久了还在梦幻遐想的意境中流连忘返……

作者（前左）与战友参加湘黔铁路会战

然而，现实并不等于遐想。第二年7月学年结束时，学校突然宣布上级的通知，要我们班的同学全部毕业。说是毕业，可又没有发给毕业证，真是奇怪而荒唐，叫人莫名其妙又无可奈何。这就是那个荒唐的年代发生的荒唐事情。

辍学以后，我和许多同学都参加了湘黔铁路大会战。我们夜以继日，紧张筑路。艰辛的劳动换来了荣誉，我们参战的同学都获得了"五好民兵"的称号，有的还加入了共青团或共产党。

但是，在荣誉闪光的背后掩藏着知识贫乏的苍白。在火热的建设环境中，我们感到了没有文化的困惑和痛苦。

于是，我写信告诉王老师，请求他给我指出一条学习的道路。在翘首盼望中，我终于捧到了王老师的回信。老师在信中鼓励我："一个青年应当志存高远，胸怀遐想……你要向社会学习，高尔基曾把社会称为'我的大学'，这是高尔基的学习方法，也是年轻的高尔基成长的道路。紧张的筑路生活环境，就是你的大学，在这里同样能够实现年轻人的梦想……"

这封信给我以极大的鼓舞。从此，每天下班回到工棚，尽管已疲惫不堪，我还要坚持看点书，或写写铁路会战生活的日记和诗歌。日子一天天地过去，路一节节地向前伸延，写的东西也一页页地增加……我日复一日地坚持自学，争取去实现老师为我们描绘的遐想。

如今，我们平秋中学的第一届初中毕业生——不，应该说这是一届失学生——有的成了年轻学者、大学教师、文艺工作者或律师，有的出国留学向尖端科学进军……更多的则在农村成了新时期经济建设的带头人和科技致富的能人。

2013年作者（右）在魁胆村看望王老师

……啊，我们的十八春秋已成消逝的梦幻，二十八的岁月也变为悄然逝去的昨天。但是，王老师为我们编织的"遐想"，促使我们在过去的十八个年头中克服了蹉跎，在二十八的岁月里得到了充实。但愿在以后的三十八、四十八……的生命旅程上，那美丽的"遐想"永远在我们心中。

（原载1989年6月5日《黔东南民族师专报》。2015年7月，敬爱的王老师因病去世，笔者亲往守灵，并作挽联"一代名师桃李遍布山内外，九寨先贤德艺播泽邑南北"以吊唁。）

我的"乳娘"

"搞民间文学,没意思!"这种不恭的言论,我们是时有所闻的。

然而,我却要说:我一点一滴的长进,都是民间文学所给予的……

我是在山里长大的孩子。孩童时代,不晓得什么是"民间文学"。但是幼年的时候,在深山老林里砍下的小米地上,我从外婆的娓娓叙述中,知道了"姜良姜妹""狼外婆""狗耕田""兄妹俩""员外与樵夫"等等生动有趣、寓理于情的故事。在外婆慈爱的怀抱中,我上了人生的第一课。

九岁那年,从城里来了一个插班的同学。他送给我一本儿童读物——《第一支军号》,我爱得手不释卷,常在课堂上老师的鼻子底下偷偷地看,也在烟雾昏暗的墨水瓶煤油灯下痴迷地翻阅。书里的十来篇故事我差不多都能讲出来。我敬佩书中小红军的勇敢顽强,赤卫队员的耿耿赤心,新媳妇的机智沉着,老石匠的义重情深……我把书包得好好的。还用毛笔工工整整地写上"×××同学送我的,1965年10月20日",而且轻易不借人。我还幻想过,要是有一天我也能写出红军故事该多好呀!后来我出外读书了,在高师听民间文学讲义时,才第一次晓得了"民间文学"的概念。原来幼小的时候,在家乡的小米地上,外婆给我上的就是生动多彩的民间文学课。

这期间,我想起了那本《第一支军号》。那年寒假,我决定回家寻找它。可能是希望越大,失望也越大吧,全家人七手八脚,翻箱倒柜,连老家谱、旧黄历都翻出来了,就是没有它的影子。亲戚朋友也帮找,不识字已经老态龙钟的外婆也帮找,仍然是无影无踪。我懊丧极了,这年春节,过得心灰意冷。

时间流逝,旧事难忘。直到前几年,我又回故乡过春节,仍不死心,又发动大家找。几经波折,最后,我妹夫从他家里找出来了。我长长地舒了一口气,真是"踏破铁鞋无觅处,得来全不费功夫"啊。

我高兴得不敢相信,望着封面上那英姿勃发的小红军,凝视着那面鲜红的战旗,我好像见到了"十年生死两茫茫"的故旧亲人,而且第一次记住了这是中国民间文艺研究会编的儿童故事集。我重新把它包装,带在身边。后来,让它伴随着我在红军长征路上采风、征集党史资料。以后我参加编写了《红军在黔东南》,还写了数篇红军故事、党史论文在刊物上发表。

1982年仲夏,我参加了贵州省侗族民间文学讲习会。会后,我们分组进行田野作业。踏着深沟峡谷的溪水,翻越九十九拐九望坡,我们在那蜿蜒、曲折、崎岖、壁陡的山道上行进、攀爬。六月的天是小孩的脸,说哭就哭,说变就变。上午还骄阳炙人,下午却瓢泼如注。真可谓"东边日出西边雨,道是无晴却有晴"。我们要么累得腰酸脚疼,要么口干舌燥,或者淋得湿漉漉。——苦啊,采风的路!

一天晚上,我们在仁丰村拜访了年近古稀的故事手、大队老支书张广庭。老人给我们讲侗族机智人物满崽咎的故事,他讲得神采飞扬、手舞足蹈,还穿插着优美的侗族民歌。我们围着他,听得如醉如痴,发呆发愣,还不时爆发出一阵阵的喝彩声,他也乐得前仰后翻。

作者和家乡的歌手

　　这时，我们浑身的疲乏云消雾散。也只有这时，我才深切体会到恩格斯的至理名言："民间故事书的使命是：在一个农人晚间从辛劳的劳动中疲乏地回来时，使他得到安慰，感到快乐，使他恢复精神，忘掉繁重的劳动，使他的石砾的田地变成香馥的花园。"这次采风，我们获得了丰收，不仅记录了不少的神话、故事、寓言和民歌，而且结识了一大批富有才华的民间故事手和歌手歌师。正如有人说的，在采风道路上"每走一段路程，就有一串民歌的收获；每有一串民歌的收获，就有一群歌手的结识；每有一群歌手的结识，就懂得一些民歌内在的规律。"回到单位后，我把这些故事和民歌翻译、整理出来，有的还在刊物上发表了。

　　"近乡情更怯，不敢问来人。"过去回家，我也有这种余悸。然而，当我翻译整理的侗族婚嫁习俗歌《九寨嘎花》在《南风》刊载后，我回到家乡的情形却一反往常了。一见面，乡亲们便七嘴八舌地祝贺我："九寨嘎花搞得好！"

　　"真想不到，我们的酒歌还能上书呢！"言谈中，无不喜形于色。碰到哪家嫁姑娘接媳妇,乡亲们就邀请我去做客,请我当歌师,其实我当个歌手还不够格哩。

酒席上,外村来的姑娘,知道我写了《九寨嘎花》后,就再也不管我年长,也不怕我是国家的干部,随着那一身银铃般的声音,她们便站起来,双手捧着酒碗,与我对歌。自然,没唱几首,我就落为输家,但是"友谊第一,比赛第二"啊。歌,在侗家是能够使人心心相通的。何况,我得到的是桑梓父老、侗胞姊妹的看重和信任呢!

之后,我断断续续整理、发表了一些东西,算是有了一点收获。但是这一点一滴的收获都应归功于给我上了人生第一课的斗字不识却会摆故事的外婆,应归功于无数的民间歌手歌师、故事老人和亲切教诲我的民间文艺界的前辈与老师,一言以蔽之,应该归功于不朽的民间文学。

这样说来,我对那种妄说"搞民间文学,没意思!"的人,就有点不以为然了。

不要以为民间文学是"下里巴人""低人一等""井栏教坊"的庸俗东西,正像孩子不该嫌母丑那样。其实,母性是伟大而不朽的。

列夫·托尔斯泰盛赞,民间文学是"人民自己的文学——这是优美绝伦的"。

鲁迅誉美民间文学的名言是:"乡民的本领并不亚于大文豪。""从唱本说书里,是可以产生托尔斯泰、费罗培尔的。"

高尔基对青年作家说:"你们在这里可以看见惊人的丰富的形象、比拟的合切、有迷人力量的朴素和描写的动人的美。深入到民间创作中去——这是很好的。"

我对民间文学是敬畏和感恩的:"民间文学是我终生的乳娘……"

(原载贵州民间文艺家协会主编《崎岖的路——贵州民间文学三十年》,1987年8月刊印。)

杉乡神韵

当我站在锦屏解放坳上，俯瞰这座绿色的山城，观赏这块传说仙人生活过的土地，我仿佛漫游在古代神话的美妙世界中。

相传很久很久以前，天上王母娘娘身边的女仙童亚赖斑和男仙童吉戈，因为相互爱慕而触犯天规被投入天牢。他们不堪于牢狱苦海，便定计脱身。当他们骑着仙牛路经云贵高原时，看到下界有一块地方，山清水秀，林茂粮丰，便毅然决定在此安家立业。这块地方就是今天的锦屏。几年后，当王母娘娘和玉皇大帝得知亚赖斑和吉戈夫妻恩爱、男耕女织了，气得七窍生烟。急令李天王率领天兵天将出阵，还特调遣了东海的鳄头鲨尾老龙王前往助战。经过三天三夜的血战，老龙王终于被机智的吉戈一刀拦腰斩断，身体前截马上变为张牙咧嘴的大蟒蛇，号啕逃向清水江中，滚天炼地，倒海翻江，于是那里变成了锦屏今天的烂龙潭。而吉戈夫妻终因寡不敌众，被擒拿上天。为了纪念在锦屏的农耕生活，并表示誓死返回人间的决心，吉戈在空中趁人不备时，把闪闪发光的犁头甩往地上，结果那里变成了锦屏今天的犁头嘴。从此，锦屏成了仙人向往的世外桃源。

清水江木排

　　这则神奇美丽的故事,就幻化出了人间仙境般的美如锦绣、胜似画屏的"锦屏"。

　　你看,山麓下,清水江和小江娟秀得像少女的玉臂,热烈地拥抱着文静俊美的杉山,充分享受那绿荫的脉脉温情。两江如"丫"形汇合后,盈盈碧水,萦洄城区,再与亮江相汇,然后一路欢歌,奔向洞庭、长江……锦屏县城"三江镇",即因三江汇合而得名。

　　江面上,随着江水富有节奏的潮起潮落,那一扎扎木筏,恰如一片片轻轻飘浮的白云;那点点木船,如蓝夜中的群星闪烁;那呜呜机轮,拖运木筏,好像巨龙追逐……清江大桥跨江锁秀,满载杉木的汽车从它身上长鸣而过,南北穿梭,奔向四方。岸上,原木堆积如山。城里,高耸建筑错落有致,而富有传统建筑风格的木楼则傍山壁立,栉比鳞次,掩映在浓荫绿翠的杉林之中,它们构成了传统文化与现代文明的鲜明对比。

　　城东北的飞山庙,横空出世,雄姿峥嵘。登临斯阁的望江楼,双手扶栏,俯眺清水江碧涛东滚,船筏争流,再抬头仰望苍穹,令人情不自禁地

吟咏起门柱两旁的对联来:

  俯视波涛遥忆长江归碧海,
  仰观云汉直凝高阁上青霄。

  飞山庙除底层外,全系杉木建筑,历经三朝两百多年的风风雨雨,至今耸立不朽,足见杉乡木质的优良。

  我的视线从山下移到山头,只见城区四周,层峦叠嶂,杉海苍翠如蓝,清风徐来,婆娑摆舞。那情景真是:

  如浪卷,似涛翻,
  涛翻浪卷杉木山。
  望不断,数还乱,
  不知杉木几十万。

  啊,这就是锦屏,这就是绿色锦屏的神韵,这就是杉木之乡的风情。于是,我的脑海里泛起了绿色思绪的波澜……

  记得古籍上记载,锦屏杉木"木干端直,纹理细致,入土不腐,作棺

国家级文物保护单位飞山庙

不生白蚁"，因而获得了"皇木"的神圣谕称。自明代以来，屡被调往北京、洛阳等古都城池，成为修建充分展示中华民族文明的宫殿陵寝、舞榭歌台的栋梁之材。到民国，它又为国难深重、危机四伏的中华民族输送出了少数民族的志士仁人，为支援革命屡建奇勋。我国工人运动的杰出领导人、著名侗族革命家龙大道，1918年就是搭乘外运的木筏出清水江、下沅江、入洞庭、奔长江到达武汉重镇投奔革命的。1935年中国工农红军北上抗日，途经贵州黔东南时，全赖木船木筏，方使红军千军万马顺利横渡清水江，挺进黔北，去迎接遵义会议的曙光。

解放后，全国除西藏和台湾外，都有锦屏良杉的工作岗位，都留下它兢兢业业、辛勤服务的踪迹。特别是北京"十大建筑"、包钢、武钢、鞍钢、武汉和南京长江大桥、三门峡、葛洲坝水电站等建设工程，锦屏良杉都立下了汗马功劳。据统计，新中国成立三十多年来，锦屏共交售给国家的木材达45万立方米。啊，杉木之乡的胸怀真是比海还大，锦屏良杉的贡献真是伟绩如天。不是有人说"草木无情"吗？依我看，这恰是"道是无情却有情"。

不仅如此，良杉还为保持水土、蕴养水分、净化空气、美化环境，做出了不可磨灭的贡献。人们常说，清水江水是清的。其实清水江就因有流域两岸的杉山而清。传闻20世纪60年代初，北京人来到锦屏，看到清水江碧波粼粼、涟漪荡漾时，竟不顾秋水冰凉，纵身一跃，扑入江中。他们说，这不仅是在接受绿的洗礼，而且还要把绿带回京城。可见，与其说这些北京人是在拥抱水，倒不如说他们是青睐杉，痴迷绿。是的，杉山茂林，是保持陆地生态平衡的主体，只要青山常在，人类便可永续利用。

由于加强横向联系，江浙有两个县与锦屏县建立了友好关系。那两个县的党政官员在考察锦屏后感慨地说："锦屏县的校舍并不比我们江浙差，大部分都是砖房了。"这话不假，解放以来、特别是改革开放以来，杉乡的教育事业有了显著的发展。如今全县有小学331所、初中4所、高中2所、职中1所、教师进修学校1所。儿童入学率达90.2%，巩固率达95%，基本上实现了"无盲县"。这些成绩，都有良杉的一份功劳。要不是杉乡这个"绿色银行"解囊相助，锦屏的教育事业不会如此中兴。因此，每年当杉乡的数百莘莘学子考入大中专院校或踏进科研殿堂后，他们都深情地感谢故乡的良杉。是故乡的良杉献出的血肉之躯，养育了他们，使他们学到了知识和本领。良杉是他们事业成功的奠基石。

锦屏良杉的无私奉献，不仅培养了国家的栋梁之材，而且造就了一方土专家。今年，当锦屏的四名援助卢旺达的烧砖专家烧出了该国历史上的第一窑青砖时，卢旺达的军政官员竖起大拇指称赞说："贵国的技术真棒！"而四位"砖家"却骄傲地说："因为我们生活在杉乡！"

是的，生活在杉乡，是令人欣慰自豪的！因为锦屏山水哺育了杉木，杉木又为锦屏赢得了声誉。什么"杉木之乡""高原翡翠""绿色银行"和"木头城"等等，都是杉木为锦屏赢来的桂冠与殊荣。

"鸳鸯绿浦上，翡翠锦屏中。"这是古代诗人的赞美。

"层峰染绿疑翠旌，清江排泛飘彩云，四季山歌声不落，侗苗挥汗绣锦屏。"这是国家林业部官员的吟赞。

"黔东南是南方林区的皇冠，锦屏是皇冠上的明珠。"这是国内外林业专家的感言。

山不在高，有仙则名；水不在深，有龙则灵。锦屏悠久的造林历史，培植了名扬天下的"十八杉""十年杉"和"八年杉"，创造了一年两季育苗三季栽杉的科学奇迹，书写了博大精深的林业契约文化，喷发出探索林业改革的创新精神……这些林区人民创造的智慧结晶，加上林区的旖旎风光，林农的奇异风情，民族的多彩文化，就组合成了一幅传奇的色彩斑斓的魅力画卷，吸引着那些追求绿色生命的中外游人、拥抱大自然美的艺术家、歌颂杉山林海的文学家、研究绿色革命的学者官员纷至沓来——前苏联林业科学家，美国森林旅游考察团等都先后造访锦屏。国家林业部官员到锦屏考察调研后盛赞锦屏林场建设率先在全国走向"中兴之路"。全国著名美术家吴冠中教授，湖南、湖北、浙江美院的师生先后数次到锦屏清水江畔、侗乡苗寨写生创作。吴冠中先生在《贵州山丛寻画》中称赞：

"锦屏是深山林区中一个比较干净的小县城,清水江、亮江等三江相汇,林木蓊葱、江水澄碧,完全不是我担心的穷山恶水的贵州野镇,画意正浓……"

不少到过锦屏的作家、记者和外地游人几乎同声惊叹:锦屏杉乡是"养在深闺人未识"。

最近,锦屏传出喜讯,锦屏林业博物馆筹建工作开始启动。该馆建成后,拟将有关锦屏历代碑刻、官府文告、民间诉讼、契约文书、方志古籍、文献资料、报刊书画、奖品证书、科研成果和生产生活器具、民情风俗等文化资料展出,让观众一饱眼福。可以期望,这个博物馆将是收藏锦屏历史、苗侗遗存和林业文化的宝库,是研究林业改革的中心,也是激励各族林农绿化祖国、造福子孙的精神家园。

忽然,从山头上飘来了高亢辽远的歌声:

江边杨柳排对排,
林改政策回乡来。
建造林场管理好,
林农致富乐开怀。

我知道,杉林最钟情于锦屏,锦屏人最热爱杉林。现在,杉乡各族林农已建起了110个林场,正在党和政府的领导下,辛勤拓植,绿化生态,誓把锦屏织绣得山更青,水更绿,人更富。

(本文由贵州人民广播电台于1990年3月6日~7日在《贵州各地》节目中配乐播出。先后辑入潘俊龄编《贵州城镇漫步》,1993年4月贵州人民出版社;吴宗源主编《侗族散文选》,1998年10月民族出版社;《黔东南文学六十年》(散文卷),2009年9月中国戏剧出版社。)

做跨世纪的一代新人
——出席全国青年业余文艺创作者大会随感

我是第一次参加这样的全国会议,这是一次盛况空前、令人难忘的大会。

林默涵同志在代表中国文联的讲话中称:"这是中国文联成立四十多年来第一次举行的全国青年业余文艺创作者大会。"

1991年3月7日,人民大会堂灯火辉煌,主席台前盆景葱茏,鲜花怒放。会场上春意盎然,群情振奋。

面对着来自工农兵及各行各业的五百余名代表,党中央的宣传部长王忍之正在激情昂扬地作报告:

"……各条战线的青年业余创作者,人数众多,和人民群众有着密切的联系,有着来自生活本身的新鲜感和创造力,是专业文艺队伍雄厚的源源不断的后续力量。许多青年创作者的作品和演出生活气息浓厚,时代色彩鲜明,感情朴实真挚,受到了人民群众的喜爱和称赞,显示出大有前途的深厚的创作潜力和艺术才华。今天来参加这个会议的同志就是从全国青年业余创作队伍中推荐和选拔出来的,从你们身上,我们看到了我国社会主义文艺事业的明天和希望……"

掌声,热烈而持久的掌声。会场上热情洋溢,气氛温馨。是啊，业余创作者手中的笔很重很重，业余创作的路很苦很苦，业余创作的事很难很难——有时甚至是"不务正业"的代名词，抑或是被遗忘的角落……如今，在庄严的人民大会堂、在祖国神圣的议事宫殿里，响彻着党中央为业余创作者撑腰鼓劲的时代强音，传达着国家对业余创作者辛勤耕耘的嘉勉……我作为五百余人中唯一的侗族代表，心里感到一股热流滚遍全身，过去坚持业余创作的苦涩与艰辛一瞬间云消雾散，留下的是眼角上兴奋热烈的泪花。

王部长的演讲抑扬顿挫，雄浑有力。望着台下一张张热情可爱或是涉世未深的脸庞，他神情略显严峻、语调低沉凝重地提醒青年人：

"正如许多同志所指出的，有的青年业余作者最初发表了颇有影响的好作品，可是却缺乏后劲，后来甚至走了弯路，出现了人们说的'各领风骚三五天'的情况，令人惋惜，也让人深思。"

这声音，犹如是敲响了青年人生的警世钟。年轻人呀，在荣誉和成功面前可不能飘飘其然、浅尝辄止，更不能忘乎所以。业余创作的道路漫长无涯，需要上下求索。艺无止境，更需终身追求。何况作文难，做人更难呀！

末了，王忍之部长以满腔热忱向我们提出希望：

"你们是跨世纪的一代新人，我们期待着从你们当中涌现出许多人民的作家，人民的艺术家！"

凝重的氛围，热烈的掌声，静默的沉思……

党啊，您对我们青年寄托了多么深切的厚望，祖国呀，您赋予青年作者那么崇高的责任。虽然会场气氛活跃，可我们心里并不感到轻松。

那些天里，无论在宿舍内、电梯上、餐厅中，或是会议室里，我和与会的其他青年朋友，无不感到压力很大。正如有人说的："光荣感已属过去，使命感、责任感在驱使未来。未来，我们能否创作出无愧于伟大祖国和人民的作品来，作为跨越下一世纪的礼物，真是叫人寝食难安呀！"

老人们也在为我们不安。他们既羡慕我们是跨世纪的群体，又忧虑我们能否继承老一辈文艺家的光荣传统，以手中的文学武器，为我们伟大的祖国服务，为保卫和建设社会主义而斗争！

为了文艺事业继往开来，会议期间，老一辈艺术家们来到我们中间。不仅六七十岁的赶来了，就是年已八旬、两鬓斑白的也拄着拐杖来了，还有年近九旬、满头银丝的也由人挽着臂膊来了。他们都不辞辛劳来到会场，来到青年人身边——联系他们自己走过的创作道路，向我们——年轻的一代讲述如何做人和做文。

老诗人阮章竟说："我认为诗人、作家，没有一个能离开时代，能离开人民的……我遵循毛泽东同志的教导，坚持革命现实主义和革命浪漫主义相结合的创作方法，我拥护邓小平同志提出写'英雄人物的业绩和普通人的劳动斗争和悲欢离合'的博大教导……"

钟敬文老教授语重心长地告诫青年人："不懂民间文学的作家不是好作家。民间文学是作家文学的乳汁。"

老作家姚雪垠以自己一生生活写作的座右铭勉励我们："加强责任感，打破条件论；下苦功，抓今天！"

魏巍同志以炽热的情愫对青年人说："我怀着非常高兴的心情来同大家见面。我热烈祝贺大会取得圆满成功！我还有一首小诗赠给大家：'生活是源泉，人民是母亲，前途无止境，但盼后来人！'"他还谆谆告诫我们："生活是文学艺术的源泉，这是真理，是无可怀疑的。现在你们还在工作岗位上，我希望你们珍惜这一点，不要过早地当专业作家。我个人相当长时期都是业余的作者。"他还向我们介绍了《谁是最可爱的人》的创作体会。他说："这是一种长期感情的积累，这种情感是很自然地喷发出来的。这个题目也不是想出来的，而是从心里跳出来的。"

女诗人柯岩以切身体会、肺腑之言向我们交心："人民是文艺工作者的母亲。即使你什么都可以得罪，但不能得罪人民……如果你是一个真正的作家，即使冤案把你打倒了，但你仍在人民的心间——因为你是人民的

1991年3月作者在北京出席全国青年业余文艺创作者大会

作家!"她还介绍了自己创作《周总理,您在哪里?》的经过,讲着讲着,她声音哽咽,双眼湿润……她又一次在呼唤:"周总理,您在哪里?您的人民想念您——想念您——想念您……"

会场上,肃穆、静默,大家屏住了呼吸,只有眼睛闪动着泪花……忽然,有人抽泣了,于是引发了一片哭泣声——我的双眼泪水模糊。

蓦然,我想起了那一年,我在中学教这首诗时,我和同学们对着高山、对着大地和清水江,在呼唤寻找:周总理,您在哪里?我们杉木之乡的苗侗儿女想念您!当时,我和同学们都失声恸哭了……

于是,当柯老师结束报告时,我随蜂拥的人流奔向主席台,激情而又怯生生地对她说:"柯老师,我在中学教过您写的这首诗,当时,我和同学们都哭了……"

"谢谢你,快来,照张相纪念吧!"她满脸含笑,一边热情示意,一边亲切爽快地招呼我。

这难道仅仅是照张相吗？不，绝不，这是老一辈文艺家对青年人的勉励和信赖！

来到会上作报告的还有不少著名作家和艺术家，就是出了国的文化部长贺敬之同志、生病住院的文联主席曹禺前辈和九十岁高龄的冰心老人也给会议留下了殷殷期待的书面发言。

还有乡土文学作家刘绍棠，虽身患重病，中风偏瘫，不能行走，但仍靠人推着轮椅来到会场——因为他曾在50年代出席过全国青年文学创作积极分子代表大会，他对来自基层的文艺青年有着特殊的感情。

这就是他们——老一辈的文艺活动组织家、作家和艺术家对我们业余文艺青年的殷切期待，这就是他们给我们业余文艺青年的至诚祝福：希望我们做跨世纪的一代新人。

（原载1991年5月2日《黔东南报》。）

鼎罐菜

有的事一生中做梦也想不到——比如在北京应邀去邓敏文先生家做客，竟然吃上了家乡的鼎罐菜。如今那佳肴美酒的滋味早已被岁月带走，只有那黄澄澄的鼎罐菜依然在我心中回味绵长。

因为这久违的家乡菜，捡回了我童年散落的故事。

我的童年，生命与鼎罐菜同在。记得那是大炼钢铁的年代。一次大人们炼铁去了，我光着脚丫在房前屋后孤单玩耍，黑不溜秋的小脸上满布饥色，深凹的两眼上下搜寻，如同觅食的小鸡，但周围找不到一点吃的，我两眼昏花倒在屋檐沟里……

不知过了多久，当我慢慢醒来时，已躺在邻居老婆婆的臂弯里，她正拿着小竹碗一口口地喂我鼎罐菜。那菜和汤犹如生命的甘泉，不一会，我的四肢渐渐恢复了活力。以后，凡大人们炼铁去了，我常常得到老婆婆赏给的一碗鼎罐菜。吃完后，我闭上眼睛，打着鼾声在她那松软的臂弯里进入了梦乡……

正是靠了这鼎罐菜，我生命的细胞不断得到分裂与增长。我，如同山间小竹笋一节节地往上拔。后来我随母亲漂泊，便离开了亲近的老婆婆。

若干年后才听说，后来大炼钢铁停止后，老婆婆又返回山沟里去了，不久即魂归大山了。但至今我仍记得，当年她是被从山沟里撵到村上住，与大伙吃大食

作者童年生活的石引村

堂份饭的，老婆婆无女无儿，孤苦一人，但她很喜欢周围的孩子们。

上小学时，母亲因为忙，早晨一般只能舀给我一碗鼎罐菜，我狼吞虎咽吃下后，抓起书包就上学去。我成绩不错，又连年任学习委员，回家向母亲报喜时，母亲说："那是吃了鼎罐菜，你才童心开窍的！"

我半信半疑，但鼎罐菜是越发爱吃了。下午放了学，我的任务是砍一捆柴。照例鼎罐里留着的仍是一碗鼎罐菜，我却吃得津津有味。当夕阳西下，迷人的黄昏降临时，我和小伙伴们扛着柴，高高兴兴地回到了家。

暑往寒来，雪花飞扬，我砍的柴火已堆得比大人还要高。当父亲望着柴堆夸我能干时，我噘着嘴巴回答说："那是靠了鼎罐菜，我才把它们搬回家的。"

家乡的鼎罐菜朴实无华，最适合山里人的简朴生活。制作它极简单方便，春夏秋冬随季节的出产，只要把青菜、蕨菜、笋子、茄子、豆子、白瓜、南瓜等洗净丢在鼎罐里，放上几把米或剩饭，倒上酸菜，加好柴火，煮到白米开花，菜豆柔软粑活即可放上盐巴与猪油，搅拌均匀，抬下待凉，便可食用。过去山里缺盐少油，鼎罐菜就煮煮而已。但它色鲜味美，清、淡、绵、甜，可口宜人。鼎罐菜至少有三个好处：帮助消化，增进食欲；滋肝养肺，清热健脾；冬热夏凉，四季皆宜。特别是酷烈的夏天，吃

煮鼎罐菜的火塘

上一碗鼎罐菜,你便会神清气爽,心旷神怡,浑身解暑,困顿消失。

虽然,家乡的鼎罐菜平淡无奇,它既没有珍馐美味,也不比美酒仙酿的华贵销魂。但它饭菜汤三位一体,三味俱全,无需调料,自然美味。因此,乡亲们比我更钟情于鼎罐菜。他们说:"不吃鼎罐菜,肠胃没痛快""喝了鼎罐汤,下田好栽秧"。正是靠着它,乡亲们度过了五荒六月;靠着它,乡亲们给阡陌田畴穿上了金装;靠着它,乡亲们给秃秃童山披上绿毯;靠着它,如今又使富庶的生活增添了人体需要的清淡与营养……

难怪,山里人对它代代眷恋,饮食成俗;难怪,山里人进了城市,住在京城,还对它钟爱如初!

啊,家乡的鼎罐菜,我难忘的童年!

(原载1992年8月22日《黔东南报》。)

侗乡情

你离开人世整整二十年了。伴随着沉重的铁轨，你在那荒落的山脚下寂寞地安息。二十年的漫长岁月，没有一个人来你的坟茔上凭吊，没有一个人为你拔去那杂芜的野草。只有时起时落的萧瑟山风呜呜地为你悲泣，只有年开年谢的野花凄然地为你祭奠……

然而，人间自有真情在。在那天之涯地之角，还有一个民族在叨念你。每年，当乡亲们祭祖，大家都在呼唤你：黄医生呀，你回来吧，快回来，魂返九寨侗乡来！这里永远是你灵魂安息的地方。

事情已经过去二十多年了。记得那是1968年春，你们医疗小分队响应毛主席"把医疗卫生工作的重点放到农村去"的号召，千里迢迢，登山踏雾，来到我们高寒边远贫困的九寨侗乡。一年后，其他医生先后回城去了，只有你一个人还留在这块刀耕火种的土地上。

家里多次来信催促你赶快调回去。你却千方百计说服他们："山里人淳朴温厚，待人诚恳，我离不开这里的老乡们。再说侗乡缺医少药，正有我的用场，我对侗乡已一往情深……"这就是你，自从一脚踏进侗乡后，就把满腔

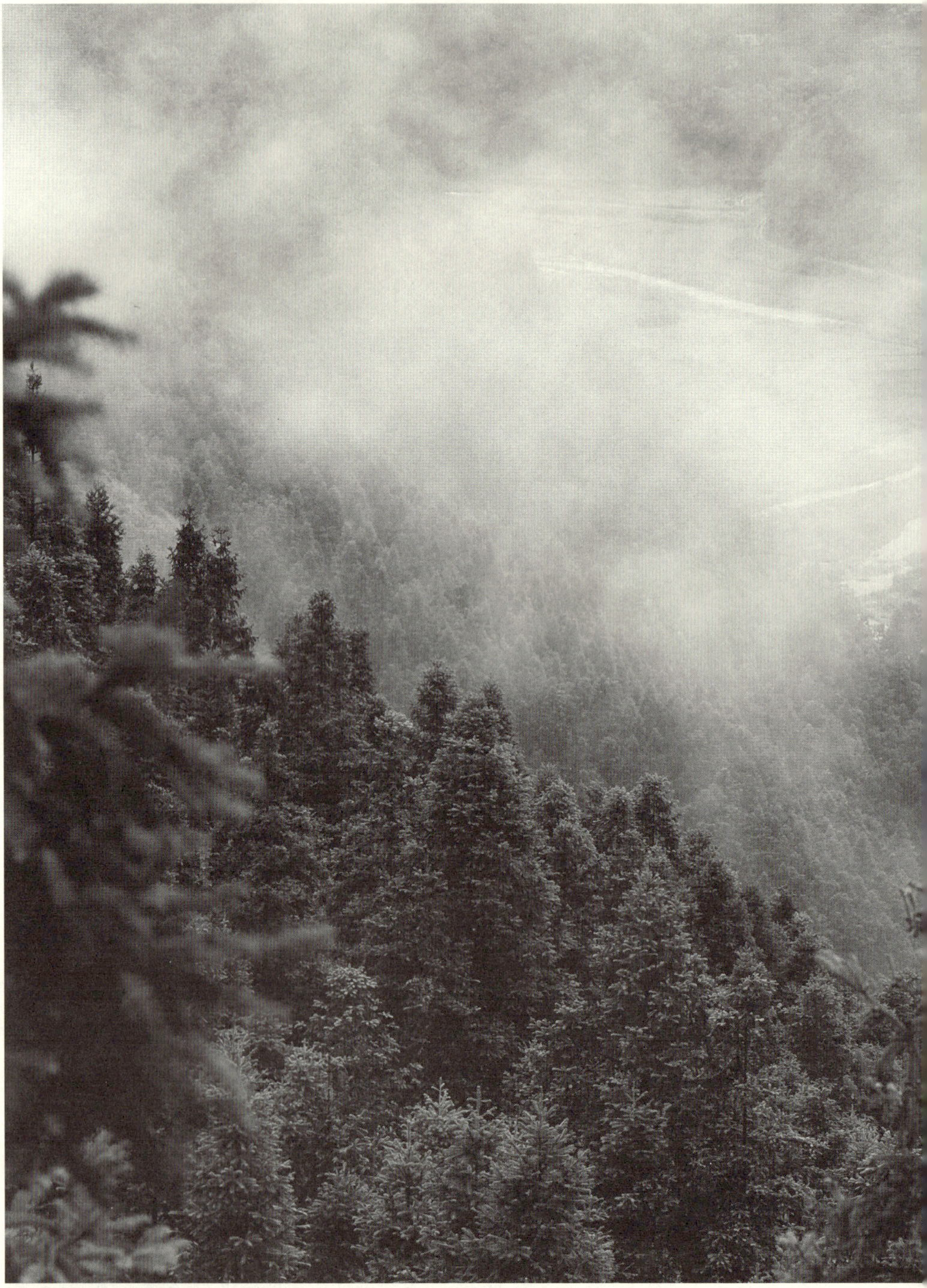

岁月心曲

黄医生巡医过的圭叶村

的热情洒在这块土地上。

　　九寨侗乡一条岭，方圆百余里。这里的村村寨寨都知道你有一根形影不离的拐杖。它既是你的好帮手，又是你的好伙伴。你高度近视，修长的身躯略显驼背，这是十年寒窗给你留下的。而拐杖忠诚地伴随着你，使你能行走在侗乡弯曲的田埂上，跨过沟壑山涧的小桥，上坡下坳，早出晚归。

　　记得那一回，你从平秋去高坝急诊，时逢夏季涨水，雨后天霁，烈日如火。走在莽莽丛林的山路上，尽管杉林荫蔽，脚下却蒸腾起野草杂物的股股燥热气味，这正是山区毒蛇猛兽出没活跃的季节。你走在野径上握紧拐杖，两眼搜索，小心翼翼，无数次被从刺蓬中冲路而过的老蛇惊吓。踏进野草没膝的小径，拐杖成了你的开路先锋。在那古树参天的山坳凉亭里休息，不时有觅食嚎叫的野兽声掠耳而过，随后是死一般的寂静，好像整个山野刹那间要被吞噬殆尽，叫人毛骨悚然。

　　想想看，从大都市来山区当一名医生该有多难啊。然而，你没有后悔，没有踌躇，没有迷惘，没有彷徨。你欣然站起来，远眺四周，只觉满目青山，生机勃勃，顿时浑身充满了勇气和力量。你抓起拐杖，背上药箱，离开亭子，下山而去。

　　眼前是浊水翻滚的圭叶溪。一个老乡焦急地等着你："黄医生，你来啦，辛苦了！"

　　"纳赖，纳赖！（你好，你好！）"你抿嘴一笑，十分谦和，用夹生的侗话回应着。

　　他接过你的药箱，你一手让他牵着，一手捏着拐杖，两人小心翼翼，慢慢趟过水深齐腰的圭叶溪。到了岸边，稍事整理，便向山顶登跋，你那颤巍巍的身影很快就消失在崇山翠岭之中。

　　你对病人有种特殊的感情。你常说："病人是医生的宝贝！"世界上不是有许许多多名言吗？依我看，这句话也够格列入名言之林。如果世间的医生都能把病人当作宝贝来看待，那人间不是更加美好吗！然而，在当今社会上，各人有各人的"宝贝"：金银财宝是宝贝，美女佳丽也是宝贝，文化知识是宝贝，高官厚禄同样是宝贝……也许人的一生就是在不断地追求心目中的"宝贝"。这不正如俗话说的萝卜白菜，各有所爱，名利情商，各爱一行吗？

当然，你也是这样，也在执着追求你心目中的"宝贝"。清早，当我迎着晨曦上学时，你那高高而颤巍巍的身躯已站在医院木楼那两扇大门前，准备迎接老乡送来的病人。傍晚，我披着一身晚霞回家，你还站在大门前望着那不绝如缕的炊烟，神情注视着荷锄吆牛而归的农民，等待那当天可能遭遇不测的兄弟同胞。

有时候，好久不见病人来院，你会焦急不安：是农忙没空送病人上医院，还是手头紧只好听天由命？或者是病情加重不指望医治了，要么是山高水险路途不便吧……于是，你整理药箱，带上拐杖和电筒，离开木楼医院，走村串寨，送医上门，那山间小路上又留下你的一串串足迹……

记得那年正月初三，大雪纷飞，数九严寒。你刚从村外摸黑回来，还来不及抖去满身风雪，喝口开水暖暖身子，大门就被咚咚咚捶响。你条件反射地意识到有危急病人，便迅速开了门。

原来是村上裁缝师傅的妻子难产。你二话没说，重新穿上水胶鞋，扎捆稻草绳，抓起拐杖，背上药箱风驰电掣离开了医院。经过诊断，产妇危在旦夕，那小生命的一只脚已跨进了人间。但举步艰难，致使母亲奄奄一息。你当机立断，必须将病人连夜送往县城。

夜，晦暗肃杀，雪花飞舞，朔风猎猎，林涛阵阵。你拄着拐杖，那颤巍巍的身子，与老乡们紧随着那忽明忽暗的火把，在半尺深的雪地中唰唰唰行进。转过山道弯弯的十二盘，眼前就是山峰突兀的高岑坡了。

突然，你串到滑竿前招呼道："要使病人保持平衡，不能倾斜……来，我个高，上坡我来抬后头，下坡由我抬前头。"

大家震惊了，说什么也不同意。

你面带愠色："还争什么，病人要紧！"

乡亲们心中有数，抬这种病人，最忌讳产妇的羊水流溅身上，就是自家的丈夫也得小心几分。但大家不便明言，可心里都不忍心不干净的东西玷污你。

其实，你是隐约知道侗乡这一习俗的。然而，医生的责任不正是要利用现代文明来扫除乡村的百年陋习吗？更何况病人是你的"宝贝"呢。结果，你硬是将抬杠牢牢地压在自己的肩膀上。多沉的病人呀，抬到半坡时，你气喘吁吁，双脚酸软，尽管风刺如刀，身上却汗水淋漓。

这一晚上坡下岭，你和乡亲们轮番抬杠。那洗褪了色的军衣浸透汗水。当你们急行50余里到县城时，清水江两岸吹来几缕黎明的清风，你带着大家终于叩开了新生命诞生的大门……

你在九寨三年中，究竟医治过多少人，救了多少命，没有一个乡亲数得清。你来到我们侗乡，犹如19世纪中期著名的美国民族学家摩尔根去到易洛魁人部族一样。你从不嫌弃山里人，你欣喜老人的粗犷厚重，挚爱幼童的活泼天真，你倾倒妇女的挑花刺绣，佩服村姑的天籁歌声。你喝过米酒，尝过腌鱼，吃过油茶，烧过糍粑，还学会了侗话。你与侗家甘苦与共，息息相通，你成了来自外地的"侗家人"。

也许到今天你也不曾知道，为了感谢你，也不忍眼巴巴看着你人到三十还光棍一条。寨上愿意把最勤快聪明、健美灵秀的姑娘嫁给你。可是这事怎么挑明？毕竟九寨还是一块刀耕火种的土地。何况你是北京医科大学的高才生，父母又在广州中山医学院当教授呢？真是天上地下，秦晋难成。乡亲们明白，老枫树无窝留不住飞来的金凤凰。

终于在那年，国家把你调往湘黔铁路会战工地。你带着新的使命，就要离开多年来朝夕相处的土地与村民。

乡亲们脸布愁云，万分惋惜。而你呢，说是要走了，可是，多少天后，还未见你上路成行。

相见时难别亦难啊。只见你，还是那根拐杖，还是那个药箱，从这村到那寨，行迹匆匆，千嘱咐万叮咛。

你给患肺气肿的罗大嫂作了最后诊治："我走后，按我的药方治疗，等我转来再帮你开刀,一定要把病治好。"

你安慰普老爹:"老者,你多保重,经常吃药,防止着凉哮喘复发。"你还嘱咐村里的赤脚医生要经常送医上门,方便百姓……

"多情自古伤离别"。你上路了,一步一回头。乡亲们送你,一程又一程……

记得你来时,春雨霏霏,如今你去,秋风习习。和来时一样没有什么行囊,仅仅多了一个裁缝师傅送你装书的木箱。这木箱承载着侗乡人民对你的满怀深情,一片良知。而你却给侗乡留下了用青春年华铸就的生命绿洲。

两年后,乡亲们才辗转听说,你到铁路工地后因谈情说爱被揪斗。你受不了那过"左"年代的摧残而饮恨人生……

你去了,已离开我们整整二十年。你英年早逝,英才未尽,乡亲们扼腕叹惜,唏嘘不已……

二十年来,你的亲人远在南国,千里难吊。

湘黔铁路通车后,全线凯旋回师。只有你的孤坟留在那荒落的山脚下,任沙尘吹拂,杂草丛生。

如今在我的家乡,你当年医治的哮喘老人仍然健在,抢救过的产妇也成了婆婆,治愈支气管炎的小孩长大成人,害过摆子病的青年做了公公……

过去那木楼医院已荡然无存。医院乔迁后,立了大砖房,添了新设备,进了新人员。但是,乡亲们无不叹惜,医院却缺少了像你那样视病人如宝贝、医术高明的医生。

当年医院的旧址如今建了小学,乡亲们时常在年节或月光下围拢在这里,他们给孩子们摆谈你的故事,念你的恩情,传颂着你黄达明医生的美名,那虔诚之心犹如在摆谈侗家远古的英雄……

老人们把希望寄托在这些莘莘学子的身上,勉励他们长大后,要当侗乡新一代的"黄医生"。

(原载《杉乡文学》1992年第1期。)

勤劳一生的侗家人

我的母亲是一个平凡普通的侗族妇女。1987年冬她离开了人间,而我们对于她的记忆却历历在目,难以忘却——

母亲去世前的那年夏天,我由县城调往州里工作。调动前,我回老家探望母亲,告诉她:"妈,我已调州工作了!"

"哦——"她先是吃惊,接着惶惑,"在县里不好吗,离家近近的……"

当时母亲患肺气肿已经好几年了,而且恶化到了肺心衰。

"……妈又多病,你这一去那么远,万一有个三长两短,妈怕是来不及见你了……"说着她那饱经风霜的脸上,滚下一滴滴的泪珠。

我的心像刀绞一样,半晌才安慰她:"我会常来看您的……"

母亲点点头,忧郁的眼睛明亮了一些:"是国家调你的?"

"是的。"

"哦……"母亲若有所悟,尽管她舍不得儿子离她远去,然而却不再说什么。

对于国家的需要,母亲总是通情达理的。她年轻的时候，曾投入当时轰轰烈烈的国家变革，参加过家乡的清匪反霸、减租退押、土地改革……并在20世纪50年代加入了中国共产党。只因她没有文化，觉得做不了什么事，便没有参加干部队伍的行列。但她心中那朴素的感情，懂得"国家"这两个字的分量。

记得我十五岁那年，国家修湘黔铁路。当时我辍学在家，于是萌生参加铁路会战的念头。我把心思向母亲倾吐，得到她欣然的同意："国家建设需要，你就去吧——只是你还小，怕身体累不了。"

作者母亲

但我决心已定，于是母亲便忙碌起来。

她选了一床厚实的棉被，又把自己织得最好的侗家布裁制成被套和垫单，还收拾了一些随身携带的东西，把我的行装打整得整齐严实，俨然给上前线的孩子打背包。晚上，母亲把我拉到她身边，从衣食住行到出工干活，千叮咛，万嘱咐……

会战期间，我被评为"五好民兵"。红色的喜报由团部寄回家，算是我对母亲的报答。

悠悠岁月，星移物换。随着光阴流逝，母亲已从健壮的中年人跨入了老人的行列，而且比她的实际年龄还显衰老。当年干活时那种风风火火、干净利落的气势已荡然无存。头半垂着，也挺立不起来了。眼看母亲每况愈下，我心里多么沉重、多么伤心啊！

我调到州里后，打算春节回家去把母亲接到城里，好好治治病，好好侍候她老人家。谁料天有不测风云。一天，我突然接到家中电报：母病危速归。手捧一纸电文，心里沉重如铅，一种不祥的预兆立刻冲击着我的心……

多年来，母亲每次生病，总是默默地忍受着，宁愿叫病痛啃噬她的心，也从不打扰在外的孩子，怕影响了孩子的学习与工作。可这回消息如此突邃，怕是、怕是……我不敢再想下去……

两天后，当我惶惶奔回故里，只见一副黑黑的挽联已凄然贴在门框上。一阵悲痛揪心的唢呐声哀缓传来，我撕心裂肺，眼前有如失去了一个世界……

家里告诉我，母亲已经去世两天了。弥留之际，她的喉咙不断呼噜呼噜地叫，终于因心力衰竭，未能说出一句话来。但她神志清楚，竭尽全力扫视周围，终于没有看到儿子从远方赶来，于是浑浊的泪水扑簌簌滚下腮来……母亲就是这样流淌着老泪离开了人间，享年五十四岁。

母亲是累死的，她一生辛苦勤劳，操心忙碌。还在娘家时，就跟外公到大山里刀耕火种。秋收时把一背背小米、包谷和瓜菜背回家。后来，为了供我们兄弟三人从小学读到大学，为了给两个妹妹置办嫁妆首饰，母亲更是耗尽了心血。

一年中，从种棉、采棉、捻棉到纺纱织布、漂染浆晒，母亲忙得团团转。每年她都要织二三十丈布、几床垫单和几条腰带，她还有挑花刺绣的功夫。只要她这些系列产品推销走俏，那一年家里油盐钱、学杂费和礼尚往来的开销就有了着落。

我们家里总是喂有两三头猪，糠不够，母亲就帮乡邻舂米，每天鸡叫头遍，她就起床，在木楼下那古老的碓窝上踩奏出村上的第一支迎晨曲。寒冷的冬天，母亲还得下田捞浮萍。等她走上田埂时，两腿红彤彤的，冷得直打哆嗦。

晚上，在昏黄的小油灯下，母亲还在忙着。或是蒸米烤酒，或是一边缝补衣服，一边陪我们做家庭作业。她常常告诫我们："读书要用功，才能做好人。"每天临睡前，母亲照例把火封好，再把屋子打扫得干干净净，把所有的凳子齐刷刷摆靠板壁。她说这样做一是为了防火，二是万一有急事，黑夜中不致绊着脚。

母亲撑家立业的思想浓重。她一生与父亲共盖起四幢房子。我的二叔在部队服役当了军官，为使他在外安心在家体面，母亲筹划为他盖了一幢三间大木房。我们兄弟三人在外工作都有宿舍，可母亲还在家里为我们各盖一幢房子。家乡话常说"立房三间，辛劳十年""愿办喜事十堂，不愿起屋一房"。真的，要盖房子么，那有做不完的活路。一年又一年地筹备钱粮，一根杉木一根杉木地砍伐、剥皮、搬运，然后一柱柱、一檩檩、一椽椽地加工，还要平整地基，最后才是立房上梁、盖屋装修。我看到家乡不少老人惨淡经营把一幢房子立成装修，便日薄西山，奄奄一息了。母亲何况是立了四幢，而且装修一新呢。

母亲的心是慈善的。记得村上有个尼姑老婆婆是外乡人，无依无靠，晚景凄凉。母亲便时常带些吃的东西去那小木棚看望她。逢年过节，母亲吩咐我们："去喊先生婆婆来过节。"村上有些鳏寡老人和孤儿，母亲都给他们送过油盐瓜菜。一些半旧的侗布衣服洗净后也送他们御寒过冬。

我家在乡场上。夏天赶场，母亲一大早就挑一桶井水放在堂屋里，让赶场的人歇脚解渴。秋雨冬寒，便烧起大炉火，让赶场人围着取暖烤衣服。来往过路的人经常到我家借斗笠、扁担、口袋、草鞋、油瓶等，人家是否退还，母亲随其自然，从不挂在心上。

在侗乡，有新娘穿戴银饰串寨走亲的风习。一些人家因拮据未能给女儿添置成套的银饰。为了面子，新娘家常向母亲求借。银饰在侗乡是女性传家宝，由于工艺精美绝伦，器物雅致珍贵，一般是不外借的。但母亲对乡邻们是有求必应。同时，当借家退还时歉意地指点着这里有点脱落，那里有点歪扭，母亲倒还爽快地安慰人家说："不要紧，让我来修整吧。"

也许是母亲生前做了她该做的善事，在她死后，便得到村上邻里的一片乡情吧——送葬那天，村民委员会为她开了一个隆重的追悼会，父老乡亲们站在乡场小街两边为她送灵，侗家小伙子们纷纷抢抬母亲的灵棺，一直送到坟地上。

母亲一生正直、勤劳和善良。如今，我没有了这样的母亲，我真羡慕有母亲的人啊……

（选入王晨主编《写给妈妈的话》〈名人·知识分子卷〉，1995年8月大众文艺出版社出版。）

继 父

我对继父的感情超过了自己的生父。在生活中，我叫继父为"父亲"。继父仅仅是在履历表上相对于生父而言的。

在继父、生父、母亲和我之间，也许存在着某种天意因缘。

母亲原来是许配给继父的。继父的妈是母亲的亲姑妈，在我们侗家，有"姑接甥"的古俗，就是姑妈可以接其娘家的甥女给自己的孩子做媳妇。但是，一场革命打破了这千年古俗。1950年，我的家乡解放，大舅和父亲都参加了革命。母亲受大舅的影响，也成了农村的积极分子。于是扎着两条长辫、象征着新潮的母亲就在减租退押、土地改革的运动中与父亲志同道合，自由结婚。我便成了他们革命感情的结晶。这在当时的侗乡山村，也算得上是"革命的浪漫主义"了。

但是正如侗话所说："人算不过命。""浪漫"毕竟挡不过"现实"。在我国三年困难时期里，远在外地工作的父亲竟两三年杳无音信，后来又听说得了恶病，生死不明。而这时，继父的妻室又因饥饿丢下一子撒手人间。于是，"姑接甥"的古俗，又把母亲和继父的命运连接在一起。我也因此在五六岁时来到继父的身边，直到出外求学才离开他。

继父对我们很慈爱温和,而且把这种爱寄托在对我们的关心和期待中。上小学时,他特意为我和弟弟选择了一个吉祥的日子与时辰。那一天,他早早起来,生好火,热好水,才喊我们起床洗脸。接着他一边整理书包,一边用火钳把火炉整得通红,并开导我们说:"看,这火要空心,人要虚心,你们兄弟俩上学读书要晓得这个道理。"

然后他拿来香纸,亲自点燃,叫我们给神龛插香烧纸,跪拜作揖,祈求先祖神灵保佑启蒙开窍。最后,他带着我们踏着朦胧的夜色,沿着花石街向小学走去。到学校时,天还没有大亮,我们是第一个迎来学校黎明的学生。

当我们领得新课本回到家,继父又找来厚纸帮我们包书。他包的书特别好,平整、牢实又美观。末了,他还拿来毛笔,工工整整地为我们写了校名、姓名和日期,以后每一学期都如此。直到读初中时,我们因为长大了,不好意思再要他包书。但每当我们包书时,他还是温和地坐在旁边悄悄看,若有哪里不合意,就亲手理一理,并耐心告诉我们说:"这样包才好!"至今,我有包书的一手好技术,还是继父亲手教给的。

我小的时候,没有什么玩具。继父为了让我们高兴,经常从山坡上砍来糯竹,削成篾片后,编制成小羊,那形状活灵活现,奔跳欲斗,两只角逼真夸张,叫我们笑不拢口。他还为我们制作木马和滑雪板。骑着木马赛跑和脚击,是我们少年喜欢的游戏。继父做的木马,木质坚硬,木杆标直,脚镫厚实。加上钉掌坚固,故一骑在街上,就引起小伙伴们的羡慕。赛跑或脚击时,我们的木马从来没有发生过"机械"事故。雪天里滑雪又别有一番情趣。从我家到小学是一条长有四五十石级花街的斜道,一到冬天冰雪冻地,全寨的男女老少就集中到这里来滑雪取乐。每年冬雪到来之前,继父就为我们准备了雪车,他带我们滑雪时,还教我们骑坐的要领,并作示范表演。我至今都还记得那滑雪的口诀:"眼观前方,心里不慌,两脚平抬,手握方向。"

继父是个农民故事家，他很会摆古。我听过他摆的古就有《姜良姜妹》《员外与樵夫》《牛鼻子的来历》《布谷鸟》《重阳鞍瓦》《侗家吃牯脏》和《王天培将军的故事》等等。他又是一名歌师，《九寨嘎花》唱得特好，经常在婚嫁的夜晚领着青年男女们通宵达旦唱嘎花。也许是从小受到继父的熏陶，我很钟爱民间文学。长大后，居然走上了搜集、整理、研究民间文学的道路。当我工作后回家乡采风时，他很高兴，还当着乡亲们的面夸耀说："这些古还蛮有用，我景写的古还有好几篇上了书。"

后来，当我又一次次缠着他摆古时，他却不好意思地笑笑说："都跟你摆完了，没有了。"每当这时，我就把母亲搬出来，母亲很当真地对继父说："你都是老人家了，还害什么羞?景喜欢写古，你就跟他摆两个。"继父照例听母亲的。于是他抬脸远望，凝思冥想，接着就摆起了牛王节等传说来……

继父身材魁伟，力气很大，寨上的人都叫他"帅"，或尊称为"老帅"。意思是他的力气在寨上第一，是"帅力"。我至今记得，每年寒冬来临前，继父就把过冬的柴火砍好，一捆捆、一挑挑摆在乡场的屋檐边。冬天滑雪时，全寨的"良肖"(侗话，即壮汉)都爱会拢在我家屋檐下，面对着旁桶大的柴捆，指指点点，跃跃欲试。有的咬紧牙关，嘿咻一抱，才能挪动一两步；有的使尽吃奶的力气，"哎哟"一声，像举重运动员那样的吃力，还不能挑起柴捆离地一丁点。大家摸着柴捆，自愧不如，摇头叹服："真是帅!"

继父不但有力气，也肯用力气。寨上起房造屋，砍拖木头，抬石架桥，凡是需用大力的地方，都有他"老帅"的身影。他帮人竭尽全力，总是抢着又重又险的活儿干，而且会组织劳力，效率高，没有窝工的现象。因此寨上人总爱请他出面当"活路头"。如果继父忙不过来，人家宁愿改期等着他。在侗乡，帮活路只供饭吃，不开工钱，有时还耽误了自家的活路。因此，母亲有时也难免责怪他"心太宽"。这时，他就有点生气了：

1964年继父（中）与二叔、晚叔合影

"我是寨上的'帅'，怎能不帮点忙?再说，这也是人家看得起我嘛!"

20世纪70年代中，县法院的院长来任我家乡的公社书记，当时继父是大队民兵连的副连长。那书记要在任内搞个水电站，叫家乡结束没有电灯的历史。他也看中了继父的"帅"劲，并亲自登门恳请继父进山当"活路头"。继父本来是个热心人，也想在地方上留下点名声。两人两碗酒下肚后，称兄道弟，一拍即合。电站一开工，继父就搬到工地上去了。从选坝址、开山炸岩、挑沙抬石、灌浆拦坝到安装机子，他毫不吝惜地把"帅"力献给了家乡的建设。那书记很感动，当电灯在侗乡的夜晚中驱走了黑暗，他就把继父培养成了一名光荣的共产党员。之后，又推选继父当了县人大代表。

继父对自己的力气很自信，也因力气吃过不少的苦头。20世纪60年代初，他和母亲靠着力气勤俭持家，养了大水牯牛和几头大肥猪，结果我家被认定是农村资本主义的黑户，被划为"单干"。虽然父母为被逼上"独木桥"不得参加集体活动而痛苦，但还是隐忍着这不幸的屈辱而劳作。待秋收时，面对那五谷丰登、田鱼肥美的景象，父母亲的脸上绽开了收获的微笑。

然而，在母亲的眼中，继父始终是缺少深沉的汉子。母亲经常责备他是

"空子好把肉"（侗话，意为只有傻力气的马大哈，缺少心眼）。继父为人热诚直爽，做事认真，又有那么点侠义肝胆的脾性，因而一生屡遇险情。但由于有母亲经常的提醒，终归逢凶化吉。后来，母亲先他而去，继父很是伤情。但他仍然自信力气，脾性难改。那一年，为了村上的经济开发，他和村干部们去开采金矿回家时，因赶时间，凭着力气去爬车，不慎掉下来，伤成脑溢血，终致死亡。这既是我们的不孝，恐怕也阴差阳错地应验了继父性格的悲剧。

继父厚道豁达，诚恳待人。在农村联产承包责任制后，一部分农民先富裕起来了。但也有经营不善、劳力不济、勤勉不够等多种原因，致使一些农民成了新时期的农村特困户。当年极力主张划我家为"单干户"的一个土改根子户因连年不幸，劳力缺乏而家道衰弱，生活困难。此时，已任村党支部副书记的继父，对他家并没有幸灾乐祸，而是常常帮一把。继父把我们给他的衣服又转送一些给那家。那老头子平常就好一杯酒，但晚景凄凉。好在他家离我家并不远，继父是时常请他来解馋的。他酒一喝足，就唱歌痛哭，还两手端着酒碗连连向继父道歉："对不起，对不起！我该死，过去对不起……"继父也很动容，一再安慰他："过去说的话，言高的过头，言低的过脚，不要再去记它了。"

80年代初，我的生父和继父的二弟（我喊为二叔），在外地的同一个县城工作而先后不幸去世。两年后的一个星期天，继父从家里来到我任教的县城中学，邀约我一块去打岩塘为他们打墓碑。那天下着毛毛细雨，我和继父心里挺苍凉。一路上，继父摆着他与我父亲的故事。父亲解放前读过初师，毕业后回到家乡教小学，继父就在那小学里读书。因此，他称我父亲为"先生"，他们之间还有一段师生情缘。之后，却因婚姻家事，岁月风尘，留下了人生道路上的恩怨苦情。谁知道，几十年后，我的继父和我却走在一条道上，去为他的二弟我的二叔和我的父亲他的先生去打墓碑。天底下的事竟是这样奇巧分合，不可捉摸，费人思索！到了打岩塘，继父特别为我父亲和二叔选了上好的青石打墓碑。回来的路上，他觉得特别的轻松愉快，如释重负地好像完成了一件令人称道的功业。

继父一生好酒，且能豪饮。但他不喜欢喝闷酒。"文革"结束后，农村的生活逐渐好起来，我们兄弟三人又先后考取了大学，继父更是脸上有光。于是家里每有一点好酒菜，他就拉村干部或亲戚好友到家里喝。酒过三碗，他就开始飘飘然，常把客人拉到相框前，指点着大儿子在哪个机关工作，二儿子在哪个单位做事，三儿子还在北京读大学。客人们酒酣耳热，随声附和："三个儿子都是好样的，那三儿子更有出息，在皇帝身边读翰林，是我们寨上的状元，你好福气啰！"每当这时，继父感觉大有脸面，便吆喝母亲道："快，加菜上酒来！"于是，家里被继父和酒友们喝得昏天黑地，唱得"咯利"（侗家酒歌）绕梁……

但自从母亲去世后，继父酒量大减。就是三弟从省城带回好酒去，他也不再豪饮，而只是要我们三弟兄举举杯陪他两杯就算了。这时，他不过五十多岁。以前母亲健在时，每当我回到家一脚踏进堂屋时，他就笑着迎出来："景回来啦！"接着就看看我，等着我拿出烟酒来孝敬他。而母亲去世后，他的感情却起了微妙的变化。每当我回家探望他，他不再笑着迎接我，而是低着头在想什么心事，两眼有些伤情和暗淡……我知道继父的心里也有一本难念的经，就特别亲热地喊着他，问长问短，抚慰他那颗复杂受伤的心灵。这样，继父才又童心未泯地漾起了温热的微笑。

可眼下，我无论如何也没有想到，有着侠义豪情、温和微笑的继父却死得这样惨。据我妹妹说，他死前顽强而痛苦，不断地呻吟："我……我，不会死……不会死，……我会、会医好的……"

他是多么的留恋生命，留恋生活啊！然而这时候，我家乡的民族医院，居然已经没有一个大学医科的医师，几个中专或进修的年轻医生急得手足无措，不知如何对症下药，终于耽误抢救时间，继父只得眼巴巴地断气而死去。

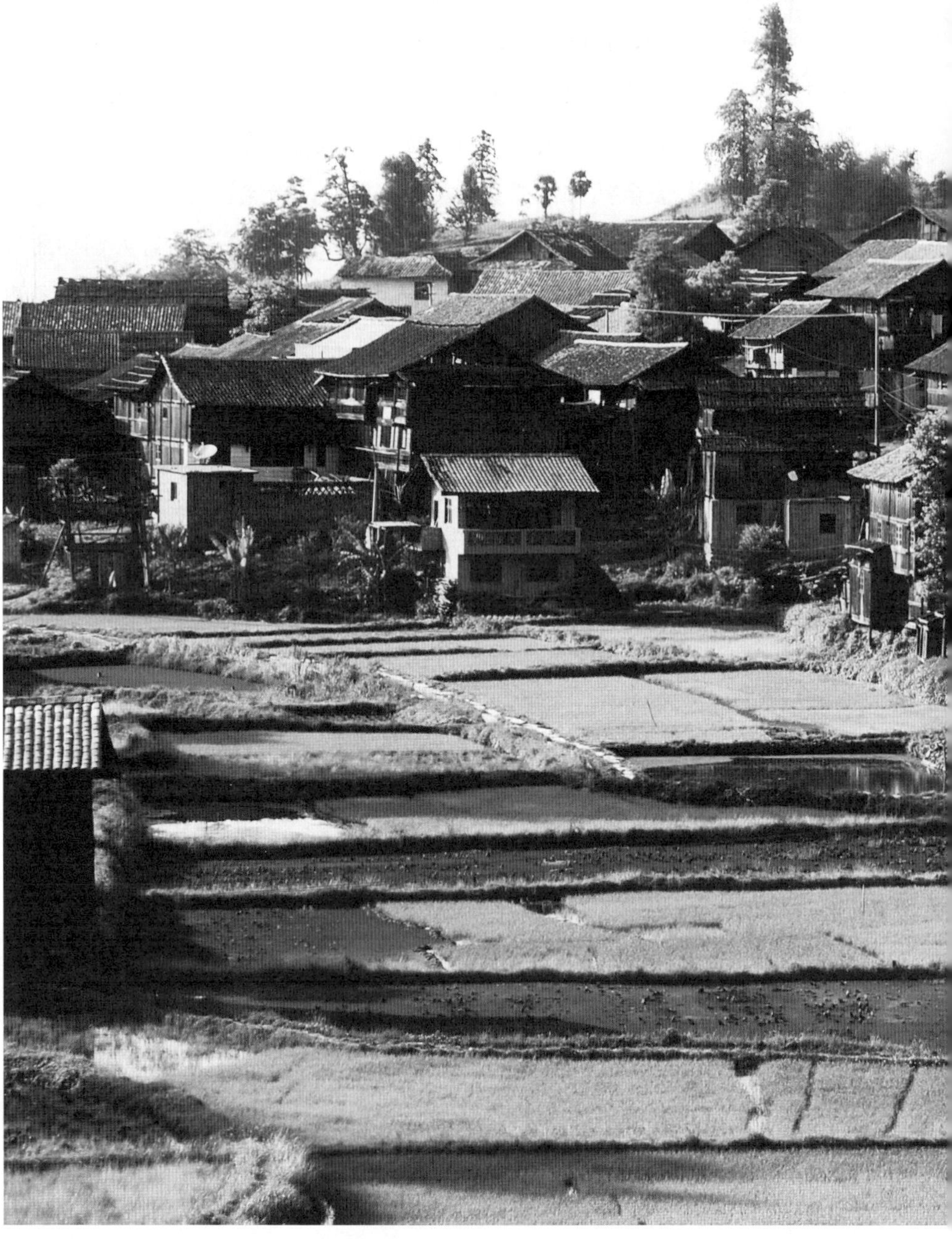

岁月心曲

作者少年成长的家乡平秋村

乡亲们抱怨道："这年代，农村缺医少药，要在二十年前有像黄达明①那样的医生，'老帅'是不会死去的！"

继父死得惨。当我们赶到医院时，他那魁伟的身材已蜷缩，而且两眼暴睁，死不瞑目，很是怕人。

在家乡风俗中，他是因掉车负伤而死亡的，属于非正常的恶死。这种人非要火化后方能入土。于是在给继父入殓时，虽然满院挤满了房族和亲友，一片号啕大哭，但大家都忌讳，没有一个人愿意先动手帮忙。我还记得，生父因是正常死亡而在入殓时，我只是用手指在他的浴盆里象征性地点点水，然后往嘴唇边舔一舔就算过俗尽孝了，其他事全由亲友们抢着去张罗。可眼前的继父竟如瘟疫死人，没人敢挨边。这是多么可悲啊！望着继父头上的血迹、变形的尸体，看着几个哭成泪人的弟妹，我鼻子一酸，悲泪满面……

蓦然间，我似乎意识到了自己的责任，于是顾不得禁忌，便伸出两手轻轻地抬着继父的头，和弟妹们一起给他洗浴、抹眼和穿戴，并抬他入棺安息。然后才安排亲友们，点着火把，在漆黑如墨的深夜中抬着灵棺，迎着凄惨的阴风，离开村子，前去远远的大山里火化……

第二天，村民委员会在寨楼前为继父开了一个很有规模的追悼会，父老乡亲们丢下手头的活路，都来向这位把自己一生的力气献给了家乡的好人，作最后的告别……

镇党委和镇政府送来了一副挽联，上面写着："以身许民为乡为村尽职尽责倾一生奋斗；将血洒地润山润水无怨无悔捐七尺之躯。"

这一天是1993年5月11日，继父时年五十九岁。

（原载1998年3月19日《凯里晚报》。）

---

① 黄达明，一位汉族医师。见本书《侗乡情》。

哭远森

远森，你去了，去得这样匆匆，撒下那灿烂的年华，抛却那满腹经纶，来不及与辛劳一辈子、从大山里赶来的父亲见最后一面，丢下娇妻孺子，撒手人间永远而去了……

这事实太残忍，叫我耳不忍闻；这噩耗太突然，犹如晴空一声霹雳，叫我痛哭不止。

我哭啊，哭你远森年轻俊彦未尽才。

我们都是从"杉木之乡"走来的侗家子弟。1969年秋，一同进入平秋中学。在那林木葱茏、绿色环翠的山区校园，老师为我们描绘了用绿色编织的遐想。后来，我们一班的同学命运多艰，仅学一年就被迫辍学，各奔东西，有的回乡务农，有的去修水电站，有的当兵扛枪，有的奔赴湘黔铁路会战的工地……

你们二班的同学还算幸运，念完了初中又升进县城高中。我们好羡慕你啊，远森！羡慕你的聪明才学，羡慕你的博闻强记，也羡慕你的人生好运。那时，你就显露了文学的天赋，作文是你的拿手好戏。我也喜欢作文，偶尔也得老师点评，但与你相比，自愧弗如。当时同学们就议论，我们林区若是出作家，非你莫属。可后来，你却去学医，与那病魔打交道，我们好为你惋惜。但我们那年代的人是祖国的需要就是自己的志愿，个人的选择要与祖国的命运联系在一起。因此，我们的心情很快也就轻松了。自然，对于文章之道，你仍是运用自如。后来你的科普文章《微量元素的自白》获得了贵州省青年科普创作奖，并被入辑出版。而《应用SPECT测定功能性器官容积和描绘局部放射性浓集区》等两篇论文获得了贵州省自然科学学术论文一等奖。此外，你还写了不少独有创见、理论精深、文采斐然的医学论文，其中五篇全用英文写的还发表在国外的权威刊物上。虽然，你没有走上文艺家的殿堂，但却以核医学和文章学的有机结合，成为一名年轻有为的医学专家。

还记得吗？我们这些"文革"时期的初中生、大山里的儿子，被重重高山、莽莽杉林困围着，眼睛往往是井底之蛙，不知有汉，无论魏晋。那时，对于海外，我们只知道有"帝修反"，因而每天高喊的口号就是"四海翻腾云水怒，五洲震荡风雷激。要扫除一切害人虫，全无敌。"我们不知道外国也有科学，也有真理。因此，人都好大了，我对国外一无所知。直至参加工作后，眷恋的仍是这方贫瘠的大山。

你却不一样，一向豁达和进取。贵阳医学院毕业时，你以优异的成绩留校工作。但你并不满足。记得有一次，你曾狠狠地对我说："工农兵大学生这顶帽子太憋气，我一定要甩掉它！"之后，你以顽强的毅力攻读英语，钻研医学基础理论。不久，你考入了山东医科大学攻读硕士研究生。之后，又马不停蹄，专攻核医学，并于1989年考获WHO(世界卫生组织)奖学金，赴瑞典卡罗林斯卡医学院影像中心继续深造，专学ECT、CT、MRI仪器原理、操作、临床综合应用及其发展趋势，以优异的成绩赢得国外导师的赞许。你就是这样，为了事业，为了医学，也为了山里人的崛起与自尊，不分白天黑夜、寒来暑往，不分省内省外、国内国外，一如既往去攀登、去求索……直到后来，我才知道，瑞典卡罗林斯卡医学院是世界顶尖级的医科大学，建立于1810年。该校的使命是通过研究和教育对人类健康状况改善做出贡献。在瑞典开展的医学学术研究中，卡罗林斯卡医学院占比超过40%，还提供瑞典最全面的医学和保健科学教育。尤其是卡罗林斯卡医学院的诺贝尔评审团因负责选出生理学或医学领域的诺贝尔奖得主而名震全球。早在20世纪70年代，卡罗林斯卡学院就与中国建立了联系，1986年与中国正式开展合作项目。你就是在这样的背景下，有幸赴瑞典"攻学窃火"的。

而我却受传统文化的影响，"饿死不离床，笨死不离乡"。几十年来，死守这方水土，去挖掘我们祖先的传统文化，去寻觅能耸立于民族之林的人物踪迹……喜乎，悲乎？无以而述。

也就在这物换星移的日子里，我终于迎来了你这海外学子的学成归来。"他山之石，可以攻玉"。医学院对你寄予厚望，将首次从国外进口的价值150万元的核磁共振仪叫你负责操作，并晋升你为放射科副教授，还确定你今年秋即赴日本讲学。而你瑞典的导师，更是爱才心切，亲自为你安排了两年半的学习费用，并来信敦促你早日成行去摘取博士的学位……啊，你才华横溢，际遇青睐，前程似锦。

可是，可是谁能想到，贫困的幼年生活，数十年的寒窗苦读和超负荷工作，加以上有老下有小的累赘负担，你竟身患癌症一病不起，眼睁睁地抛妻别子，遗恨案头，撒手人间。

医学界的同仁们同声为你悲叹："西行归来满腹经纶须施展，病魔缠身未尽事业遗恨长。"

我听后，也为你哀叹惋惜："壮志未酬人先逝，青衫湿透在故乡"！远森，你去了，默默地去了。我哭啊，哭你那在山水一方的赤子之心。

记得是1986年春，当时贵州民族学院锦屏籍的一个大学生曾在北京参加了"到祖国最需要的地方去建功立业"的座谈会，受到中央领导人的接见。时任贵州省委书记胡锦涛同志对这一新生事物也热忱支持，曾指示有关方面要做好派遣接收的工作。

当时，我在县委宣传部供职，你值寒假回家省亲。当听到这一消息后,你那颗跳荡的心灵更没有平静。那天夜晚,我们谈了很多很多,从家乡的地理位置、资源优势、发展前景谈到文化教育、群众观念、滞后因素等问题。这一夜,我们一直畅谈到鸡叫二遍才安歇。

第二天,你毅然放弃了回校参加出国进修生到四川外语学院培训的机会,而参加了我们为那个大学生组成的考察小组,跋山涉水去文斗九榜村和清水江沿岸进行实地考察。这一举措得到锦屏县委的支持,《黔东南报》于3月12日也发了头版头条报道:立鲲鹏之志,尽赤子之情,四位锦屏籍大学生研究生回乡考察,为改变家乡面貌制定可行性计划。贵州人民广播电台还播放了这一消息。

由于参加这次考察活动,你失去良机而使赴瑞典留学整整推迟了一年。但你无怨无悔,反而乐观地说:"为了参加改变家乡穷山沟的建设,我可以不去国外留学,只要县里需要,我可以从省城回到锦屏侗乡来。"这就是你,一个热血青年,时刻关心着家乡的兴衰成败。是的,只有爱家乡的人,才能更好地爱国。即便留洋海外,胸中依然装着一颗中国心。不是吗?当你后来在瑞典留学期满以优异成绩被导师一再挽留工作时,你却婉言谢绝,主动放弃在国外的优厚待遇

作者(左一)和王远森(右一)等考察时野炊

和条件，回到祖国，回到了山高水长的清水江畔杉木之乡，回到你日夜萦怀的贵阳医学院核医学所，最终把自己的智慧和才华、青春与生命奉献在职守上，燃尽年仅三十八岁的人生灯火。

啊，爱祖国、爱家乡、爱科学，这就是你短暂的年华，这就是你闪耀的人生！

巴金说过："一个人的生命是容易毁灭的，群体的生命就会永生。"我想，不管你的生命是"毁灭"还是"永生"，你都无愧于一个大写的侗家人。

近年来，我运交华盖，哭过父母，哭过师长，也哭过同窗，眼泪快要哭干了。想不到，如今——远森你去了，我眼泪还是那么多，竟扑簌簌流泻下来。呜呼，你九泉之下有知吗？

（原载《杉乡文学》1994年第3期，《人事世界》1995年第1期。）

忆胜先

胜先离我们而去已几个月了，但余痛仍时时咬住我的心胸。我为他的英年早逝而悲戚，为他的魂游山野而哀伤。

我最早认识胜先大约是在1982年，那时我还在中学教书。当时南宁师院的过伟先生等要编一套侗族民间文学丛书，特向我约稿。为了完成任务，我把学校图书室订的十几本民间文学全部拿来翻阅。就在我看得眼酸脑涨的时候，突然眼睛一亮，看到醒目的标题——《侗寨斗牛节》，作者王胜先。我如获至宝，一口气将它读完，受益匪浅。这篇文章发表在国家级刊物《民间文学》1980年第8期上。当时胜先还是一名大专学生。从此，我对胜先算是未谋其面，先见其文了。

1984年，我被借调到州里编写《红军在黔东南》，这才有机会与胜先面识。从此我们成了兄弟、同道和文友。

胜先的童年是很苦的。他生下来就没有了父亲，是随母亲漂泊人间的。他走村过寨讨过饭，到广西打过工。"文革"时期，遭牵强附会扣上许多罪名，被游街批斗，甚至蹲过几十天的大牢……也许苦涩的童年是一份财富，不幸的人生是一所大学。幼年的胜先是过早地成熟脱颖的。他悟性很好，又喜欢读书。就是在浮肿病威胁着学校的那一年，他还是背着书包孤独地走过榕树下的花桥，来到鼓楼旁边那所破落凄凉的小学读书。在家乡，他从小受到民间文学的熏陶，平时留心记住老人摆的古，善于消化乡间流传的俚语歌谣。他在十多岁时就能编唱侗歌，还将《水浒传》中的《大破连环马》改编成侗戏脚本，邀小伙伴们来排演。"文革"时，他编了一出侗戏《乃朗》（离去的母亲）。戏中把残暴的继父写成是"四类分子"，剧情表现了主人公随母下堂受尽虐待的苦难生活与抗争。由于体现了"阶级斗争"而很容易通过演出。这出戏在贵州从江和广西三江交界的几十个侗族村寨演出近百场，竟使许多妇女泣不成声。

粉碎"四人帮"后不久，胜先竟以高小的学历，奇迹般地考取了黔东南民族师范高等专科学校中文系，并且在学校开始了他的写作生涯。

他一生最钟爱民族民间文艺的搜集整理、研究翻译工作。他穿着草鞋在侗乡走村串寨采风，又穿着解放鞋到过西双版纳考察风情，也穿过皮鞋前往江浙与同行探讨学术。他勤奋好学，才思敏捷，不懈挖掘，他对侗族的民族迁徙、族源考辨、风情民俗、民间文学、宗教信仰、工艺建筑乃至侗傣语言、侗族文学和方志修纂等等都有精深的研究，独到的见解。他先后编著有《侗族文化与习俗》《越裔遗俗新探》《民族志概论》，合作翻译《侗族教学演唱选曲一百首》，主编《侗族历史文化习俗》《侗族文化新论》《侗族文化史料》等文集，还发表过小说、散文、戏剧等总计一百多万字的著述和作品，成了一名有自己学术建树的学者。

他的研究成果引起国内外学术界的关注。1992年12月，胜先应日本民俗历史学会的邀请，随中国贵州民间文艺家访日考察团前往日本进行学术访问。在日本丽泽大学与日本研究侗傣语族的专家竹原茂教授等人，就侗傣语族的语言、文化特点、风俗习惯等进行了学术交流，并到日本乡村进行民俗考察，取得了新的研究成果，为中国民间文艺界和侗族人民增添了光彩。

胜先作为一个侗族学者，对自己的民族很有感情和历史责任感。其

作者（左）和王胜先（右）等在锦屏参加侗学会

实，他的血管里也流着汉族的血液，因为他的生父是汉族。但是他是在侗族家庭里长大的，而且母亲又是地道的土著侗族，是侗族的父老乡亲哺养他长大成人。因此，他选择了侗族。这也无关紧要，族别仅仅是一种符号标志，要紧的是感情。胜先四十四年的短暂人生，却把无尽的感情献给了自己的民族。他不仅整理、研究、弘扬了侗民族文化，并且为民族的振兴与经济的繁荣而奔走呼号。

当中国侗族文学学会成立和开年会时，在玉屏县和天柱县，都可以看到他繁忙劳碌的身影。当湖北鄂西自治州成立侗族民族乡时，他穿着侗族对襟衣，头包侗帕，身背侗包，千里迢迢赶去道喜，并在大会上高唱侗歌衷心祝贺，让曾经震动法国巴黎金秋艺术节的侗族大歌在楚天大地上飞扬回荡，受到当地领导和各族人民的赞扬，使当地侗族同胞激动得热泪盈眶，欢欣得心花怒放。在贵阳、凯里、镇远、天柱、锦屏等县市先后召开的贵州省、州侗学会成立大会或年会上，都洒有他辛勤的汗水和心血，留下他匆忙草就的字迹。他还参与筹划成立了黔东南州青年科技文化协会，去世前夕还在紧锣密鼓地准备建立贵州青年民族企业家协会。

谁想到，没等到协会成立的那一天，他就突发暴病，撒手西去。令人震惊叹息，不胜唏嘘。

1990年，组织上任命胜先为政协黔东南州第七届学习委员会副主任委员。但他不迷恋官禄，不久即停薪留职去领办企业。他又来到生他养他的故乡从江县。几年间，从江的山山岭岭、沟壑丘谷、都柳江畔又留下他奔忙辛劳的足迹。我知道他钟情企业，也许是太深感贫穷的苦楚吧，他在追求治穷致富——不仅仅是为自己，也是为家乡和民族。或许是为了体验生活吧，文人下海赶潮，又别有一番探险与悲壮。但我总觉得，文人经商赶潮总有点先天不足。中国古代著名商人白圭曾于两千年前讲过："商战胜于兵战。"共产主义老祖宗马克思也曾在其巨著中惊呼："从商品到货币是惊险的跳跃。"自中国改革开放、现代商战打响以来，不少文人墨客乃至著名文化人都"以文试商"，千百遍地积累自身悲壮的"跳跃史"。但跳来跳去，真正跳得"正果"的却凤毛麟角。

我常想，胜先搞文化研究有生活积累，十多岁就会编侗戏。而从商下海却似乎资质不足。虽然前些年他也曾筹办过民族民间工艺制品厂，但不久即夭折了，人员也猢狲散尽。因此，去年10月底在锦屏开侗学会时，我就劝说他："胜先兄，还是回来拿笔重操旧业吧，你是我们的学兄和学术带头人啊！"

他默思良久，眯着小眼睛淡然地说："嗯……等我把公司理顺一下再回来吧。不过搞学术我带不了头了，你们已走到前面，我落伍了！"他有些黯然，但却很坦诚。

我们都等着他回来！谁料到，去年11月28日清晨，从江来的急促电话把我震呆了：胜先暴病医治无效，于昨天晚上不幸去世。

我不敢相信，但还是翻山越岭，一天从凯里驱车赶到了从江县城。我是专门去送胜先一程的，我在他微笑的遗像前三鞠躬，不禁潸然泪下。我多么希望告别仪式上有哀歌为胜先送魂啊，因为他生前爱歌，他把侗歌唱到景洪、鄂西和日本。但我终于没有听到哀歌挽乐，只有妇人们的哭泣声断断续续……

　　我多么希望胜先的亡魂回归故里啊，因为他爱家乡。当家乡失火受灾时，他捐献出自己的一大笔稿费去资助。但我却看到，他家乡的村民由于受千百年陋习的束缚，竟因胜先是在医院手术后不愈而死的，属于恶死而不许他的遗体进村过寨，却宁愿叫他的幽灵游荡于荒山野岭中。——呜呼，我说不出话来。

　　胜先去了，遗下他的夫人和一个幼女。据说，他生前还欠了一些债……

（原载1996年4月3日《贵州民族报》。）

仲夏金泉湖

　　裹着一身烦躁，怀着满腔憧憬，披着灿烂夕阳，我随着一群男女向凯里景区金泉湖走去。

　　金泉湖位于凯里市区东南角小高山脚下，距市中心大十字2.5公里，整个湖区面积130多公顷，水库面积近10公顷。库区两岸松柏苍翠，绿树成荫，环境幽静。

　　我来到堤坝上纵眼一望，宽阔的平湖上，人声鼎沸，千百只手臂此起彼落，千百个人头仰卧攒动，人和湖融成一个纷繁的世界……

　　身着五颜六色比基尼泳衣的女子，以健美靓丽、光彩照人的体态，纵身一跃，扑入湖里；光着膀子，健壮英俊的男子，呼叫一声，奔向湖中——是人类把健与美献给大自然，抑或是大自然造化了人类的健与美？这深邃神秘的金泉湖，扑朔迷离，令人莫解。

　　最后一抹夕阳卷走了白天的燥热。一阵湖风徐来，似乎把辛劳一天的泛游人染绿，令人荡气回肠，心旷神怡。

　　人们爱水，沐浴于水的世界中，纵情享受。让水洗去白天的辛劳烦恼吧，洗去生活中的私心杂念，洗去官场的名利博弈，洗去商战的尔虞我诈，洗去愚昧无知，洗净人类灵魂……

金泉湖

　　在这平湖中,有扶儿携幼的少妇。她带着孩子荡漾在湖水中,企图游过彼岸,去寻找心境中的幸福或希望。有心事重重的男人,他来到这水波涟涟的世界,希冀找到没有家庭苦闷的蓬莱仙岛。有怀春钟情的年轻恋人,他们如戏水鸳鸯,热情奔放,渴望那爱情早日开花结果……总之,投入金泉湖怀抱的人们,心里都装着一个世界,又都远离了一个世界。

　　夜幕悄悄降临,四周渐渐迷蒙昏黯。可是,湖水中漫游的人,堤坝上休憩的人,树梢下谈情说爱的人,心里却越发明亮起来。啊,山水交融,天人合一,多么默契和谐的多彩时空啊!

　　一弯皎月不知何时挂在空中。湖面上波光闪烁,微风吹皱,碎浪翻银。湖中的喧闹渐渐静息,四野虫鸣,夜鸟歌唱,月色溶溶,树影婆娑,湖水如镜,人在画中。

　　我舒展着身躯,躺在大坝的凳子上,一忽儿仰望苍穹,一忽儿俯视平湖。睁眼、闭目、沉思、默想……可似乎又什么也没有想,又好像想到天上人间……

忽然，佩弦老先生的一段话在耳边响起：这一片天地是我的，我也像超出了平常的自己，到了另一个世界里。我爱热闹，也爱清静；爱群居，也爱独处。像今晚上，一个人在苍茫的月下，什么都可以想，什么都可以不想，便觉是个自由的人……

啊，这就是金泉湖！

这就是金泉湖的仲夏！

这就是仲夏金泉湖月夜的妙处。

（原载《人事世界》1995年第6期。）

她会回来吗

　　月光轻轻地洒泻在墙上，白得令人清冷惨淡。在熟悉而多情的房子里，我们在挽留着最后一夜的聚会。

　　她木然地伏在桌子上，不时抬头望着墙壁上发呆、叹息，似乎在咀嚼着这百味人生。屋子里一片静寂，连空气也要窒息。只有月光依然流泻，已是更深夜阑时分，不知什么时候，她竟暗自抽泣起来。

　　我神情慌乱，忙抚摸着她散乱的头发："哭啦？不、不要哭……"我越劝慰，她哭得越厉害。我急得六神无主："你怎么哭起来啦？快告诉我，为什么？"

　　她埋着头仍呜咽不止，一点不理我，什么也没说，只是哭得更伤心。最后，竟双手捂面，"呜——呜——呜"，失声痛哭，那泪水如泉涌来……我寸心已乱，一片茫然，不知所措。半晌，才喃喃说道："小妹，不要哭呀，不要哭！——你再哭，我更痛心！"

　　窗外，传来催人上路的鸡叫声。她终于抬起头来，抹去汪汪泪水，收拾行囊。

　　顶着疏星，踏着残月，迎着晓风，我们分手在黎明的火车站上。她去了，如一只小鸟，飞向深圳去寻求另一个世界——

　　女人啊，女人！你既然这样苦我，当初为何又恋我？

那年夏天，在家乡的茶楼，我们萍水相逢。几次约见，几番交流，我们相见恨晚，情投意合。之后，几次交往，几回商谈，我出资金，她献技术，我们合办了一个中医诊所。

年轮在增长，生意在鸿发，爱情的种子也破土发芽。但一切都显得那样平静，没有献媚取悦，海誓山盟。只有心灵深沉的袒露，对事业执着的追求。

至今我仍记得：她那平静矜持的神情，蕴含着丰富的世界，犹如一座宝藏吸引着我每天不停地探索挖掘；她那两只明眸，晶莹灵透，善解人意；她那玉齿朱唇，嫣然一笑，恰是出水芙蓉，令人身心皆醉，魂魄荡漾；她那浅浅酒窝，娇美俏丽，柔情绵绵，丝丝牵动我跳荡的心房；她胸部小巧，是两朵含苞待放的蓓蕾；她身材窈窕，亭亭玉立；还有那披肩秀发，奇丽迷人……

在那些日子里，她成了我生命的一部分，是我生活的精神支柱，是我崇拜的女神！

她曾对我说："你发现没有？跟我在一起，你变得年轻聪明了！"真亲切，犹如和煦的春风，吹拂着寒冬过来的枯草……

"你普通平淡，却征服了我的芳心。"月光下她这样对我诉说，那柔声细语就像山涧静静流淌的清泉。那坦然的心境就像一弯朗月透明澄静，高雅圣洁。

我不止一次沉思默想，也不止一次向她询问：我们萍水相逢，是苦是甜？是忧是乐？若说我得不到你，可机缘又偏偏遇着了你；若说能得到你，而生活又这般坎坎坷坷，风风雨雨？

在一起共事的日子里，我们像有心灵感应，息息相通，配合默契，心想事成。

后来，我渐渐感觉到，她不仅天性活泼，更喜欢跳跃梦想；不沉囿安宁平淡，却向往风险刺激；不甘忍贫乏，好追求充实——这就是她的永远活泼异化的性格。

这一天——常在脑际间令我忧心忡忡的这一天，终于向我姗姗走来。还是在家乡的那个茶楼，还是几语交流，几回商谈后，她终于坦然地对我说："阿哥，不要爱我，我不值得你爱——我是个不安定的灵魂，不是一只恋巢的小鸟。总有一天，小鸟会飞的！"

"飞哪？"

"南方。"

我知道，南方——深圳——是个精彩的世界，那里是开拓建设的用武之地，为每个不安宁的灵魂提供自由飞翔的天空。

苗药堂在深圳开业

也许人生就是一种机缘，既可以得来，也可以失去。得到该得的东西，这就是收获，失去该失的东西，这不是失落。庄子不是说过"安危相易，祸福相生，缓急相摩，聚散以成"吗？

我终于为她准备行装，并将诊所所得对半分给她。可是，她执意一分不要，平静而坦然地对我一笑："与你合作，并非想成万元户，得到你的理解，已心满意足。"

"小妹，这钱是你付出的心血，你该拿去——再说，天远路遥，旅途盘缠，也该带上呀！"

"阿哥，你保留吧，山不转水转，恐怕哪一天，我又转回来……"

"那——这情分，我报答不了的！"

"不要报答，只要心里永远记得我，就比这钱还值钱……"她抬起头，温情脉脉地看着我。

她去了，和无数奔往深圳的青年人一样，她以年轻为盘缠，以技术为力量，以激情为路线，再一次跋涉青春，闯荡人生。

她会回来吗？

（原载《人事世界》1993年第7期。）

绿色的记忆

那是一段绿色的记忆。那一段记忆就发生在锦屏中学的绿色校园里。

我是1979年11月到锦屏中学任教的。当我一脚踏进校园,沿着那长长的青石板路走去,道路两旁的青松、梧桐、水杉、银杏随风摇曳,似乎在欢迎我这刚刚到来的新人。我也欣然感觉到,这座文静俊美的校园,钟灵毓秀,郁郁葱葱,犹如一块翠绿的宝石镶嵌在清水江之滨。于是,贵州林业大学为何在50年代末建立在这里,其奥秘也就若有所悟了。

对于我这个当过知青、民工、农民的人,能在"文化大革命"结束恢复高考后,读完高等师范中文系的课程,毕业分配到这座绿色县城的最高学府任一名中学语文教员,已是大喜过望,心满意足了。

然而,工作起来并不轻松。这不仅因为自己知识贫乏,缺少经验,而且当时"文革"动乱结束不久,举国上下,求学若渴。锦屏中学又在连年高考中,成绩斐然。这对于我们这些刚刚踏上讲台的年轻人,真是不小的挑战。

好在学校管理有方,经常召开青年教师座谈会。微眯着眼睛的老校长一边擦着老花镜,一边咬文嚼字地鼓励我们:"这里是绿色锦屏的校园,绿色代表着生命,绿色象征着活力与生机。我希望青年教师们就像校园里的小水杉、小银杏、小梧桐、小桂树一样,多多吸收水分营养,长成根深叶茂、云冠巍峨的参天大树,为我们的锦屏中学增添绿意的亮色……"

他还时常教导我们青年人,要明确目标,树立志向,谦虚好学,忠诚党的教育事业。说完,他眯上双眼,好像在闭目默想中看到了青年教师的未来,看到了锦屏中学教育事业的希望……

随后,在年富力强的新校长主持下,开展全校传帮带活动,请老教师谈体会、传经验,请外校名师来示范、搞观摩……其时,全校书声朗朗,挑灯夜读。那学而不厌,诲人不倦的风气,充盈校园。

我在锦屏中学任教近四年,从初一教到高一。在任教的几年中,我反复思考和认识自己,也反复思考和认识我的教学对象与环境。最后我选择了教学与写作研究相结合的发展之路。

作者(左)与同事在锦屏中学

我认为,语文教学是一门艺术。记得鲁迅在《汉文学史纲要·自文字至文章》中说:"诵习一字,当识形音义三:口诵耳闻其音,目察其形,心通其义,三识并用,一字之功乃全。其在文章,……遂具三美:意美以感心,一也;音美以感耳,二也;形美以感目,三也。"据说,早年西南联合大学的名师们在讲授、翻译中国古典诗词歌赋中,也主张力求传达原作的"三美"真谛。

结合我的语文教学,我以为每上一篇课文,都要努力把这"三美"传授给学生。所谓"意美",就是美的思想。要用课文中美的思想主题去熏陶教育人。"音美",就是美的音韵节律。朗读课文时,要抑扬顿挫,音调铿锵,节奏分明,才能给人以音乐艺术的享受。"形美",就是动作表形美。毛泽东同志就曾倡导"以姿势助说话"。一篇课文,一般都有喜怒哀乐或庄重幽默的情感。讲课时,教师就要通过动作手势和表情变化把这种丰富复杂的情感世界,再现传达给学生,才能使课堂趣味横生、生动活泼。

为了研究和实践这"三美"教学,我还自费征订了上海的《语文学习》和杭州的《语文战线》,从中学习借鉴特级教师于漪和钱梦龙等名师的经验,从而丰富和提高了自己的教学水平。

记得在初二上著名诗人柯岩的《周总理,您在哪里?》时,我以全身心的情感投入,对着高山,对着大地和清水江,在呼唤寻找周总理您在哪里?我两眼泪花,声音哽咽,同学们触景生情,悲痛欲绝。课堂上,我们师生失声恸哭,那悲戚的声浪在教室里起伏传荡……这堂课,同学们反映终生难忘。

1991年3月,我在北京出席了全国青年业余文艺创作者代表大会,并有幸聆听了柯岩老师的报告。她还向我们介绍了自己创作《周总理,您在哪里?》的经过。报告结束时,我随蜂拥的人流奔向主席台,激动而又怯生生地对她说:"柯老师,我在中学教过您写的这首诗。当时,我和同学们都哭了……"

"谢谢你……谢谢,快来,照张相纪念吧!"柯老师含着笑,一边热情以手示意,一边亲切爽快地邀请我。

这张像,也许就是对我十年前"三美"教学的肯定吧。

常言道"打铁也要本身硬"。语文教学的重要手段就是读和写。为了辅导和带领同学们写,培养他们的作文兴趣,凡是我出的命题作文,我首先自己下水,探究深浅,再当教练。题目写在黑板后,我得先念自己的"范文"。这样做,同学们感到亲切、平等,又便于初学时模仿,也避免了他们在背后议论你这个语文老师眼高手低。

同时,我自己也在加紧练笔。1980年8月2日,我的第一篇稿件《林区人民盼望划自留山》在《贵州日报》上发表,这对我的鼓舞很大,我高兴得几天不说话，暗自在享受初次成功的喜悦。之后，我一边教学，一边总结。后来又在南宁师范学院过伟教授的信函指导下，开始搜集整理研究民间文学和民俗学。

在锦屏中学三楼那间原贵州林业大学留下的有些破旧的房子里，我望着窗前那棵挺拔的老树，寒来暑往，笔耕不辍。当老树吐出新枝嫩芽时，我的文章也孕育成型；当老树葱茂覆盖时，我的文章已在报刊园地上发表。教学的日志一页页地翻过去，文稿的纸张也一页页地累厚起来……

这期间，《贵州日报》陆续刊登了我写的"豆腐块"。《贵州教育》1983年第1和第6期分别刊用了我的《教师的语言》和《复习与休息》两篇习作。我搜集、整理的《麦子和乔子》《帅哥和美娜》《侗家洗澡节》《侗家木楼》《平秋嘎花》《重阳鞍瓦》等民间文学作品也先后被吉林人民出版社、科学普及出版社、广西人民出版社和贵州人民出版社等辑入出版。从此，我走上了业余文艺的道路。

如今，我离开锦屏中学十五个年头了。

真是光阴荏苒，人世沧桑。当年朝气蓬勃、奋发图强的校长和不少接纳我们为徒的老教师都已先后作古。特别是四川的桑老师，在荣升县政协副主席后，升官不离教，积劳成疾，不幸辞世。至今她仍长眠在绿色的校园里，化作春泥，护卫花朵。

那戴着老花镜眯着眼睛的老校长也早已传下接力棒，常喜滋滋地吟诵叶帅的诗句"老夫喜作黄昏颂，满目青山夕照明"。

我也数易单位，随遇而安。但不管道路坎坷如何，无论尘世沉浮几许，锦屏中学那绿色簇拥的美丽校园，那绿色蕴涵的勃勃生机，一直给我以生活的勇气和力量，一直给我以生命的动力与营养……

啊，绿色的锦屏中学，锦屏中学的绿色记忆，永远珍藏在我心中！

（原载1997年9月2日《凯里晚报》，《人事世界》1997年第10期。）

阿龄的花腰带

在他的身边,一直珍藏着一条家乡歌手阿龄赠送的花腰带。腰带是蓝色的布料,四周镶着红边,带面上绣着双燕葫芦、双飞彩蝶和枝叶花草。那图案造型优美、线条明快、阴阳互衬、神形兼备、栩栩如生,表现了侗家刺绣的丰富想象和精湛技艺。因此,他视如珍宝。

他知道,在九寨侗族文化中,燕子是崇拜物。相传燕子给侗家带来了稻种和杉树种,使侗家吃上了粮食,住上了木楼。因此,侗家世世代代崇拜它保护它。而蝴蝶则象征着生命和爱情。配上那些花草,就体现了侗族崇尚自然、珍视生命、憧憬爱情、追求幸福的心灵寄托。

那一次,他回九寨侗乡采风,又碰上了阿龄姑娘。当晚,在唱婚嫁歌"九寨嘎花"的宴席上,阿龄一身盛装,银饰摇曳,叮当作响,腰上系着的金彩带更是引人注目。灯光下,她脸腮灿烂得像红杜鹃,黑黑的睫毛下嵌着一双丹凤眼。当她站起来双手捧着酒碗对着男伴唱嘎花时,明眸如泉,水灵夺人。那洁白匀称的皓齿把鲜亮粉嫩的朱唇映衬得如桃花绽开。她的风采吸引了歌堂里的男女老少……

到了下半夜,她忧郁地站起来唱起了分离歌:

生是不离死不离,

螺蛳不离田头泥,

玉帝不离金銮殿,

花若离树龙若离海太阳离天我娇才是与郎离。

这时,她脸上已愁容满面,泣不成歌……旁边围观的人无不动容。这一幕令他悲戚揪心,印象难忘。

第二天,很多乡亲都来到他家老屋里看他,但唯独没有见到阿龄,他心里感到有些迷惑与不安。这倒不是因为对她有什么儿女情长,而是头天晚上说好了,第二天上午再来家里坐一坐。

交谈中乡亲们对他说:自从前年你带中央电视台的人来拍九寨侗歌风情片在中央台音乐频道播出后,九寨百里侗乡便炸开了锅,人们议论纷纷,奔走相告,大家像过年一样的高兴热闹。从那以后,九寨人不再把侗家衣服和银饰埋在箱子底下了,年轻人也不再觉得唱侗歌丢人。如今逢年过节,远在外地打工的男女青年都要赶回来参加,不少人还捐钱捐物给节日花销。特别是到唱"九寨嘎花"的时候,那是连村连寨都去看热闹,整

身着盛装的九寨侗姑在迎宾

个九寨都快成歌的海洋了。因此，乡亲们念着你，说你为家乡做了一件大好事。

说完，一个中年妇女举起酒碗就给他唱歌：

那年得听三炮响，
中央电台到我乡，
拍了嘎花和嘎老，
九寨从此得传扬。
你是谋划宣传人，
为了家乡劳碌忙。
敬你喝下这碗酒，
才算侗家好儿郎。

乡情难却，他一饮而尽。乡亲们也满饮满上，那歌如山下的三板溪河水滚滚奔流……

他有了几分醉意，趁着酒力也拉开了歌喉：

九寨腹地是侗乡，
杉山如海歌如洋。
如今盛世年成好，
侗歌民俗要弘扬！

一阵酒酣耳热后，乡亲们把带来的糍粑和红蛋塞满了他的旅行包，在你推我拥中离开了老屋。

在路上，一个亲戚凑过来叹惜地告诉他，阿龄姑娘人是长得俊秀水灵，又有一副阳雀嗓子，只可惜高中毕业后家里没钱上大学，被父母按风俗许给了舅家"还娘头"，听说那后生崽还有点呆，可怜这姑娘以后日子怎么过？听说现在外面在搞多彩贵州唱歌大赛，你能带她出去比比吗？我们巴不得她得名得奖，到那时也许她就能摆脱这该死的婚俗了。你可一定要帮忙，救救她啊！

亲戚说得蛮可怜，他一听心里也惊凉。他知道"女还娘头"这千年陋俗在家乡还顽固地承袭着。

至今他还记得，自己的母亲早年也是被迫走这条路的，直到新中国建立初期，因参加了革命工作才挣脱出"女还娘头"的枷锁。那如今阿龄能挣脱吗？他不得而知。虽说解放都五十多年了，改革开放也三十年了，但是，在九寨这个比较固守传统而且是贵州省极贫困的山区侗乡，阿龄能否跳出山外去，他是没有底的。不过，为了不使亲友们失望，他还是答应了他们的请求。

车子出了乡场来到一片油茶林路边时，突然前面有人挥动帕子拦了车。他一惊忙叫司机停下车，原来是阿龄姑娘早在这里等候了。

她奔到车前，邀大家到家里去坐坐。她家也是典型的两层木楼房，背靠茶林，坐南朝北，很是清静。阿灵的妈很热情，坐下来免不了又是喝酒唱歌。但阿龄的脸上没有了昨晚上唱嘎花时的灿烂，似乎隐含着几分忧郁或企盼。

阿龄对他说，我很喜爱唱嘎花，还看过您写的九寨嘎花与侗族古代婚俗的文章，您写到了我们的心坎上，九寨这地方真是既可亲又讨厌呢。我唱过无数次嘎花，尤其是中央电视台来的那一次更是我一生的荣耀。所以，我一直感激您……

她停了停，眼睛扑闪扑闪的有些湿润，接着又沉重地说，经过多次唱歌品味，我慢慢悟出了一些道理。我觉得"九寨嘎花"上半夜其实唱的就是侗家人生活中恋爱自由的习俗，而下半夜唱的却是婚姻不能自主的悲剧。不过，我还是喜欢嘎花，唱着它使我神游天上地下、凡间仙境，品悟到了古代与现代那恋爱自由与婚姻悲剧的酸甜苦辣。我尤其羡慕神话般的美满姻缘和爱情……

说到这里，她的脸上又映出了灿烂的杜鹃……

他很赞许阿龄对"九寨嘎花"独具女性视角的理解和细腻的诠释。高兴之下，他一气又喝了两碗酒，两眼有些飘飘然，仿佛眼前又重现了那年的往事……

待心情平静后，他才对她说，那一次中央电视台来九寨，导演对你演唱的嘎花很满意，连声夸赞你很进入角色。当唱到分离歌时，你泣不成声，满堂围观的人，无不悲泪滚落……那幕情景叫导演喜出望外，连声夸赞你唱得投入动情，催人泪下！导演那些话你还记得吗？

记得记得，阿龄接话说，我当时本来就伤心难受、肝肠寸断嘛！

他马上打断她的话，是啊，那一次你确实唱得非常本真，你应该是演艺台上的料子，只可惜金凤凰藏在山窝里。我没能帮你飞出去，心里很不安。每当我看着那次你给的花腰带，心里就愧疚难当！

说到这，他眼前闪现了那幕难忘的情形——那次分手时，阿龄似乎早有准备，当人们轰涌散场时，她立马从侗家布包中取出一条崭新漂亮的花腰带送给他："感谢您这次给了我唱嘎花的机会，请您带上这条腰带作纪念，这是我一针一线绣出来的。这上面绣有我对'九寨嘎花'的心思，绣有我对侗家文化的理解，也绣上了我对您的难言感恩！愿您和我们家乡人心连心……"

带着阿龄赠送的腰带，他回到了自治州首府。从此，这条家乡的花腰带就牵连着他，使他多了一份对家乡的责任和义务，也多了一份对家乡的思念与牵挂，更激起了他对家乡不幸人物命运的思索……

回忆那如烟往事，他们似乎都沉浸在喜忧交织的梦幻中……

现在是他第二次到阿龄家，他终于站起来，慢步走出她家的堂屋。这时，他见她已闪动着泪花，接着声细如丝地对他说："请您回去，帮我报名参加多彩贵州大赛，我想飞出去……"

随后，他为阿龄报了名。为了万无一失，他还打电话对阿龄的母亲说，阿龄的歌唱得非常好，这是您老人家从小口传心授的结果。我已为她报了名，请您一定让她出来比一比，她会成功的，她一定能成为九寨飞出的金凤凰……

　　后来，阿龄在州里比赛果然得了名次，接着又被推荐参加了省里的大赛，并夺得多彩贵州原生态民族唱法的第三名。据说，当喜讯传到九寨侗乡时，那一夜，九寨人为阿龄姑娘高兴得在歌堂里喜庆欢歌了一通宵。

　　而他在州里又一次捧出那条花腰带，遥望家乡，心里默想：是啊，阿龄姑娘为家乡争了气，她的歌声飞出了侗乡。可是，她能够挣脱家乡千年陋俗的藩篱，飞到山外去吗？

（原载2009年2月12日《黔东南日报》，2009年8月7日《贵州政协报》。）

青山界：不老的歌谣

在我的心中，青山界是一首不老的歌谣。

还在20世纪70年代初，我与它结下一世情缘。那年仲夏，我师范毕业，刚满十八岁，就满怀乡村教育的梦想，跋山涉水，走村过寨，于第三天太阳落山时来到了遥远而陌生的青山界脚下，钻进了宛如悬挂在山壁深处的苗寨。这个苗寨，俗称"宰格"，古苗语叫"番西"或"番鄢"，意为"很美的风光"，它是当时锦屏县新民公社的所在地。

那时为了发展山区教育，县里决定在新民小学创办附设初中班，以方便新民、裕和两个公社的子弟读初中。当时，我们一起分配去的三个年轻教师中，我被安排教初中数学。我本来对数学没兴趣，而爱好语文。可乡下最缺的是数理化老师，于是赶鸭子上架，我只得认命。

在这大山深处，我虽感寂寞孤独，但学校的生活还不算单调。我们除了备课、上课、批改作业外，还经常开展文娱活动与篮球赛。球场是用一块干田整修而成的，周边坟茔累累，杂草稀疏。每当球赛时，就引来村上人围观。尤其是那些泼辣的少妇，看得比谁都还着急，时不时还悄悄议论说场上哪个哪个手脚粗大，腰壮背宽，逗人暗想什么的。我们一起分去的三人中，我比较矜持，喜爱看书；另一个年龄大点的常练二胡、提琴与书法；小我一点却比我结实的老师爱打篮球，后来他成了姑娘们醉心的追慕者。

　　那时候，教育战线提倡勤工俭学。到了木姜子成熟的季节，我们和学生身背竹篓，从田坳边的学校出发，向青山界进军。在那深山老林里，到处留下我们师生的足迹。我们采集酸枣、刺葩、黑嘴果、血藤等来解馋充饥，也常常将一把把青翠泛油的木姜子喂到嘴巴里，以防夏天中暑拉肚子。虽然环境恶劣，但乡下人都不娇气。尽管我们身处深山丛林，毒虫老蛇山兽每每横行，但靠着三人一群五个一伙的团队力量和智慧，整个勤工俭学活动没有出现什么麻烦和事故。至于爬崖跳坎扭伤脚，或手脚被茅草刺蓬划破出了血，那是习以为常的事情，家长也不会像现在有些人那样跑到学校找麻烦。终于，大家大弯篼、小背篼的把木姜子陆续交到了学校。学校组织有经验的师生在水源好的溪坎边搭棚垒灶，架起大膛锅，日夜蒸烤，利用木姜油的挥发性和水不溶性，将木姜油蒸馏出来，再经过冷却，油水分离，就得到了黄澄澄、香喷喷的木姜油。当时木姜油很贵重，依其品位与质量20~30块钱1斤，一般100斤的木姜子才能烤出3~4斤的木姜油，而我当时的月工资只是31.5元。因为木姜油有健脾燥湿、内治胸闷哮喘、外医疮毒肿痛等功效，而且还是化工产品及食品的重要精油和原料，因此市场很走俏。又听说木姜油是我国特产，尤以贵州的为上品。所以国家卖到海外，换回了很多的外汇。当然，对于我们乡下的学校，每年卖出几十近百斤的木姜油，收入算是很可观了，既解决了经费不足的问题，还培养了学生热爱劳动的品质。

　　这种轻松、愉快而简单的生活过得很快。我先后在新民附中教了数学、物理、音乐等课程两年多。1977年初，我调到启蒙区附中，随后恢复高考，我进了高等师范学中文，从此就离开了新民。之后，工作调动，渐行渐远，宰格与新民于我犹如远在山乡一隅的旧巢，恋而难归，也像人生记忆中飘而不散的歌谣，常在我脑际间滞留或浮荡……

　　二十多年后，在省城的一次学术会议上，我遇到了当年新民附中的一个学生。那时，他已是戴着一副眼镜、稍微驼背的大学教授了。从他的叙谈中，我知道了一些宰格、新民的轶事与新闻。末了，他十分恳切地对我说："老师，您看我们都分别二十多年了，我也人到中年，当年您教我们那个班的学生，都还没给您丢脸，我们有的在高校和科研院所工作，有的在省城、州县和老家的中小学教书，有的当了村干在建设家乡，那几个有文艺细胞的还做了非遗文化项目的传承人。当然，也有的英年早逝了……"我听后，感到欣慰，也唏嘘再三。他又说，"大家都十分想念您，乡亲们也常叨念您，盼望您能回去走一走，再看看那当年我们爬坡砍柴、上山采果的青山界！"我点点头，又添了些许宽慰，仿佛眼前的学生就是当年乡村教育梦的果实。

终于在一别三十年后，应锦屏县政协的邀请，为编撰国家西电东送"十五"重点工程三板溪水电站文史资料，我有机会回到了魂牵梦绕的青山界。

那是2007年阳春三月的时节，晴空如洗，苍山翠绿，江河碧透。我们的越野猎豹车顺着清水江沿岸公路奔驰、飞越八受桥、跃上三望坡，终于来到了我久违的新民小学。因为是周末，师生们都回家去了。我站在那熟悉的球场路坎上，往事依稀。三十年前，每当球赛时，那男女老少围挤观看喝彩的情形如在眼前，那种快慰绝不亚于城市人在观赏一场精彩的歌舞表演。可当我注目那熟悉而又苍老的校舍，又有几分物是人非的悲凉。如今，我们那

作者重返新民村

三个一同分去的年轻人都已年过半百，天各一方，实难相逢。眼前球场下坎的那几株老枫树也老态龙钟。风一吹，簌簌作响，飞舞的残叶飘撒在荒落的坟茔上，似乎在低吟悲欢离合的人生，令我不堪回首……于是，我们离开学校，踏着那烙印了无数岁月印迹的青石板，去寻访宰格寨上的老井。

老井依旧，泉水汩汩，水面上漾起层层涟漪，旋而翻卷成股股细流，互相追逐着往下一级的菜井流去。菜井边人们在洗菜，然后把菜叶等杂物冲到再下面的牲口井，让牛羊鸭鹅追逐享用。之后，那牲口井的残料废水，就顺着出口流入水渠，再分细流灌注下坎周围的山田……

过去，我曾经与老井相伴好几年，可是近在咫尺不相识啊。如今重访，才感觉到它是那样的安详静谧，默默奉献，滋养生物。我好像第一次发现，这口老井是我有生以来看到的最简便实用而又层次科学、环保节能的三级利用水井群。这依次流淌的三级井，昭示了宰格人朴实灵慧的生活理念，也揭示了他们尊重自然、顺应自然、保护自然的生态精神。此时此地，我恍然悟醒，古井泉涌的叮咚之声，就是自然与人类完美合作的生态协奏曲！

"问渠哪得清如许？为有源头活水来。"我们在古井边喝够了泉水，问老乡，这口井有多长的历史了，它干枯过吗？一个在牵牛喝水的老人挥手一指，笑着说："这寨子后面青龙岭上的风水林，就是这口老井的源头哪，老井和树林都一样，年年老去又岁岁常青！"

宰格地处青山界支脉半山腰，海拔八九百米，山高水缺。为此，山里祖先定居伊始，就立下规矩，寨后青龙岭上的风水林严禁砍伐。就是岁月风蚀，朽烂的枯木残枝落叶，也不准路人捡拾，只能让它腐烂为泥，滋护草木。所以，这片风水林已成为宰格人的生态屏障，是他们维系生活的神圣林、生命林和文化林。他们守护风水林的传统习俗，就如同在坚守和传承他们民族历史文化的古老歌谣。

这时，我们来到寨上的消息已悄然传开。于是在我们休息的杨家堂屋里围来了一些父老乡亲。当年的老村干老杨走出灶房来极力挽留我们吃午饭后再走。我想留下来喝杯酒领领情叙叙旧再上山，可陪同的县政协王主席坚持说，谢谢村里，我们还要赶路上青山界呢。无奈，客随主便，我也只好起身离座走出了杨家。之后，喜欢吟诗作赋的王主席还作了《陪访新民》诗一首：

> 三月青山处处春，
> 驱车越野赴新民。
> 鲜花绿草迎风笑，
> 野雉山鸡绕树鸣。
> 故地依稀来似梦，
> 乡亲络绎喜犹惊。
> 执手互询别后事，
> 意犹未尽又辞行。

坐在车上，山路弯弯，坑洼颠簸，我的思绪也起伏不平……但没等我收回思绪，车子已从漫山染红了杜鹃的便道上七拐八弯九盘旋，驶上了绿草如茵的青山界顶。界上是天然的草场，被誉为锦屏、剑河、黎平三县交界的屋脊，总面积53433亩，属低中山丘陵地貌，主峰龙干山海拔1344.7米。当我伫立于界顶草场上，视野所及，地势平阔，碧草连天，鹰鸟翱翔，牛羊牧草，只觉得"万类霜天来眼底，无限春色到心头"。相比之下，青山界与我曾见过的黄土高原那裸露的山梁土坎、空旷绝木、风吹沙扬的荒凉，确有天壤之别！

据说，青山界顶原是林木荫翳、莽莽苍苍的原始森林，为虎豹豺狼、猿猴鹰雀之家园。至清咸同年间，黔东张秀眉、姜应芳苗侗起义，义军从剑河南加、锦屏九寨一带沿古驿道翻过青山界直捣黎平府衙，府属的三营团练及侗家款军在南加、九寨至青山界一线筑防阻击。义军恼怒，一把火将九寨百里侗乡和青山界顶原始森林焚烧殆尽。从此，青山界梁化为灰烬，林木不生。后赖天工造化，方变为草场。而九寨百里侗乡的文化象征鼓楼风雨桥却因战火焚烧，遗祸至今。可见，任何战火，在任何历史时空下，都只能对美好万象的自然生态和人文景观造成万劫不复之灾，给后人留下世代泣诉的悲歌。

青山界万亩草场

草场是在战火之下劫后重生，它医治了战争留下的生态创伤，使青山界顶上50000多亩百孔千疮的土地重新披上了绿装。这说明自然界也是在淘汰与继承、毁灭与新生中相伴前行的。不仅如此，这绿色还润泽了这方高山丘陵，使它奇迹般地演变成了"九十九眼塘"。从地质学来说，这"九十九眼塘"的发育演变过程还有待揭秘，我们只能惊叹大自然的鬼斧神工。但从民俗学来看，相传这"九十九眼塘"却是一对互相爱慕的青年男女歌手在神力相助下挖掘出来的。故事的梗概是，他们为反抗"姑舅表婚"陋俗而被迫上青山界顶，要在一夜中挖出一百眼水塘方能成亲。虽有神仙老人相助，可他们直到天亮前，也只挖了"九十九眼塘"。终因功业未遂，爱恋难圆，双双跳崖，以身殉情。从此，这个凄美的传说就流传至今。

这是一个在封建制度下有情人难成眷属的悲剧。但人亡塘存，它承载了这对多情而执着的青年男女对青山界的人文贡献。眼前，这九十九眼塘的莹莹液态，似花碗、像大盘镶嵌在青山界的宽阔绿毯上。春阳之下，绿波荡漾，耀眼眩目。这些山塘，水面在10亩以上的就有培陇大塘、七星塘、白岩塘、朝天塘、细地塘、烂桥塘等等，常年蓄水量达47.6万立方米。其水色翠绿，水草肥美，水质优良，并富含多种微量元素，被人们誉为琼瑶仙境的"人间天塘"！

一位哲人说，液态也是一种文明。液态的文明都会有自己的色彩，都会有自己的泉眼与源头。如果这文明的泉水充分地涌流，就会慢慢地渗透、弥漫、融合成为"文明圈"。你看这"九十九眼塘"，不就是绿色的液态文明吗？千百年来它不分昼夜地默默浸透与交汇，慢慢润泽滋养着青山界下的万物生灵，最终融汇形成了锦屏、剑河、黎平三县交界的十多个乡镇汇集的"四十八寨赶歌节"。可以说，这个"赶歌节"就是文化遗存的"文明圈"，也是"九十九眼塘"这个绿色液态千百年来精心打造的杰作。

据介绍，"四十八寨赶歌节"是个古老的传统节日。它产生于部落时代，兴盛于大清康乾岁月，发展于当代的改革开放新时期。每当农历三月"土王"这天的忌戊日，青山界三县周围四十八寨成千上万的青年男女就要爬上山顶界梁，拉开歌喉，对歌寻伴，选择良缘。不仅如此，中老年人也不甘寂寞，登界赶梁，前往助阵，以歌传唱，重温旧梦。而小孩们，跟着大人上界看热闹，在歌海人潮中，长见识，学本事，放飞童心，在大人口传心授

四十八寨歌会节

下，学唱民歌，期待长大后，也能以歌为媒，谋得个称心如意的美满姻缘。

因此，在赶歌节活动中，"歌"的核心价值就得到充分的体现与发挥。你看，这歌的种类名目繁多，有古歌、盘歌、情歌、礼俗歌、劝世歌与活路歌；而歌的腔调又五花八门，有河边腔、过山腔、保同腔、十二诗腔、姊妹歌腔、三萩歌腔；至于对歌的形式更是异彩纷呈，有独唱、对唱、合唱与群唱，还有歌唱与道白结合的说唱，可谓"百花齐放，百歌争鸣"。据说，古代传唱的是宛如高山行云流水的苗族古歌叫"四朵"。"四朵"具有曲调复杂、说唱结合、富于变化、声情并茂等特点。后来，随着明末清初清水江流域林木经济的发展，汉商涌入、文化交流频繁，苗家在唱"四朵"时，为使客家能听懂，便在歌词中夹带汉语来表达。从此，"四朵"便演变成为以苗语为主、夹衬汉词的具有时代诗腔特征的苗歌。这种诗腔苗歌，念唱起来，朗朗上口，易懂易记。大约到清代中期，随着衬词的增多，就演变成了"十二诗腔苗歌"。有专家说，这十二诗腔苗歌是民间保存的衬词最多的民歌，有的在短短的四句歌词中，就用了二百七八十个衬词，而且发展到后来竟夹杂有汉话、侗话和酸汤话，成了多种民族语言融汇的载体，是蕴藏语言多样性的活化石。比如这首歌：

> 三月春暖百花开，
> 花开喜迎贵客来；
> 贵客爬到青山界，
> 青山界上摆歌台。

歌的开头第一句，唱起来前面就可有"那哈勒地又地那哈是那哟哟嗬啰"一长串的衬词。也可使歌词处在衬词的环绕中，如"三（那哟的呀地）月（呀嗬多那地那）春（呀嗬喽那哟）暖（也）百（哟嗬那哟地）花（喽的呀地那）开（那呀呦，哟我的青少那年喽嗬在那青少那年呦）"。衬词还可以根据歌词的内容以及情绪的变化而扩展或缩减等。可见，青山界"四十八寨赶歌节"与"十二诗腔苗歌"，在历史的传承发展中，也与时俱进，增加了时代的元素，吸收了其他民族文化的基因。这也许就是这些古老的文化遗存，长期以来能够生生不息、鲜活存续的原因！所以，"十二诗腔苗歌"与"四十八寨赶歌节"分别被列入省级和国家级的非物质文化遗产名录。

> 青山界上好风光，
> 界上九十九眼塘。
> 往年塘边生荒草，
> 如今塘边长牛羊。
> ……

突然，远处传来了高亢悠扬的"十二诗腔苗歌"。寻歌远望，只见草场漫无尽头，草天一色。那闪烁的泉眼池塘，波光粼粼，花草点点，春意盎然。那如落英满地的牛羊正悠闲自得地围着池塘在吃草。池塘边，身着多彩短裙的苗族姑娘和手持花草的小伙们正在牧羊唱苗歌，这天地生灵和美相处的意境，恰似一幅白云蓝天春草牧歌图！

不仅如此，眼前山梁上，高压输电线凌空而架，旅游公路也曲径盘旋，飞上界梁。我还听介绍说，当地政府退耕还草后，实施以草促畜、以畜促草的科学发展模式，保持了草场生态发展的良性循环。

最近，我又听说，青山界风力发电项目由华润新能源投资有限公司正在加紧施工，建设规模为4950万瓦，总投资约4亿元，设计采用单机200万瓦的风力发电机组，风电场年理论发电量为5830万千瓦时，相当于每年节约近万吨煤炭。这是何等科学豪迈、生态环保的创举啊！

我相信，随着贵州加快转型跨越发展的步伐，青山界这片古老厚重的土地，一定会焕发青春！不久的将来，这里一定能够成为自然生态、民族文化和现代科技综合一体体验游的迷人地方。

到那时，我还要再次登上这界顶山梁，继续欣赏青山界这首不老的歌谣！

（原载2014年7月3日《贵州政协报》，《杉乡文学》2014年第8期。）

怀念进铨师

我平常有个习惯，在翻阅当天邮局送来的报刊信件时爱寻找中央民族大学的信函，想一睹为快中国侗族文学学会的《侗族文坛简讯》，以便获得最新的资讯。可是，不知从哪一天起，翻阅中再也见不到那熟悉的红色信封和雍容肥大的字迹了。迷茫间我才猛然悟醒，《侗族文坛简讯》已成为历史记忆。因为，它的撰稿和责编、中国侗族文学学会常务副会长兼秘书长、我们敬爱而又亲近的杨进铨老师已经仙逝。随着他的离去，中国侗族文学学会已结束了由老一辈创建人主持的时代。没有了会刊《侗族文坛简讯》，失去了北京发往全国各地的侗族文学资讯，这就是杨进铨先生逝世给全国侗族和侗族文学界带来的无法弥补的重大损失！

记得侗族文学学会于1987年10月在湖南新晃县成立。之后不久，学会就创办了《侗族文坛简讯》。出刊四五期后，进铨先生作为在京的副秘书长责无旁贷地挑起了简讯的组稿、撰稿、责编的大任。从此，他就如老牛套上了犁耙，在侗族文坛的田园里"不用扬鞭自奋蹄"。后来，他接任了秘书长，更是不负重托，敢于担当。这时，他已年过半百，还有繁重的教学任务缠身。为此，他耗尽了自己的休息与节假日，一年中不定期的要办六七期简讯，二十多年中，共办了八十余期。而每一期从组稿、撰稿、修改、编审、排印、装订到用中央民族大学信封亲自拿钢笔填写通信地址，然后寄往全国侗族地区的有关党政领导和机关单位、大中小学、科研院所、企业公司和乡镇村落的会员，这需要多少时间亲历亲为的操劳啊。有时还要筹措纸张费和邮寄费，或者干脆自己贴钱搞。这样经年累月的辛劳与付出，没有人能说得清，恐怕连他自己也说不清道不明。这就是奉献与爱心，是老一辈先贤留给我们的风范德行。

进铨先生不仅对侗文学会的工作兢兢业业、任劳任怨，而且对后学也热情帮助、鼎力支持。我在黔东南州履行民族文化职责期间，对进铨先生多有仰仗。记得2007年7月，黔东南州委、州政府在首届中国·贵州·凯里原生态民族文化艺术节期间要举办"原生态民族文化论坛"，由我负责筹备工作。论坛能否打得响，论文质量高不高，从某种意义上来说，就是有没有北京专家的参与。为此，我竭诚邀请冯骥才、余秋雨、刘锡诚、段宝林、刘铁梁、过伟等名家到会，同时还把侗文学会的北京专家搬来助威

杨进铨在纪念张毕来同志座谈会上

压阵。真是有求必应，即时进铨和邓敏文、杨玉梅等本会同仁都携带华章欣然赴会，为我助了一臂之大力。进铨先生在《黔东南民族传统文化的保护与开发》中欣赞："像黔东南这样青山绿水，苗村侗寨掩映其间，屋舍俨然，村民往来耕作，黄发垂髫怡然自乐，民族传统文化虽隐含失传危机，但依然生生不息地传承着，这的确是一块民族文化的福地，是值得守望的民族精神的家园。"对于民族文化如何保护与开发，他睿智地指出：僵尸是很难保护的。一具木乃伊，保护起来很费事。我们能保护的是依然有生命力的东西。民族文化是世代先民智慧的结晶，是可以承前启后的精神瑰宝，是依然光彩夺目的民族财富。如放在那里，尘封起来，可能黯然无光。若利用起来，则光芒四射，生机勃勃。关键是我们如何保护与开发。他建议有三：一、对民族传统文化的保护应该是动态的；第二，民族传统文化要在开发利用中保护；第三，要保护老的民族文化传承人，培养新的民族文化接班人；第四，要建立科研院所，整合人才资源，开展学术研究，实现民族文化保护的科学化；第五，要有发表科研成果的园地。他的远见卓识，受到与会专家学者的赞同。

2011年11月4日，在纪念著名社会活动家张毕来同志座谈会暨学术研讨会上，进铨先生又应邀于初冬时节风尘仆仆从北京赶来，他在会上宣读的论文《张毕来在国家语文教材改革中的重大历史性贡献》，不仅旁征博引，立论公允，同时还纠正了一些文章中把吴伯箫的"箫"写成萧三的"萧"这一容易忽略的差错，显示了他治学严谨的学风。

2012年12月27日，为庆祝《黔东南社会科学》创刊三十周年，我们举办了隆重的纪念活动，进铨先生以中国侗族文学学会的名誉，从北京发来了热情洋溢的贺电，并附上了精美的一副妙联："繁荣社会科学百花齐放堪称好园地，弘扬民族文化五彩竞发无愧名论坛"。贺电在会上宣读后，令与会代表在凛冽的寒冬中倍感亲热，暖流溢淌！

我与进铨先生的初识，往事依稀，记不清是哪一年月了。如今我已花甲之人，想来与他结缘毕竟有二十个春秋吧。期间来往交流不在少数，席上觥筹交错也时有际遇。不过，如烟的往事，时明时暗，一言难尽。但相处最长的时间是在1998年11月18至30日的那段日子里。那一次，前两天是在怀化市的华星宾馆召开有全国政协文史与学习委员会领导和专家及贵州、湖南、广西、湖北等地政协的领导与侗族学者参加的《侗族百年实录》书稿评审会。根据会上形成的意见与安排，会后留下进铨和吴永清、吴万源、张勇、姚祖瑞、王建荣、梁庄现、石佳能和我集中在宾馆里进行了为期10天的改稿。由于进铨先生是编审，因此，我们的稿子经他"把脉诊断"后修改，就立意高远、结构精巧、文从字顺得多了。这次改稿使我受益良多，同时也耳闻目睹了进铨先生温厚、豁达、豪情的风采。记得每晚就餐，他几杯酒下肚后，红光满面，浓眉细眼，笑语喧声，豪气夺人。而散步归来，他就坐在案头肃静地工作。那青灯鬐夜、不倦润笔的孤影，我至今还历历在目，难以忘却。

　　之后的事情，又像电影一样闪过。但是，最后一次见面，却是记忆犹新的。2012年11月18日我出差北京。那一天，中央民族大学的杨诗琪、杨玉屏等几个同学为筹备过侗年，在民大附近的酒店举行会商。我与进铨先生和杨至成将军长子子江兄应邀参加，与民大几个老师围桌而坐。席间，进铨先生热情地介绍了我。我也是一个经受不了侗胞乡情激励鼓惑的人，便站起来即兴答谢，末了还信誓旦旦地表态支持几千元尽绵薄之力。我的举措，进铨先生引为光彩。他还如此这般地鼓励同学们筹备成功。那长老情怀、仁厚爱心，令席间动容。大家频频举杯，向他敬酒。但是，他却一再婉谢而只小饮，当年酒席上的万丈豪情已荡然无存。加上天气寒冷，脸上的老人斑突显黯淡，失去了以前酒后的光色。望着眼前这位风烛残年七十有余的老人，看着他在这寒冬的傍晚还瑟缩着身躯溜出家门来为年轻人忙碌助阵，我感到肃然起敬而又漾起人生晚景的悲凉。事毕离席时，我便主动在总台结了当晚酒席的餐费。过后几天，我一直在驻京联络处静候，终不见筹备组的同学们拿来发票，致使许诺的几千块钱成为席上空言。我感到愧疚，电话里一再向进铨先生表示歉意。他却宽慰我，也许同学们找到了经费，你付了晚餐的费用，也是心意尽到了。这就是进铨先生，既是一位古道热肠的长者，又是一个能宽容他人的智者。

当然，他也有横眉亮剑的时候。有人说，进铨先生的眉毛又黑又浓又扬翘，属于内敛有余的那类。俗话说："扬眉剑出鞘。"进铨属于文人，没有剑出鞘，但扬眉却是有的。记得多年前湖南有一位学者说龙大道不是侗族。一向温和不愠的进铨先生听说后可坐不住了，他愤然而扬眉，说这是毫无根据的奇谈。恰这时，作为曾在龙大道家乡党史部门工作过的《龙大道传》的作者，我依据翔实的史料及有关政策法令，撰写了万余字的长文《龙大道族别探考》在报刊上发表。进铨先生阅后，十分痛快。他又查阅了15本的名人词典，加上有关资料与地方文献，撰文再证龙大道是侗族的早期中共党员。他在文中指出："纪实文学作家陆景川研究龙大道很有价值和影响。龙大道是贵州锦屏侗族，是侗族迄今唯一的中共省委书记、我党早期革命家。陆景川2008年在黔湘两地发表的《龙大道族别探考》一文，旁征博引，纵横互证，充分证明龙大道的法定族别是侗族，至今没人能够反驳。"2011年中国共产党成立90周年之际，中共贵州省委组织拍摄的《红色贵州记忆》电视专题片在解说词中评赞："龙大道，1901年出生于贵州省锦屏县，1923年成为全国侗族的第一个中共党员。"至此，尘埃落定，没有人再来争论了。进铨比谁都更高兴，还多次鼓励我："你写的《龙大道传》宣传了龙大道，而《龙大道族别探考》则捍卫了龙大道，很有意义，功不可没嘛！"这就是进铨先生，作为一个在中央民大及附中任教的文史专家、民族学者所具有的理论勇气与坚定风骨。

进铨先生还十分关注侗族经济社会的发展。每当侗族文学会在侗乡召开，他都要了解和考察侗家人的吃粮问题、收入情况、文化传承与旅游发展等等，显示了一个旅京游子对侗乡同胞的系念情怀。2013年9月中下旬，他不顾年高体迈，为了2014年学会年会"侗族地区经济社会建设与文化传承保护"的主题撰文及换届大会工作报告的撰写而前往桂黔湘实地考察搜集资料。9月下旬初他到了黎平县即给我来了电话，我们相约在9月28或29日于凯里相逢把盏。对于他的到来，我是翘首盼望、扫榻以待。我准备了好多的话要与他促膝畅谈，我还把土坛子里泡了十多年的中药老酒倒了出来，以便与他酒逢知己。他知悉后，竟像小孩一样亟不可待地要与我握手重逢。无奈，一路上锦屏、天柱、三穗、剑河各县的侗学会热情有加，一再挽留，而他又有那么一点豪气，乐意在侗乡周游，故拖了一些时日，终致不能按约到达凯里。而国庆黄金之周，我又有了外出的安排，于是，我们失之交臂，重逢畅叙的美好愿望付之东流。可谁想到，这一失却，竟成水流下滩永不回，令我后悔莫及。后来才听说，他的此行，一路谈笑风生，雅兴甚高，酒意欢浓。但毕竟一路奔波，起居无常，而老年"三高"又形影不离。故而欢欣之旅，竟成疲惫不堪之累。这也许就是福祸相生，聚散以成吧！他国庆经凯里到怀化后，已是染疾在身，体质虚弱。一到北京即住进医院，辗转病榻，二三十天后，终于一去而不复返。

如今，我的良师益友进铨先生驾鹤西去，而且去了两年有余，我悲痛他，想念他，难忘他！本来，张毕来纪念活动后，在民盟中央和省州有关领导的关心支持下，我集中精力，积极推进《纪念张毕来文集》的编纂出版。在选编过程中，我把进铨先生的论文放在显要的栏目，还精选了他的特写照片放在前面彩页之中，以表敬意与纪念。不料，天命有归，文集出版没几天，正当我想把新书以特快专递寄给他时，却传来了他因病于2013年11月26日在北京逝世的噩耗。我悲泪怅然，哀叹唏嘘。我捧着这本书，去哪里找他啊……

（原载2016年1月6日《贵州政协报》，《鼓楼》2015年第6期。）

他给我们留下了什么
——追思龙玉成老师

2015年8月12日，龙玉成老师因病医治无效在贵阳不幸逝世，享年八十五岁。我是事后十余天才惊悉这一噩耗，已无缘参加他的告别仪式了，只有在悲痛中静下心来，追思他那漫长的一生。

法国著名小说家雨果在《悼念乔治·桑》中写道："那些高大的身影虽然与世长辞，然而他们并未真正消失。远非如此，人们甚至可以说他们已经自我完成。他们在某种形式下消失，但是在另一种形式中犹然可见。这真是崇高的变容。"对于玉成老师来说，虽然没有"高大"的身影，但在我的心目中，他也并未真正的消失。因为，他的"文化遗产"同样使他实现了"崇高的变容"。

"艰难困苦，玉汝于成。"我不知道"玉成"这个名字是否也有这层含义。但他1930年4月出生于天柱县邦洞镇铁厂村一个贫苦农民的家庭和以后几十年的风雨历程也说明了他的艰难与追求。八十五岁的人生阅历，六十余年的文化坚守，他在消失"变容"时，究竟给我们留下了什么？

作为一个侗族名人，玉成老师没有显赫的官位，不过七品芝麻文化官　。但"位卑未敢忘忧国"，他在1986年的自述《我的流水账》中曾坦怀："我多么希望能参加《侗族文学史》的编写工作，把自己民族的文学作一番认真的研究，总结出它的发展规律，并将优秀之作向各族广大读者介绍，让大家认识我们，了解我们，我们也曾为中华民族的发展史做出过贡献！"读着这段文字，他那饱含着民族责任与担当，充满着民族文化的自觉与自信，那血浓于水的民族情怀力透纸背，令人感佩。这些朴实无华的文字，为我们树立了一个要为民族写春秋的鲜活形象。之后，他作为主编和执笔人之一，历时五载，终于将《侗族文学史》杀青，于1988年12月由贵州民族出版社出版。这是侗族这个有几千年历史的族群的第一本文学史，堪称里程碑的文化标志。

20世纪80年代以来，他历任中国侗族文学学会和贵州省侗学研究会一、二届的领导。这期间，他以一个侗学长者的身份，充分利用自己谦恭、包容、务实、多思的优势，在学会中做了大量组织、协调、推进工作，发挥了别人无法取代的作用。在早期的多本《侗学研究》的组稿、编辑、出版工作中，他都献计出力，多有效绩，受到侗学界的敬重。作为贵州省民间文艺家协会的组织领导者，他利用自己特有的优势，深入基层，广泛联络，协调各方，团结聚集了侗族文艺创作和研究的众多人才。与他上下同时代的周昌武、吴展明、姚炽昌、李万增、龚力新、龚宗堂、杨通显、杨再宏、杨秀禄、陈远卓、张勇、梁维安等在20世纪八九十年代，都得到他的鼓励、支持与帮助而尽展才华。同时，他把很大的精力放在发现后学、培养新人的基础铺垫上。贵州侗学界的王胜先、王继英、吴定国、吴国春、肖德成、傅安辉、潘年英、石干成、龙耀宏、吴佺新、余达忠、龙初凡、龙昭宝、秦秀强等一大批年轻人先后得到他的指导、奖掖或培养，他为侗学文化的继承、弘扬、开发、利用与创新，组织、储备、集聚了承前启后、继往开来的人才资源。直到今天，这批人才还在发挥推动侗族文化发展繁荣的重要作用。

作为全国知名的民间文艺家和贵州省民间文艺家协会的举旗人，玉成老师60余年中为博大精深的中国民间文学尤其是贵州民族民间文学贡献了毕生的精力。他出身贫寒，在家乡一边读书一边劳动的日子里，就受到侗族民间文学的熏陶。新中国成立后，1950年他任村农会主席兼村长，1953年镇远师范毕业后分配到台江县革东小学任教。台江被誉为"天下苗族第一县"，是苗族民间文学的沃土，他因此受到苗族文化的洗礼。1954年他考入贵阳师范学院中文系，1958年7月毕业并先后在贵州民族学院和贵州大学的中文系讲授民间文艺。1962年10月调入贵州省文联专职从事民间文学工作，直至1994年退休。其间历任贵州省民间文艺家协会副秘书长、秘书长、副主席、主席，贵州省文联第四届委员，全国文代会第四、五届代表，中国民间文艺家协会第四届理事、第五届常务理事，中国民间文学三套集成贵州省领导小组成员兼办公室副主任及《中国歌谣　贵州卷》主编等。这样的人生经历，使他60余年中从来没有离开过民间文学的田野。

为此，他曾欣慰地自述：我从50年代后期，就踏上了民间文学的道路。民间文学是广大劳动人民的口头创作。历史上许多文人墨客，自认高雅，对下里巴人之作，不屑一顾。但春秋时期，孔子编选《诗经》，选辑了十六国风，这些民风民情之作，至今仍然闪耀着光辉。汉魏六朝时的《乐府》，也采录了许多民间小调，供宫廷享用，不少佳作，至今还为人们所喜爱。后来的《三国演义》《水浒传》《聊斋志异》等话本小说，也是取材于民间，经过作家加工创作，成了不朽之作，并在中外文化宝库中占有一席之地。高尔基、鲁迅等大文豪，对民间文学也作过精辟的论述，充分肯定民间文学的作用和地位。新中国成立后，党和政府高度重视文艺，把民间文学的搜集整理正式提到了议事日程。认真说来，我就是在抢救民族文化遗产的洪流中，踏上了民间文学的工作岗位，成为民间文学战线上的一名"小兵。"

正是他这名"小兵"，于20世纪60年代初领命参加了红军故事的搜集和整理。他后来回忆说："我到遵义地区，沿着红军长征的路线，踏着

作者（左三）与龙玉成（左一）等在都柳江

红军的足迹，记录下红军长征时经过这一地区可歌可泣的伟绩。工作中，我被红军指战员舍生忘死的奋斗精神和为共产主义理想和人民的解放献出宝贵生命的事迹深深地打动，我决心要宣传红军的英勇事迹，让红军的光辉形象深深地刻印在广大人民心中，使人们理解今天的幸福生活真是来之不易。我这个出身贫困的人，在这一工作中，不断地接受着革命传统的教育，我受的某些委屈和不幸遭遇比起红军的自我牺牲精神来算得了什么呢！我尽心尽力地搜集了大批资料，择优整理了几十个红军故事，有的发表在《山花》和《民间文学》上。"但这些搜集到的几十万字的珍贵革命故事资料由于"文革"的十年浩劫而散失。直到"拨乱反正"后，他又一切从头做起，继续搜集补充整理了十多万字的红军故事，最后有十六篇被收入在1984年中国民间文艺出版社出版的《红军在贵州的故事》中。

从新中国成立至80年代，贵州民间文艺家协会率领全省70多位全国民协会员和350位省级会员，在全省范围内开展发掘抢救整理活动，先后刊印了70多集包括苗族、布依族、侗族、彝族等少数民族的民间文学资料集，引起全国民间文艺界的强烈反响与轰动。中国民间文艺家协会主席、民俗学之父钟敬文先生生前在多种场合曾说过：贵州编印了几十集的民间文学资料，很了不起！它们不仅保存了弥足珍贵的民族民间文化，还为我国培养民间文学、民俗学的硕士、博士提供了方便，贵州的同志功不可没。钟老的赞誉，就是对玉成老师等工作成果的褒扬。

自20世纪80年代以后，龙玉成老师就把主要精力放在侗族民间文学的搜集整理上来。他说："我是侗家人，侗族民间文学的发掘和整理，我有不可推卸的责任。干吧，一样一样地干吧！我在民间文学战线上就要让我侗族的民间文学发出光辉，并充实祖国文化的宝库。"为此，他几十年如一日，锲而不舍地一样一样地干，终于硕果累累，编著等身。他搜集整理编印了十七集《侗族民间文学资料》，主编或合编并在北京、上海、云南、四川、广西、贵州等地出版了《侗族民间故事选》《侗族情歌》《侗族玩山歌》《贵州侗族民间故事选》《贵州侗族歌谣选》《贵州民间文学——影视剧本选》《贵州古文化研究》《飞天白鹅》等。有人统计，他一生中翻译了两千余首侗族民歌、近百万字的侗族民间故事。他还担任全国大型工具书《中国各民族宗教与神话大辞典》《中国各民族传统文化百科大全》的编委、贵州部分的正、副主编并撰写了侗族部分的条目。发表了《论侗族民歌的翻译问题》《论侗族的"源"、"流"问题》《论侗族民歌的文化特征》《论侗族民间故事的文化特征》《侗族伴嫁歌的生态研究》《论侗族情歌的生态与习俗》《贵州各民族文化交流中的民间诗律》等20余篇论文。他参加主编的《侗族文学史》获全国少数民族文学史优秀著作奖，搜集整理的侗族民间神话故事《捉雷公》获贵州省少数民族文学一等奖，论文《论侗族的"源"、"流"问题》获贵州省社科优秀成果奖等。

其实，早在20世纪50年代他就参与编写过《苗族文学史》和《布依族文学史》。后来，他还为编辑《贵州彝族回族白族民间故事选》《贵州水族瑶族毛南族民间故事选》《贵州土家族仡佬族民间故事选》《贵州布依族歌谣选》《贵州汉族歌谣选》等丛书而尽职尽责、忘我工作。因此，他直接主持和负责的贵州省民间文学三套集成办公室曾获全国社会科学规划办公室授予的先进集体奖,他个人被授予"全国先进工作者"的荣誉称号。龙玉成为贵州民族民间文学的发掘、整理、翻译、出版与研究、利用做出了重要的贡献,作为新中国成立以来贵州省民间文艺工作的先觉者、先行者、组织者与奠基人之一,他是当之无愧的。

习近平总书记在文艺工作座谈会上强调指出"艺术可以放飞想象的翅膀,但一定要脚踩坚实的大地。文艺创作方法有一百条、一千条,但最根本、最关键、最牢靠的办法是扎根人民、扎根生活。"龙玉成虽然从乡村一路走来并落根省城,但几十年里从来没有离开过乡村与农民,在本质上他仍保持着农民的淳厚与简朴。他常说:"民间文艺的工作不在贵阳,而是在乡村。"为此,作为几十年的民间文艺采风人,他一直身着简朴的制服、口袋插着一支钢笔、脚穿磨旧的解放鞋,身背雨伞和黄布包,或手提一点看望老乡的糖果与酒水,走村串寨,来往于寻常百姓家。一旦寻访到故事师或民间歌手,他就打开小本子或按下录音机,如获至宝地采录着。

记得那一次在锦屏县九寨侗乡采集侗族机智人物满崽咎的故事,他一边听一边记,非常认真。而故事师张广廷老人又风趣开朗,每当摆到高兴痛快时还要手舞足蹈,有时又说唱结合,插入民歌,叫你听得津津有味,前仰后翻,笑不拢嘴。而这时,玉成老师常常记下讲述者的表情与动作,还有那每一个故事的细小情节与特定土语。因此,他整理出来的故事很有立体感。那一篇《满崽咎智斗谭素》的故事,后来被选入上海文艺出版社出版的《侗族民间故事选》。

不仅如此,他每走一处,都作宣传发动工作。一是发动歌手唱歌,故事师讲故事,如遇保存记录的手抄本,就动员群众贡献出来,为丰富贵州多民族民间文学的宝库积累资料;二是发动当地的民协会员和民间文学爱好者,大家动手,共同行动,一起搜集故事歌谣,为继承和弘扬贵州的民间文化做贡献。

由于长年行走在乡间,他的雨伞换了好几把,解放鞋磨破了底子也不知更换过多少双。至于风餐露宿、忍饥挨饿，那更是家常便饭的事情。有时候，采风累了，困了，晚了，他就借宿在老乡的木板床或稻草席上。就是这样，靠着扎根人民、扎根生活的不懈坚守，在几十年的文艺生涯中，他采访了成百上千的民族歌手、歌师、戏师、艺人和故事师，积累了数以万计的资料，从而整理、翻译、发表、出版了累累成果，为我们留下了宝贵的精神财富。

如今是一个以快餐消费文化为特征而又极为浮躁的年代。我们更应该以玉成老师为榜样，把他的执着追求、放飞理想而又脚踩大地、躬耕生活的优良学风和作风发扬光大，才能在这文艺的盛世年华有所作为，这或许就是对他以及贵州的文艺先辈们最好的纪念与追思！

（原载2016年1月18日《黔东南日报》，《侗韵》2016年第1期。）

乡土遗韵

迷人的侗寨苗乡的自然生态、奇异风情、舌尖美味、神奇药物、曼妙歌舞、天籁之音、非遗杰作、建筑瑰宝、远古物种、人文景观，是全球十八个生态文化保护圈里一颗耀眼的明星，是获得联合国科教文组织授予的『促进可持续发展最佳文化实践奖』的元素和基因，是人类返璞归真、回归大自然的理想王国。

侗家洗澡节

锦屏县平秋侗族山区有每年过立夏节的习俗。

以前，立夏这天早上，寨上的老公公、老奶奶吩咐儿孙们背着背篼上山去采集九里光、三角枫、金银花、兰花、刺梨、刺老包、大乌泡、马桑、蛇倒退、黄葵、斑鸠窝、小红活麻、葛麻藤、节骨草、四方草、杨梅树、麻栗树、橘子树、枇杷等一二十种树、藤、花、草回家。然后，把它们清洗干净，放在寨前屋后垒砌起来的泥灶上的大膛锅里，倒上清清的井水，用旺火煮沸。当药水滚沸良久，翻滚着浑黄的泡泡，散发出清香浓郁的药味时，即渐渐停火。待药水温热，即呼喊左邻右舍、亲戚朋友或过往行人拿木桶木盆盛着药水出去，配以适量的米酒和盐巴，搅拌均匀，便可在木房里浴洗全身。这就是平秋侗家人在欢度自己独特的节日——立夏洗澡节。

平秋山区地处高坡林海，过去崇山峻岭，莽莽苍苍。一到夏天，蚊虫成群，毒蛇出没，危害不小。为了防御生物害虫的袭击和疾病的

金银花

浸染，人们在长期的生活生产实践中，便养成了用树、藤、花、草煮成的药水洗浴全身，灭灾祛病、强健体质的习惯。这些树、藤、花、草是一种很好的中草药，其功效能杀菌解毒、消肿化脓、治疗恶疮等。特别是九里光不能少，侗谚说："用了九里光，十年不生疮。"

兰花

侗家还说："立夏不洗澡，全身毒疮咬。"立夏这一天，全寨休息，人人洗澡。为了便于大家都有药水洗澡，一般是两三家共煮一锅。当外人路过时，也方便他们洗澡。侗家人向来友好和善，各家都准备有过往行人用的大木盆和帕子。如果过客匆忙时间不待，难以全身浴洗，也要洗洗脸，抹抹手脚，预示已经洗礼，百病消除，一路顺风。

侗家过洗澡节，还要改善生活，加强营养。侗谚说："立夏不吃肉，浑身都是骨；立夏不吃鱼，做活无气力；立夏不吃蛋，瘦来不好看。"因此，白天把全身洗得清清爽爽后，晚上就美吃一餐，尽兴几杯。

自立夏洗澡节后，山区的人们不管农活再忙再累，都坚持两三天洗澡一次，一直到年底为止。

（原载1984年4月27日《贵州日报》，辑入罗启荣、阳仁煊编《中国传统节日》，1986年9月科学普及出版社。）

侗家"儿女杉"

美丽富饶的锦屏清水江两岸,杉林层峦叠嶂,郁郁苍苍,清风徐来,林涛滚滚,汇成一望无际的绿色海洋。

锦屏林海就是镶嵌在这绿色海洋中的一颗明珠,碧绿耀眼,熠熠生辉。锦屏县不仅是全国著名的杉木之乡,曾以"十八杉""十年杉""八年杉"驰名华夏,而且还有其种植杉树的古风趣闻。

锦屏县及清水江两岸的侗寨苗村都有一种奇特的习俗。

每当侗家婴儿呱呱落地,家里人就要为孩子种植一株、几株或几十上百株杉苗,有的是全寨人为新生孩子栽上一株杉树苗,待孩子们长大成人,树亦成材,男婚女嫁的费用也有了着落。而且姑娘出嫁,杉树还可成为随身带走的家产。这种杉树,侗家称为"儿女杉"或"女儿杉",因为杉苗一般要十八年方能成材,所以也叫"十八杉"。

这种习惯沿袭成俗,相传还有这样一个故事:很久很久以前,侗家人丁稀少,还经常受到野兽和恶疾的袭击。有年春天,瘟疫使平洞寨几十户人家尸骨相藉,一片凄凉。只有寨头和寨尾的两户人家幸免于难。这两家都是独根独苗,一家是男孩,一家是女孩,两个孩子已是皮包骨头、气息奄奄,两户人家愁肠欲断。

一天，忽然雷电交加，风雨大作，两家的茅屋险些被狂风卷破。寨头那户主人突然感觉迷糊如梦，蒙胧间有位白胡老者飘然而至，告诉他若要孩子转危为安，必须给孩子栽树，树多成林，枝叶繁茂，才得荫庇。

第二天雨过天晴，两户人家即上山为孩子们各栽上了百株杉苗。经过精心管护，杉苗成材，孩子们也长大婚配，生儿育女。从此，平洞寨人丁兴旺，村寨繁荣。而栽杉的习俗也代代相传。

在侗乡，谁不植树造林是被看不起的。姑娘们选意中人也要挑选造林能手。"玩山"谈情说爱时，姑娘们以唱栽杉歌表述心怀：

> 侗家代代爱种杉，
>
> 阿哥种杉妹嫁他。

侗乡"十八杉"

要想成家杉林配,
不种杉树莫成家。

小伙子们则信誓旦旦,对歌明志:

栽上杉树坐木楼,
栽上桑麻穿丝绸,
栽上菊芍喝美酒,
栽上山茶吃香油。

(原载北京《森林与人类》1994年第5期。)

侗家细草鞋

侗族地处山区，兴种糯谷，也盛穿草鞋。尤其是细草鞋更成为腊缅（姑娘）、腊汉（后生）的时尚饰物。

在节庆集会或者赶场玩山，腊缅精心打扮后穿上细草鞋，在路边、场上一站，或在花园中亭亭玉立，那精致美观的细草鞋就成为她手巧心灵的象征，也是她身价的标志。这时候，腊汉如能穿上一双细草鞋，配上柳条侗布对襟衣，就更显他的帅气与英姿，成为异性追求、同性羡慕的对象。

更为有趣的是有的腊汉得到腊缅赠送的精美细草鞋，就穿上它去大庭广众场合展示和炫耀，以示他的风采与魅力。

侗家细草鞋还是腊汉腊缅结情连爱的纽带和里程碑。当他们在花园里初会、架桥后，两人有了好感，腊缅就赠送给腊汉细草鞋：

女：草鞋细细三百股，
　　送给同良莫嫌粗；
　　莫嫌丑，
　　穿它好上花坡游。
男：细细草鞋三百股，
　　谢姣送郎拿去思；

> 谢姣送郎拿去想，
>
> 日夜想姣共一屋。

腊汉手捧草鞋，如获至宝，并赠还礼物，信誓旦旦。以后穿着细草鞋到花园我歌你唱，不少人终得姻缘。

侗家细草鞋的制作非常讲究，它用糯谷草芯和麻线编制而成。每年糯谷成熟后，人们就把糯草芯连同糯谷穗一根根扯出，捆成把把，晒干脱粒，再把草芯蒸熟，晾干，存藏在木楼粮仓里。使用时把草芯喷水捶软，搓成细线，或与麻线混合搓，或单用麻线搓成细草练、细草耳，用茶油擦滑，最后腊缅们便在织器上一股股地编织。由于股线精细，一双草鞋编织下来要有二三百股，故称为"三百股草鞋"。这是一种细活，不仅选料讲究，做工精致，而且还要心细耐烦，织情入线。织成的草鞋最后达到精巧耐用，美观大方，情缀其中。有歌唱道：

> 草鞋细细三百股，
>
> 试姣手巧是手粗？
>
> 手巧织得草鞋细，
>
> 伴郎同上姻缘途。

侗家细草鞋，精致、美观、细软、耐穿。青年男女喜欢，春夏秋天皆宜。热天穿它凉爽，雨天穿它稳健，实为爬山越岭、长途跋涉之精品。据说，九寨百里侗乡过去年产细草鞋多达百万余双。它们不仅为九寨人用，而且行销相邻的天柱、剑河、黎平以及湖南的靖州、洪江一带。现在物质丰富了，虽然凉鞋、胶鞋、皮鞋有取而代之的趋势，但在民族文化旅游的新潮中，侗家细草鞋又成了民族旅游商品开发的新奇葩。

过去，当远方的客人来到侗乡，在凉亭或寨楼边还可免费拿取细草鞋穿上，然后兴致勃勃地迈步跋涉生活的旅程。如今，在乡村旅游开发的一

侗族姑娘欣赏细草鞋

些侗寨，游客们又可以得到细草鞋的馈赠。有歌为证：

　　贵客游玩到侗乡，
　　送双草鞋给您穿；
　　草鞋细细陪伴您，
　　伴您吉祥又平安。

（原载陆景川主编《九寨风情》，2009年10月中国文史出版社。）

侗家腌鱼

侗谚说："住不离楼，走不离盘（盘山路），穿不离带，吃不离酸。"说到酸食，侗家家家腌酸，人人爱酸，食不离酸。

侗家酸食种类繁多：有鱼类酸、肉类酸、菜类酸等等，数不胜数。但各类酸食中，要数腌鱼是"酸中之王"。

在民间，还有一个侗家腌鱼来历的故事。相传很久以前，一群侗家腊汉（后生）、腊缅（姑娘）在月光融融的晚上"行歌凉月"，一直唱到半夜三更。

这时，一个腊缅望着天空那圆圆的明月、朗朗的星星对大家说："唱了一夜，我们煮点东西吃吧，然后唱个通宵，好不好？"

"好！我们去打鱼，你们去煮饭。"腊汉们齐声答应。

大约有半炷香火的光景，腊汉们提着几笆篓的鲜鱼来了，而腊缅们也把糯米饭煮得喷喷香。煮鱼夜宵后，他们继续对歌到天亮才分手告别。

伙伴们散去了，却剩下一大半的鲜鱼和半鼎罐糯米饭。怎么办，吃又吃不完。这一家的腊缅不知如何是好。忽然，她灵机一动，便把剩下的活鱼一一剖开，取出内脏后把鱼放在木盆里，撒上盐巴，还把剩余的糯米饭和辣椒拌好塞在鱼肚里和敷在鱼鳞上，然后放进坛子里，封好盖紧。

侗家腌鱼

一个月后，腊汉腊缅们又轮转到这家来玩。大家又"行歌凉月"到半夜，又到这一家吃夜宵。这家的腊缅便把上次腌在坛子里的鱼取出来招待大家。当揭开土坛时，酸味四溢。吃起来酸辣鲜香，爽口提神，伙伴们争相夸赞这个腊缅心灵手巧。

这以后把鱼腌在坛子里的事就传开了。从此，人们效仿制作，代代相传。

现在，制作腌鱼很讲究。把鱼捉来，以清水养它数日，使鱼肚的泥沙吐净。然后将鱼破腹，取去内脏，均匀搓盐、喷酒、米酒浸沤两三夜，使盐酒溶渍，将鱼取出，鱼盐水留下备用。用拌有辣椒粉、生姜丝、橘皮、木姜、甜酒糟及盐巴诸佐料的糯米饭灌入鱼肚，一使鱼形饱满，二能吸收鱼分泌的水分。外面也以它均匀拌抹，然后装进木桶或坛子，桶坛底层先垫糯米糟，再放鱼，一层糯糟一层鱼依次装满，最后以抹剩的糯糟盖在上面。若桶腌则在糟面先铺一块干布，再放草垫，后盖腌板，用一大块石头压在上面，倒下鱼盐水，使腌品下沉，盐水浮面，隔绝空气。坛腌则放满坛沿水，十天擦洗坛沿一次，使其清洁，并换新水，令其不干。一两月后，即可食用。

腌鱼贮存时间长的，多达几年以上。原因是：第一，腌鱼吸食盐量大，鱼体浸盐后，细菌被杀死。第二，米酒和糯米饭在腌制过程中由于酵母菌作用而转化成糖，在缺氧条件下糖酵分解成有机酸，而有机酸的主要成分是醋酸，醋酸亦能杀菌。第三，桶坛在密封状态下，微生物于无氧环境中亦不能生长发育。因此，腌鱼能长期贮存并保持色泽鲜美，质味俱佳。

腌肉的制作方法与腌鱼差异不大，只是为使猪皮香脆，必须先将肉皮烙熟并刮洗干净，然后浸盐喷酒沤渍二三夜，取出放入桶坛腌制，佐料配制及程序亦如腌鱼。

（原载贵州省文联编《贵州胜境》，1995年10月贵州人民出版社。）

侗家油茶

> 茶烟一缕轻轻飐,
> 搅动兰膏四座香,
> 烹煎妙手赛维扬。
> 非是谎,
> 下马试来尝。

这首元曲《赠茶肆》小令形容茶馆茶香四溢,烹技超群。如若不信,请客官下马来亲口尝一尝。——这是汉族的文化。

侗族少有喝茶品茗的习惯,但有四季吃油茶的习俗。有歌唱道:

> 绿绿的茶林坡连坡,
> 浓浓的茶水好解渴。
> 朋友呀请到侗乡来,
> 香喷喷的油茶请您喝。

与上述元曲小令,异曲同工。——这是侗族的茶文化。

吃油茶,侗话叫"借协"。侗族油茶的主要原料是茶叶,其次是茶油或菜油,还有糍粑或小米粑、糯米饭、籼米饭、红苕、米花、黄豆、花生和香料等等。

侗家油茶席

　　侗家所用的茶叶，品种繁多。有自种茶，也有野生茶，诸如粗茶、细茶、红果茶、节骨茶、苦丁茶、甜叶茶等等。按季节出产，妇女们从山上采来茶叶，先用开水滚烫一次，使其柔软。再把它放到木甑里，一层茶叶一层布，装好压紧，加火蒸煮。蒸黄取出时，茶叶一层一层，自然黏合。待晾晒水干，即成黄澄澄的饼茶。以后煮油茶时，每次取用一块，方便卫生。

　　据《茶经》记载，茶神陆羽最提倡的煎茶，饮用的就是饼茶。可见，侗家人煮油茶所用饼茶，其功力至深。

　　侗家煮油茶，一般由家中主妇操作。在火塘架上放好铁锅，倒茶油煮滚，待油气升腾，即分别将干糯米饭粒（又叫阴米）、黄豆或花生放在油锅炸好，捞起备用。然后炸籼米，待其焦黄后，从饼茶撕下一块茶叶放进锅里拌炒，等到香味四溢，便冲入清泉井水，煮到籼米开花。如有红苕，亦放入锅里煮粑。茶叶捞起，或拌煮均可。

　　这时候，主妇视客人多少摆好碗筷，把预先准备好的小块糍粑依次放在碗里，再从锅里舀起油茶冲泡，加上米花、黄豆或花生和葱花等佐料。然后依次递给客人说："请吃茶！"

当色香味俱全、热气腾腾的油茶端到面前时，真叫人顿生食欲，胃口大开。

侗家吃油茶，第一碗先敬祖宗，接着按辈分年岁和宾主之分依次端给客人。第一碗吃完后，又放糍粑，再如法冲泡请客人吃第二碗。侗家吃油茶每天分上午和晌午两次。平时家里自用，比较简单，一般煮些红苕、黄豆和剩饭即可。凡逢年过节，婚丧嫁娶，或客人光临，都要煮油茶。家里人身体不舒服，也要煮油茶食，借以调理驱邪。

在侗乡，家家都煮油茶，人人必吃油茶，一年四季不断。因为侗家油茶不仅香甜酥脆，增进食欲，充饥解渴，而且还能提神醒脑，促进消化，治疗感冒，消减腹泻等等。

若你别有兴趣，还可边吃油茶，边唱侗歌，那更其乐融融，韵味无穷。

（原载贵州省文联编《贵州胜境》，1995年10月贵州人民出版社；台湾《黔人》第16卷第4期选刊。）

凯里酸汤鱼

黔东南苗族侗族自治州首府凯里，最有名的民族食品是酸汤鱼。"不吃酸汤鱼，等于没有到凯里。"游人们这样互相嘱告。

自改革开放以来，凡来黔东南州视察、考察、旅游的各级官员，包括国家领导人，外交使节和各国旅游观光团，各族各界知名人士，各民族兄弟朋友都以品尝凯里酸汤鱼为快。因此，各类酸汤鱼酒店应运而生，遍布于市街郊外。

据传，黔东南食用酸汤鱼已有数千年的历史。"食不离酸"是黔东南苗侗儿女的饮食习俗，有俗谚云"三天不吃酸，走路打趔转。"——就是说山区人如果不吃酸，浑身没有精神，连走路也是摇摆不稳的。

因为苗家侗家都喜好酸汤鱼，而且自治州首府凯里的酸汤鱼店最多，生意最兴隆，故人们习惯上称为"凯里酸汤鱼"。

酸汤鱼的制作，以酸汤和鱼为主要原料。酸汤是一种以生物培养基培养的酸水。日常用一只砂锅或陶缸装上淘米水放在20℃～30℃的坑上或火炉边，在酶化作用下即产生酸味，变成酸水，即可食用。只要不断添加淘米水，促其新陈代谢，便可一年四季食用。用这种酸水倒在锅里煮熟便成酸汤，用它煮鱼就叫酸汤鱼。

煮酸汤鱼时，先将酸水倒入铁锅，投进适量姜丝、大蒜、食盐，并伴有酸番茄

凯里亮欢寨酸汤鱼宴

（西红柿）、酸笋子、酸菜、广菜、鱼香菜等，加大火候，搅拌煮至汤菜滚开，便将预先洗净已取出苦胆的鲜鱼如鲤鱼、鲫鱼、鳜鱼、油鱼、麻狗鱼、角角鱼等放入锅里煮至肉熟鱼鲜味香袭人即成。

食用时，每人还配有一小碟辣椒粉，内有一块霉豆腐、葱花、大蒜、胡椒、花椒、木姜粉、味精等十多种佐料。这碟辣椒要用锅里的鱼汤浸湿拌匀，然后每夹一块酸汤鱼便往碟里蘸辣椒水，吃起来口感特佳，酸、香、鲜、甜、麻、辣、脆、嫩，诸味俱全。配饮适量美酒，令人吃得如醉如痴。

酸汤鱼四季皆宜，具有增进食欲、健胃生津、解暑止渴、降低脂肪、提神醒脑、帮助消化等作用。特别是夏暑时节或劳神疲脑之际，喝着一碗酸鱼汤，吃上一顿酸汤鱼，美味爽口，令人筋脉通畅，浑身舒爽。

如今，"酸汤鱼"已走出黔东南，在贵阳、北京、天津、河北、上海、湖北、湖南、云南、四川、广东、广西、深圳、海南等省市区的几十个城市，都有移植嫁接的"凯里酸汤鱼""黔东南酸汤鱼""贵州酸汤鱼"或"苗家酸汤鱼""侗家酸汤鱼""正宗酸汤鱼"等等，大有辐射全国东南西北、食饮为俗之势。媒体称之为"酸汤鱼饮食文化现象"的勃勃兴起与蔚然成风。

（1992年6月于凯里。）

雷山银球茶

俗话说"好茶出高山"。据《贵州通志》记载："雷公山深在苗疆，绵亘二三百里，林木幽深，霾雾蓊郁，水寒地软，人迹罕至。"其最高海拔为2178米。这里气温低，云雾多，日照少，无污染，雨量充沛，气候独特。土质多为黄壤和黄棕壤，土层肥厚，土体疏松，蓄水性好，有机质含量丰富，呈酸性反应。

茶神陆羽在《茶经》论及茶质与土壤的关系时说"上者生烂石，中者生砾壤，下者生黄土"。烂石即为砂页岩风化形成的砂质黄壤。雷公山土质恰有这种土壤特质。这得天独厚的自然环境，正是孕育银球茶的生态摇篮。

据《雷山县志》记载：雷山种茶的历史，可追溯至清代中叶。民间常说，清嘉庆、道光年间，曾有客家(汉族人)在雷公山一带居住植茶，现仍有屋垣、瓦砾等残迹。如今在雷公山国家级自然保护区的原始森林中，尚有保存完好的成片茶叶树，就是当时客家栽植的。新中国成立后，当地人民一直没有停止过种植茶叶的生产，但多是自产自饮。

1980年11月，由茶迷毛克翕带领的一伙青年人登上雷公山开辟茶园。经过垦殖拓荒，披荆斩棘，他们将茶园建立在海拔1300~1400米的雷公山山腰上。由于山腰时常云翻雾绕，神奇缥缈，千姿百态，因此，茶场名叫云雾茶场。

　　1983年9月22日，《贵州日报》在头版头条报道了毛克翕及青年们在云雾茶场艰苦创业的事迹。恰在这月的29日，时任团中央书记处常务书记、全国青联主席的胡锦涛同志来到雷山县视察团的工作。当他获悉这一情况后，便跋山涉水专程登上云雾茶场参观慰问青年茶迷们。

　　青年们向胡锦涛介绍了云雾茶场的自然条件和他们艰苦创业的情况。并说经过多次的"实验——失败——再实验"的不断探索，他们现在终于掌握了制茶过程中杀青、揉捻、烘炒等一整套的工艺技术，制成了云雾银茶。经有关专家鉴定，云雾绿茶为一级一等优质茶。后来，又经过不断探索、改进，通过采摘一芽二叶初展的新梢，采用与众不同的科学方法——选料、杀青、揉捻、烘炒、筛选、称量、成型、再烘炒、挥锅等流程，终于制成了银灰墨绿、每颗直径18～20毫米、重量2.5克的"银球茶"。

雷山银球茶

　　青年们还边演示边介绍说，冲茶时，一杯使用一个，用沸水200毫升冲泡，五分钟后，再用沸水50毫升冲泡，即可饮用。银球茶汤色淡黄明亮，茶叶浓郁，鲜爽回甜，清香持久，叶底黄绿鲜活，无红梗红叶。饮用后提神健脑，旺盛精力，帮助消化，口腹畅爽。

　　胡锦涛同志听后非常高兴，他又细细品尝了茶水，连连称赞好茶。当他走出工棚眺望时，只见远山近岭，原始森林，莽莽苍苍；茶园绿海，茫茫一片。他深情而高兴地对青年们说："雷公山土质优良，气候温和，植被良好，风景优美，它不仅是种植茶叶的好地方，也是发展旅游业的胜地。希望你们多种茶叶，发展旅游业，为山区人民造福。"

第二天中午，胡锦涛一行离开雷山县城时，团县委的同志拿两小盒银球茶送给他作纪念，希望他带回去品尝宣传。他摆摆手说："你们的心情我领了，但东西我不能要，这是党对共青团干部的要求。希望你们组织团员青年生产出更多更好的银球茶来，为人民群众造福！"

之后，云雾茶场的青年们在毛克翕带领下经过继续努力探索，使银球茶出现了辉煌。

1986年银球茶荣获贵州省名茶称号，1987年获轻工部优质产品，1988年荣获首届食品博览会金奖。随后被收入《世界名牌产品·中国分册》系列丛书。1989年，银球茶作为中国科技成果赴西德、捷克斯洛伐克举行的世界食品博览会参展。1990年，毛克翕被推选为全国茶叶质量评委会十七位评委之一。1991年7月银球茶被中华人民共和国外交部指定为馈赠礼品，并成为接待人大代表、政协委员和中南海款待外宾的名饮佳茗。从此，银球茶从偏远的雷公山走向全国，远销湖南、江西、福建、云南、四川、广西、广州、深圳、湖北、河北、天津、北京、上海及港澳台各地，并漂洋过海飞往日本、英国、美国及东南亚各国而走向世界。这正是："银球清香飘四海，茶味回甜润万家。"

（原载2016年4月18日《黔东南日报》。）

鼓楼文化恋

琼楼玉宇今何在?
请您来侗寨!
花桥如虹卧清溪,
鼓楼巍峨浮云海!
如情似梦,
如诗如画。
是仙山?
是瑶台?
叫人心飞九天外!

这是一位诗人考察观光侗族鼓楼后写的赞美诗。

鼓楼是侗族建筑文化的瑰宝,它与风雨桥、吊脚楼、晾禾架、凉亭、寨门等等,共同构成了侗寨内涵丰富、百态千姿的鼓楼文化。

1985年6月《贵州侗族建筑及风情展览》在北京展出后,曾轰动了京华和海外洋人。专家们一致称赞:"鼓楼和花桥是建筑艺术的精华,民族文化的瑰宝,是传统建筑园地里的两朵奇葩。"

联合国一位高级官员盛赞:"中国侗族别具一格的建筑艺术,不但是中国建筑艺术的瑰宝,而且是世界建筑艺术的瑰宝。"

一

侗寨依山傍水而建。当你站在山岗上眺望侗寨、鼓楼、花桥、流水、人家,一幅淳朴的民族风俗画尽收眼底。高高耸立、雄伟壮观的鼓楼立于寨子中央,犹如亭亭玉立的荷花,四周层层吊脚木楼簇拥它,好像那相衬的碧绿荷叶,相映成趣,美不胜收。

鼓楼形如一棵古杉树。侗谚云:"古树保村庄,寨老管地方。"

鼓楼的来历传说众多,比较典型的一说是:相传古时候,侗寨有一个聪明的腊汉(后生)叫曼林,他在山上时常看见小鸟择树而栖。这是一棵又高又大的古树,从树上经常传来"叽叽喳喳"的啼声,好像是群鸟在商量家族的事情。他心想,鸟都有一个中心,好聚集议事,我们人也应该如此。他把要修建一座像杉树形状的木楼的想法告诉寨老们,得到大家的赞许。于是,他割来许多芭茅竿,经过七天七夜制成一个木楼模型,寨上人看后都夸样子好。于是大家砍来杉木,经过两个月的工夫,终于把形如杉树、六方八面、飞檐翘角、顶似宝塔的木楼建造出来了。

此后,寨老们来楼里议事,年轻人坐在楼中行歌坐夜。一个叫良美的漂亮姑娘爱上了曼林。不久,一伙强盗来寨上抢劫,正碰上年轻人在行歌坐夜,曼林带领大家与强盗搏斗,因手无寸铁,重伤而亡。良美悲愤极了,她暗暗设下计谋,决心为曼林和村上人报仇。果然不久强盗又来抢劫,良美在木楼上擂打预先放好的蓝靛染缸,乡亲们拿着武器在"当当当"的敲击声中奋勇杀敌,强盗们被消灭得一干二净。后来,侗家制做出牛皮鼓,把鼓悬挂在木楼里,专为聚众或报警之用。木楼因此改称为"鼓楼"。

当然,在一般情况下,侗寨严禁随便登楼击鼓。侗歌歌词说:"鼓不乱敲,碑不乱立。鼓声咚咚,情况紧急,闻听鼓声,众人云集。"

在侗乡,鼓声作为一种传达信息的号令,是有特定表达方式的。如鼓声密集而长久不断,表示呼救信号,邻近的村寨听到之后,便要组织众人前往救助;如鼓声密集而短促,表示情况紧急,需要本村村民立即赶到鼓楼聚集;如鼓声重而有序,节奏较缓,表示有大事商量,但并不十分紧急，村民们可以把饭吃完之后再到鼓楼商议；如鼓声密集而又有重音在后，则表示有追捕强盗或作战任务，青壮年男女必须带上干粮和武器，立即赶到鼓楼聚集；如鼓声一高一低，轻快自然，则表示喜庆吉祥，这是节日集会的鼓点。

鼓楼究竟产生于何时？因侗族没有文字，史无稽考。但侗族民间一般认为鼓楼与侗寨是同时存在的。专家们认为，鼓楼出现于侗族氏族社会，上限为不超过东晋，下限当在元明之际。

鼓楼分上下两部分，高达5、6、7丈不等。上部如宝塔，下部似亭阁。下半部用4根、6根或8根杉木巨柱竖起，上半部重檐斗拱有四角形、六角形和八角形，檐层有5、7、9、11层不等，有的甚至达13层或15层，一般取单数。前几年建在黔东南州首府凯里金泉湖的大鼓楼取其16个县、市之意，而有16层巍峨，因而成为州府的标志性建筑物和文化名片。鼓楼楼顶为宝塔状，上置宝葫芦或千年鹤等象征吉祥的造型。楼底层是正方形厅堂，约2、3丈宽，中央是大火塘，厅侧架一只大牛皮鼓，周围放置长凳，可容数百人。楼门前是青石板铺成的大坪，为聚会、踩歌堂、看电影的地方。鼓楼集宝塔和亭阁于一身，既保留古代百越民族干栏式建筑遗风，又吸收有汉族殿宇式建筑特色，可谓侗汉结合，古今相融。因此，造型上既庄严雄伟壮观，而又清雅玲珑飘逸。楼内四壁以及檐口下、翘角上，彩塑的各类飞禽走兽、花鸟虫鱼和人物故事，栩栩如生，流光溢彩，充分展示了侗族文化的源远流长和多彩灿烂。

鼓楼建筑全系木质结构，不用一钉一铆，全靠榫槽结合，大小梁枋、立柱和金瓜柱，纵横交错，紧密结合，无不显示侗家老木工掌墨技艺的高超。而且造型结构与鼓声远传两全具美、相得益彰，真是苦心孤诣，匠心独运。

鼓楼的社会功能是多方面的。第一它是侗族村寨的政治中心，是侗家房族的重要标志。第二是侗家集会议事、处理纠纷、评判是非、扬善惩恶的公堂。第三是侗家休息、娱乐、摆古聊天、对歌吹笙、接待宾客的场所。第四是侗家传递信息、报警御侮的工具。第五是侗寨失物招领、施舍

草鞋、供水供火,方便行人的地方。第六是侗族祈求全寨吉祥平安的圣地等。前人有这样的诗句,生动描绘了侗寨鼓楼的风情:

> 吹彻芦笙岁又终,
> 鼓楼围坐话年丰;
> 酸鱼糯饭常留客,
> 染指无劳借箸功。

过去,侗寨有"无寨不鼓楼"之称。"鼓楼林立"是侗家人的名片。但是,由于战争兵匪遗患和受汉族文化的影响,侗族北部方言区的鼓楼多已成为遗迹,只有南部方言区仍兴旺不衰。在黔东南的"黎(平)—从(江)—榕(江)"三县,如今基本上还是"寨寨有鼓楼"。

1982年贵州省人民政府公布的三十三处省级文物保护的"古建筑及历史纪念建筑物"中,就有从江增冲鼓楼、从江信地鼓楼、黎平纪堂鼓楼。其中,增冲鼓楼是贵州省历史最悠久、结构最大的鼓楼,也是国家级的重点文物保护单位。

增冲鼓楼位于从江县城西北面82公里的增冲乡增冲寨内。始建于清康熙十一年(1672),高25米13层,占地面积160平方米。内有4根大柱,每根直径0.8米,高15米,柱间相距3.6米,构成锥形方架,是鼓楼的主干。距内大柱的外围3米

增冲鼓楼雄姿

处，有8根高3.5米的支柱，将4根内柱团团围住，用穿枋与其相连，呈辐射形状。往上利用逐层内收的穿枋和瓜柱支撑，挑出屋檐。内无楼板，空至宝顶。在11层上面，另有2层8檐8角伞顶，是鼓楼的顶部。这两层采用斗拱结构，孔隔交错，工艺精美。最高顶阁中，放有一个长3米、直径50厘米的牛皮大鼓，为寨上兴师动众的指挥鼓。整座鼓楼全系杉木结构，呈宝塔形双葫芦顶，顶峰为陶瓷宝珠顶尖，直上云霄。

鼓楼内有楼梯，曲折而上，直到放置大鼓的一层。顶楼下面各层梁上的椽皮，用猕猴桃藤捶烂拌着石灰架瓦，凝固牢实，经久耐用。檐角下画有龙、凤、鱼、蟹、虾等动物图案。一楼设有大门，正中是火塘，四周嵌着条石，地面全部嵌铺青石板。鼓楼的柱脚全用石鼓作奠基。

鼓楼内保存有数块"款约碑文"。最早的一块是康熙十一年(1672)镌刻的。另有清道光十年(1830)外寨赠送的"万里和风"匾额，以及1983年9月湖南、广西、贵州三省区六县影展会议代表赠送的"侗寨光辉"大匾等。此外，还有各个时期书写的木牌楹联和诗词歌赋，文化蕴藏甚为丰厚。其中一联云：

名楼艺高雕龙画凤映照碧村千秋永盛，
侗寨秀美精文就武哺育英才万代长春。

丰富厚重的文化内涵，使增冲鼓楼多少年来一直受到中外游客的青睐。

二

风雨桥是鼓楼文化的一个重要组成部分。侗寨傍水而建，流水潺潺，桥亭掩映，秀丽景色，宛如仙境。有河有水必有桥，处处桥亭石板路，这是侗乡特有的风光。侗乡的桥很多，木桥、石桥、藤桥、水桥、天桥、风雨桥……最享盛名的是风雨桥。

风雨桥因能遮风避雨得名。由于桥面彩绘壁画"花花绿绿"，故又称"花桥"。

风雨桥分为亭阁式和鼓楼式两种：前者指桥面上有亭阁式建筑；后者指桥面上加竖几座3层至5层的4檐4角的鼓楼建筑。据文物部门统计，仅在黔东南的黎平、从江、榕江三县侗寨，就有各种各样的风雨桥四百余座。这些桥各有功用：有水架风雨桥，能起水上交通工具作用；无水峡谷也架风雨桥，具有沟通来往的功能；田间高地建风雨桥，带来乘凉歇憩，遮阳躲雨的便利；村头寨尾建风雨桥，一来装点风水，二来祈求保住财富与平安。因此，国家文物局官员称风雨桥是一种"路边文化"，有的专家又称为"侗家艺术的橱窗"。

风雨桥，不仅有美丽的名称，而且还有瑰丽的传说。尽管传说多种多样，但都与"龙""爱"有关。要么是勇敢的"龙"爱上了漂亮的侗家女，在与情敌搏斗中变成"花桥"，造福百姓；要么就是正义善良的"龙"为了保护侗家人的"爱情"，与"恶棍""孽物"作斗争，并战而胜之。于是，人们为了纪念"龙"，就建造了风雨桥等等。

全国最著名的风雨桥要数广西三江县的程阳桥和贵州黎平县的地坪风雨桥。程阳桥位于广西壮族自治区三江侗族自治县城北20公里的林溪乡程阳村边。程阳桥是一座中外闻名的侗族风雨桥，横跨于程阳马安寨下面的林溪河上。

程阳桥建于1916年，是一座，6角青石墩木面桥，长64.4米，高16米，全桥不用一钉一铆。1983年夏季，因发生历史上少有的洪水灾害，该桥被冲垮半截。后已修复，其桥长77.6米，共分两层。有楼阁5个，阁高2丈，其中两座为5层4角塔形楼亭，两座是5层殿形楼亭，分布在桥的两端，互相对衬。中间一座有6角塔形楼阁。在5个楼阁之间的跨桥上面，盖有青瓦衔接，使整个大桥从上到下浑然一体，重瓴联阁，雄伟壮观。

由于楼阁亭檐巧妙地运用了杠杆原理，并采用挂枋吊柱形式，使亭檐婷婷而上，势态如飞，令人神往。尤其令人赞叹的是，桥墩之间跨度很大，侗家的能工巧匠们，就在这桥墩上面铺两层下短上长的连排大杉木为跳梁(又叫挑枕)，而把两层正梁架在挑梁之上。由于有桥墩为支点，以挑

作者在程阳桥

梁为杠杆，从而缩短了跨度，减少了挠度；同时又把桥亭竖在两排正梁接头处，使其起到重力平衡作用。因此，负重20万斤的正梁始终稳固平衡。桥亭、楼阁、殿宇及走廊均有金匾、雕塑等，长廊尽头还有石刻碑记，可惜这些艺术珍品已遭破坏。1982年程阳桥被列为全国重点文物保护单位。郭沫若副委员长曾于1965年为程阳桥赋诗一首，更使这座大桥添色增辉，蜚声中外。其诗云：

艳说林溪风雨桥，
桥长廿丈四层高，
重瓴联阁怡神巧，
列砥横流入望遥；
竹木一身坚胜铁，
茶林万载苗新苗，
何时得上三江道，
学把犁锄事体劳。

1988年香港学者陈茂祥老先生参观程阳桥后，也有诗盛赞：

不到三江恨不消，
避秦早应学侗瑶。
蓬莱未必真仙境，
人间奇迹程阳桥。

由于程阳桥造型奇特，雄伟壮观，国内外游人及艺术工作者纷至沓来。中国邮政亦曾印制了程阳桥纪念邮票。

地坪风雨桥，位于黎平县城南面109公里的地坪乡，它是黎平至广西三江、桂林的交通要道。桥下南江河流淌而过，清澈见底。河谷两岸是青龙、白虎二山，绵竹茂密，古榕参天，山峦重叠，倒影婆娑，景色宜人。

地坪风雨桥始建于清光绪二十年（1894），1959年毁于火灾，1964年冬重新修复，1982年被贵州省

作者在地坪风雨桥

人民政府列为重点文物保护单位。桥全长70米，宽4.5米，高出水面8米。桥上有桥楼3座，中间一座最大，为5重檐4角攒尖顶，高5米，顶端安置一个葫芦宝顶，远看像桥上鼓楼。南北两端桥楼为3重檐，歇山顶屋面，高3米。其翼角饰有鸟兽，楼廊顶脊塑有鸳鸯、鸾凤等多种飞禽。整座桥楼，彩绘壁画，题材广泛。有吹笙踩堂、琵琶弹唱、行歌坐夜、侗姑织锦、斗牛喜庆、峡谷放排、二龙抢宝、双凤朝阳以及唐僧取经、杨门女将、三国演义等等。这些艺术品充分展示了侗族人民的聪明才智和审美意识，散发着浓重的侗乡生活气息。

桥的南端还有两副对联非常醒目：

国泰民安白虎山头多彩艳，
风调雨顺青龙江岸换新颜。

旭日东升四面荣华新美景，
红霞西照五色彩云显豪光。

桥的北端亦有对联：

沧海桑田世庶黎平景星见，
龙盘凤逸社稷升平庆云生。

地坪风雨桥全系杉木构造，无一钉一铆，柱、檩、枋、栏，衔接无隙，布局严谨，技艺精湛，是侗族人民建筑艺术的结晶。距桥北端5米处，还建有一座6角凉亭，高6米，系风雨桥的附属建筑。它与风雨桥互相映衬，各展天姿。

近百年来，地坪风雨桥不仅是侗乡人民乘凉避暑、遮风躲雨的处所，而且成为沟通南江河两岸的交通要道，也是当地人民欢歌娱乐、迎宾送客的重要场所。每当逢年过节，三村四寨的村民汇聚桥上，吹拉弹唱，载歌载舞，欢庆吉祥。青年人伴着唱晚渔舟，行歌坐夜；老少同堂，寻根摆古；宾主围拢，共话久长；客人游览，一醉风光。

中央宣传部宣传局局长王树人曾诗赞侗乡此番风情。诗云：

风雨桥前芦笙响，
鼓楼坪上踩歌堂。
歌声笑语满山寨，
春色最好是侗乡。

（原载《杉乡文学》1994年第2期，辑入贵州省文联编《贵州胜境》，1995年10月贵州人民出版社；台湾《黔人》第16卷第4期选刊。）

迷奇的九寨风情

1998年10月下旬，我陪中国社会科学院少数民族文学研究所南方室主任邓敏文教授到锦屏县九寨侗乡去考察民族文化。一路所见所闻，令邓先生激动不已，连声赞叹："九寨风情是侗族文化的又一瑰宝，养在深闺人未识。"

九寨是躲在锦屏县西北部杉山林海之中的一个侗族山地社区，海拔600~800米，含平秋、彦洞、黄门、瑶白、石引、高坝、皮所、魁胆、小江9个村寨，故名九寨。现在的九寨指平秋镇和彦洞乡所辖行政区域，含28个行政村、209个村民组，6060多户，25000余人，其中侗族占99.3%。九寨的政治、经济、文化中心在平秋。1988年11月贵州民族出版社出版的"国家民委民族问题五种丛书"《侗族社会历史调查》曾记载："平秋坐落于锦屏县的高山地区，住地为一高山环立的峡谷小盆地，故有'高山上的平原'之称。平秋原名'阿术'，为侗语译音，意为事物在自然消失。明末始改名平秋。平秋属九寨区。"九寨面积为204平方公里，其中耕地面积17952亩，林地面积161333亩，森林覆盖率达45%，绿色覆盖率达70%以上。自然生态保存完好，显示出神奇的天然之美。

九寨如一朵散发着奇香野味的山花，被萦回流绕的清水江和小江河似绿叶般环绕映衬着。这里山地纵横，峰峦连绵，深谷逶迤，峻岭磅礴。村寨周围，古树参天，箐竹成片，充满着浓郁的绿色意蕴。

邓教授指出：民族学上，一般把与九寨相邻的锦屏的启蒙一线作为南北部侗族方言区的分界线，启蒙以南属南部方言区，启蒙以北属北部方言区。而九寨正处在南侗方言区和北侗方言区之间的过渡地带。九寨的文化风情既包含南侗文化的特质，又具有北侗文化的品格。九寨社区在文化风情上具有的这种特殊双重身份，赋予了九寨无限丰富的文化意义。其风采神韵，多彩多姿。

九寨木楼——它是纯粹的木质结构，木皮盖顶、木柱作架、木枋为梁、木板为壁，不用一瓦一砖、一钉一铆，而且与鼓楼、风雨桥和凉亭一样，造型美观，工艺高超，这是人类建筑史上的一大奇观。特别是平秋镇的老寨，木楼林立，无一砖一瓦。远远望去，鳞次栉比，铺排壮观，气韵恢宏。邓教授赞美道："平秋的民房很有特色。一色的三层木楼，造型独特，风格别致，美观大方，宽敞明亮，做工也很讲究，门、窗、廊、栏等雕刻精美，显示出平秋人的聪明才智和创造精神。"不久前刚去考察的英国人类学家马柯夫·浪希斯也曾盛赞九寨的木楼是目前中国侗族村寨保存最完好、最具特色的木楼居民。

九寨摆古——"古"是指九寨侗族民间文学中的神话、传说、故事、童话、寓言等。摆古是九寨的传统文化现象。九寨的"古"，题材广泛，内容丰富。有解释天地万物起源的，有反映人类改造自然的，有表现人类社会婚姻关系的，有歌颂劳动人民勤劳勇敢、机敏智慧的，有嘲弄反动统治阶级愚蠢、贪婪的，有宣扬反抗封建包办婚姻的，等等。这些"古"风格刚健清新，结构单纯灵活，情节曲折动人，形象鲜明生动，想象丰富奇丽，色彩浪漫迷奇，多用比兴、夸张、对比、重叠、谐音、双关等艺术手法，语言朴素生动，明白晓畅，有音乐感和节奏美。这些"古"易懂易记，朗朗上口，是九寨人民喜闻乐见的民间艺术，是九寨风情的一朵绚丽奇葩。

九寨侗款——它是扬善惩恶、维护治安的社会组织和制度规范。款组织是村寨之间形成的一种联盟组织，款首由族长中产生。对整个侗族地区，款首起着一种宏观调控的作用。侗款制度是侗族文化形态之一。侗款文化的主要内容，诸如款约和与款相关联的活动情况以及侗族先民的一些历史事件、民族迁徙、事物由来等各方面的内容，都全部记录在款词中，是文化的一个重要载体。款是九寨的神奇事象，有效法宝。至今，它仍然发挥着特殊功能，使九寨侗乡成为礼仪法治之乡。

九寨吃牯脏——这是当地人民宰牛杀猪聚会共饮、载歌载舞的一种既庄重又愉悦的集体活动。其时间是每十二年举行一次，一般都选定在卯年（如丁卯、己卯、癸卯和乙卯）十月间。内容是祭祖先、庆丰年、祈安泰、订乡规和跳侗舞、放斗牛等等。九寨人对吃牯脏态度是极为庄重虔诚的。凡牯脏节订下的乡规民约，不准任何家庭和个人违反触犯。侗谚说："一年牯脏，十年兴旺"；反之就会"一年牯脏，十年遭殃"。由于吃牯脏每家每户都宰牛杀猪，耗费太大，加上外来文化的影响，现在九寨吃牯脏已不

邓敏文考察平秋"天梯"

太兴盛。平秋寨是在乙卯年（1915）最后一次吃牯脏。魁胆、彦洞等寨在20世纪80年代恢复吃牯脏。

九寨洗澡节——每年立夏节，过去以平秋为中心的侗寨都要过洗澡节。这一天凡村头路边，寨前屋后，村民们垒砌泥灶，架上大膛锅，里面煮着九里光、三角枫、刺梨、红活麻等一二十种草木中药，等煮到药水呈黄时，人们就拿木桶木盆盛药水去浴洗全身，以求灭灾祛病、强健体质。

九寨鞍瓦节——这是九寨在农历九月过重阳的传统节日。"鞍瓦"是侗语，意为"放牛大打"。九寨鞍瓦，时间是在农历九月九日至十一日三天。"鞍瓦"前一个月，主寨要派员到邻寨去邀请，并落实两寨对打的斗牛，俗称"订牛亲家"。鞍瓦时，主寨村口要道、牛塘门口，都用竹片扎成拱门，并贴有斗牛喜庆内容的对联。斗牛塘设在三面是山、中间平坦开阔约有五六亩宽的草坪上，四周古树参天，荫翳伏盖。斜坡青草如毯，恰是天然的看台。九月九日正午，随着"嗵！嗵！嗵！"三声铁炮响，鞍瓦就开始了。鞍瓦期间，每天主人们都用最丰盛的食品款待客人，那酸脆喷香的腌鱼腌肉，醇香浓烈的糯米酒，海碗大的重阳糍粑摆满席上。入夜，寨内灯火通明，大歌阵阵，宾主纵情欢歌，以至通宵达旦。寨外，夜风徐徐，情歌悠悠，姑娘和小伙们在抓紧良辰美景行歌坐月，谈情说爱。第四天早上，主寨的各个户主才燃放鞭炮为邻寨的客人们依依送行。

1980年盛夏，当代中国的绘画大师吴冠中教授去九寨侗乡采风写生，观看斗牛后，他的观感写得极为精彩：喜从天降，九寨尚有一次斗牛的盛会。斗牛的场地并不大，四周被高坡围住，坡上是高高的木楼，坡上、楼上，凡是能插脚的空隙，都塞满了密密麻麻的人头。那是古罗马斗兽场场景的浓缩吧！

九寨大歌——它是独具风采的侗歌。演唱时没有指挥，无需伴奏，只要一人领唱，便可由男女分别以高、中、低音自然应和。它虽然没有侗族南部方言区大歌的原始古朴，却有其庄重典雅、音色浑厚的特质，并给人

浪希斯在九寨采风

以自然和谐、清新甜美、婉转起伏、广阔无穷的乐感。据说，它远比18世纪前的西方复调音乐更美妙，并和意大利歌剧有惊人的相似之处。

邓敏文教授以其人类学家的眼光指出："九寨的歌很多，有山歌、花歌、酒歌、大歌……还有垒词白话等等。以往，我只知道侗族南部方言地区有无指挥合唱音乐'嘎老'（大歌），今晚才惊讶地发现位于侗语北部方言地区的平秋也有无指挥合唱音乐'嘎老'，其中有齐唱，也有领唱，那曲调动听，音域宽广，有分有合，且男女有别，各领风骚。它主要用于集宴酒会，是一种古老的侗族民间宴乐。这种宴乐如何产生？如何发展？如何演变？很值得我们民族民间音乐界与民间文艺界认真去探讨。"

九寨嘎花——"嘎花"是侗语，意为"婚嫁歌"。一般来说，在侗族南部方言区，"婚嫁歌"只在女方家唱，而且没有男子参加，那叫唱"姊妹歌"。可"九寨嘎花"就极具特色了，它既有男女青年参加，又可以在婚嫁的男女双方任何一家举行，也可以在双方家都举行（女方在第一天，男方在第二天），一般多在女方家举行。而且是由二十多个青年男女（一般为偶数，多系行歌坐月中的情人）在婚嫁筵席上对唱的。歌词一般是七言四句，也有杂言多句的。它要求逢双押韵，平仄相对，节奏相当。其曲调和谐，热情奔放，高亢深沉，述说和歌唱兼而有之。因为是男女集体对唱或单人对唱和双人对唱，所以歌声洪亮，动人心弦；或是如泣如诉，催人泪下。九寨嘎花一般从晚上开始，一直唱到第二天天亮为止。歌的总量成百上千首。它是九寨人民在长期的社会发展中集体创作的"侗族诗经"，是人们认识和研究侗族古代社会民族史、婚姻史、民俗史、民族音乐史等众多事象的活化石。

九寨考察回来，邓教授意味深长地说："九寨风情文化，底蕴丰厚，异彩纷呈。我们可以通过对九寨风情的个案分析，探寻侗族文化变迁的类型，并进而把握其演进的一般规律。"

（原载1999年3月26日《贵州日报》。）

分享"5·28"
——贵阳新机场通航庆典文艺表演速写

1997年5月28日,贵阳龙洞堡新机场通航庆典大会。

当全国政协副主席杨汝岱及国家民航总局和贵州省委的领导为贵阳新机场通航剪彩的剪刀声一响,省政府的领导立即以雄浑洪亮的声音宣布:"现在文艺表演开始!"

顿时,《北京的喜讯到边寨》的欢快旋律在雄伟广阔的新机场上响起。由贵阳女子职业学校四百名少女组成的方阵跳起了扇子舞。只见彩扇如鲜花盛开,红绸似彩带飞舞。队形时而分散组合,时而纵横交错,时而方圆相间……那阵容既有气势恢宏、壮观无比的阳刚之美,又有似繁花争妍、孔雀开屏的妩媚之秀。叫人看了犹如领略到国酒茅台的浓烈,或品尝到高原泉水的清凉,令人荡气回肠,心旷神怡。

是啊,刚才省委领导宣读了中共中央政治局常委、国务院总理李鹏发来的贺电:

贵阳新机场正式建成通航,这是贵州民用航空事业发展史上的一件大事,对于改善贵州交通基础设施条件、优化投资环境,加快对外开放和经济发展的步伐,具有重要的意义。我谨向为机场建设做出贡献的工人、农民、干部、工程技术人员，人民解放军和武警指战员表示热烈的祝贺，并致以亲切的慰问！

在贵州山区建设现代化机场，任务艰巨，施工难度大，广大建设者战胜了千难万险，高标准地提前完成了建设任务，在工程质量、投资效益等方面创造了机场建设中的优异成绩，充分展示了贵州各族人民不畏艰难、一往无前的精神风貌。

贵阳新机场的建设成就，必将鼓舞贵州各族人民，为实现"富民兴黔"的宏伟目标奋发前进！

李鹏总理的贺电，充分体现了党中央、国务院对贵州各族人民的关怀！这贺电来自首都，来自中南海，这不正是北京的喜讯到边寨吗？

"呜——呜！"这是我们黔东南民族歌舞队出场了。姑娘们手挥红绸花束，身着庆典盛装，浑身银饰闪烁，叮当如铃。小伙们腰系彩带，手握芦笙芒筒，伴着铜鼓之声，踏着苗族飞歌的旋律，跳起古朴、苍劲的苗舞……

在我们这支八十人的队伍里，还有三十名男女青年来自农村，他们是为了参加庆典表演临时从农村招来的"应急分队"。他们是今天广场上万人之众的农民代表。应该说，我们这支队伍在艺术功底上是参差不齐的。

作者参加贵阳新机场通航庆典

这里既有国家级歌唱演员杨昌喜、阿桑等人，也有普通的歌舞演员，还有刚从泥土村落进城来集训的农民演员。可大家在紧张的二十多天排练中，团结合作，艰辛集训。晨练黎明，午练骄阳，夜练明月，终于赢得了省"5·28活动"组委会的认可。

在5月18日的现场联排中，时任省委常委、省委秘书长步智信，副省长楼继伟对我们歌舞队鼓励说："你们黔东南歌舞队的表演具有浓郁的民族特色，鲜明的地方风格。尤其是民族服装别具一格，队形又在主席台前，到时候可让中央领导和中外嘉宾亲眼欣赏我们贵州少数民族的民族文化和精神风貌。"

同时，两位领导还对我们队形人少、音乐低弱的不足提出了改进的意见。领导的话既对我们进行了鼓励，也提出了更严格的要求。我们有自知之明，在所有表演队伍中，只有我们一家来自地区，来自基层和农村。我们没有忘记，在前些天联排后，省里一所高校的表演队即被淘汰出局——这说明，表演就是挑战，就是竞争，是艺术、智慧和毅力的综合较量与角逐。

这不，已是火烧眉毛的时刻了。我们只好在万籁俱寂的夤夜重打锣鼓重开张，我们一次次地重新配乐录音，一次次地反复排练。就在5月25日再次现场联排中，经省委书记和省长审查后，组委会当机立断，要求我们在一天时间内与贵阳市旅游学校两百人组成的民族服装队实行联合排练和表演。

酷暑骄阳下，我们的演员在排练中有人中暑了，有人昏倒了，有人练伤了，就连身体健壮、不甘示弱的农村姑娘也说体力不支了……苦，训练的辛苦，竞争的艰苦，在煎熬着每一个人。但大家都知道，退却没有出息，退却就是逃兵。艺术这个东西就是青睐勤奋苦练的人们。于是，大家抱定一个信念，为了通航庆典，为了贵州高原，为了黔东南各族父老乡亲，再苦再累都得熬……终于，我们的方阵克服了困难，战胜了自己，练出了艺术和水平，赢得了中外嘉宾的热烈喝彩和赞美。

在这天的庆典表演中，市旅游学校以大局为重，甘当配角。我们民族歌舞表演队阵容不凡，游刃有余。在热烈、喜庆、欢快的民歌旋律中，我们的方阵时而簇拥欢庆，时而轻歌曼舞，时而旋转欢腾，时而健步踩鼓……那"呜呜——""嘿嘿——"的欢呼声，伴着清脆悠扬的芦笙曲和浑厚深沉的芒筒声，响彻于机场四周，震荡苍穹。

中央和省市电视台的摄像机、中外记者的摄影镜头，此时无不手忙脚乱，激动万分地对准了我们黔东南的各族演员。就连肃立值勤的军警人员也神情激动，投来了欣喜赞慕的目光……

紧接着由贵阳市幼师班数百名红衣少女表演的霹雳舞在广场上炸开。她们扭动着健美的腰肢，舞姿刚劲有力，热情奔放，队形错落变化，摇曳生辉，尽情抒发高原儿女进取开拓的豪迈气概，充分展示黔省人民热爱贵州、建设贵州、振兴贵州的精神风貌。

贵州也是龙的故乡，黔省儿女都是龙的传人。由贵阳市云岩、乌当、白云三个区演员组合的八条舞龙和十头舞狮的表演队，在喧天锣鼓声中席卷上场，把整个庆典文艺演出推向高潮。广场上八条长龙以排山倒海之势，接受检阅，献上祝福。那十头狮子，威风凛凛，一展黔山秀水的豪情雄风。此时，整个广场，龙腾虎跃，醒狮奋蹄，鼓锣震天，万众欢腾……

啊，这就是我有幸分享的"5·28"！

这就是现代化的贵阳新机场的通航庆典！

这就是开放奋飞、神奇多彩的贵州！

（1997年5月于贵阳。）

文艺下乡小记

时值数九寒冬，大地凝冻。但我们仍然激情燃烧，奔赴山乡。

这次文艺演出慰问团由黔东南州文化局组织黔东南州歌舞团、黔东南州苗岭艺术团和凯里供电局艺术团联合组成。慰问演出从元月1日开始至元月13日结束，途经黄平、镇远、岑巩、天柱、锦屏、黎平、从江、雷山、台江、剑河10个县，行程1300公里，演出20余场次，观众达3万余人。

每到一县，演员们顶风冒寒，对坚守岗位的电力系统各变电站的职工进行慰问演出。即使站里只有三四个职工，演员们也是一丝不苟，热情未减。因为，演员们想到电力战线的职工们为给千家万户送去光明和温暖，坚守在寂寞的工作岗位上。为此，在镇远县，演员们不顾晚上刚刚在县城演出完毕的疲劳困倦，又马不停蹄地顶着风雪，沿着崎岖的山道来到离县城10多里远的孤独的变电站里慰问演出。站里职工在深夜11点还等候在机房里，他们贴着热情的大红标语，列队欢迎慰问团的到来。当慰问团演出完成离开变电站时，已是深夜12点过了。工人们握着演员的手久久不放，满眼激动地说："大年之际，你们深夜送戏到站里，比拿酒肉来给我们祝年还要叫人高兴！"

1月3日，大雾迷漫，慰问团沿着被桐油冰凝冻的盘山公路行进，车窗玻璃上水汽结冰，山坡顶树叶滴着冰水，白茫茫一片。在海拔1100余米的盘山山顶上，驻守着空军某部队69分队的官兵们。这里是空军部队的一个重要雷达基地，一年四季，官兵们就在这野山牯岭上蹲守。当歌唱演员面对挺立在寒风怒号、雪花飞舞的空旷土坪上的亲人解放军唱着《说句心里话》时，官兵们昂头挺胸像雪人似的肃卫着这山鸟飞绝的山岭苍穹……

　　官兵们来自辽宁、山东、安徽、四川、福建、贵州等地。为了祖国的导航事业，他们远离家乡与亲人，成年累月坚守在这山顶上。这里不仅环境恶劣，高寒潮湿，远离城区，而且物质匮乏，生活艰苦，更缺乏精神食粮。因此，当官兵们看到演员们冒着风雪送来歌舞文艺时，心里感到喜洋洋热乎乎的。寒冬中，在他们坚毅的脸庞上绽开了春花。他们列队宣誓：一定要为祖国和人民守好雷达、导好航！

　　离开兵营时，慰问团将1000元人民币献给分队，以表达人民对军队的鱼水之情。

　　在岑巩县羊桥土家族民族乡，慰问团参加了"羊桥希望小学暨街道建设电缆开通典礼"，并与乡文化站的演出队同台表演了精彩的节目。

慰问团在羊桥民族乡演出

这一天，恰好是寒冬腊月中不可多得的艳阳天。新建的希望小学广场上国旗飘扬，彩旗飞舞，一万多土家族人和省、州有关领导及八方来宾汇集广场，参加庆典。文艺演出开始后，学校走廊边、民房屋窗里、树干枝杈上，到处人头攒动。有一副对联抒写了这一历史的瞬间："八方宾客纷至同享艺术风采，万民土家欢聚共赏文化食粮"。由当地民间艺人表演的说唱《羊桥新面貌》，农村生活气息浓郁，土家风味淳厚，格调清新明快，引起州歌舞团、州苗岭艺术团艺术家们的浓厚兴趣与热烈喝彩。当苗族歌唱家阿桑的一曲《大家笑哈哈》响起时，群情激奋，盛况空前。一位七十多岁的土家老太太脸挂笑容，情不自禁地说："真好啊，快二十多年没有看到这样的活戏了！"

这不正是人民需要艺术，艺术更需要人民吗！

正是为了文化下乡，为了满足人们对艺术的渴望，演员们不畏路途艰难，不怕风雪交加，有的甚至一路服药输液，也忍着病痛，坚持演出。舞美队队员们的任务艰巨，每天都要装车装台，卸车卸台，十分辛苦。但他们毫无怨气，出色地完成了任务。慰问团这种"德艺双馨"的作风深受各县党政军领导和人民群众及医务工作者的好评。

特别是在翻越1800米高的雷公山的险途中，道路泥泞，坡陡坑深，车子难爬。但为了赶时间，演员们纷纷跳下车来，搬石填坑，虽然弄得满身泥巴，但大家还是乐哈哈的，终于推着车辆翻过山头，按时到达雷山县演出。

贵州省林业厅在雷山县帮助扶贫的领导看完演出后称赞："这台晚会远远超出文艺演出的价值。"

民进贵州省委的专家在谈观感时由衷赞许："太精彩了，只有黔东南的山水人文才能孕育这样神奇精湛的艺术！"

贵州电视台的记者点评道："这台晚会很有特色，文企联姻，送戏下乡，优势互补，这在市场经济条件下是一个开拓，一个创新。特别是节目内容贴近生活，贴近地气，既有电力行业特点，又有民族区域特色。艺术形式，丰富多彩，雅俗共赏，令人难忘！"

第二天，演出慰问团又行进在征程中……

（原载1998年3月3日《凯里晚报》。）

五亿年前的古生物化石群
亮相苗疆震惊全球

一位权威专家曾盛赞:"如果说贵州是古生物的王国,那台江就是王国里金碧辉煌的皇宫。"

自从1990年11月《贵州日报》首次向中外报道"一组沉睡千古具有划时代研究意义的古生物化石群最近在我省台江县境内的八郎山上发现"的消息以来,台江八郎就成为国内外古生物学界朝圣的地方了。

中国科学院资深院士、国际著名地层古生物学家卢衍豪指出:"凯里动物群是我国古生物学科有史以来少数几个重大发现之一,这不但是中国科学史上一大光荣,也是亚洲科学史上一大光荣。"

美国东华盛顿大学地质系主任、国际寒武系委员会委员林德教授赞誉:"台江是古生物化石的摇篮!"

台江动物群为什么会成为最拨动人心的科学盛事,它的科学奥秘是怎样被发现的?

1982年11月中旬,贵州台江县革东镇八郎后山上,秋风萧瑟,苍穹冷漠。贵州工学院地质系讲师赵元龙和黄友庄、龚显英带着《黔东寒武纪三叶虫及生物地层研究》的科研课题,在这荒凉的山野上风餐露宿、挖掘敲打了近二十天。

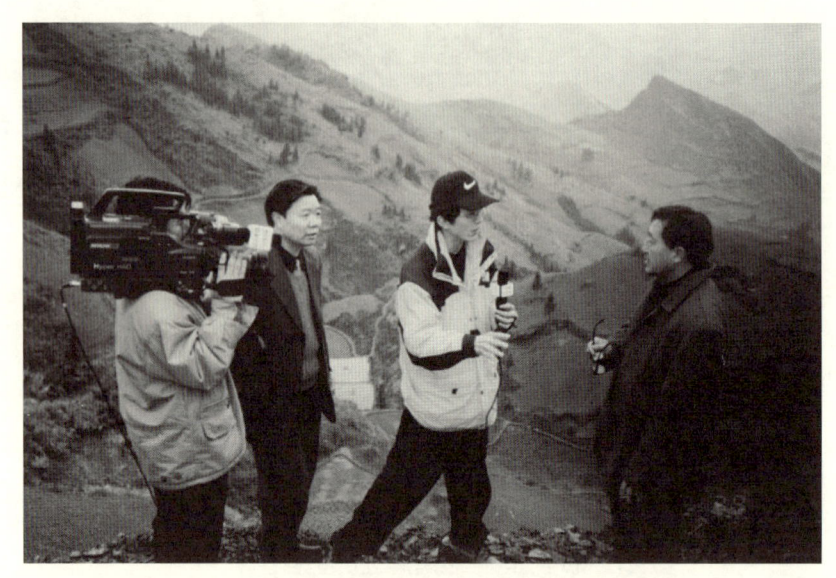

作者（左二）陪中央电视台记者在八郎剖面采访赵元龙

这天，秋风秋雨愁煞人。他们没有雨伞，身上裹着塑料布，任凭雨水顺着头发滴到脸庞、颈脖和身上，但两手还是不停地挖掘、敲打。忽然，一块粗糙的三叶虫化石奇迹般地出现在眼前，三人惊喜异常，如获至宝，二十多天的风尘苦楚顿时飘散到九霄云外。赵元龙粗壮的双手捧着化石，望着寥落的深秋，一阵心潮翻滚，他敏锐地意识到这里可能蕴藏着重大的科学奥秘。

之后，他们一鼓作气，又陆续挖出几百块化石，经仔细辨认，还有软舌螺、海绵、腕足动物、棘皮动物和水母状化石等。但由于当时水平有限，对棘皮动物和水母状化石心中无数，就是三叶虫也仅认识到两三个属。这与当时世界上的统计三叶虫已发现近3000属、20000余种的数目相比，不及于万一。但这一发现毕竟给贵州高原带来了令人欣喜的科学信息。

然而，落后的贵州当时并未认识到它的重要性。贵州工学院也只能每年给课题组挤出1000元的科研经费，真是杯水车薪。不过这到底能使这项工作断断续续得以维系和坚持。

1984年7月，中国科学院南京地质古生物研究所助理研究员侯先光在云南澄江发现一条保存完整而又奇特的纳罗虫化石，这是一条寒武纪早期的无脊椎动物化石。正是这块石头，向人类揭示出5.3亿年前的寒武纪生物世界，填补了动物界从晚前寒武纪到中寒武纪的空白。这一重大发现，我国直到1987年4月才正式对外公布。云贵虽然毗邻，但两省古生物学界却少有往来，加上当时的保密严格，贵州对云南这项石破天惊的发现，竟然一无所知。

然而，贵州也不乏有识之士。1986年，当赵元龙课题组将在台江挖掘并已认识到的五六块水母状化石和棘皮化石向省科委申请研究资金时，贵州科学院代表省科委给了5000元的经费。由此，台江的古生物化石才得以比较集中的挖掘。这时，云南澄江的重大发现通过新华社电讯传到贵州和全球，台江课题组的同志们还看到了澄江动物群的系列论文，大家受到极大震动，也进一步增强了挖掘研究台江动物群的紧迫性和使命感。

1990年11月19日，《贵州日报》首次公开报道台江发现5亿多年前的动物化石群，在古生物学界引起极大反响。之后，中央电视台、《光明日报》《人民日报》《台湾侨报》《澳门日报》《亚洲日报》等和外国电讯也先后多次对台江、凯里动物群进行报道，在科学界引起良好的影响。

这年，赵元龙副教授申请贵州省科技基金。当时的贵州省省长王朝文为了支持科技界，就向国家部委表态说："只要中央给科学基金，我们地方政府再困难也一定给配套资金支持。"结果，国家给了自然科学基金3万元，贵州匹配2.9万元。

于是，课题组的同仁于当年10月5日至11月7日再次爬上八郎山，还请了当地农民、教师各六人，用锄头等工具进行成规模的挖掘，获得了大量精美的化石。由于这些化石产于凯里组的地层，这年，经中国科学院资深院士、国际著名地层古生物学家、中科院南京地质古生物研究所研究员卢衍豪审定同意，正式将台江发现的古生物化石群命名为"凯里动物群"。至此凯里动物群已发现11个门类135属，并保存有许多稀世化石，其中，在全球范围内，中寒武纪棘皮动物始海百合为首次发现，化石数量位居世界第三位。

随着挖掘和研究的不断深入，1997年赵元龙教授与中科院南京地质古生物研究所的袁金良、朱茂炎研究员等又发现在凯里化石库之下60多米处存在着一个早寒武纪末期的台江动物群。台江动物群有9个门类60个属，三叶虫占统治地位，其次是蠕虫及蠕形虫管化石，还有海绵等动物。到目前为止，台江八郎剖面已有两个世界级的动物群，并建立了全球性的新型成因模式和国际中下寒武统界线层型候选剖面。两个动物群挖掘了化石标本10000余块，共有13个大门类200属500多种。其中在国内首次发现中早寒武纪威瓦克西虫和软舌螺，而中寒武纪始海百合为世界第一次发现，因此震惊了全球。

在亿万年前曾是一片大海汪洋的台江，原来是"地球优秀生命物种"的殉难地。台江古生物化石能够完美地保存下来，是与其特殊的自然环境条件分不开的。据地质古生物学界研究认为：贵州有5亿年无脊椎动物演变进化的历史，其地层发育比较齐全，而且层位较老。由古生代起每个地质年代都可找到具有代表性的古生物化石，特别是具有划时代意义的无脊椎动物化石非常丰富，这是贵州地层的独特之处。

据科学家研究，在5.7~5亿年前的寒武纪时期，当人类还没有出现的时候，台江曾经是一个古海洋，为杨子浅海向江南深海过渡的陆棚斜坡，水深70~100米。这时期气候温暖，海水温和而清晰，海底平静，盐度正常，养分丰富，繁衍了大量的节肢、蠕虫、海锦、软体、棘皮、腕足等底栖动物和水母状、刺胞动物等浮游动物与菌藻类及疑源类等生物，促进了以三叶虫为主的10多个门类的动物的繁荣，形成了风华一时的动物生态群。

但天有不测之风云。后来，陆棚斜坡上部时常形成风暴浊流，密布整个空间，飞奔直下，猛袭八郎，大量动物无处躲藏，迅速窒息死亡，被汹涌袭来的泥质沉积物就地埋藏，隔绝了空气，不易腐烂，天长日久，沧海桑田，终成化石。正是在"曾经沧海难为水"的特殊自然条件和环境下，5.2亿年前的各类水生动物栩栩如生地保存了下来。据古生物学家估计，地球上死亡的生物只有万分之一可能保存为化石。而台江却能保存两个世界级的动物群，成为"地球优秀生命物种"的殉难地，这稀世珍宝，为全球罕见。

1909年，美国科学家瓦克特在加拿大哥伦比亚省发现了5.15亿年前中寒武纪布尔吉斯页岩动物群，被加拿大誉为加拿大五大国际奇迹之一，还被地

中外科学家在台江考察生物群

质界赞誉为古生物圣地,并把它作为国际重要的科学遗址列入重点进行保护。

但加拿大布尔吉斯动物群至少要比我国台江动物群晚500万年以上。云南澄江动物群虽早台江动物群1000万年以上,而且化石种类众多,被美国最权威的《纽约时报》赞誉为:"中国澄江动物群的发现,是21世纪最惊人的发现之一。"但是,云南澄江动物群和加拿大布尔吉斯动物群都没有发现棘皮动物始海百合。这种在距今4亿年前已经灭绝的棘皮动物,不仅台江动物群中有保存,而且在凯里动物群中也相当繁荣。从全球来说,它无愧为"宝中之宝,世界奇石"。

同时,中寒武纪舌螺也是国内首次发现的。尤其应该指出的是台江八郎剖面还有潜在条件良好,可以建立国际中下寒武统界线层型候选剖面的遗址,这又是云南澄江和加拿大布尔吉斯动物群自愧弗如、望尘莫及的。

由于台江动物群在世界古生物学界举足轻重的地位,因此当瑞典著名古生物学家、瑞典国家自然博物馆古动物学部主任伯格斯特教授获悉这一信息后,便在澄江动物群的发现者、南京古生物研究所研究员侯先光的陪同下捷足先登,于1989年10月访问了贵州工学院。这位一向一丝不苟、严谨挑剔的国际古生物学家在认真察看了凯里古生物化石标本后，嘴角边才慢慢漾起了惊诧而满意的笑容："惊异奇石，美妙绝伦。很好，很好！"

1990年11月《贵州日报》对台江发现的动物群首次公开报道，立即引起了国际生物界的极大兴趣与关注。次年初，瑞典著名古生物学家、瑞典隆德大学的埃尔布尔格博士飞往贵阳，直奔台江八郎考察。他高度赞誉说："刺胞动物浮囊帐蓬螺是凯里动物群的特征动物，它的发现将对古生物学、古地层学的研究做出重大贡献。"

1993年5月，在《中国古生物学会第五届理事会工作报告》中，凯里动物群被提到显著的科学位置，报告指出："澄江动物群的深入研究，我国早期鸟类的发现、凯里动物群的发现、南极地层古生物的研究以及近期南京汤山溶洞早期人类头骨化石的发现等，不仅在国内，同时在国外古生物学界也引起相当的反响。"

1994年，中国最权威的《古生物学报》致函贵州工学院："鉴于贵州台江的'凯里动物群'标本精美，门类众多，是我国近年来继著名的云南'澄江动物群'发现后的又一重要发现，对于研究早期生物的演化，对于寒武系统的划分和对比都具有极大的意义。"因此，编辑部在来稿积压很多的形势下，决定打破常规，边来稿、边审稿、边修改、边编辑加工，迅速在1994年第3期中推出凯里动物群专辑。这期近18万字215张照片的专辑一经出版问世，立即在国内外引起强烈的反响。中科院资深院士卢衍豪指出："凯里动物群的研究终以专辑发表了，这在国内外也是不多见的。它的出版不仅是我国古生物界的一件大事，也是学报的一个特殊报道。"

次年4月，由中国科学院和瑞典皇家科学院共同主持在南京和贵阳召开了"国际寒武纪生命大爆发、环境和资源现场考察与学术讨论会"，凯里动物群与澄江动物群被并提为会议讨论研究的两个主要内容之一。会上，以澄江动物群和凯里动物群为代表的寒武纪生命大爆发事件，引起国际地球科学家的极大兴趣与关注，代表们一致认为澄江和台江已成为研究地球早期生物进化和环境演变的重要科学窗口，讨论寒武纪早期生命大爆发和该时期地球环境的演变，其学术意义和科学影响将是极为深远的。

会后，来自美国、加拿大、瑞典、法国、澳大利亚、俄罗斯、新加坡、印度等八个国家和地区的代表前往台江八郎实地考察，他们对台江动物群众多而精美的化石和良好的中下寒武统界线候选层型剖面表示浓厚的兴趣和惊异的赞美。

到1997年，先后有波兰科学院的尔克教授、瑞典皇家科学院院士布格斯特朗、捷克斯洛伐克科学院托基教授、澳大利亚西澳博物馆馆长玛克勒玛拉教授、美国科学院努尔院士、德国柏林工业大学埃德曼特教授、马克博士、埃卡特博士等国际古生物学家到贵州工业大学或台江八郎对台江动物群进行考察发掘和科学研究。

1998年8月，由美国东华盛顿大学地质系主任、国际寒武纪委员会委员林德教授和美国乔治华盛顿大学盛德布尔格博士及贵州工业大学赵元龙教授、中国科学院南京地质古生物研究所袁金良研究员、南京大学杨瑞东博士等组成的中美国际中、下寒武统界线研究组到台江八郎作为期八天的考察对比研究，并取得了突破性进展。

此前，赵元龙教授于1997年5月应邀到瑞典林德彻平国际学术研讨会上作"凯里动物群"的学术报告，受到与会代表的好评。之后，赵元龙教授和朱茂炎研究员又先后应邀到德国柏林工业大学作凯里、台江动物群的访问研究，并取得良好的成果。

至此，对台江古生物的研究虽然时间不长，但硕果累累。专家们先后在中国《古生物学报》《地质论评》《微体古生物学报》《地层学杂志》《科学通报》《地球科学》《贵州工业大学学报》和德国与英国的《古生物学报》等九家国内外刊物上发表论文四十余篇，其有关课题两次荣获"贵州省科学技术进步奖"，三次获得国家自然科学基金，并获国家攀登计划"地球早期生命演化与寒武纪生命大爆发"课题资助，同时衍射了四项国际合作项目。

那么，台江两个动物群的研究价值究竟有多大呢？

我们得旧话重提，去看看20世纪英国伟大的博物学家查理·罗伯特·达尔文的学说吧。

达尔文于1859年在其《物种起源》中提出了生物进化论的学说，认为生物是通过"物竞天择，适者生存"的缓慢渐变过程进化而成的。这一学说开创了演化生物学的新纪元，被恩格斯誉为是十九世纪自然科学的三大发现之一。

但是，进化论否定生物演化的"突变性"。对于寒武纪生命大爆发这一奇特现象，达尔文的"渐变论"无力解释，陷入深深的困惑。正当"山重水复疑无路"之际，科学的研究带来了"柳暗花明又一村"的福音。中外科学家通过合作研究，共同认为：台江两个动物群、澄江动物群和布尔吉斯动物群的发现及研究成果，科学地证实和说明了在寒武纪早期地球上出现了多彩多姿的动物世界——几乎所有现代动物门类的祖先代表，以及已经灭绝或分类不明的动物门类在当时都已经出现并繁荣。这一科学史实无可辩驳地肯定了生物演化的"突变性"，揭开了"寒武纪生命大爆发"的奥秘。这一古生物学界研究的福音，不仅向达尔文的进化论提出了严峻的挑战，也给其进化论学说提供了科学的补充。

因此，台江两个动物群对研究早期原生动物的产生、演化及生命的起源具有极其重大的意义：

1. 它为修正达尔文的进化论提供了有力的证据，从而增加新的生态、埋藏学的内容与理论；

2. 其研究成果填补了国内外古生物学科研究领域中的某些空白和薄弱环节；

3. 发掘的一些动物门类可以进行洲际地层对比，从而缩短了大洋彼岸间的距离；

4. 发现了布尔吉斯动物群和澄江动物群的不少分子，因而在它们两者之间起到承前启后的作用；

5. 形成于水体较深的环境增添了布尔吉斯页岩型动物群形成环境新的成因模式；

6. 八郎国际中、下寒武统界线的研究，将会为解决长期以来悬而未决的界线划分的全球性难题找到开启科学殿堂的金钥匙。

中国第一座县级古生物博物馆的诞生

1998年8月14日，中共台江县委以台党通(98)34号文件发出《关于成立台江县古生物化石博物馆筹建领导小组的通知》，决定由县委书记龙昌海任组长，县人民政府县长潘亮、县人大主任张建武、县政协主席刘耀密、县委副书记陆景川任副组长，县委宣传部、县财政局、文化局等十五个部门为成员单位。下设筹建办公事，陆景川兼任办公室主任，抽调地质专业人员邰通树具体工作。

此后，筹建办制定工作方案，对外加强联系，迅速开展工作。这年9月，筹建办派员前往贵州工业大学搜集资料并协商建馆事宜，得到该校副校长陈天祥、地质系主任朱立军、古生物研究所所长赵元龙教授等的热情帮助和支持。接着赴云南澄江动物群保护区考察学习。这次外出共搜集到涉及台江两个动物群及国内外其他动物群的书报、刊物、专家评鉴意见书及澄江动物群申报文本、保护法规等内容的资料近六十万字，照片七十二张，标本八十多块，为台江古生物博物馆的筹建打下了基础。

随后，筹建办给省部委领导和院士专家发出信函二十余封，得到全国人大民委主任王朝文、贵州省人大副主任胡贤生、欧阳自远和原副主任梁旺贵、王耀伦、李仁山等与中科院卢衍豪、刘东生等院士以及美国东华盛顿大学地质学主任、国际寒武纪委员会委员林德教授、美国乔治华盛顿大学盛德布尔格博士、世界著名古生物学家德国柏林工业大学艾德曼教授等十七人的关心、帮助和支持。

科学家们对凯里、台江动物群给予高度的评价和赞誉。

刘东生院士指出："台江动物群是国内，很可能也是全球发现的早期生物遗迹的最为丰富的地点和动物群。这对于研究生物起源与演化至关重要。这是台江县人民的幸福，也是贵州和全国人民的幸福。"

杨遵仪老院士题词："台江早中寒武世化石群，誉享全球第三位。"

欧阳自远院士赞美："五亿年前地球生命的摇篮，百世流芳的台江化石宝库。"

殷鸿福院士赞评："凯里动物群是继澄江动物群之后的又一重大发现，为早期后生动物的研究提供了丰富的材料和内容，具有重大的学术价值和深远的影响。"

叶大年院士："台江化石宝库给人类提供研究生物进化论的金钥匙。"

李星学院士："台江奇石，栩栩如生。"

盛金章院士："凯里化石，华夏增辉。"

林德教授："台江是古生物化石的摇篮！"

盛德布尔格博士："凯里动物群是世界重要的动物群。"

这些科学评价与赞语，句句经典，字字珠玑。

按照院士们的建议，筹建办编写了两万余字的展馆提纲，前后修改七次，最终通过了贵州省博物馆专家的审定。这期间，还多次接待了中外专家的考察和指导，并得到中央电视台等媒体的采访与报道。

这年12月8日，中共黔东南州委书记刘光磊亲率有关部门负责人考察台江八郎动物群剖面。他要求有关部门："要做好宣传，以此扩大我们地方的知名度，要注意保护，作为研究和科普的基地，也可以作为旅游景点，合理开发和利用。"

在短短的九个月筹建过程中，虽然经费紧张、专业知识有限、人手紧缺而又无先例借鉴，但筹备办克服重重困难，先后完成了从申请立项、筹集资金、搜集资料到展馆设计、提纲撰写、布展制作、效果评审及拟制保护法规、编写宣传册子与筹备开馆仪式等艰难、繁重、庞杂的工作。

1999年4月30日，在"99生态环境游·贵州苗族姊妹节"开幕的大喜日子里，台江古生物博物馆隆重开馆。博物馆以贵州省文物保护单位台江文昌宫为馆舍，展厅480㎡，它通过2万余字4个单元的展馆提纲、5张图表、40张照片、15幅古生物油画复原图、400余块化石标本、40余册(张)书报杂志和一个

作者在开馆仪式上致辞

立体模型，全面展示了两个动物群和一个国际层型界线的丰富内容。

中国科学院发来了热情洋溢的贺电。美国耶鲁大学克罗斯奖获得者、德高望重的中国科学院资深院士、著名地球科学家杨遵仪教授以九十一岁高龄，千里迢迢从北京专程赶赴开馆仪式并和贵州省人大原副主任李仁山、省政府副秘书长李克强等领导欣喜剪彩。

杨遵仪院士赞誉道：台江古生物博物馆是中国第一家县级古生物博物馆，它的建立不仅是贵州科学文化界的一桩喜事，也是全球古生物研究事业的一件大事。我对贵州重视古生物科学的研究和普及表示衷心的感谢！

著名月球探测首席科学家、贵州省人大副主任欧阳自远院士亲笔为博物馆题词："台江古生物博物馆展示了五亿年前寒武纪生物繁衍与生态环境的生动景观，真实重现了地球古生物早期演化的历史图像，不仅提供了研究地球演化的珍贵标本，也为开展唯物主义自然发展观的教育提供了科学普及的生动课堂，必将为提高全民的科学文化素质做出重大的贡献！"

而当年曾经热心支持台江动物群研究的老省长王朝文在听到台江建立古生物博物馆的喜讯后，甚为欣喜，即兴挥毫，称赞台江是"苗族歌舞的海洋，远古生命的故乡"。

欧阳自远院士（中）为台江县授证牌（右为作者）

  1999年6月，中国科学技术协会为贯彻落实《中共中央、国务院关于加强科学技术普及工作的若干意见》精神，决定建立首批"全国科普教育基地"。经过贵州省科协领导和专家实地考察、严格评定与申报，又经中国科协组织有关领导和专家层层严审评选，这年11月，中国科协授予台江古生物博物馆为"全国科普教育基地"，这是首批两百个全国科普教育基地中唯一的县级古生物博物馆，堪称独秀与殊荣。

  2000年3月18日，贵州省科学技术协会隆重举行仪式，欧阳自远院士亲自将"全国科普教育基地"的金牌和红色证书授予台江县。

  从此，台江古生物博物馆和远古生命的摇篮八郎坡成为地质科学研究和普及的重要基地，成为黔东南特色旅游的亮丽景区。

  从此，台江和黔东南敞开了科学探秘的大门，喜迎海内外的朋友和嘉宾！

（原载1999年8月28日《贵州经济报》，《当代贵州》2000年第2期。）

附一

在台江古生物博物馆开馆仪式上的致辞

（1999年4月30日）

杨遵仪

今天，一个专门性很强的台江古生物博物馆展现在我们的眼前，这归功于台江县党政领导的高瞻远瞩，当机立断，具体规划！

欣逢盛会，我们感到无比兴奋，无上光荣。台江古生物博物馆，我看是中国县级馆的第一家，意义非常重大。

今天，我能够参加台江古生物博物馆的开馆庆典，非常激动，非常荣幸。我有生以来，从来没有参加过这么一个盛典。台江古生物博物馆虽然是县里的一个博物馆，而里面却珍藏着享誉世界、全球罕见的早、中寒武世时期出现的生物群，弥足珍贵。实际上这里面的宝贝还很多，还能够进一步发展，相信今后还有更多的成果问世。

如此珍贵的台江古生物群，我们衷心希望贵州省和黔东南州的领导给予这个新馆以更多的支持；希望它能够发挥收藏、展示、教育、旅游和提高台江县知名度的作用。

今天开馆仅仅是一个形式，今后的社会效益、经济效益等多方面的作用功能会不断显现。所以，大家要倍加爱护！

珍稀化石发现不易，深入研究更难！台江的古生物群研究具有十分广阔的前景。贵州工业大学、中国科学院南京古生物地质研究所的专家们正在深入研究，并进行国际交流。国际学府、科研机构对台江古生物群的重要性了如指掌，甚至积极想参加我们的研究工作。事实上，他们已经参加或将要加入我们的研究行列，这已使得台江古生物群的研究步入了世界国际研究的领域。

杨遵仪院士（左三）在开馆仪式上致辞

希望贵州省、黔东南州和台江县在这个重要研究项目中，给予更多的支持和帮助，把台江的古生物群变成国际非常知名的一个化石群。

还应该提起凯里动物群，其研究最近取得了突破性进展，发现了许多澄江动物群的重要分子，使其研究的深度和规模进入世界高水平的行列，即在早期后生生物演化上起了重要的作用，产生了明显的国际影响。

台江动物群已被发现，虽然还未进一步挖掘，但可以肯定标本珍贵，其研究前景无可限量。

台江八郎是一个潜在的国际中、下寒武统界线层型剖面点，极有国际地层学的价值和意义。

台江赋有如此重要的化石群，在国际上也属罕见，应予以充分重视，积极开发，深入研究。

再次祝贺台江古生物博物馆的建成和开馆！

祝台江古生物博物馆前途无量！

（原载1999年5月25日《黔东南文化》。杨遵仪，中国地质大学教授、中国科学院资深院士，美国耶鲁大学克罗斯奖获得者、香港HLHL基金地学进步奖获得者，时年九十一岁。）

附二

"台江化石群"石破天惊

杨志刚[①]

从去年开始,随着国内外媒体对我省台江县古生物化石群的大量报道,以及国内著名科学院士对此化石群的高度评价和十多个国内外科研机构的著名专家先后亲赴实地进行发掘研究,一时间,坐落于苗疆腹地的台江县名声大噪,伴着这古生物化石群而名播海外。

实际上早在1982年台江县古生物化石群就被发现,但直至今天才被隆重推向世界被国际上公认为是探索地球生命奥妙的又一主要窗口,其间时间跨度几乎达二十年,这不禁令人为之扼腕叹息。

1982年11月,贵州工学院地质系讲师赵元龙和黄友庄、龚显英带着《黔东寒武纪三叶虫及生物地层研究》的研究课题,来到台江县革东镇八郎后山坡,在这里他们经过二十多天的挖掘,终于在山顶上挖出几百块化石,有三叶虫、软舌虫、海绵、腕足动物等。面对这突然而至的发掘成果,几名发掘者激动得几乎难以自持。

面对这一巨大的科学发现,落后的贵州当时并未认识到它的科学价值和重要性,除了几名科研工作者激动一阵子之外,此事很快就沉寂了。直到五年后的1987年4月,当云南澄江发现与台江同处寒武纪早期的无脊椎动物化石,并由我国正式对外公布时,贵州才如梦方醒,被这项石破天惊的重大发现所震惊。

1997年,始终对台江古生物化石群情有独钟的赵元龙等再次到八郎山挖掘时,又有惊人发现,距较早发现的凯里动物群下60多米处,竟还存在着另

[①] 杨志刚,贵州日报记者。

一早寒武纪末期的动物化石群，相对"凯里动物群"，这一新发现就被命名为"台江动物群"。于是，在台江八郎这个地界中，因出现两个世界级的动物群，而被称之为"两群一界"。

两个动物群中，出土的化石标本数量惊人，达万余块共11个门类170属300余种，其中某些种类在国内外尚属首次发现，两处动物群因其化石丰富、种类众多、标本精美、质量上乘而位居世界第三。中科院资深院士、中国科协书记处书记、著名科学家刘东生对此评价："台江动物群是国内、很可能也是全球发现早期生物以及最为丰富的地点和动物群。这对于研究生物起源与演化至关重要，这是台江人民的幸福，也是贵州和全国人民的幸福。"

自台江古生物发现以来，十余年中，共有国内外十多家著名科研机构和三十多名科学家到现场进行发掘研究，在国内外多家刊物上发表的论文达四十余篇。中外科学家通过合作研究认为，台江两个动物群的发现其重要意义在于：寒武纪早期地球上动物门类的祖先代表及以灭绝或分类不明的动物门类在当时已出现且极度繁荣。显示了"寒武纪生命大爆发"的奥秘和生物演化的"突变性"，从而向达尔文进化论提出了严峻的挑战。因为依进化论之观点，物种的产生演化是遵循"物竞天择、适者生存"的规律而渐进发展的，不存在"突变性"。但台江两个动物群的发现却无可辩驳地提出了挑战，而这一观点，对补充和修正达尔文的经典之作提供了有力证据，对研究生物产生、演化及生命起源具有极大的科学价值。

能在一处偏僻贫困的山乡中发现规模如此之大，并在国内外产生巨大影响的古生物化石群，这对台江县而言有着不可低估的潜在价值和意义。从80年代初的最初发现到1997年最近一次规模性的发掘，虽说在国内外科学界引起了极大轰动，但身处化石群发现地的台江县就怎样利用、保护与开发这一宝贵独特的罕见资源，并将其提升至一种文化或旅游上的优势地位，在长达十多年的时间里，并未萌生过如此具体的意识。就在1990年和1997年两次大规模发掘获得重大成果，引起中央电视台、《光明日报》《人民日报》《台湾侨报》《澳门日报》等国内外媒体大量报道后，当地人对它的认识也仅仅是停留在古生物学发现的一般意义上。

1998年5月，黔东南州文化局副局长陆景川被派到台江县委挂职任副书记，此时正是八郎山"两群一界"发现后的第二年，仍与以往的发现一样，热闹一阵后便归于沉寂。也在此时，刚到台江的陆景川接触此事便激动起来，马上敏感地意识到古生物化石群对台江意味着什么。

陆景川很快便开始筹划两桩事，一是筹建台江古生物博物馆，二是极力向中科院部分著名院士推介台江古生物化石群，恳请大力支持。这两桩事后来被证明对提升台江古生物化石群的知名度和扩大影响产生了极大的意义。

1998年8月14日，在陆景川的奔走呼吁下，台江县四大班子达成共识，同意建立台江古生物化石博物馆，并且由县委、县政府领导亲自出任筹备组负责人，于是在距1982年首次发现八郎山古生物化石群的十六年之后，台江古生物化石存在的意义和价值最终得到台江人的认可，第一次纳入了保护、开发与利用的轨道。

1998年9月，陆景川在赶赴贵阳、昆明等地收集国内外古生物化石群大量资料、照片筹划建馆的同时，分别向中科院十五名资深院士及著名科学家去函，恳请支持。陆景川始料不及的是，他的这一要求竟得到了积极的回应。中科院院士、全国政协常委叶大年，中科院院士、国际著名地质学家卢衍豪，中科院资深院士、国际第四纪研究会主席、中国科协书记处原书记刘东生，中科院院士、贵州省人大常委会副主任欧阳自远等著名科学家纷纷回信，极高地评价了台江古生物化石群的科学意义。

在一个国家级贫困县建一座古生物化石博物馆，无论资金、技术、经验上都存在极大困难。陆景川为此绞尽脑汁：县里没钱，他就跑凯里、贵阳争取有关部门支持，县里没能力建新馆址，陆景川这位分管文物文博的副局长就选县城中的文物保护单位——文昌宫作馆址。即使累倒在医院病床上，他也硬撑着编出了一本配合博物馆宣传用的精美小册子。同时经他制定的《关于加强对革东八郎古生物化石群的保护通告》也经县里审定后批准实施。

1999年4月30日，经过八个月的努力，一个投资数万元的古生物化石博物馆终于在台江开馆。通过2万字的展馆提纲、5张图表、40张照片、14幅古生物复原油画、400余块化石标本、31册（张）书报杂志和一个模型，翔实地展示出台江两个动物群和一个国际层型界线的原有风貌。这一天，中国科学院资深院士、著名地质学家、九十一岁高龄的杨遵仪老教授亲临台江祝贺，他高度赞誉："这是中国第一家县级古生物博物馆。"

博物馆建成后，前来参观考察和旅游的人络绎不绝。接待北京大学、中国科技大学、中国艺术研究院、中央民族乐团、中国歌剧舞剧院、上海文史馆、上海教育出版社、南京军区、武警总部文工团及美国、法国、日本、德国等国内外游客、专家、学者逾万人之众。地处苗疆腹地的台江一时蜚声海内外。

也许是台江古生物化石群声誉鹊起的知名度和影响力，去年12月，国土资源部正式将台江古生物群列为十个国家级地质遗迹公园建设规划项目之一，这在贵州省是唯一的一家。

今年3月全国人大召开的前夕，陆景川专门起草了一份《呼吁保护"地球生命的摇篮"——贵州台江古生物化石群的报告》，交由县里的全国人大代表李碧云带上北京，并向李碧云面授机宜。当国家计委主任曾培炎来到贵州代表团参加讨论时，李碧云不失时机地将这份报告当面交到曾培炎主任手中，于是国家计委社会发展司在曾培炎主任对报告作出重要批示后，给李碧云代表明确的答复："贵州台江古生物化石群具有较高的科研价值，应当予以很好的保护。"同时表示，如台江在建设地质遗迹公园和大型博物馆有困难时，国家计委将予以支持。

至此，八郎山古生物群从发现时的默默无闻到今天蜚声天下并步入了保护、开发与利用之道。

（原载2000年7月25日《贵州日报》。）

"春风吹度北侗乡"

长期以来，在宣传介绍侗族灿烂文化的时候，传统的视野一般都集中在侗族南部方言区，而使侗族北部方言区沦为被人遗忘的角落。

贵州锦屏县九寨侗族社区地处锦屏、剑河、天柱三县交界的一个比较封闭的山地内，是侗族南部方言区和北部方言区的过渡地带，四周横亘绵延的高山阻碍了这里与其他文化的接触，因而九寨的山地文化特征十分明显。所以，极有见识的文化人类学家曾经深刻地指出，由于九寨侗族社区的特殊区域优势，就使九寨侗族文化既具有北侗的突出品格，又蕴含着南侗的鲜明特质，它是研究侗族社会南北部地区过渡地带与结合部文化的核心地。

"好酒不怕巷子深"。经北京专家推荐，中央电视台戏曲音乐部为了全面完整地宣传推介侗族文化的多样性和独特性，便车马劳顿南下数千里，来到大山深处的九寨侗族社区拍摄侗歌风情片。

这一非同寻常的选择对于侗族文化的宣传评介具有里程碑的意义，它标志着侗族北部方言区的民歌有史以来第一次进入中央媒体的视野。

虽然，这一天来得是晚了一点，对于九寨社区侗族人民，以至于整个侗族北部方言区的人民来说不亚于是"千年等一回"。但毕竟是"春风吹度北侗乡"。受黔东南州人民政府的委托，我专程前往九寨协助工作，并应邀担任中央电视台摄制组的艺术顾问。

2001年8月15日这天，秋高气爽，晴空万里。九寨百里侗乡，绿色环抱，稻谷飘香，秋色醉人，生机无限。当天恰好又是平秋镇的赶场日，周边闻讯的老百姓，都从四面八方赶来。锦屏县内的来了，相邻天柱县、剑河县的也来了，甚至湖南靖州县的也赶来了，还有江西、福建、广西、广东、四川、重庆等地在九寨及周边淘金的人们都像赶潮似的来了。人们来赶场，又来看热闹，也像来过节。

上午10点，当中央电视台音乐频道制片人刘璐、编导谢冬娜、主编兼撰稿人蒋力等摄制组人员和艺术顾问粟周熊等一行八人在锦屏县长陪同下进入平秋镇时，象征着九寨两万多侗族人民最隆重崇高礼节的九响铁炮"嗵嗵嗵"震响，那硝烟夹着杉乡的浓浓清香，弥漫上空。

在"热烈欢迎中央电视台到九寨平秋镇拍摄侗歌风情片"的鲜红横标下，由身着侗族长袍对襟衣的寨老、盛装的妇女，还有歌师、歌队、长号手、芦笙手、艺校学生、机关干部组成的欢迎仪仗队欢呼跳跃，载歌载舞，加上那铁炮声、鞭炮声、长号声、芦笙曲、锣鼓声和歌声响彻天空，汇成群情振奋、声浪沸腾的海洋。

满身银饰、纯情秀美的侗家姑娘手捧酒壶牛角拦路向贵宾们唱歌敬酒：

千里得听汽车响，

中央电台到侗乡。

手捧米酒敬给您，

喝下一角意情长。

这侗乡、侗景和侗情，叫摄制组人员乐了、笑了和醉了……

面对眼前的侗姑，极富审美意识的刘璐对笔者说："这里的盛装清丽典雅，我在广西、湖南和其他侗族地区都没有看过，很有特色，姑娘们很美丽呀！"

拍摄现场

　　歌坪里，由老中青男女村民组成的歌队首先表演九寨古歌。在图腾柱牛角下，一个壮汉振臂捶击直径1米多的大铜锣。由寨老引导，芦笙队随后，妇女们挥甩侗帕，两三百人同唱古歌，手舞足蹈踩歌堂。

　　这首古歌在九寨几乎失传，前不久我们组织音乐专家刚从七十三岁的老艺人肖昌义身上挖掘出来。据老人回忆，古歌很长，全用侗话演唱，可现在他只记得四段歌词了。第一段叙述侗族先民的生活环境和古代吃牯脏、祭祀、吹笙、踩堂的盛况；第二段追述母系时代妇女们采集野菜的劳动，并告诫人们要注意防火安全；第三段讲古代侗族社会生产力低下，经常受到野兽袭击，虎狼出没吃人叼羊，先民们围追打猎的场面；第四段叙述侗族社会防火防盗后，生活安定，相约唱歌，说爱谈情，其乐融融……

　　这首古歌是侗族古代社会生产生活的风情画卷，是侗族古代民间文学的"诗经"，是对九寨社区进行人类学、社会学、民族学研究的活化石。

　　对于古歌的曲调，专家们认为：这是一首由61235构成的羽调式侗族古歌。它结构单一，曲调古朴；乐韵庄严粗犷，节奏鲜明工整；感情真挚淳厚，情绪激烈跳跃。其调式和风格与侗族南部方言区民歌尤为相似，也显示了南北部侗族过渡地带的独特风格。摄制组的艺术家们惊叹，在九寨还能听到如此原始古老、底蕴醇厚的古歌，令他们不虚此行。刘璐赞评道："这首古歌似有道教的遗风。"

接着，摄制组来到平秋斗牛塘。牛塘设在三面是山、中间平坦开阔约有七八亩宽的草坪上。三面斜坡，青草如毯；四周古树参天，竹林覆盖，木楼林立，错落有致。进口处，两排古树拱立护卫，其中一棵老银杏挺起巍峨的云冠，为侗乡人挡雨遮阳。郭沫若曾赞美银杏为"中国的国树"。平秋人则称它是"寨树""神树"。老人们说这棵树已有五六百年的历史，它是平秋开寨后不久栽下的三棵银杏之一，阅尽侗乡春色。在这有田园风光景致、仙风道骨神韵的地方拍摄九寨情歌三部曲"初会歌"—"架桥歌"—"成双歌"，真是人和自然的和美画卷。

摄制组的几个男青年忙得手脚不停，上奔下跳。偏偏歌队的男女青年和扮演"成双"的主角又害羞腼腆，这叫情急之下而又一丝不苟的导演谢冬娜只好虎着脸、大嗓门一遍遍地要求重拍……

姑娘们既好奇又胆怯地悄声说："从没有看见这么厉害的女人！"而摄制组的小伙们在导演的苛求下，面对眼前的美景佳人，却悄悄地嘀咕："只可惜这么美的姑娘，我们没有时间拍几张合影回北京去留念，真遗憾！"

这时已是下午两点半。虽说平秋地处高坡海拔七八百米，可这天一到下午秋高并不气爽，秋老虎的骄阳烤得人汗流浃背。而且大家忙于拍摄，还未用中餐，肚子早已咕咕嗷叫了。

主人几次向刘璐老师恳求，先吃中餐再拍摄，可她坚持说："原定两天的任务现在要一天赶拍完，非要在这牛塘、花街、木楼、竹林和草坪拍完外景才能吃！"

杨镇长无奈地摇头："镇里几次电话催，说饭菜全凉了，还有哪样吃头？——我相信，中央电视台的这些同志全都有胃病！"

作者（左一）和刘璐（右四）等与歌手在一起

听陪同的人说，自8月初他们离开北京到广西就连续奋战，加上水土不服，多人感冒、发烧或胃疼。导演谢冬娜一路重感才稍好，声音还沙哑。刘璐因劳累过度，拉着肚子，粒米难进，下午只好到平秋民族医院去输液。

夕阳西下，最具特色的"九寨嘎花"拍摄开始了。"嘎花"，侗语意为婚嫁歌。它是由二十多个青年男女在婚姻筵席上对唱的。一般从头天晚上十点多钟开始，一直唱到第二天大亮。歌词内容有敲门歌、进屋歌、坐凳歌、洗脸歌、甜酒歌、茶烟歌、赞席歌、换酒歌、叙旧歌、挽娘歌、催娘歌、诉苦歌、恭贺歌、送别歌、开路歌等十余种计一千首之多。

专家们认为，"九寨嘎花"是中国侗族最为典型、最具特色的婚嫁歌。比如侗族北部方言区的镇远县报京乡的伴嫁歌，只限在女方家唱；侗族南部方言区的黎平、榕江、从江的姑娘出嫁，又只限在女方家唱姊妹歌，并没有男子参加。而"九寨嘎花"是名副其实的婚嫁歌，它既有男女情人参加，又可以在出嫁和结婚的男女双方的家里对唱。而且有集体对唱、双人对唱和单人对唱等多种形式。

《中国民间歌曲集成·贵州卷》编委、国家一级作曲、侗歌研究专家龙廷才在对湘、黔、桂的侗族民歌作实地考察研究后评述道："'九寨嘎花'的调式非常独特，没有与其他任何侗族地区的伴嫁歌、哭嫁歌或姊妹歌相雷同。这种曲调只有九寨有，它是九寨社区作为南北部侗族过渡地带区域文化的独特歌种和民歌艺术。"

中央电视台的艺术家们也对这种曲调连声赞美："非常独特，非常动人！"

主编蒋力强调说："对于九寨婚嫁歌，我们可以引证何其芳在《论民歌》中的一段话来分析它的意义和价值。何老指出：我们必须把它们和过去的婚姻制度，和过去的社会制度，和在那些制度下的妇女的痛苦联系起来看，然后才能充分理解它们的意义。"

当暮色映进木楼堂屋时，在红布堂彩和电灯的映照下，装扮新娘的王菊英手捧情人赠送的手镯，痛苦而无奈地站起来与众姐妹和男情友及亲属老少告别时，她满脸悲容、声泪俱下地唱道：

辞别父母去了久（久：侗语，情伴），
抬眼细看满堂儿郎无人留。
女生外出真是苦，
今日分散两眼空望泪空流。

唱罢，菊英连声抽泣，悲泪痛哭……满堂屋围观的妇女，无不感同身受，哽咽陪哭。此情此景，令导演谢冬娜感到意外，她极为动容地朝着满眼泪花的王菊英扑去，声音颤抖地叫道："好，好……唱得太动情，太投入了。想不到侗家姑娘这样进入角色，我感谢你们！"

最后是拍摄九寨侗族大歌。过去一直认为侗族北部方言区没有大歌，现在九寨大歌的存在打破了这个偏颇的结论。大歌，侗话叫"嘎老"，它是在非常隆重的集宴酒会上由老人群体合唱的歌，故又称"民间宴乐"。

九寨大歌独具特色，虽然是合唱，但演唱时没有指挥，也无需伴奏，只要歌师一人领唱，便可由男女分别以高、中、低音多声部自然应和。九

青年男女唱"嘎花"

寨唱大歌一般分宾主两方，宾方是一个领唱，众人和唱；主方也是一人领唱，但只有两个妇女和唱。大歌的内容一般是贺喜、吉庆、歌颂、自谦、阐释和赞美生活等等。可谓内容丰富，题材广泛。其曲调有低声部和高声部之分，歌者可根据自己嗓子的情况即兴发挥。演唱效果一般都深沉凝重，庄严典雅，配合默契。

当摄制人员把摄像机对准歌队时，只见男的左腿架于右腿之上，两眼微闭，两脚着地，两手抱掌于腿间，显得庄重古朴。这不正是明人邝露在《赤雅》里所记的"侗亦僚类""善音乐""长歌闭目，顿首摇足"的风俗画么！特别是肖昌义几个老者，长髯飘逸，面如古铜，脸上的皱纹刻满了岁月的风霜，他们唱着那远古的大歌，面容宁静，神态安详，仿佛在引导拍摄人员和观众进入一个余音绕梁的境界。

"此曲只应天上有，人间哪得几回闻！"撰稿蒋力脱口而出。

这使我想起了我国著名音乐家贺绿汀在1990年9月说的一段话："贵

州我去过多次，那里的民族民间音乐是丰富多彩的，很新鲜，很动人，很有特色。侗族音乐亲切感人，旋律平和优美，整体感强，尤其是侗族的多声合唱更是独具特色，别有风格。"

夜幕降临了，四周的山峰披起了黑黝黝的睡衣。辛苦繁忙了一天的中央电视台摄制组人员，收拾了器材，来不及品尝九寨侗家为他们热情准备的夜饭，即在一片依依惜别的歌声中，与乡亲们挥泪道别，随着车子的缓缓行进，他们渐渐地消逝在远方的夜色中……

然而，他们的肺腑感言却永远留在九寨百里侗乡的大地上：

"九寨美丽的地方，民歌动人，给我们留下深刻印象！"

"我爱侗乡，祝福九寨！"

"神奇的侗乡九寨，我们还会再回来！"

（原载2001年10月20日《黔东南日报》，2001年11月30日《中国民族报》，《文化广角》2001年12期。这次摄制的九寨侗歌风情片于2001年10月10日至11日在中央电视台第3频道播出。）

瑶白摆古节

瑶白是一个富于传奇而又蕴含多元文化的古老侗寨。

瑶白，古侗语叫"村押金"，后称"高村"，清代改为"妙白"（侗语，即"苗白"，意为苗裔的一支），民国三十三年（1944）定名为"瑶白"。

瑶白最早为龙姓侗族先民开寨定居，后来龚姓这支汉族先民也到此落户。之后，可能是一支苗族先民落脚瑶白，而且势力渐大，便更名为"苗白"；或许是清咸同年间彦洞、瑶白、黄门、石引、平秋等九寨乡村因剑河李洪基苗族义军起兵纷战达十余年之久，苗族义军首领占领"高村"后直接搞文化输入，便改名为"苗白"；也可能是"高村"饱受战争创伤，为牢记这连年不休的战祸，遂更名为"苗白"。但不管"妙白""苗白"或"瑶白"的名称来历如何，瑶白至今的民族文化蕴含着侗、汉、苗三个民族的特质而呈现多元化形态则是无可置疑的。

瑶白坐落于半山腰间，山脉磅礴，古树成荫。更有那"文昌巍阁""采芹朝霞""引琼古屯""雄溪瀑涨""鲤鱼上滩""牛鼻含潭""爷来仙蹄""二龙抢宝"八景佳胜，远近闻名。

作者参加摆古节

　　正是这方人文水土酿造出了本土文化的精品——瑶白摆古节。

　　严格说来，摆古节仅仅是最隆重的盛大的祭祖活动——"借圈"（"吃牯脏"）的一个重要组成部分。九寨侗族过去一般在卯年农历十月"借圈"，其活动主要有祭祖，念垒词款词，吹笙踩堂，唱古歌大歌，举行"鞍瓦"（放牛大打）等。而瑶白摆古节也是在"借圈"期间举行。但这年为了喜庆，临时决定在农历正月初八至初十过了一次摆古节。这一天，整个瑶白都沉浸在节日的浓浓氛围中。村口用木竹扎成寨门，上面挂着青翠的鱼藤草，彩旗飘扬，一副"同来摆古论今再展农村新面貌，一齐高歌吟唱传颂侗乡好春光"的对联分外醒目。而寨上拱门的对联则是"加强民族团结友里睦邻筹大计，促进经济发展脱贫致富奔小康"。

　　摆古坪设在牛塘里，坪前立有一幢木质建筑的侗戏楼，戏楼经过装饰一新，彩灯点缀，闪烁生辉。戏楼的横幅写着"锦屏瑶白摆古文化节"，两边的对联是"念先祖披荆斩棘携手建村开业史，启后人团结奋斗共谋发展创辉煌"。中间的布景上悬挂着节徽，图案是一对男女侗民，男的扛犁具,女的着裙装,他们追逐太阳,寻根起舞。坪子较大,能容上万人,三面是斜坡,青草铺地,古树参天,一面戏楼耸立,叫人有侗家老寨古风犹存之感。

正午,三声铁炮震天动地,摆古文化节正式开始。一位老农身背蓑衣,头戴斗笠,肩扛锄头缓缓走进牛塘坪。他四处张望寻找,后在东南西北和正中五方挖土,似得一块宝地而窃喜。于是烧香化纸,跪拜天地,定居于此。

接着,另一老农扛着犁耙牵着挂有彩红的水牛入场踩塘三圈,似得耕作田土,亦是大喜。

这一开场,再现了农耕时代瑶白先民迁徙定居的原始部落生活。

这时在牛塘边古树下,四位妇女唱起了侗歌:

我们的领导和亲戚朋友们,

一心邀约你们来过节祭亲;

约请大家到这里来听摆古,

摆摆我们瑶白村史的历程。

歌声一停,鞭炮炸响,大号长鸣,鼓锣喧天。龙氏家族的旗手扛着一面绣有二龙抢宝(圆宝圈内绣着"龙"字)图案的大旗首先威严而荣耀地步入牛塘,接着按入寨定居的先后顺序,分别是滚、杨、范、龚、耿等姓氏的旗手扛着经过精心设计的姓氏族旗浩浩荡荡进入牛塘。

随后芦笙队、表演队、身着长袍马褂的寨老们,头包侗帕身穿对襟衣的汉子们,身着银饰盛装的中老年妇女和姑娘童女们,以及应邀而来的邻县邻村的代表队纷纷涌入牛塘,人们吹奏芦笙、芒筒、长号、牛角,敲锣打鼓,挑着五谷、酒坛、鸡鸭、肉食,扛着纺纱织布机、耕作农具,捧着侗果、糖果、水果等等,欢歌踩堂,展示硕果,欣喜若狂。加上鞭炮长鸣,硝烟弥漫,人声鼎沸,欢腾雀跃,便汇合成了浑厚、奔放、粗犷、神圣的民间声乐交响曲,描绘出了一幅神奇、迷离、原始、古朴的风俗画。

这一下,可让贵州电视台《发现贵州》栏目的李春、郑裕两位记者和其他媒体的记者为抢抓镜头，左右奔忙，不可开交。

接下来是进行"大戏祝贺"的精彩表演。大戏实际就是汉戏。因为是摆古前的序幕，所以今天只表演"三星赐福"和"天官赐福"两个节目。

三星，中国民间俗神，指福星、禄星、寿星，又叫三仙。三星作为群体，出现于何时，史书难考。但明清已盛行于社会。瑶白演三星赐福时，只见戏楼上三个演员全着汉装，中间是福星，手执如意；右为禄星，作员外郎打扮，头上插戴富贵牡丹花；寿星在左，即南极仙翁，他广额白须，执杖捧桃，慈眉善目，笑容可掬。他们的表演时而手舞足蹈，时而颂词连连，时而幽默诙谐，且全讲汉话，全唱汉腔，令人捧腹大笑，开心至极。

可见，瑶白民间也吸收了汉族文化，福、禄、寿三星凑成一伙，合称福禄寿，并代表着福运、官禄和长寿。因而成为最受九寨侗家人欢迎的三位神仙，也是摆古节中备受各族观众青睐的节目。

大戏第二个节目是"天官赐福"。相传东汉张道陵创立道教，影响很大。张道陵死后，其子张衡继续传道，并大力提倡"三官"信仰。"三官"即天官、地官、水官。天官赐福，地官赦罪，水官解厄。这种说法一直流传下来，尤以"天官赐福"最受后人的信奉和膜拜。

这时只见戏台上表演天官的老者扮作吏部天官模样，一身朝官装束，红色龙袍玉带，手执如意，足蹬朝靴，一派雍容华贵气派。这个天官又被瑶白的戏师们作了一些加工改造，他面戴"加官脸"——一种作笑容模样的面具，手持朝笏，走在台上，一人表演，反复绕场，"笑"而不言，舞而不歌。不一会，边跳边向观众展示手中所持红色条幅，上边写着"加官进爵"之类的颂词。这是"跳加官"的一种传统表演，多用于节日或喜庆之时，表示要使看戏的各位福星高照，升官发财，万事如意。

接下来，天官不断反复亮出"福""禄""寿"的字牌，让观众以红彩（钱币）投掷。凡投中字牌时，全场欢呼祝贺，投中者也暗自庆幸时来运转；投偏了的，为之惋惜；投得根本不着边的，众人笑其技艺低拙。

对于这"三福"字牌，观众择其所需而投之。有的有备而来或财大手阔，往往三福都投，而且多多益善，以祈求福禄多多，寿星高照。

节日过后，这些所得的钱币由寨老和村委商定，用于村上的公益事业开销。

下午3点钟，牛塘四周的古树已挂上几缕斜阳，长桌摆古正式开始。牛塘里的长桌有二十多米长，一头是寨老古师艺人，一头是重要宾客；两边分别是主人与客人，每边两排，里排是男主人，外排是女主人，另一边的客人也是男里女外；最外边是由身着银饰盛装的主客姑娘围着，四周的人群挤得密密麻麻。

十大姓氏的族旗在牛塘边猎猎作响，似壮声威。长桌上摆满酒菜、糖糕、水果、碗筷与牛角。阵势摆好，时辰一到，只见那摆古的古师捋捋长须，摇头晃脑，双眼微启微闭，以洪钟般的声音用侗语说起开场白……

此情此景，不禁令笔者想起宋代大诗人陆游曾生动描绘当时民间艺人在农村摆古演唱情景的诗句来：

　　斜阳古柳赵家庄，

　　负鼓盲翁正作场。

　　死后是非谁管得？

　　满村听着蔡中郎。

这古今场面，异曲同工。只是瑶白作场的古师不是盲人也不背鼓罢了。

开场白就是交代摆古的缘由。接着插入侗族古歌作起兴过渡。

摆古的内容很丰富，从盘古开天辟地，人类起源，民族迁徙，朝代更替到民国、新中国乃至改革开放新时期都有涉及。特别是有巢氏教民构木为巢，以防野兽侵袭；神农氏发明农业，以教天下，尝遍百草，始有医药；燧火氏钻木取火，教人熟食；杜康酿造佳酒，供人享用；夏禹治水，三过其门而不入等民神为人类造福的功绩以及帝王将相的功过，本地发生的重大历史事件（如苗侗首领起兵、重大灾情等），姓氏来历，婚嫁习俗，人文景观，丰收景象等等，都说唱出来。

而对于姓氏村史，更为详尽。分别摆到该村龙、滚、杨、范、龚、耿、宋、万、胡、彭十姓氏的来历、迁徙和落户瑶白，发展至今的史实。其中说到姓氏融合时因滚姓势力大而使十姓都改为姓滚。于是，全寨上下都成主人，没有亲戚，无法结婚，全寨人奔走百十里外，四处求婚，到处碰壁，扫兴回来，酒肉发臭，衣裙朽烂，单身成群，老女成堆，生活生产极为不便等严重后果。后来痛定思痛，寨老商议，破姓开亲。而在清末又为革除"女还娘头""舅索重礼"的陈规陋习，瑶白、彦洞两寨头人和贤达之士共议规约，并经呈报黎平府同意，勒石铭碑，革旧布新，规范婚俗。这段村史有歌唱道：

> 瑶白龙姓开村起，
> 因为这团地如金。
> 滚姓杨姓都来住，
> 还有几姓后头跟。
> 十姓共姓都是滚，
> 喊父称兄一样亲。
> 没有亲戚全是主，
> 村上村下一屋人。
> 远乡结亲真难成，
> 商量破姓重开亲。
> 龙杨范龚恢复姓，
> 以水划界可结亲。
> 彦洞乡来瑶白村，
> 女还娘头包办婚。
> 议立石碑昭村寨，
> 陈风陋俗方改成。
> ……

接下来，古师以垒词白话的形式念念有词，号召民众遵守王道，继往开来，去追求国泰民安、五谷丰登、六畜兴旺、奔上小康的美好生活。

最后感谢各级领导、八方来宾、乡邻亲友的光临捧场和大力支持，使摆古节圆满成功。说完之后，以歌收尾：

> 共产党啊真英明，
> 领导我们得翻身。
> 改革开放真正好，
> 瑶白迎来好年成。
> 瑶白村与四乡邻，
> 情同手足一样亲。
> 兄弟不过同屋坐，
> 没得光阴说古情。
> 千谢万谢各位领导与亲人，
> 我们得了热闹害您来操心。
> 摆得不好请您帮我来遮盖，
> 帮我遮盖莫到外面传丑名。

上述摆古的艺术形式属于民间说唱文学，说的部分，古侗语叫"腊耸"或"垒耸"，"腊""垒"是"念""说"之意，"耸"是"话"或"文"，这里特指韵文，即"垒词"或"款词"，它相当于汉族只说不唱的"谣"；唱的部分，古侗语叫"或板"，

瑶白摆古节

"或"是"做""搞"之意,"板"指"能唱的韵文",犹如汉族只唱不说的"歌"。摆古的表现形式就是"说唱"艺术。而摆古的说唱者分为主人和客人,摆古按主客位置坐定后,在由主方摆古师摆完了一个内容后(可分一段或几段),主方众人就唱歌;根据内容形式的需要与安排,有时是男众人唱,有时是女众人唱。遇到盘问、夸奖或自谦的内容时,客方古师就要接过主方古师的话题摆,摆完一个内容后,客方男众人或女众人就要唱一两首歌。整个摆古就是这样由"腊耸""或板"循环反复。

在摆古过程中,还时常有主客互相敬酒、恭喜祝福、道贺致谢等说唱插曲来点缀。特别是有官员、嘉宾时更是即景说唱,趣味横生。

下午6点多钟,整个长桌摆古在一阵鞭炮锣鼓声中降下帷幕。

摆古的内容如此丰富繁杂,摆古师怎么记得这样详尽并传之后代呢?

原来瑶白素有"三年一大摆,一年一小摆"的风俗。本来摆古是随着卯年吃牯脏(十二年一次)才举行的。但瑶白的侗苗文化与汉族文化融合后,就产生了一般每隔三年就要演一届大戏,每届大戏要连演三年的习俗。据说这样才吉祥兴旺。这三年一届中,头年要"大摆",即邀请四乡八寨来过节。平时瑶白村里有婚嫁喜庆或逢年过节,村里的人就在酒席上分主客两边来摆古,这种不对外邀请人的,俗称"小摆"。

至于古师,虽然有时他与婚嫁喜事的人家不沾亲带故,但侗族有敬重古师、戏师、歌师的传统,而且有的艺人是古、戏、歌三师集于一身,个别人还兼巫师道师。因此,凡有喜事的人家都要请古师来摆古,这样才是体面和热闹,房族亲戚才会皆大欢喜。这就有了经常练习摆古的机会。这是其一。其二是大部分古师都有用汉字记侗音的古本,即文本。拿着古本,古师便于练和教,徒弟便于学和背。至于现实内容和即景说唱,那是老中年古师们得心应手的活儿。因此,瑶白摆古能够代代相传,沿袭为俗。

白天摆完古,晚上所有的客人都到亲戚朋友家或特意安排的主户去参加晚宴。席上,又是摆古、喝酒、唱歌,不少主客因旨趣投合常常闹到通宵达旦。而在村外,青年男女们则行歌坐夜、互表爱慕,以至交换信物、定下终身。

如今，晚上也有民族文艺队的节目表演，让男女老少享受现代文明的文化生活。

第二天，就在戏楼演大戏，主要是汉戏，如《孟姜女》《白蛇传》《梁祝化蝶》《三国演义》等。也有把这些汉族题材改编成侗戏来演的。还有侗族曲艺、傩戏、杂技和现代的歌舞节目等等。这一天，还要举行篮球比赛等文体活动。

第三天，就是放牛打架。因为过去吃牯脏，就必须放牛大打，侗语叫"鞍瓦"。"鞍瓦"时，也分主客的牛对打。打赢的，放炮祝贺，披红挂彩。打输的，牛主人惋惜无奈，对牛"哀其不幸，怒其不争"，并暗下决心，争取下回反败为胜。

第四天上午，所有参加摆古的主客和宾朋都云集牛塘举行"闭幕式"，主人向客人宾朋们赠送锦旗、侗器等礼品，宾客感谢主人的盛情款待。宾主互道珍重，依依惜别。这时，炮声四起，笙芒齐奏。各路宾客成行列队，踏上回归的路途。

主人们则扛着姓氏族旗，分路护送，踏歌作别，直送至寨门之外，凉亭道旁……

（本文先后刊载于2002年4月25日《贵州政协报》，《当代贵州》2002年第7期，2004年2月20日《中国民族报》。）

唱歌是白邦人的生活方式

在民间文化遗产受到剧烈冲击的今天,在有着"天下苗族第一县"声誉的贵州省台江县南宫乡白邦村,却完整地保持着传统的民族文化,尤其是那"全民皆歌"的奇风异俗,令人震撼……

白邦——白云深处的歌园

南宫乡位于国家级自然保护区雷公山北麓、台江县东南部,因地处美丽如画的南宫河畔而得名。这里,原始森林,莽莽苍苍,海拔1000多米,森林覆盖率达70%,是著名的林海山乡。

"白邦",苗名叫"八邦""别邦",意为"滑坡塌方的山体",汉语音译为"白邦"。白邦村坐落于雷公山腹地半坡山窝。远远望去,那村形寨貌犹如一个人躺在藤椅靠背上,怡然自得。寨子四周,古木参天,果树飘香。那层层梯田,如带伸展。山头,白云缭绕,雄奇突兀;山脚,一条清亮碧透的山溪淙淙流淌,日夜欢唱。

据说,最初苗族先民是住在溪边一个坪子里。后来溪水暴涨,山体滑坡,他们才搬到半山腰。先民们为了战胜天灾,保持水土,就在山上植树造林。同时为了记住那次

白邦歌场

灾难，便把这地方叫做"白邦"。从此，先民们在白邦繁衍后人、安居乐业达三百年之久。

"白邦"不仅有美丽的自然风光，更有保存民间文化遗存的良好生态环境。这里的民居建筑吊脚楼，古朴工整；这里的民族服饰，原汁原味，尤其是女人穿上那健美明快的超短裙，更显出高山苗女的亭亭玉立；这里的年节风俗、生活习惯、宗教信仰保存完好；这里的游戏竞技、民间艺术，代代相传；这里的神话、史诗、传说、故事、童话、谚语、歌谣，长盛鲜活，生生不息……虽然，这里也与时俱进，现在有了电灯、电话、电视和自来水，村办小学也有了"双语"教学。但这一切都改变不了他们心中的文化血脉。尤其是苗族民歌——酒歌、古歌、情歌、苦歌、起义歌、劳动歌、季节歌、棉花歌、儿歌、寿歌、丧歌等都长盛不衰，唱歌成了白邦人的生活方式。而古歌和情歌尤为发达，备受青睐。

据该村六十多岁的歌师邰我随、邰玉清老人介绍，苗族古歌，规模宏大，他们可以唱几天几夜。古歌的内容有四组十三章八千多行：第一组由开天辟地、运金运银、打柱撑天、铸造日月四章组成；第二组由寻找树种、犁东耙西、妹榜妹留、十二个蛋、争当大哥五章组成；第三组由洪水滔天、兄妹成婚两章组成；第四组由跋山涉水、迁徙定居组成。整部古歌气势磅礴、内容丰富，完整地记述了苗族祖先开天辟地、铸造日月、人类起源以及迁徙定居的全部过程，被誉为苗族的"创世史诗"和古代社会的"百科全书"。古歌以口头传承的方式流传在苗家村寨，成为家喻户晓、老幼皆知并深为民众喜闻乐见的民间艺术。演唱时以两方歌师(歌队)之间依照固定反复的音乐旋律进行对唱盘问、咏古论今、引经据典、设问答疑、叙事抒情。那场景听众云集，紧张活跃，气氛热烈，扣人心弦。

而情歌更是异彩纷呈、独领风骚。其内容有：青春歌、相见歌、赞美歌、相思歌、求爱歌、深夜歌、成双歌、逃婚歌、苦情歌、离婚歌、分别歌、飞歌等等。其歌词内容篇幅长短不一，可问答对唱，亦可自唱自娱，一般为五言寸甲调式，而且大量运用装饰音混合演唱，曲调高昂细腻，音域广阔，婉转动人。

在白邦村，可以说无事不歌，无物不歌，无时不歌，无处不歌，无人不歌，全民皆歌，事事用歌。这里真可谓是歌的乐土，歌的家园。

民歌——苗家生活的动力源泉

苗族历史上没有文字，其历史、知识、技能等只能靠口口相传。因此白邦人对故事师、歌师和巫师非常敬重与崇拜，把他们当成精神领袖来维护，视"三师"为寨宝。如集故事师、歌师和巫师为一身的邰我随老人在白邦一带就有很高的名望和声誉。

而民歌更是在生活中处于不可或缺的地位，"以歌定终身"的习俗神圣而不可亵渎。青年男女靠唱情歌相识相思和相恋，最后互慕歌才，私定终身，结婚成家。村里的现任妇女主任李文芝是剑河县人，她初中毕业，是白邦村妇女中的最高学历者。她是苗族，却能讲流利的汉话，又能唱各类苗歌，是女歌师，又是妇女的领头雁。她就是"千里姻缘一歌牵"嫁到白邦的。

如果某两家的家长在酒席上相遇，甲方知乙方家里"有女初长成"，就在席上以歌求婚，如唱得乙方心满意足，两家就为小孩定下终身。若乙方在席上遇到多家求婚，就拉开赛歌大战，最终赢家如愿以偿，输家便甘拜下风而向赢家道贺祝福。而且夜间游方（苗族青年男女的社交方式）不论在游方场或木楼下，都要烧火照亮，以示文明规矩。同时不能断歌，以示全副精力集中于歌而心无旁骛。如无火断歌，大人就以某种暗示或信号警告干涉。不仅相恋、成亲要以歌为媒，即使离婚，也要以歌断定。离婚双方若两厢自愿就好分好散。若甲方要离，乙方不愿，就以歌判定。即甲方若唱赢歌，乙方就得同意离婚。甲方唱输，就不能再闹离婚，而要和好如初。

还有以歌断案，神奇而权威。这一带民事断案除开由寨老、头人评理决断和"神判"外，就是以歌断案。如两家或两寨为争山林、田土纠纷，就找来中人举行对歌。赢者就得山林田土，输者就甘愿放弃无悔。

当然，白邦的文化遗产生态环境保护良好，除开传统的文化历史背景外，还有其他自然和社会的原因。诸如：地处偏僻，交通闭塞，叠嶂的层林群峰成了阻隔外来文化侵袭的天然屏障。同时，也在一定社区地域环境下孕育了具有自己心理特点及审美趣味的文化特质。另外，这里的社会生产力还处在传统的农耕时代，经济落后。据统计，2002年全村人均占有粮仅166公斤，人均纯收入才505元。全村109户，519人，至今没有一个大学生。高中和中专生凤毛麟角，全村15至25岁的姑娘32人，学历最高的仅有邰文优1人读到小学四年级，而且大部分不会讲汉话。青年人外出不多。全村15至35岁的男子120人，仅有18人外出打工，32个姑娘中没有1人出外打工。因此，人们基本没有受到外来文化、商旅文化的影响。正如该乡乡长说的那样："我们的乡情就是山清水秀，贫穷落后。"

总之，由于文化背景、自然地理和经济社会诸因素的综合作用，数百年来，使民歌在这大山里的苗寨，在政治、经济、文化和生产生活中，起着不可替代的记载、组织、协调、交际、评判、传承、愉悦等等作用。它是苗族人民世代生活的法则、宝器、理想和希望,是苗族历史的厚重积淀、智慧结晶和宝贵遗产,是当地人民心中的太阳、月亮、空气、森林和食粮。因此,这里的人民代代唱歌,世世传歌,事事用歌,人人会歌。

这些丰富多彩、种类繁多、异彩纷呈、百花竞放的苗族民歌,加上那吊脚木楼、民族服饰、民间工艺、年节习俗、礼仪祭祀、巫术信仰、游戏竞技、伦理道德、习惯法则、语言民俗、民间文学等等,构成了苗族社会丰富厚重、独具特色的民族民间文化遗存。它是白邦苗族的根基和灵魂,是苗族社区维系生存的生命线,也是苗族社会发展的精神动力和智慧源泉。

(本文先后刊载于中国民间文艺家协会《民间文艺之友》2003年第4期,《山花》2003年第9期,2004年7月9日《中国民族报》,中国社会科学院民族文学研究所中国民族文学网等全文转载。)

向世界敞开大门

——侗族大歌"漂洋""申遗"记

对于侗族大歌来说，1986年是具有划时代意义的"漂洋年"；而2009年则是被联合国列入"人类非物质文化遗产代表作名录"的"申遗成功年"。从此，侗族大歌实现了真正意义上的敞开大门，走向世界。在此之前，侗族大歌历经兴衰起伏、博弈拼搏，走过了非同寻常的成长岁月。

侗族大歌——从贵州岩洞走向世界

1950年，贵州黎平县解放。1953年3月，黎平岩洞乡女歌手吴培信、吴山花、吴惜花、吴秀美四位姑娘即被选中参加全国首届民间音乐舞蹈会演，第一次登上中南海怀仁堂演唱侗族大歌《嘎亮丽》（蝉之歌），受到观看演出的中央领导和首都观众的热烈赞赏，中国音协的专家给予了"幕落音犹在，回味有余音"的高度评价。这年9月，作为赴朝慰问团成员，吴培信将侗族大歌带到了中国人民志愿军军营，唱到了硝烟弥漫的朝鲜前线。

1955年，又是岩洞姑娘吴全妹等组成的黎平民间合唱团在北京演唱侗族大歌并第一次被中央人民广播电台录制成唱片，发行全国。

1957年7月，侗族歌手吴培信随团中央第一书记胡耀邦出席在莫斯科举行的第六届世界青年学生和平友谊联欢节,将侗族大歌唱到国际音乐的舞台。

1958年,贵州省音协主席肖家驹等主编的《侗族大歌》由贵州人民出版社出版,这是搜集、整理、保存侗族大歌的奠基性作品。

1959年1月,著名音乐家郑律成慕名到黔东南采录侗族大歌,回京后热情宣传,潜心研究。

之后,侗族大歌每次参加地区性、全国性的民间音乐舞蹈会演、民族音乐年会、座谈会和各类大赛都频频获奖,可以说侗族大歌在神州大地恣情飞扬。

然而,不管怎么说,在这之前,侗族大歌仍是"曲高和寡"。虽然它在国内引起了音乐界的重视,但仍说不上征服国人,更遑论放歌世界。

"好酒不怕巷子深""养在深闺待人识"。经过20世纪50~70年代的厚重积淀,侗族大歌终于迎来了80年代的国际"大震撼"。

这首先得要感谢国际声乐史专家当德尔先生。是他在听到了"在单调的东方民歌中,发现了和声"的信息后,不远万里,两次来到黔东南侗乡山寨,亲自鉴赏这株"高山奇葩",并决定把古朴悦耳的侗族大歌推荐给巴黎秋季艺术节,让侗歌放声世界。这个有些古怪和执拗的音乐行家在做出这一历史性的决策后,曾耸耸肩对陪同他在侗乡挑选节目参加艺术节的中外同行说:"这是对一个长期没有文字的民族发展自己民族文化的补偿。侗族是音乐的民族,侗乡是歌的海洋。"当德尔的话,无疑是"伯乐"之声,深邃精辟,一言九鼎。

1986年9月28日晚,北京首都机场,灯光辉煌。来自贵州黎平、从江两县的一群头挽发髻、颈戴项圈、身着紫黑色民族盛装的侗族姑娘吴玉莲、吴水英、吴培三、吴培妮、吴培焕、陆俊莲、陆德英、杨水仙、石明仙九人在领队冀州、杨林的率领下,登上了开往巴黎的波音747班机。她

巴黎夏乐宫

们作为贵州省黔东南侗族女声合唱团是应法国巴黎秋季艺术节的邀请赴法演出的。经过十几个小时漂洋过海越山掠城的飞行，合唱团一行终于抵达巴黎戴高乐国际机场，并受到当德尔先生及巴黎艺术界和中国驻法大使馆官员的热烈欢迎。热情的艺术节主人当即决定，安排侗家合唱团在夏乐宫国家剧院演出。

这里的"老巴黎"都知道，夏乐宫与埃菲尔铁塔建于同一年代，它是1887年万国博览会的会址，地处巴黎市中心，它的前方是一个列有雕像的露台，正面是一座喷泉，隔着塞纳河，与举世闻名的埃菲尔铁塔相望。整洁如画的草坪，镶嵌着各式雕塑的建筑，夏乐宫不仅是法国的著名人文景观，也是巴黎最为壮观的景色之一。如今，专为艺术节布置的四川风味的茶馆，更使这个艺术大都会增添了堪称"第一流"的色彩。

高标准的礼遇，高规格的演出场地，使侗家姑娘们有些惊讶不安。作为艺术节总顾问的当德尔先生看出了姑娘们的心事，就去亲切安慰她们：

"……过去,到这里来演出的,都是各国杰出的艺术家。今天你们来了,本身就是胜利,也就是最大的成功!"

10月3日,演出开始了,舞台上静悄悄的。当这些缀耳环、戴项圈的侗家女,在叮叮当当的银饰碰撞声中,迈着平稳的步伐缓缓出场时,平时看惯了飞旋舞步,听惯了震耳强音的巴黎各界的社会名流,意外地观赏到了纯正、朴素、雅致的"东方美",全场立即爆发出暴风雨般的掌声。小陆姑娘的报幕几次都被掌声淹没了……在持续了两三分钟的掌声后,姑娘们才开始演唱第一首歌——《自己许配才称心》。这时,会场突然静下来,静得连一根针落地都听得到。巴黎观众惊奇地发现,侗族的演唱自成规则:不借助话筒,也不需要乐队伴奏,先由一个人领唱,然后合唱,不知不觉中,歌队又分成两部,低声部担任主旋律,高声部成为支声复调,巧妙地点缀滋润着主旋律。继而,低声部又派出一部分拖腔声部,不仅一直平稳地延续着,中间还加进模仿鸟叫、虫鸣和小河流水的音节。一时间,人类的情感、悠扬的音乐和大自然的美妙旋律,高度和谐地交融在一起……

首场演出,取得了完全的成功!

艺术节执行主席马格尔维特激动地对法国《世界报》《解放日报》、法国各电台、电视台等媒体说:"在东方一个仅百余万人的少数民族,能够创造和流传这样古老、纯正、闪光的声乐艺术,在世界上实为少见。它不仅受到法国观众的喜爱,就是全世界人民也都会喜爱的!"

马格尔维特对侗族大歌的高度评价,标志着侗族大歌在世界民族文化史中占有着重要的位置。

在这次艺术节上,侗族大歌共演出了六场。不仅场场爆满,而且一场比一场热烈。从第四场起,剧场前面的过道上,后面的通道上都"人满为患"。最后一场,姑娘们竟然一口气唱了二十余首歌,赢得了长达十五分钟的雷鸣般的掌声,被热烈的鲜花簇拥包围着。看到此情此景,"慧眼识

侗族大歌在巴黎夏乐宫国家剧院演出

宝"的当德尔先生高兴得喜出望外,他忘形地冲到姑娘们面前,用刚学会的侗话举臂欢呼:"洛缅(姑娘)、洛缅(姑娘),成功了!成功了!"

法国电台、电视台的音乐编辑们则欢腾地高声宣布:"侗歌,是第一流的艺术,我们要向全世界播放!"

卢森堡、马德里的电视台也赶来演出现场拍摄侗歌,并隆重推出播放。

法国《世界报》发表了题为《迷人的侗族复调歌曲吸引了西方观众》的评介文章,文中称:"精炼优雅的侗歌,可以和意大利歌剧媲美。无疑,在秋季艺术节中,侗歌是最给人们启示的节目之一,也是秋季艺术节的重要发现和成就。"

《解放日报》也发表专题述评说:"侗族大歌是最有魅力的复调音乐,这种音乐要比纯粹遵循中国传统严格规则的音乐更能很快地为西方观众所接受。可以肯定,这些侗族歌唱家比起八九世纪之前,西方复调音乐初期的任何专业音乐家都要高明!"

在法国的奥地利籍音乐家彼雷则赞誉道:"侗族大歌的多声音乐织体与一般合唱不同,它个性独特,优美动听,使人感到非常新鲜,然而又印象深刻。"

在联合国教科文组织工作的台湾籍同胞丘淑华女士看完演出后在现场眼含热泪同侗族姑娘长久地握手拥抱,激动得断断续续地说:"好啊,中华儿女是好样的……我们高兴地分享了大陆同胞成功的喜悦!"

侗族大歌在巴黎所展示的艺术魅力,震撼了秋季艺术节,令那些以艺术欣赏的高水平而闻名于世的巴黎观众为之倾倒。同时,也令音乐界惊叹这是中国音乐史上的重大发现,从此扭转了国际上关于中国没有复调音乐的传统说法。这不能不说是一个神奇而美丽的秋天的童话!

当然,我们更应该说,劳苦功高的当德尔先生是这个美丽神奇的秋天童话的"伯乐",是为侗族大歌漂洋过海打开划时代大门的友好使者。

1988年7月26日~9月8日,以黔东南州歌舞团组成的"中国贵州民间艺术团"代表国家出访意大利、匈牙利、奥地利等国,参加世界民间艺术盛会——第一届奥地利克拉根福国际民间艺术节。参加这次演出的还有意大利、瑞典、墨西哥、南斯拉夫、葡萄牙、以色列、希腊、土耳其、奥地利、匈牙利、玻利维亚、捷克斯洛伐克、英国、瑞士、乌干达、巴西、苏联等二十个国家以及意大利的两个地区的代表团等。这次演出先后到达5个国家,近40个城镇,行程12000多公里,共演出54场,其中街头演出12场,累计观众达167000多人次。侗族大歌在每场演出中都以富有东方乡土气息和独特的艺术魅力而震撼南欧观众。西方媒体盛赞侗族大歌多声部合唱音乐形象鲜明,优美动听,极富感染力,是地道、纯正、最具特色的民间音乐。

之后,随着农村经济结构的改变,市场经济的形成和世界经济大潮的涌来,加上现代文化及外来文化的冲击,侗族大歌曾一度出现衰退的现象。

侗族大歌演员和领队、法国文化官员在一起

  跨入21世纪后，随着民族民间文化得到各国的重视、保护和弘扬，文化的多样性得到倡导推崇，濒危的民间文化得到抢救与传承。侗族大歌又迎来了复兴辉煌的新时期。

  2001年8月，世界大学生运动会在北京举办。闭幕式上，组委会选中侗族大歌。北京音乐厅和南京音乐大剧院为侗族大歌安排了两场90多分钟的专场演出。这次演出使侗族大歌这一朵民族艺术的奇葩在世界各国大学生的心中绽放……

  2002年，侗族大歌入选中央电视台春节联欢晚会，其"天籁之音"征服国人，引起亿万各族人民的文化回归之情和对民族艺术的尊崇之感。

  2006年8月，由黔东南州的吴宇珍、杨丽等侗族姑娘组成的侗族大歌组合参加了CCTV第十二届青年歌手大奖赛，天籁之音打动了全国观众，她们荣获"最受观众喜爱歌手奖"。

  2007年4月11日，时任国务院总理温家宝抵达东京，开始对日本进行"破冰之旅"的正式访问。4月12日，"中日文化体育交流年"中方开幕式在东京举行。开幕式呈现给日本观众的是《守望家园——中国无形文化遗产特别公演》。来自中国贵州从江县"侗歌之乡"小黄村的吴秋月、潘运兰、潘麟玉、潘培孟、吴姐兰、吴凤香、潘婢内、潘婢业、潘晓姐九名侗族小姑娘演唱的侗族大歌作为第二个节目出场演出。这九名小歌手,都是女孩,最大的十五岁,最小的才九岁,她们从小就是演唱侗族大歌的好把手。

当小演员们上场时,叮当作响的银饰先声夺人,还未启口,场下已是掌声雷动。当天籁之音般的侗族大歌在演出大厅响起时,全场轰动了,观众们如闻仙乐天上飘来,令人荡气回肠。当大歌终止,那如浪的掌声还持续在大厅里回响,经久不息。当晚,日本首相安倍晋三携夫人陪同温家宝总理兴致勃勃地观看了演出。

中央人民广播电台在当晚的报道中称:"几位来自贵州省一个山村的小姑娘给日本观众带来了侗族大歌。大歌是侗族一种独特的合唱方式。孩子们自然纯朴的歌声,赢得在场观众潮水般的掌声。"

东京藤冈女士评价侗族大歌说:"第一次看到这样的表演,让我感受到了中国文化的魅力。希望今后还有这样的机会看到这么精彩的表演。"

中野良子是中国观众非常熟悉的日本著名演员,她说:"听了歌曲,就想到中国去看一看。像这样的传统文化交流对当今时代来说,实在太有必要了。"

13日上午,温家宝总理在他下榻的饭店大厅里接见侨胞代表、留学生代表、中国驻日大使馆全体成员及随他出访日本的非物质文化遗产演出团。当时有几百人等着和总理照相,但总理一进门,就直奔那9个唱侗族大歌的小演员,挨个亲吻她们,像老爷爷一样,非常慈祥。他在亲吻完这9名侗族大歌小演员后,对侗族大歌给予了高度评价。他说:"一场成功的演出,胜过一个大的项目。昨晚的演出非常成功,深深地打动了日本观众。非物质文化遗产侗族大歌是原生态唱法,确实非同凡响,这歌不用伴奏,不用乐器,也能唱出这么整齐、这么和谐、这么美好的和声。侗族大歌在世界上享有很大的影响,很高的声誉。"

此次出访活动的参演节目，由国家非物质文化遗产保护中心推荐，国家文化部审定，节目从全国各地挑选，小黄侗族大歌是贵州省唯一入选的节目。

2008年7月，历史上规模最大的第五届世界合唱比赛在奥地利联邦州施泰尔州州府格拉茨举行，93个国家的450个合唱团参赛。贵州黎平侗族大歌合唱团充满激情的演唱充分展现了侗族大歌的艺术魅力，受到观众的热烈欢迎和评委的好评而最终获得金奖。

五十多年来，侗族大歌漂洋过海，既在东方国家，也在西方国家，既在社会主义国度，也在资本主义国度的音乐殿堂上留下了经久不衰的记忆，侗族大歌唱响世界，誉满全球。

"申遗"成功——历经"三个阶段""八年挑战"

2009年9月30日，联合国教科文组织保护非物质文化遗产政府间委员会第四次会议在阿联酋首都阿布扎比圆满结束。会议传来了令人振奋的消息，经过专家评审委员会审议批准，侗族大歌入选联合国《人类非物质文化遗产代表作名录》，并以全球七十六个优秀项目中排名第六的身份获此殊荣。

联合国教科文组织保护非物质文化遗产政府间委员会的评委们对侗族大歌给予了这样高度的评价：侗族大歌起源于春秋战国时期，至今已有2500多年的历史，是一种多声部、无指挥、无伴奏、自然和声的民间合唱形式，是"清泉般闪光的音乐，掠过古梦边缘的旋律"；"是一个民族的声音，一种人类的文化。"因此，侗族大歌理所当然进入了世界文化遗产的名录。

然而，这一天的到来实非易事。侗族大歌申报《人类非物质文化遗产代表作名录》真是好事多磨，竟然走了"三个阶段""八年挑战"的艰辛岁月。

第一、以黎平县为"申遗"主体的初级阶段。

2002年10月,在举办第二届"黎平·中国侗族鼓楼文化艺术节"期间,中国少数民族音乐学会在黎平县举办了"中国少数民族音乐年会暨侗族大歌研讨会",与会的专家学者一致认为,像侗族大歌这样的优秀文化遗产,理应申报人类口头及非物质文化遗产名录。

2003年3月27日,黔东南州人民政府与中国科学院、中国社会科学院签署协议,共同开展侗族大歌申报第三批人类非物质文化遗产保护名录的工作。4月,由中国科学院、中国社会科学院编写的申报文本初稿完成。为使文本完善,6月17日,黔东南州在贵阳组织"侗族大歌申报人类口头及非物质文化遗产文本论证研讨会",来自中国科学院、中国社会科学院、中国艺术研究院、四川大学、贵州大学、贵州民族学院、贵州省民间文艺家协会、贵州省民族研究所等单位的专家学者参加了文本论证会。在为期两天的研讨中,与会专家从艺术学、人类学、民族学等方面对侗族大歌文本提出了修改意见。

会后,中国科学院、中国社会科学院专家组根据贵阳认证会的意见,于8月底完成了文本的修订稿。为让更多的国内专家学者深入了解侗族大歌的艺术魅力及其所蕴藏的深厚内涵,10月3日,黔东南州邀请文化部对外联络局的官员、中国科学院、中国社会科学院、中国艺术研究院的有关专家到黎平参观考察。12月8日,中国艺术研究院邀请黔东南黎平县侗族大歌表演队参加在北京举办的"中国少数民族艺术遗产保护及当代艺术发展国际学术研讨会"并作展示演出。黎平县人民政府发言人还在研讨会上作《侗族大歌——人类和平的心声》的演讲。

2004年3月,侗族大歌申报人类口头及非物质文化遗产代表作名录文本上报文化部,很遗憾,没有被选为当年中国政府向联合国教科文组织报送的唯一有效的候选代表作品。但是,通过侗族大歌申遗工作,使侗族大歌这一人类天才的杰作,得到了国内外专家、学者和评委的高度认同,达到了"借申遗之路,扬大歌之名"的效果。

第二、以黔东南州申报国家级非物质文化遗产名录为目的的过渡阶段。

2005年在全国开展的"四级名录"(国家、省、市州地、县四级)体系建设中,黔东南州为保护弘扬侗族大歌做了卓有成效的工作,终于使侗族大歌进入了首批国家级非物质文化遗产保护名录。同时,黔东南侗乡各级人民政府采取多种措施,包括建立黎平堂安侗族生态博物馆、肇兴生态保护区,开展文化艺术之乡创建活动,实施侗族文化进课堂,建立侗族大歌保护基地,扶持举办民间节日、开展侗族大歌普查、多次组织侗族大歌演唱团赴国内外开展文化交流等工作,使侗族大歌的保护、宣传取得了明显成效,为其再次申报人类非物质文化遗产名录奠定了良好的基础。

第三、贵州以省州县三级联合开展申报工作的冲刺成功阶段。

2008年初,当新一轮申报工作开始时,黔东南州以开阔的视野跳出了县域区划的限制,将黎平、从江、榕江、锦屏、天柱等侗族大歌流传地集中捆绑进行申报。6月16日至19日,《保护非物质文化遗产公约》缔约国大会第二届会议在联合国教科文组织总部法国巴黎召开,大会通过了保护非物质文化遗产政府间委员会制订的《公约》实施细则,其中最重要的两项工作就是对人类非物质文化遗产申报工作分为"人类非物质文化遗产代表作名录"和"急需保护的非物质文化遗产名录"。前者可以理解为更多地侧重于一种荣誉性的称号,彰显遗产的地位,把某一个国家或地区的遗产上升为全人类的遗产;后者则更多地强调了抢救、保护申报列入名录的项目。这意味着将有更多的优秀民间文化遗产成为人类非物质文化遗产(或急需保护的非物质文化遗产)名录。这样,就为侗族大歌再次申报人类非物质文化遗产带来了难得的机遇。

这一次,贵州确实抓住了机遇。在贵州省委、省政府和黔东南州委、

作者（左一）在侗族大歌申报人类口头及非物质文化遗产文本审稿会上

州政府的高度重视和省文化厅的精心组织下，2008年8月29日，"侗族大歌申报人类口头及非物质文化遗产文本审稿会"在黔东南州政府举行，经过与会专家学者的认真研讨，对申报文本提出了全面可行的修改意见，并上报省政府。

随后，按照贵州省政府领导意见，省文化厅组织了有黎平县、榕江县地方专业人士参与，有高校专家教授、省州知名音乐家和文化学者等组成的"侗族大歌人类非物质文化遗产申报文本编写工作组"，同时还由贵州省电视台专业电视编导组成了"侗族大歌人类非物质文化遗产申报音像宣传片和资料片制作组"，于2008年9月3日起在贵阳开始全封闭式工作。

由于此次申报文本格式新奇，要求严格，在省文化厅领导下，文本编写组认真对照联合国教科文组织的文件要求，多次讨论、几经修改，终于高质量地完成了申报文本的编写和音像资料的制作，并于规定时间内上报国家文化部外联局。2008年9月29日，中国国家文化部以《保护非物质文化遗产公约》缔约国的身份向联合国教科文组织递交了第四批《人类非物质文化遗产申报书》，侗族大歌亦在中国申报的项目之列。

之后，经过整整一年的严格筛选与激烈竞争，最终于2009年9月30日，在阿联酋首都阿布扎比召开的联合国教科文组织保护非物质文化遗产政府间委员会第四次会议上侗族大歌脱颖而出。据报道，来自全球一百一十四个国家和地区包括中国代表团在内的四百多名代表出席了会议，为期三天的会议主要是确定入选《人类非物质文化遗产代表作名录》和《急需保护的非物质文化遗产名录》的名单。经过专家评审委员会的严格审议、投票推选并最终批准，侗族大歌与全球七十六个优秀项目一起入选联合国《人类非物质文化遗产代表作名录》。其中中国有二十二个项目入选，侗族大歌以项目排名第六的身份获此殊荣。

回溯历史，大歌沧桑。如果从春秋战国时代侗族大歌问世算起，那么，这一人类文明的瑰宝延续了2500多年的历史积淀。在走出山门，唱响全国，征服世界的历程中，留下了"路漫漫其修远兮，吾将上下而求索"的深重印迹。直至最后在八年浴火重生坚韧不拔的岁月中，历经了三个阶段呕心沥血的艰难竞争，最终在国际舞台上申遗成功，实现了真正意义上的敞开大门，走向世界。可谓"凤凰涅槃"，震撼魂魄！

四个特点——艺术之树永葆青春

"侗族大歌"申报联合国人类非物质文化遗产代表作名录的成功，当之无愧。作为我国目前保存完好的最优秀古老的文化遗产之一，"侗族大歌"因为魅力独具，特色鲜明，而使其在中国及世界民间音乐领域，艺术之树永葆青春。其显著特点主要是：

第一、历史悠久，艺术长青。"侗族大歌"不仅历经2500多年长盛不衰，而且与时俱进，生机勃勃，走出山门，唱响全国，震撼全球，得到了国家和国际社会的充分肯定和高度赞誉。

第二、种类繁多，众人传唱。"侗族大歌"不仅种类繁多，有蝉之歌、琵琶歌、鼓楼歌、叙事歌、礼俗歌、伦理歌、儿童歌、戏曲歌等十多类，而且覆盖面广，遍及贵州、湖南、广西等省区，面积达二三十万平方公里，参与传唱人数达几十万众，并贯穿于生产、生活的各个层面，渗透入侗族同胞的血液骨髓，成为他们生活中不可或缺的精神食粮。

第三、特色鲜明，技艺精湛。"侗族大歌"具有区域性、民族性、技巧性的显著特征，其多声部、无指挥、无伴奏的自然和声的演唱形式及艺术效果，如清泉闪光，天籁绕梁，其音乐旋律与大自然高度统一，完美和谐。两千多年来，她在民间口传心授，代代相传。

第四、功用显著，保寨养心。侗家人世代传唱大歌，以之陶冶情操，滋养身心，传承文明，联谊互助，促进和谐，维护稳定，保寨安民。"歌养心，饭养身"就是侗家人千年传承、尊崇不渝的生活哲理。

因此，"侗族大歌"申报联合国人类非物质文化遗产代表作名录成功，可谓千年积累，一举成名。申遗成功，是人类良知对侗族人民千百年来热爱生活、热爱故土、热爱大自然的奖掖回报，也是对侗族人民坚守善良、崇尚和谐、敬畏自然、热爱艺术的历史馈赠，更是对侗族人民勤劳智慧、能歌善舞、才艺卓然的嘉勉褒扬！

（本文先后刊载于2009年12月11日《贵州政协报》，2009年12月25日《中国民族报》，2010年2月4日《人民政协报》等。）

九寨玉泉庵

九寨玉泉庵的兴建，据说颇为传奇。

相传有一湖广奇士罗永崇，衣着褴褛，犹如叫化子"浪村"（侗语，流浪）到此歇脚，每日夜间必宿玉泉井边。日子一长，乡亲们深感奇怪，问其何故？答曰："此处乃背负北斗星，面朝南天门，风水聚气，日后必为神祇圣地矣！"得奇士指点，于是先辈们勘基划地，以此作为吉址兴建庵堂。而罗永崇则安居乐业为住持。至清同治年间，众姓公推十五位户长作为组建山主。他们出头募捐化缘，献料投工，并延请名匠技师，建造殿宇，雕刻神像，历经十载之久始成。后因香火旺盛，而成为江南宝刹杭州灵隐寺的分寺之一，至今已有数百年历史。

玉泉庵地处锦屏县九寨侗族社区中心平秋村西北面。从平秋老寨的"大豪"出发，往西北方向行至路口左右两旁各有一株枝繁叶茂、巨盖如伞的百年红豆杉，迎面是绿油油的田坝子，再走几十步，就见左前方一座山头，古树参天，这里是寨众划给玉泉庵堂的专门墓址及庄稼地，人称和尚坡，也叫长老坡。从和尚坡沿着弯曲蜿蜒的溪流方向往右走，就是一段百多米的青石板路，隔着小溪的路对面，是一排排一通接一通的石碑林。过了石碑林，就到了

复建的玉泉庵

　　老寨关山水口处，这里浓荫匝地、古树参天、流水淙淙，九寨佛教信仰的圣地——玉泉庵就坐北朝南建造于此。

　　庵堂门前的田坝是玉泉庵拥有的几丘专属田产，它交由佃户耕种，供庵堂僧尼食用。玉泉庵属典型的四合院寺宇，雄伟幽深，气派非凡，禅意肃穆。经过正前方的牌楼，迈步来到正楼的大门外，只见大雄正殿五间，分别为观音菩萨殿、圣母娘娘殿、伽蓝圣殿和雷公殿、阎王殿，十八罗汉等神像分列两旁，他们或立或坐或卧，或怒或喜或嗔，神态各异，让人有望而生畏之感。两边配以左右厢房，中间为天井，有长椅供香客歇脚休息。拾级而上数十步，来到藏经楼、斋膳楼，其建筑内分藏经阁、传教室、钟鼓房、斋供房等，庵内香客熙来攘往，香烟缭绕，好一派青灯古佛、暮鼓晨钟的佛门景象！

　　玉泉庵，不仅在九寨侗族社区很有名气，而且与锦屏县城的迴龙庵齐名，其影响遍及周边的天柱、剑河、黎平等县。主持多为外来的高僧，第一届罗永崇（男，无墓碑），第二届彭团麟（男，龙门正宗十九代弟子），第三届龙诚信（女，龙门正宗邱真人第二十五代恩师），第四届老兰（女，后违戒潜逃），第五届付信田（女，龙门正宗邱真人第二十六代羽化师），第六届王玉翠（女，"文革"初期迁往桥问村居住）。1998至1999年，近邻桃子坳村的男道吴老泮曾来主持过一年多，后因违戒潜回老家而异亡。之后，不再有常住主持。

每年农历四月十五，是玉泉庵伽蓝殿最热闹的一天。村寨里的老少爷们一大早就聚集这里"吃血王会"，这可是九寨侗家社区历史悠久的一种传统活动。那一天用不着通知，也从来没人通知，不管多忙，该去的都要停下手中的活路去参加聚会。当然，也不是谁都可以去，只有曾为修建玉泉庵组织募捐贡献大的十八家山主后裔才拥有此般待遇。

伽蓝殿里供奉伽蓝菩萨，就是鼎鼎有名妇孺皆知手持青龙偃月刀的关羽，这是唯一一位受到佛、儒、道三教供奉的菩萨。佛教称为伽蓝菩萨，尊称为关公；道教称关羽为伏魔大帝；儒家称关羽为关圣帝君，其职能是治病除灾，驱邪避恶，诛罚叛逆，巡察冥司，招财进宝等。在民间他既是武财神，又是五文昌之一，为中国神明中头衔最多的神爷。

而在九寨，关公因其威风凛凛独特的红脸形象，还被赋予另外一个尊称——"血王"，成为九寨"三教合一"最受九方寨众顶礼膜拜的众神代表。九寨社区一直流传着"血王神判"这样一种特殊处理的方式。当纠纷双方僵持不下时，最终往往选择到伽蓝殿"血王"神像面前宰鸡赌咒，谁做了亏心事不承认，如同被宰之鸡不得好死，其心理震慑力非同小可。理亏一方往往不敢在"血王"神像前宰鸡赌咒，而选择放弃纠纷，这不失为民间有效的调解纷争的一种方式。至今九寨还流传有黎平官府为平息村寨间的山林纠纷，找"血王"断案的传说。

玉泉庵作为佛门寺院，对于道教与本地其他宗教不仅不排斥，而且融为一体。在这里，敬关圣、拜观音、祈雷公、告阎王，跪完这边拜那边，你祷你的告，我祈我的福，不分彼此，悉听尊意。佛道巫在这里"并存合一"的现象，独特而又有趣。平秋玉泉庵，将救苦救难观音菩萨奉为至尊，其像座置于正殿，而地藏、普贤、文殊等位列左右，佛祖如来却意外被置于偏殿，与伽蓝圣殿、观音正殿和雷公殿、阎王殿的香客熙熙攘攘没法相提并论，实在是玉泉庵的一道独特奇观，也透露出侗家人"女神崇拜"的信息。

在玉泉庵里，除观音菩萨、伽蓝护法外，香火供奉旺盛的还有令人敬畏的雷神。它在九寨侗民心中是正义化身，代表天地公心，天职乃惩恶扬善。九寨侗民相信，凡人间大小事，天知地知雷公知，做损阴德的坏事，一定会遭天打雷劈，就是人死了雷公也决不放过。

九寨民众的宗教信仰单纯而又功利，往往就是为了消灾祈福。对于佛、道、巫的区别并不关心。在信众的心中，佛教的菩萨和道教的神仙以及巫师的蛊都神通广大、法力无边，能够保佑人消灾避祸得福，惩恶扬善，维护人间正义与公平。因此，他们一边相信观音、西天佛祖、菩提达摩等，一边也相信玉皇大帝、王母娘娘、关羽圣帝，也尊崇老子、孔子和各路民神，可谓信佛亦信道，信儒亦信巫，佛、道、儒、巫同时信仰，不相违背，互不妨碍，这也是九寨宗教信仰的特色。

玉泉庵名称的由来，民间有两种说法。一种是因庵里有一口深水泉，清澈甘甜，水质如玉而得名。另一说法是当年杭州灵隐寺为光大佛法，欲在贵州发展取名玉泉庵的分寺，按风水学说前往黔东南的从江、榕江、黎平、锦屏等地对比选址，找到平秋寨脚溪水子午流向关山水口的风水宝地。经过比较，这里的土质最重，遂在此建立玉泉庵的庙宇。据称杭州灵隐寺的一方"匾念"上，还錾刻有这方面的文字记载。从此，玉泉庵与杭州灵隐寺、镇远的青龙洞寺庙有分祠之缘。民国时期曾两次应邀选派僧者尼姑为代表先汇集镇远，然后乘船同赴杭州赶四年一次的庙会。

后来，玉泉庵遗址是否还有当年称为"玉泉"的泉眼，已无人深究。但是离玉泉庵附近百步来远处确有一眼泉水井，泉水出了奇的清冽透凉，涨水季节均丝毫不受影响，大半个寨子的人均在此取水。传说该泉水一旦变浑，即预示近期寨中必生变故，或火灾或水患，要么人祸……当然，真假与否，不得而知，也难探究。但当地侗家人敬畏水神、崇尚自然则是千真万确的。

不幸的是，"文化大革命"那场不分青红皂白破除"旧思想、旧文化、旧风俗、旧习惯"的破"四旧"运动，使人们对自然山水、人间民神

玉泉庵复建竣工庆典

都不再敬畏了。玉泉庵也首当其冲，于1968年惨遭厄运，在造反派掀起的一阵斧劈刀毁、阴风惨火之中破坏殆尽。

再后来，人们在玉泉庵遗址上，安置了一栋类似仓库的五间二层木楼，虽说里面也阴森森的，还有几座塑像，但平日里几乎大门紧闭，长老与尼姑也无心安居，只在几个特别的日子开几个时辰的门，算是接纳善男信女们的焚香礼拜。虽然遗迹尚存，但玉泉庵香客稀疏，风光不再，已难振昔日辉煌了。人们只能靠记忆和想象去还原玉泉庵那晨钟暮鼓、袅袅香烟及十八罗汉的昔日盛景了……

玉泉庵虽惨遭毁坏，但作为九寨的宗教殿堂与侗族百姓的信仰家园，仍然承载着九寨人民对美好生活的寄托与向往，而有关玉泉庵那一个个神秘而又有点恐怖的传说——"古"，也一直流传至今。

改革开放后，玉泉庵也重拾风光。到庵堂来焚香许愿的香客们，再也用不着神神秘秘，遮遮掩掩了。于是，香火渐渐旺了起来，玉泉庵又一次得到广大信众募捐修缮。人们从玉泉庵遗址清理下来几十通石碑,一排排立在通向玉泉庵的路旁几十米,俨然构成了一道蔚为壮观的人文景观,仿佛在诉说玉泉庵昔日香火鼎盛的非凡景况……

如今,作为九寨侗族社区的宗教殿堂,得到群众的悉心保护,视庵堂一草一木都神圣不可侵犯。莫说里面的器物,就是周边古树的枯枝落叶,人们都忌讳捡拾作柴火。一直以来,玉泉庵又是积功德行善举的场所,人们向庵堂捐款捐物,似乎可以救赎孽缘,广结善缘,修阴积德,庇护子孙。

如今,岁在辛卯,国家昌盛,为圆民众心愿,平秋村委,号召募捐,九寨同仁,纷纷响应,周边县域,众志成城。真可谓万众一心,恢复重建玉泉庵!这正是:

平山秋水酿玉泉,
淳风教化九寨间;
佛儒巫道皆容有,
善恶美丑辨心田。
斗转星移慈悲在,
开启人文数百年;
沉浮几番砺众志,
玉庵重建慰青天。

(原载2011年12月16日《贵州政协报》。)

游踪拾趣

深圳天使倩影、北京中秋明月、大连足球奇俗、瑰丽多姿避暑山庄、庭院深深总督府衙、亦真亦幻蓬莱仙境、皇家行宫燕郊重镇、传统村落老树乡愁、十里重安古峡、长廊文化苗寨、美丽宝岛台湾、现代高铁新貌……构成一个个人生驿站，快乐休止符，前行加油站，更是无法忘却的记忆，也是多彩人生的标点。

相识在深圳

道一声拜拜，甩下一个甜甜的微笑，她翩然而去。半晌，我还沉浸在迷茫之中。

和她匆匆相见，又匆匆道别，瞬息之间，宛如隔世。

仲春时节，梅雨纷纷，我一脚踏进了深圳特区。摩天的大楼，如茵的街道，车水马龙，红红绿绿，又秩序井然，一股特区的氛围扑面而来，沁人心脾。我似乎领悟到了特区的内涵。而人呢，据说不管是本地人或是外来人，只要经深圳这个特区一洗礼，便会产生质的飞跃——脑筋转得飞快。是洒脱、精明，还是商化、狡黠，也许都是，也许亦是亦非。我初来乍到，对物甚欣赏，对人却敬畏。

可是世间多有阴差阳错。在一次前往锦绣中华民俗文化村的路途中，我们乘坐的小巴不幸撞车，不大不小给我的神经组织留下点"纪念"，万般无奈，只好去接触我"敬畏"的深圳人了。我来到传统医院针灸科，寒暄几句，便认识了她。

"我姓朱，欢迎您光临本院治疗。"一串银铃般的声音，温馨而彬彬有礼。

"啊，劳驾您，小姐！"

这是位亭亭玉立的妙龄女郎，瓜子型脸蛋，灵秀高雅，一双如潭的眼睛，透亮深邃，似乎能一眼看透病人的患疾。随着她的吩咐与操作，我的患处被扎了银针，做了电疗，拔了火罐，最后推拿按摩。她是个机敏人，含而不露。人们常说，深圳是一块梦地，凡来闯深圳的人，都是为寻梦，寻人生价值的梦，寻理想境界的梦，寻人生寄托的梦，寻改革开放的梦……"梦"成了涌向深圳的人们交流心灵的媒介。我们来深圳也是为了寻梦。"同是天涯寻梦人，相逢何必曾相识"。终于，她的心扉因梦而敞开。

她是河北人，高中毕业因几分之差而被挤下升入大学殿堂的崎岖小路，为此她追悔莫及。然而，路还得走，如一叶扁舟的她，仿佛置身于汪洋大海之中，不知何处是人生的港湾。经过无数不眠之夜思索，她仿佛看到了彼岸。于是生性倔强的她，含着背井离乡的泪水，裹着青春年华的志气，带着若明若暗的憧憬，充满着惴惴不安，只身闯入人海茫茫的深圳，加入了千军万马的打工队伍。

机遇对她好像有些青睐。不久，一个老板要创办传统医疗中心，经过与数百人的角逐，她顺利通过了文化考试与考核，又经过一段时间紧张严格的训练，靠着她的机敏与拼搏，终于在针灸科得了一席立身之地。从她那娴熟的医术技巧中，我相信她是有过"不经一番寒彻骨，怎得梅花扑鼻香"的磨炼。

"现在我有了钱，但不乱花，爸爸去世后，家里只有妈妈和弟弟了，我按时给家里寄钱，让妈妈养老，供弟弟上学，但从不让弟弟乱花费，我要叫他知道，深圳的钱并不是那么易挣的。"原来，年仅二十岁的朱小姐，是以每天十小时以上的工作，支撑着在北国的家庭。

望着她那纤细的柳腰，我关切地问："你感觉累吗？"

"累，很累！时常感到腰酸背痛，有时回到宿舍，倒在床上便睡着了。"接着，她莞尔一笑："当然，像我这样的年华和容貌，要找份轻松的事做是不难的，不少老板邀请我去做他们的私人秘书或特别助理，但我不

作者（右一）和同事在深圳民俗文化村

想干。我要靠自己的技术和本事来立足，要不然算啥样的女人？"

真是一颗金子，一席掷地有声的话语，我的疾病似乎好了许多。她还说，她很爱深圳，爱深圳发达的经济，繁荣的文化和日新月异的科技，爱它的现代文明，敬佩深圳人的竞争意识与创业精神。

面对这座现代化的都市，想到自己穷困落后的家乡，想到妈妈和弟弟，她恨不得把这座城市的文明全部搬到家乡去，让乡亲们开开眼界，使他们那人生添增一点现代文明的亮色。为此，她很少出去游玩，也不打算在深圳成家，而是挤时间自学英语和日语，钻研技术，勤奋工作，使劲挣钱。她还要继续寻求自己的人生梦——自费读大学。她期待着有那么一天，当小鸟的羽翼丰满，还要飞回家乡去，那里有一片任她翱翔的蓝天。

我相信这一天会有的——当我与她道别的时候，我深深地为她祝福……

（原载《深圳风采》1992年第7期，1992年8月17日《贵阳晚报》。）

中秋在北京

我是第一次在北京过中秋节。

北京市大兴区的校园里,皓月当空,银辉满地。金风徐来,树影婆娑。

大厅内,中央文化管理干部学院中秋联欢晚会已拉开帷幕。院系领导、教授师长正陪着我们——"全国地市文化局长培训班"的学员在观赏精彩的节目:

> 我们今天在北京相遇,
> 是各个民族的幸福吉祥,
> 愿我们的友谊地久天长。
> 扎西德勒[①]!

由西藏学员拉珍、次央、索珍三人表演的这首西藏民歌《吉祥的相遇》,把大家的心紧紧连在一起,也把全国各地的文化干部与首都北京连在一起。藏族同胞随着那奔放、悠扬的旋律,跳起了舒缓柔美,多彩多姿的藏舞,把中秋月圆、民族团结、同胞相聚的氛围烘托得格外的喜气洋洋。

改革开放是股强劲的东风,给处于社会主义初级阶段

---

① 扎西德勒:藏语,意为吉祥如意。

徐文伯副部长（右）接见全国第七期地市文化局长培训班学员与作者（左）握手

的中国带来了勃勃生机。一曲由九六级舞蹈班同学表演的《拉丁舞》，刚劲有力，她们那健美的身段，风驰电掣的舞姿，勃勃向上的精神，表现了中国人民对外开放、对内改革的历史步伐锐不可当，体现了改革开放的事业欣欣向荣、成就辉煌。

于是，整个大厅欢腾起来了。从皓首苍苍的老教授，到刚刚踏进学院大门的新生；从来自大江南北、长城内外的培训班学员，到默默耕耘的师长员工，顿时纷纷离座，翩翩起舞，尽享太平盛世的欢乐吉祥……

"唱支山歌给党听，我把党来比母亲……"由九六级声乐班同学独唱的这首长盛不衰的名曲，一下激发人们升腾起巨大的热情，把整个晚会推向高潮。

是啊，国泰民安的中秋之夜，人们想到的首先是伟大、光荣、正确的中国共产党。是党在这世纪之交的中秋时节，在北京人民大会堂隆重召开了举世瞩目、继往开来的中国共产党第十五次全国代表大会。在这划时代的盛会上，江泽民总书记以无产阶级革命家的胆识向中国和世界庄严宣布：让我们高举邓小平理论伟大旗帜，把建设有中国特色社会主义事业全面推向二十一世纪！

同时，党还把重大的历史使命赋予我们：要肩负起建设有中国特色社会主义文化的重任。

这是多么振奋人心的声音！

"有中国特色社会主义的文化建设"作为浓重的笔墨，恢宏地写进了党的十五大报告，这在我们党的历史上还是第一次。这也是十二亿中国人民的衷心期待，更是党的文化工作者的热切企盼。

正是在这中秋时节，在中国共产党第十五次全国代表大会召开之际，国人的这种"期待"，党给我们带来了；文化战线的这种"企盼"，党也给我们送来了。

难怪，我们中央文化管理干部学院的全体师生员工在这中秋节联欢晚会上，情不自禁地引吭高歌：唱支山歌给党听……

面对着这热烈沸腾、万分激动的场面，来自辽宁省锦州市文化局的一个学员即兴赋诗道：

> 八月十五月如镜，
> 文化局长聚大兴。[①]
> 欢庆党的十五大，
> 喜迎文化建设新。
> 人逢盛世精神爽，
> 霓裳飘动寄深情。
> 良宵鏖夜不思寐，
> 载歌载舞到天明。

（本文1997年9月18日由中央文化管理干部学院广播室配乐播放，原载1997年9月30日《凯里晚报》。）

---

① 大兴：中央文化管理干部学院在北京市大兴区。

承德印象

今年9月20日，我终于来到承德，目睹了它的风采。我们是清晨五点半离开北京的，经过五个多小时颠簸，奔波了230公里路程，才到达这块古老的皇家园林宝地。

虽然疲困在身，但承德避暑山庄作为我国现存的规模最大的古典园林，仍然强烈地吸引着我们。

承德原名热河，是我国北方著名的国家级旅游城市，位于河北省东北部。在这块迷人的土地上，人文、自然景观交相辉映，如诗如画。避暑山庄北雄南秀，清幽秀逸。外八庙恢宏雄伟，富丽堂皇，为全国十大风景名胜之一，1994年被联合国教科文组织列入《世界文化遗产名录》。在这里，我们看到，经过自然界千百万年的精心雕琢，山川特别富于灵性。你看那山势，或做金蟾欲跃，或化一柱擎天；罗汉袒胸凸腹，僧帽高挂山巅；鸡冠凌空欲舞，天桥横跨天边……承德四周可谓沟谷纵横，洞穴棋布，森林、草原、湖泊、温泉、古迹，处处有景，景景相连，真是一条京北黄金旅游线。

塞北承德，不仅四周秀岭，十里平湖，是个美丽的地方。而且，这里藏龙卧虎，能人辈出，素有"才子窝"之称。

相传乾隆皇帝在避暑山庄时，听说承德人很会作诗，他将信将疑。一年夏天，承德热气升腾，酷暑袭人。乾隆在山庄里实在坐不住了，就带着大学士、也就是曾任《四库全书》总纂官的纪晓岚微服下庄探访民情。两人来到街上一个凉粉摊前，乾隆见那晶莹水灵的冰粉，急忙对老汉说："老人家，给来两份。"老汉看看他，笑着道："凉粉，消暑解渴。但是我不卖，而要客人对出下联来。"乾隆一听，先愣了一下，后又觉得好笑："那上联呢？""我说过了。"这时一个五六岁的男孩，拿着大瓷碗蹦蹦跳跳过来："大爷，我有新句子啦，叫'清荷，赏心悦目'，您看行吗？"老汉笑哈哈给孩子盛了满满一碗凉粉。

乾隆听罢，觉得可乐，这算对联吗？可他又一想，这上联看似简单却不容易对。这时，纪晓岚搭话道："老人家，那'垂柳，摇风映月'，怎么样？"老汉抬起头，看看满街杨柳说："算凑合。"于是，乾隆才得吃上一碗清润的凉粉。

吃完后，乾隆和纪晓岚继续往前走，先是碰上一个富贵人家的仆人，乾隆两人与之索对，那仆人竟应对自如，天衣无缝。接着碰上个小孩，乾隆想考考他，结果小孩也能对答如流。于是，乾隆打心眼里觉得承德人才思敏捷，文高一斗。从此，他真正相信承德这地方的确"人杰地灵"，佩服承德人了。

这是两百多年前的事了。如今的承德人怎么样？刚好我们玩得累了，肚里也饿得咕咕响。

我们来到城中心一条饮食小街，两边酒店林立，服务小姐热忱地向客人招徕生意。我们选了一个叫"一品鱼"的店子，进去一看，干净整洁，墙上还有当地名人字画。店里已有两桌客，正在津津有味地用餐。

服务小姐见我们是外地人，更是微笑有加。她指着内间的雅座说："先生，里面没有人，你们请！"

我们互相交换眼色，不置可否。

作者在承德

小姐却笑吟吟地："没关系，我们雅座不收钱。"

"谢谢！"我们很适意地就在大厅餐桌上落座了。

小姐倒茶，递上菜谱，热情介绍，大方利落。

大家端茶一品，沁人心脾，困倦顿消。我们几个，来自安徽、上海和贵州，口味各一。于是每人点一个菜，共要了糖醋里脊、炒鸡蛋、煎鱼籽、炒花生和一个白菜豆腐汤。

"先生要什么酒？"又是小姐笑吟吟的声音。

本来中午我们不想喝酒，怕醉意朦胧影响游览。小姐似乎看出了我们的犹豫，说："乾隆当年在承德就喜欢喝酒，而且酒酣诗成。先生何不尝尝我们承德的酒，领略一番清朝皇上的遗风。"

"真精灵！"来自上海滩的老李由衷赞叹。

安徽的老房对酒文化极有学养，身临此境，即按捺不住酒兴："请问小姐，都有什么酒？"

"河北醇、承德窖、板城酒……我们这里都喜欢喝当地的板城酒。俗话说，喝了板城烧锅酒，好运一生伴您走……"伶俐的小姐如数家珍，那浅浅的酒窝漾起板城酒的醇香魅力。

"好！来一小瓶！"老房一锤定音。

小姐端来了三两装的小瓶。

"多少钱？"老李问。

"6块1瓶！"小姐答得很爽快。

我便漫不经心地："太贵了。"

"那就5块。"小姐仍然笑吟吟。

我又讨价："才3两酒，4块算了？"

小姐迟疑。老板娘见状，笑着上来："本来只能减到5块，既然你们是远道而来的客人，那就4块吧，只要先生们高兴。"

"谢谢！"我们三人皆大喜欢。

这餐饭，我们吃得开心尽兴。小姐不时上茶，我们借助酒兴，高谈阔论。从避暑山庄与清室兴衰到皇家园林与民族寺庙建筑风格，从乾隆的享年最长到同治的寿命最短，从康乾盛世的对外开放到慈禧太后的垂帘听政，丧权辱国，以及眼前的经济文化到饮食服务等等，各抒己见。站在一旁的服务小姐，不时点头，含笑赞许。

末了，我们一结账，才68块钱。大家还要上山，去领略承德的塞北风光。于是毫不掩饰地对小姐说："你们的菜，分量足，煎鱼和花生吃不完，我们带上山去消遣。"

小姐马上拿来塑料袋帮我们装好。我们接过塑料袋，兴高采烈地出了店门。

走到街上，我们不住称赞："物美价廉，不虚此行，不虚此行！"

"先生，先生……"后面传来服务小姐追赶的急促声音。

我们一回头，只见她手里摇着两个包："你们的包，你们的包……"

"哎呀……"我们三人大吃一惊。

小姐递上包："你们太高兴了……"

"谢谢！谢谢……"我们感激不已，竟不知说什么好。

老李忽然问："包里有钱吗?"

我说："没有。"

老房说："我的有，而且前天才在一个店里忘了包，丢了700块钱。"他摸着失而复得的宝贝，仍虚惊不已。

"先生，你们放心，在我们这里不会丢失的。前天吉林一个游客忘了个包在我们店里，包里有2000块钱，我们如数交还了他。"说着，她扑闪着真诚的眼睛，甜甜地一笑。

老房动情地："你们承德人，真好！"

我开心道："真是喝了板城酒，好运跟着走！"

老李欣然感慨："要是乾隆皇帝今日到此，定会下旨嘉奖承德人！"

（原载1997年11月12日《凯里晚报》。）

足球特区大连

大连不仅是美丽如花的海滨城市，而且是名播海外的中国第一个足球特区。

10月3日，大连天气突变，寒风阵阵，阴雨绵绵。大连人说，这一天是入秋以来最寒冷的一天。风雨中，1998年世界杯足球预选赛亚洲区A组决赛即将在这里拉开帷幕。这一天，我恰有幸在大连。

下午两点半，成千上万的中国球迷拥向大连金州体育场。一位雨伞个体户扛着一捆雨伞，在体育场门口以"雪中送炭"的好价钱，立刻销售一空。街上，球迷们满头雨水，一身淋湿，在互相追逐。人们的手里捏着大叠钞票，决心以高价买到一张门票，以挤入场，一睹世界杯足球运动员的风采。门票因此从一二百元一张炒到三四百元，最后高达七八百元，可球迷们无怨无悔。

下午4点，中国队和沙特队的大战开始。此时，亿万中国球迷或许在电视机前注视着大连金州体育场。而场内看台上，3万个座位爆满。来自全国各地的球迷痴心不改，纷纷赶到赛场打出各路球迷旗号为中国队呐喊助威。这些可爱的中国球迷，在金州体育场为中国队营造了气势磅礴的主场气氛。

作者在大连金州体育场

  这是一场十分精彩的比赛，它对双方来讲都是输不起的。中国足球队吸取前两轮比赛的经验教训，在总体451阵型中，作了人员调整，久未露面的徐弘重新提任"清道夫"，张恩华、范志毅二将盯人，谢峰任右后卫，前左后卫孙继海改打后腰，左前卫马明宇、右前卫李明，双前腰为于根伟、彭伟国，前锋为郝海东，门将仍为区楚良。这一变阵，尤其是双盯人和5个中场球员，基本抑制了对方352的阵型优势。当这整个90分钟的中沙绿茵大战至下半时第25分钟时，中国队获右侧角球，李明将球开至禁区内，人丛中一白衣战将飞身跃起头球攻门，足球画出一道美丽的曲线直挂远角入网。中国队凭此入球，主场击败亚洲劲旅沙特队，头球建功者是后卫张恩华。

  张恩华生于1973年，现效力于大连万达足球队，任主力后卫。他从大连市少年队起步，一直打到今天。他的出名是在1993年上海举行的首届东亚运动会上，此后，他先后入选国奥队、国家队，一直稳坐主力盯人中卫位置上。他身高1.83米，身高体壮，因皮肤微黑，球迷爱称为"黑子"。

他是大连万达队、中国国家队主力队员，身体素质出众，爆发力强，头球功夫尤其了得，作风顽强，拼抢凶狠，许多著名前锋很难摆脱他的"重点照顾"。尤其可贵的是，张恩华常常在对方禁区内头球建功，命中率相当高。在今日中国足坛，在盯人中卫这个位置上，无人能与他比肩。

这场中沙之战从一定意义上说，是中国队十强赛的转折点，它使我们又看到了圆世纪之梦的一丝希望。因此，当金州体育场唱响中华人民共和国国歌的时候，面对那神圣庄严的场面，我们都能强烈地感受到祖国和民族的尊严。那一刻，把在场的每一个中国人的心都凝聚在一起；那一刻，人们在心中默默地为中国足球祈祷。终场10分钟后，兴奋的球迷们仍站在看台上久久不肯离去。数万球迷高唱《歌唱祖国》，巨大声浪直冲霄汉。而体育场外已是鞭炮齐鸣，万人雀跃……

这场中沙大战在大连举行，是中国足球给了大连一次机会，结果是大连也回报了全国球迷一个惊喜。从国家队出战本届世界杯亚洲十强赛看，大连万达队的部分主力队员已挑起国家大梁，这是大连球迷引为自豪的，也是大连人的骄傲。

大连人对于足球，素来情有独钟。在社会生活中，哪个人家出了足球队员，无不受到人们的羡慕和社会的尊重。那份荣耀与光彩，并不亚于出了个新科状元。而哪家的小孩即使读书不太好，但只要对足球表现出爱好和天赋，家长和亲属中是无人指责孩子的，而是多着几分理解和欣喜："孩子喜好足球，就是有出息！"

对于男大当婚，女大当嫁，世俗观念一般要求门当户对才般配。而在大连，即使男方郎不才、家不势、财不富，但只要是能踢足球或是痴心的球迷，女方家就会掷地有声地表态："这门亲事——中！"

去年，大连市委、市政府做出重大决策，投资1.3亿元兴建金州体育馆。干部群众闻之，欣喜若狂，纷纷献工献料，参加义务劳动。结果仅用半年时间，一个容纳三万余观众的现代化体育馆即竣工，并投入使用。至这次中沙之战前，已举办了各类足球大赛十二场次。

如今，在大连繁华街市上，随处可见一个别致的景观，那就是用足球花草、足球模型、足球灯饰来装点大连的市容街景，真是独具特色。这里足球氛围酽浓，足球情缘厚重，足球意识强烈，足球文化鲜明。这就是大连，这就是大连的文化，这就是大连文化的特色。

正是在这种浓郁的足球文化熏陶下，诞生了中国足坛上的北国海盗——大连万达足球队。大连万达队一经横空出世，就以勃勃英姿站在中国足球改革的前沿，而且在四年甲A联赛中三夺桂冠，并将不败纪录保持到了55场。同时还培养了蜚声中外的张恩华、徐弘、李明、韩文海、孙继海、朱晓东、吴俊等新老国足。

（原载1997年11月8日《凯里晚报》。）

名人捧出江山美

红花也要绿叶配,名人捧出江山美。这是我游览蓬莱仙岛悟出的道理。

蓬莱,是一个美好而又古老的名字,一方充满着神话传说,令人为之神往的土地。蓬莱位于山东半岛最北端,因常现海市奇观,故有仙境之称。汉元光二年汉武帝"于此望海中蓬莱山,因筑城以为名"。唐贞观八年始置蓬莱镇。唐神龙三年登州治所移蓬莱,蓬莱遂升镇为县。明洪武九年登州升县为府。民国时期废府置县。1991年撤县设市。千百年来,蓬莱为什么成为名胜仙境而引人入胜,甚至令人如痴如醉呢?这要归功于它深厚的文化积淀。

据史籍记载,蓬莱城北海面常现海市奇观,散而成气,聚而成形,"如楼台、如亭阁,如奇树,如怪峰,时而横卧海面,时而倒悬空中",虚无缥缈,变化神奇。于是,那些好事的方士由海市的虚幻编造出海上出现蓬莱、瀛洲、方丈三神山的神话,惟妙惟肖地描绘出一个世人向往的神仙世界。由此引来了秦皇东巡求药,汉武御驾访仙,虽然到头来都是一把帝王荒唐泪,却更为蓬莱平添了几分神秘色彩。

而在文人墨客的笔下,神山海市更是被塑造得出神入化。从骆宾王笔下的"野楼疑海气,白鹭似江涛",到白居

作者在蓬莱

易的"忽闻海上有仙山,山在虚无缥缈间",以及缘此而诞生的"八仙过海"的传说,都使得仙境愈加可爱,使神仙愈呈现出人格化的亲昵,甚至八仙醉酒的饭桌、铁拐李踏海而去的脚印,在蓬莱无一不被笼罩上仙界的光环,披上如烟似雾的轻纱。到北宋,大文学家沈括在他的《梦溪笔谈》中写道:"登州海中,时有云气,如宫室、台观、城堞、人物、车马、冠盖,历历可见,谓之海市。"由此,海市蜃楼,名传千古,令人神往。

特别是一代文豪苏轼,居官登州太守,虽匆匆五日而去,然其上书朝廷,为民请命,忧国忧民之情却使他和蓬莱结下了不解之缘。尤其是那首脍炙人口的《登州海市》令人难忘。诗云:"东方云海空复空,群仙出没空明中。荡摇浮世生万象,岂有贝阙藏珠宫……"更是独领风骚,留下了千古绝唱。因此,其情其义其文甚感登州百姓。后来当地人民特意在蓬莱阁旁专修了一个苏公祠纪念他,并有一楹联歌颂道:"五日登州府,千载苏公祠!"

明代杰出的军事家、民族英雄戚继光更是蓬莱人永恒的骄傲。他自幼聪慧,勤习文武,戎马一生,身经百战,以其荡平倭寇、镇服胡虏和为官清廉、为民父母的伟绩功德,名垂后世。而他的"南北驰驱报主情,江花边月照平生。一年三百六十日,多是横戈马上行。"和"封侯非我意,但愿海波平"等诗句,又为蓬莱的人文景观添上了"诗言志"的绝唱之笔。之后,骚人墨客,名将要人留下的名篇佳句,又谱写了蓬莱文化的辉煌。诸如"海市蜃楼皆幻影，忠臣孝子即神仙"（龚葆琛）、"游客到此须饮酒，先生在上莫吟诗"（作者不详）、"眼前沧海难为水，身到蓬莱即是仙"（作者不详）、"先哲捍宗邦民族光荣垂万世，后生驱劲敌愚忧惨淡继前贤"（冯玉祥）、"蓬莱士女勤劳动，繁荣生活即神仙"（叶剑英）、"没有仙人有仙境，蓬莱阁上好题诗"（董必武）、"神奇壮观蓬莱阁，气势雄峻丹崖山"（刘海粟），以及当代著名作家蓬莱人杨朔的散文《海市》等等，都作为文化遗产，美化了蓬莱这一名胜古迹。

由此，我又想起了杭州西湖和湖南岳阳楼。

杭州西湖，山水秀丽，引人入胜，苏轼曾别出心裁地赞美："欲把西湖比西子，淡妆浓抹总相宜。"但西湖的美，不仅在于湖，在于山，更因众多的历史人物而生色。我国历史上著名的民族英雄岳飞、于谦、张苍水，清末革命家秋瑾、徐锡麟、陈伯平等都埋骨于西子湖畔。在岳墓前，刻有前人的对联："正邪自古同冰炭，毁誉于今判伪真。""青山有幸埋忠骨，白铁无辜铸佞臣。"在岳庙里，高悬叶剑英元帅的手笔"心昭天日"的巨匾。碑石上刻有岳飞的《满江红》词和历代名人凭吊岳飞的诗词。正是岳飞及其古今诗人的题咏，才使西湖更负盛名。难怪有诗咏道："赖有岳于双少保，人间始觉重西湖。"

湖南岳阳楼也是如此，它不仅有赏心悦目的自然风光，更有韵味深长的文化内涵。岳阳楼上的历代诗文，恰是游客的精神享受。这许多诗文中，历古常新、广泛传诵的首推杜甫的《登岳阳楼》，"昔闻洞庭水，今上岳阳楼。吴楚东南坼，乾坤日夜浮。亲朋无一字，老病有孤舟。戎马关山北，凭轩涕泗流。"这首诗从大处着笔，吐纳天地，心系国家安危，悲壮苍凉，催人泪下，评者以为"壮伟前人所无"。在二楼正厅就立着一块诗碑，镌刻着毛泽东主席手书的杜甫的这首诗。而在一楼正中，满壁都是范仲淹《岳阳楼记》的石刻，范仲淹不是穷愁潦倒的诗人，而是杰出的政治改革家和军事家。他身居相位而持家俭素，乐善好施。他不畏权势，力主改革，关心百姓，情系人民。他"先忧后乐"的思想，成为历代志士仁人安身立命的座右

蓬莱文友赠送作者（右一）书法作品

铭。岳阳楼正是凭借着这样的诗文，才得如此的独领风骚，魅力无穷。这正是："杜诗范记高千古，山色湖光共一楼。"

我又回想到了自己的家乡贵州黔东南。那是今年初被联合国世界文化保护基金会列入世界旅游最高档次的旅游区，是"返璞归真"的世界十大旅游景区之一。我国只有两个这样的旅游区，另一个是在西藏自治区境内。虽然黔东南山水秀丽，风光奇特，而且具有浓郁的民族风情，独特的人文景观。但是，由于地处偏僻，开化较晚，文化的积淀没有上述名胜景区的厚重，因而多少影响了这块民族风情宝地的神韵，也弱化了这方国际旅游胜地的知名度。

于是，在烟台市及蓬莱市两家文化局在蓬莱凤凰大酒店举行的告别宴会上，我唱侗歌邀请两市的文化艺术界名士去我的家乡黔东南旅游观光，传经送文。歌词大意是：

蓬莱同道是真仙，
借花献佛敬诸贤。
临别痛饮这杯酒，
欢迎士友莅贵黔。

（1997年11月于凯里。）

诗意山水　重安古峡

重安江古峡自明清以来即为贵州胜景。它东起黄平县重安镇"三朝桥",西止凯里市平良寨,全长约10公里。峡内古树翳天,江碧如翠,奇观密布。那镰刀湾、三十三浪、十八险滩、深谷幽溪、水晶垂帘、仙人看地、间歇瀑布、三朝桥等等景致奇观,沿江交错,令人神往。

一、十里古峡尽奇观

当乘船离开平良朝镰刀湾顺流而下飞入三十三浪、十八滩时,只见两岸山势嵯峨,对峙成峡,惊险怵人。船漂掠在风口浪尖之上,经过三十三浪的猛扑袭击,一泻如飞。此间惊涛骇浪,拍岸欲裂,如石浪头,灌入舱中,令人惊心动魄。更险十八滩头,旧时船夫十分惊悚,一棹一橹,必按江石水势,分寸不能差错,稍有疏忽,即船破人亡。清光绪年间,船家曾在乱石滩上立有"慈航普渡"之碑,以祈护佑平安。至今民间仍有歌谣传唱:"上平良,船过镰刀湾,钱米口袋钻,下重安,船过把屡寨,银子钻口袋。"这民谣不仅勾画了古峡的凶险,也传承了沿岸人民把握自然,战胜险滩的经验。

过了十八滩,轻舟如燕,悠荡逍遥,怡然自得。不多久，只见左岸一条支流注入江中。沿其入口处而上，就到了古峡的迷人景致"深谷幽溪"。深谷幽溪全长约7公里，溪谷两岸，奇峰怪石，高耸凌云，苍颜翠绿，一派生机。溪流回环，或缓或急，或深或浅，或宽或窄，如带延伸，山重水复。溪谷景点错落，诸如七仙池、白龙潭、龙角峰、一线天、落裙坡等等，可谓景景有趣，处处风姿，妙趣横生。

神奇的山水必然孕育优美的传说故事。相传很久以前，天上七位仙女常常背着玉帝王母偷偷下凡，来到人间奇景重安古峡的幽溪池潭，沐浴嬉戏，玩捉迷藏，而且常常流连忘返。一次，龙王三太子出游，经上游茅盖滩下来，准备过此入清水江去洞庭湖。不料，恰遇七位仙女正在池中洗浴，三太子急忙在龙潭中调头避开，没想忙中出错，露出一只犄角，撬开了地面，一声轰响，露出一线天空，这下惊动了池潭里的七位仙女，她们猛然抬头，忽见龙太子白皙英俊，心里顿感羞爱交加。这时忽然传来玉帝降旨命归，仙女们无奈，慌忙起飞回天。不料小七妹手脚失措，不慎飘落自己的百褶裙于山坡上……从此，这个传说带来了七仙池、白龙潭、龙角峰、一线天、落裙坡等一系列富于浪漫色彩的景点，其想象之夸张奇特，可谓匠心独运。

深谷幽溪不仅传说美妙，景致迷人，而且生态植被保持完好。尤其春秋时节，野花竞妍，果实累累；山鸡野兔，鸳鸯飞鸟，欢呼雀跃；鱼蟹贝虾，水蛇山蛙，戏游溪泉，野趣无穷。

离开幽溪，飞船而下，古峡由宽变窄，这时在江峡右边出现了天工造化的"水晶垂帘"。"水晶垂帘"挂在岸边石壁一道高达50余米的褐色山崖上。山泉沿崖顶垂落飞下，形成一道玉树琼花、晶莹万缕、珍珠落盘的奇观。

也真是奇异不分家，就在水晶垂帘下游300米处，还有一眼温泉，温泉从100余米深的沉积岩缝中流出，出口处距江边10余米，出口处水温约30℃，流量约每秒0.015立方米。此温泉与隔江相望的左岸石厂冷泉相对峙，形成一热一冷的牛郎织女泉，又叫夫妻泉或阴阳泉。如果玩水游山累了，稍事休憩自选阴阳泉纵情水浴，那更是爽身怡情，妙不可言。

古峡真是处处奇景，比比古韵。淌了夫妻泉，平衡了阴阳，裹着一身神气，再乘船随水流蜿蜒漂下，又别有一番风光。

这时，抬眼远望，一幅仙境扑面而来。在右岸百丈山巅之上兀然竖立一人形巨石，其背如负包袱，衣袍飘舞，宛如俯视山脚沃土，那神形姿态，逼真迷人。当地称这一人形巨石是"仙人看地"。相传一位云游四海的大仙看到重安是一块风水宝地，便凝神伫立，指点江山，后经百年沧桑而演化成石。

果真是仙人倚重之地。站在船头沿江眺望江流两侧，削壁并立，碧水青山，奇景夺人。当船进入峡谷口岸，左岸半空便呈现"间歇瀑布"。说它"间歇"是因为泉在山腰，初流涓细，后大如盘，再由大变小；稍事间歇，又由小变大，直至如盘，如此循环，甚为奇妙。而且，据说每循环一次为一刻钟，从不差错。如当春夏汛期，泉泻如流，声鸣如雷，水花飞雪，宽阔十米，极为壮观。而瀑布后面藏一溶洞，可纳百人。洞内钟乳百态，冬暖夏凉，憩息其间，惬意无比。再观瀑布两侧，绿荫覆盖，翠竹丛林，山水景致，如诗如画。对于"间歇瀑布"的成因，民间有"犀牛滚水"之说，即泉池中有一犀牛，犀牛一滚，泉水飞瀑，犀牛停滚，飞瀑间歇。传说真假，无从考辨，而想象神奇，令人折服。

二、历史胜迹"三朝桥"

经十里古峡的冲浪漂流，一叶飞舟即至重安古镇的"三朝桥"。

重安镇本是湘黔滇古驿道上的雄关，地处黔东水陆要津，水运下抵洞庭湖，乃湘黔边区的重要物资集散转运地。因此，历来为兵家所重，又引来文人墨客青睐。

据载，铁索桥建于清同治十二年（1873）。当时贵州提督周达武（周渭臣）奉命率兵"平乱"，途经重安遇发春水，舟楫不通，兵将受阻，周心急如焚。后经人指点迷津，方得帷幄运兵。"平乱"告捷，周乃筹措白银12000两建造铁索桥。其时桥长36.5米，宽3.55米，距水面10米，有铁索19根，其中桥底链17根，桥栏2根，桥链上全铺木板。铁桥建成结束了重安要津"有

三朝桥远眺

渡无桥"的历史。桥虽历经百年风霜,但铁索链子迄今光滑锃亮而无锈痕,蕴藏着铁索桥工艺的奥秘与奇迹,现为贵州省文物保护单位。

铁桥建成,天堑变通途。且喜南岸桥头古寺肃穆,香火旺盛,遂使官宦、商贾、兵家、游人往返如梭。有诗为证:

> 渺渺江流值要津,
> 朝暾初浴往来频;
> 天光云影徘徊里,
> 尽是呼舟唤渡人。

又诗一首:

> 芦笙唱晚人归市,
> 铁索横空人过桥。
> 更听钟声来佛寺,
> 江心惊起白鱼飘。

闻一多速写"重安江链子桥"

湘黔公路修通后，铁索桥承载卡车，不堪重负。1942年因抗战急需，国民政府拨专款10万银圆，并委派著名桥梁专家茅以升亲赴重安视察选址和亲自设计，在铁索桥下方10米处建造了公路钢梁铁桥。桥长30多米，宽5米多（含人行道），可通过一辆10吨载重汽车。据说建桥的钢材都从法国购进，空运抵越南河内，再用小火车运达云南昆明千里迢迢转至重安。1949年秋国民党溃军逃窜时，曾将钢梁铁桥炸坏，1950年秋解放军挺进西南将其修复通车。

1994年秋，贵州省交通厅为适应现代化建设的需要，拨巨资120万在钢梁铁桥下方40米处修建了钢筋混凝土大桥。桥长60米，宽10米（含人行道），桥面扶栏高80厘米，可同时容两辆汽车通行，承重力30吨，为现代经济建设和民族同胞出行方便做出了贡献。

这三个朝代的"三朝桥"，既是历史发展的见证，也是不同朝代物质文明的象征。它们不仅蕴藏了当时建筑材料、技术、理念的大量信息，具有很高的科技研究价值，而且还承载了不少奇闻轶事，令人回味无穷。

1939年春，著名学者闻一多教授曾率北京大学、清华大学和南开大学师生组成的"湘黔滇旅行团"途经重安古镇，亲自考察铁索桥，并留下了"重安江链子桥"古雅风貌的速写名作，这幅珍品凝聚着闻先生对祖国宝贵文化遗产的热爱和赞美，至今仍放射着文化艺术的光芒。

1987年9月1日，时任贵州省委书记的胡锦涛视察黄平时亲临铁索桥和钢梁桥观赏，他称赞重安景色秀美，民风淳朴，两朝桥文化厚重，是发展旅游的宝贵资源。他还兴致勃勃在铁索桥上留下了弥足珍贵的永恒镜头。

1999年11月，当代著名经济学家、时任贵州省副省长的郭树清博士，在考察重安时赞叹说："重安江'三朝桥'，是不可多得的桥梁博物馆！"

传奇的历史，厚重的文化，先进的科技含量，引来了文人雅士对"三朝桥"的咏赞题联：

同治民国解放三朝相连历时百载，
铁索钢架混凝数桥同跨永存千秋。

三、趣联古韵"小江南"

咏叹"三朝桥"的历史，又不能不提 "小江南饭店"的趣联。

"小江南饭店"为当地能人龚明玉创建，店铺隐没在重安镇江边茂林修竹中间。二十多年来，该店凭借独特的"妙联"魅力，闻名遐迩。

一进饭店门口，"闻香止步，知味停车"的柱联扑入眼帘。正门的对联是：

奇也铁索风雨百年不生锈，
怪哉泉水飞流千载自间歇。

而侧门却写着：

河岸一寺诸佛恩恩惠惠福祉广赐，
江上三桥人车来来往往旅途平安。

过堂两边墙上挂满苗族、僳家的独特工艺品和蜡染花布，它们飘散着浓郁的乡土文化气息。里门两边挂联是：

重安山重山山重重重重上九霄云，
弯水水弯水水弯弯弯弯弯下十里滩。

联中都以地名"重安"与"弯水"为起头。而临江的雅座右门上却是半副对联：

'清萍竹舍'竹舍清贫愿天下人清平可渡，

左门边是"求下联"三字。据说二十多年来，主人曾通过媒体悬赏求对下联，而全国南来北往的客人，雪片般飞来的函电无一能得工对。

1987年11月，曾随国家文物局专家组考察重安的光明日报副总编辑李春林为此还在当年11月13日的人民日报副刊上发表过《小饭店里的"妙联"》文章。从此，"小江南"更名噪一时。

对联虽无人对上，游客却纷至沓来。自"小江南"开办以来，接待了成千上万的游客，他们中还有来自美国、法国、德国、意大利、加拿大、比利时、新西兰、荷兰、日本、瑞士、新加坡、俄罗斯、以色列等十多个国家和港、澳、台地区的旅游团队和散客。

对于接待，主人龚明玉可谓甚为"得道"。他原是黔东南州建公司的一名职工。20世纪80年代初期，四十多岁的他为发展民族旅游，毅然返回重安江边开发旅游业。在当时州政府分管旅游副州长的关心支持下，几经周折拼搏，他获得了"贵州省先进个体旅游户"的称号。而于接人待物，他的理念很厚道淳朴：凡来"小江南"的人进门就是客，他都笑脸相迎，茶水招待；凡下榻饭店的，吃住付费，随缘而给。尤其对远道而来采风写生的大中专院校师生，都是低价提供食宿，确实困难的予以免费，并义务导游。他还备有炉灶餐具，让游客将捕鱼捞虾采集所得之物自煮自食，以体验山村水乡原始、自然的生活风味和田园情调。

一次，一位老外游客不慎伤脚，他精心调理，偏方疗治，一周后老外伤愈，即以重金酬谢。他不仅分文不收，还备办民族礼品赠送老外回国，令老外感激涕零。

在人心不古、物欲横流的当今社会，凡到此考察旅游的中外游客无不感到"小江南"是人间净土，古风犹存。为此，中国国际旅行总社命名

"小江南"为国际旅游定点景点，并授旗褒扬。

如此看来，重安古峡"古"就"古"在有古代胜迹，古香寺庙，古老传说，古韵趣联，古道热肠、古朴民风……"峡"就"峡"在峡谷幽深，峡道蜿长，峡水涌急，峡瀑飞流，峡景迷人……这一"古"一"峡"，酿造了重安江十里山水的精灵神韵，构建了人文与自然的珠联璧合，美妙统一。

正因如此，那年香港拍摄彩色宽银幕电影《聊斋的故事》，经千挑万选，最后选中重安古峡为外景拍摄地，导演们看中的或许就是重安古峡远古的野趣、诗意的山水和古朴的民风……

（原载2005年9月15日《贵州政协报》，《当代贵州》2005年第19期，选入吴德海主编《黄平美无涯》，2005年12月贵州人民出版社。）

旅游缘

我怎么也不会想到,那次在河北保定直隶总督府会有缘遇上两个人。

金秋时节,燕赵大地,一派辽阔。那天清晨,我刚下火车,就径往直隶总督府赶去,路上行人稀少,只有赶早生意的贩夫走卒迎面穿过,或是行迹匆忙的出行人在来往赶路……大地宁静了一夜,尘埃少了,天空一片清朗,几颗晨星稀疏地挂在天边,伴着皎月,为早行人添加了些许秋意寂凉。虽然是城市,我却有些"鸡声茅店月"的感觉。

我窃喜,今天要做走进总督府的第一人,以图个吉利。来到广场前,只见大门外那两根30余米的作为古城保定文化地标的府署大旗巍然屹立,气派非凡。广场上空寥无人。我渐渐向府门走去,忽然,树荫下隐约站立着一个女孩,背着一个米黄色的书包,沉甸甸的。难道说更有早行人?我不禁暗吃一惊。好奇驱使我主动上前打招呼,原来竟是个同游人。虽算有缘,却碍于陌生,不便多言,我们各自默默地在空旷的广场上来回踱步,静心等待……

8点过,工作人员开了门,我们购票随团队游客一起进去。在展馆前,解说员热情地从直隶总督府的地理位置、建筑结构、入主总督及其人数、政绩、升降、去留等等向游客介绍，令人应接不暇。由于嫌其解说过于跳跃，我离开了团队沿着每个展厅慢慢地品读。

当我跨进曾国藩生平展室，发现那个女孩已停伫在厅堂前正专注观看。于是我们点头微笑对上话了。我问她是否看过唐浩明的长篇历史小说《曾国藩》？她说没有，但知道曾国藩是清代名臣，南方人，还听说他有一个小妾。

我读过曾国藩的一些史料，也看过唐浩明的长篇小说，于是就向她聊了曾国藩

作者参观直隶总督府

的家事和那小妾的故事。最后我说，其实那个民间小女虽然服侍了曾国藩一年有余，并怀了他的骨肉三月之多，但她生前并没有享受过妾的待遇，死后也未得妾的名分，仅作为一个侍女成了曾国藩调剂戎马倥偬生活的牺牲品。不过，曾国藩确为湖南、贵州培养了大批的军政才干。譬如，《清史稿》有传的我家乡的一品记名提督朱洪章就是此类高级将才。

听着我的叙述，她感到新鲜有趣，还流露出对曾国藩那小侍女不幸遭遇的哀惜之情。

突然她问我，这直隶总督的任职，其实授和署理、护理与协办有何区别？这下可叫我乱了方寸。我既不能表示不懂叫她失望，也令我丢脸，又不能装懂而误人。因为回答不准或与展厅下面哪段文字的解说不吻合，也叫我难堪。我凭着自己的文史常识略为思忖，就向她解释说，实授恐怕就是被实际任命为总督，而署理一般是指代理总督，护理则是临时性代管事

务，而协办是协助总督办理公务的意思，相当于现代的助理。最后我说这也只是大概的说法，不一定准确。但从她的点头微笑中，我猜测她对我的解释还满意。于是，我们的话题就宽了……

一阵你言我语之后，忽然一个念头在我脑中冒出，我便试探地问她，你可能是老师吧？她扬起头，眼睛一亮，您怎么知道？我说凭感觉。她嫣然一笑，那您看我是什么老师呀？我说，看你那么小，应该是小学老师吧！她笑笑摇摇头。那是中学老师？又是摇头。我有点着急和后悔了，那只有是大学老师了。她又笑笑反问道，像不像？我说看你人很年轻，确实不像大学老师啊，也许我有眼不识泰山吧！没关系，您还是看出我是老师的嘛。随后，我才知道，她姓黎，在北京一所科技大学任教。而她也知道了我是贵州人。

由于她年轻敏捷，看得往往比我快。当她看完前面几个展厅后，便忽然回头跑来惊喜地叫着我，快，快来看，最后一任实授总督是你们贵州人。我一听，懵了一下，不敢相信竟有这样的事情。

是啊，在清代，总督是握有军事、行政、监察大权的最高级地方官员，所谓"封疆大臣以总督为最重也"。清朝历代最高统治者的皇帝，都把总督当作是"栋梁""股肱"之臣，对总督委以重任，寄予厚望。而直隶省为畿辅重地，直隶总督号称"首牧"。自李鸿章兼任北洋通商大臣之后，直隶总督的职权还兼及国家的外交、军事和经济。而在贵州，依我的孤陋寡闻，能兼管过国家政治、经济、军事和外交的军政大员只有民国时期的何应钦。所以，我不敢相信贵州在清代还能出过总督大员，——当然，我也真的希望能有这样的大员。于是，我急切地跟着她去看这样的大员。当跑到最后那间展厅时，我幸福地看到，展厅上赫然地写着最后一任直隶总督——陈夔龙。

陈夔龙（1857—1948），字筱石，贵州贵阳人。他八岁丧父，家境贫寒，在困境中苦读诗书，1886年中三甲进士。出仕后，受到统治高层的欣赏和信任，历官兵部司员、顺天府知府、漕运总督、河南巡抚、江苏巡抚、四川总督、湖广总督直到清代最后一任直隶总督兼北洋大臣，达到其宦海生涯的顶峰。他历经同治、光绪、宣统三朝，任内整顿吏治、改革官制、废除差徭，且在外交事务上不亢不卑，表现了自己独特的魄力与谋略。

据记载，陈夔龙一生还做了几件值得称道的善事。一是重修寒山寺刻诗碑。1905年4月，陈夔龙调任江苏巡抚，其时姑苏名胜寒山寺年久失修，他即拨款重修殿宇，铸钟刻碑，恢复旧观。寒山寺里唐朝诗人张继的《枫桥夜泊》残碑就是他令人重刻立在院中而保留至今的。二是搜集和印行乡邦文献。长期以来不少出生于贵州的高官显宦，都不愿意承认自己是贵州人。陈夔龙则不然，他虽原籍江西，只因出生贵阳而对贵州极有感情，曾在官场多次公开说："今日博取功名，确系由黔发迹，黔不负余，余亦不可负黔。"所以，他对搜集印行明清以来的贵州文献非常热心。譬如他出巨资搜集和刊印的明末贵阳人杨龙友（文骢）的诗画集，为后人研究杨龙友及其作品提供了翔实可靠的资料。三是他著作宏富，史料价值极高。他一生撰著有《松寿堂诗抄》《江皖道中杂吟》《梦蕉亭杂记》等近十部，为后人研究历史提供了重要而典型的 "三亲"史料。

品味陈夔龙的宦迹，我心潮澎湃，我为自己这次旅游能在直隶总督府衙里有缘幸遇这样的贵州先贤感到惊喜与自豪。

这时，她也欣喜地对我说，想不到我有缘在这里遇到你们古今两个贵州人。贵州能出陈夔龙这样的名人，说明贵州地灵人杰啊！但我对贵州不太了解，只知道有个黄果树、茅台酒和遵义城。您能讲讲贵州吗？

我慨然应允，随即发挥道，贵州虽然地处边陲，建省只有500余年的历史，但明清以来，也曾有过6000举人、700进士、3个状元的辉煌，而名声远胜贵州的云南却还一个状元都没有哩。民国以来，贵州还出了邓恩铭、王若飞、周逸群、龙大道、旷继勋、杨至成等中共的革命家和高级将领，还有国民党的二号人物何应钦，以及与宋蔼龄、宋庆龄、宋美龄这

"宋氏三姊妹"对应誉称的"谷家三兄弟"的谷正伦、谷正纲、谷正鼎三位国民党中央委员等党国要人,当然也还有科学家和文艺家等文化名人。另外,贵州有世居少数民族十七个,民风淳朴,热情好客。贵州的民族文化多姿多彩,令人震撼。一部《多彩贵州》歌舞剧,风卷全国,誉饮海外。贵州还是一个公园省,是一个多山多水多湖多洞的绿色王国和 "氧吧山国"……我一口气说了那么多还嫌挂一漏万。末了,我热情地对她说,今天有幸结识你,很有缘,欢迎你到贵州去做客。

听了我的介绍,她面漾喜色,并充满向往地说道,贵州是一个美丽迷人的地方,我一定寻找机会去……

忽然,她若有所思地问道,贵州有那么多名人,建有名人纪念馆吗?您看,陈夔龙在保定都被整合成旅游资源了,而且还那么富有品位和魅力!

我好像一下被戳到了痛处,深感惭愧至极。我知道,名人文化是重要的旅游资源,在我游历的海南、四川、云南和湖南都有名人纪念馆,就是我家乡隔壁的湘西凤凰县也建有熊希龄、沈从文的陈列馆,而我们省城贵阳和我的家乡黔东南,却至今没有一个综合性的名人纪念馆,这与贵州丰富的名人文化资源和旅游业的发展是多么的不相适应啊。我想,她的这个心愿不正体现了游客对我们贵州旅游业发展的期待吗?

于是,我充满信心地对她说,作为一个政协委员,我一定把你的希望和建议带回贵州去。我相信,只要贵州各族人民努力工作,奋力开拓,贵州的旅游发展一定会后来居上的。

我也相信,我们的旅游缘分会赓续,到那时,我在贵州等你来!

(原载2009年8月19日《黔东南日报》,2009年9月11日《贵州政协报》。)

眷恋海石

海石宾馆,在我心中留下了缕缕的眷恋……

秋高气爽的初秋,我再一次来到了位于北京燕郊行宫的海洋石油基地宾馆。这里地处京、津、唐黄金三角区域,西距首都北京30公里,有京哈京通高速公路相连,为东郊北京东线旅游区。

据记载,燕郊自春秋战国即为燕国京郊重镇,元、明、清三朝市井繁荣,商贾云集,满清入主中原,建皇陵于遵化,曰东陵。康、乾皇朝设行宫于燕郊,为贡先祖帝皇后妃谒皇陵途中下榻养息之地,也为清朝帝王、大臣、官吏、家眷出宫巡游、养生、度假、朝拜而用,是清朝皇室家族、封疆大吏等进京下榻之场所,故曰"行宫"。

记得我第二次下榻海石宾馆后,早上在园林里散步,空气是湿润清新的,簇簇茂叶里传来各种鸟雀喊喊啾啾的欢唱,当你抬头找去,却看不到它们的身影。只见高高挺拔的白杨树屹立,它们的繁枝茂叶遮盖了头上的一片天,清凉的华盖为游人遮风挡雨。整洁的小道上,美人蕉绽放着嫩黄的花瓣,马蹄莲伸展了粉白的娇姿,喇叭花千姿百态,紫薇花红艳迷人,海棠秋实累累,山楂果压枝头,柿子透红诱人,一派勃勃生机、欣欣向荣的生态美景……

作者在海石宾馆

忽然，一阵铃声传来，护园工人们推着"保护环境，美化园林"的清洁车过来了。我回头看，那车上放着修枝松土的剪刀、镰刀和小锄，车边还挂着一杯茶水和脸帕。于是我和他们聊了起来。工人师傅告诉我，他们每天工作八九个小时，负责园林的花草保护，树枝整形，清洁卫生和杂草污物处理。这片园林几十亩，工作量不小啊。对于路边的好些树，我都不认识。于是，他们就告诉我，那树叶五角形的是五角枫，道边成排的叫龙爪槐，还有银杏、桃树、柏树、白杨树和雪松等等。特别是那雪松，据说一棵一两丈高的就价值上万啊，那可是国家的珍稀树种，园林里的镇园之宝呢。

在一方碧波飘香的池塘里，荷花亭亭玉立，那宽阔的荷叶里滚动的水珠就像一粒粒晶莹的珍珠，银光闪耀。"秋荷一滴露，清夜坠玄天。将来玉盘上，不定始知圆。""接天莲叶无穷碧，映日荷花别样红。"我油然想起韦应物和杨万里的咏荷佳句来。

突然，旁边一个小女孩惊叫，看那荷叶下垂立一对并蒂莲。我抬眼望去，只见那并蒂莲，茎秆一枝，花开两朵，一高一矮，相视顾盼，含情两依，令人艳羡。围观的有人说，这是绝景，只有有缘人才能看到这样的美艳奇观。因为在中国传统文化的意蕴中，并蒂莲有"花中君子"之称，是荷花中的极品，象征着百年好合、永结同心。民间传说中，并蒂莲的出现是吉祥、喜庆之兆，是善良、美丽的化身。又有人说，前段时间，在北京圆明园也出现了一对并蒂莲。人们说，那是圆明园的吉祥物。可是没两天就被哪个缺德人偷窃了，叫大家愤然不已。我想，并蒂莲温婉圣洁，高雅美艳，她喜降人间，是大地的吉祥。而爱美之心，人皆有之，无可厚非。人们应该爱护美，敬畏美，而不应该损害美，掠夺美，糟蹋美。可是，从古至今，掠美为己所有，又大有人在啊。就是那达官贵人、天子皇帝，也常常做出些许破坏生态美、践踏人性美的恶事来！正因如此，自古以来人们才倾情赞美荷花"出淤泥而不染，濯清涟而不妖"的圣洁品格。

并蒂莲

漫步于园林里，空气、朝霞、绿色、花草、园丁，组成了一幅天人合一的生态图景。忽然，远处传来了悠扬悦耳的二胡曲，在这鸟语花香、露珠湿润、雾气弥漫的清晨，能不叫人心思飞扬吗？

那还是我第一次来到燕郊的时候。那年元旦，海石基地的园林里银装素裹。窗外，一丛丛竹枝被积雪压弯了腰肢，一阵寒风袭来，竹儿枝摇叶响，我浑身直打哆嗦。于是急忙把窗子关上，但宽大的房间里还是冷飕飕的，那暖气有气无力，冻得我手脚麻木。面对床上厚厚的等着校对的稿子，我心头沉重冰凉。为了暖身，我只好在房里不停地来回走动。冷得实在难受了，才无可奈何地去找服务员。

前台里，一个脸如荷花的女孩问我有什么需要？我抱怨房间很冷，那暖气没点儿劲。她笑着说对不起，我来帮您想办法吧。在她的几经周折下，第二天暖气修好了。当一股股暖流充盈房间时，我有了温馨和暖如在家中的感觉。

那些日子，我要校对几本书稿。那荷花女孩知道后，就好奇地拿了几篇文稿去看。我很忙，每校对两天，就要跑编辑部一趟。而北京太大，每天去来赶公交车，都要两头煞黑。我眼睛不好，校稿时间长了，就冒泪水，刺疼难忍。她知道后就对我说，如果能放心，可以帮忙校看稿子。我当然很乐意，结果把几叠书稿交给了她。她没有敷衍我，她看过的稿子后来交到编辑部都通过了。

校稿时间长了，我感到很累，就想去张家口放松一下。我对客房主管说了这个意思，她很赞成，并要我把东西收拾好交到保管室。我带来一些参考书，真怕放在保管室人多手杂有什么闪失，就一再交代保管员要当心。一周后我回来，保管员细心地把所有的东西拿给我，那些书还用一个纸盒帮我装得好好的。我非常感激，觉得自己原先的担心很好笑。

回来后，宾馆给我换了房间，白天采光蛮好，窗外是一片绿树，我感到心旷神怡。但到了晚上，就感到房间灯光昏暗。我又向客房主管去叫苦。第二天，一个服务员就送来了台灯。在光线柔和明亮的灯下静静地工作，心里感到很舒畅。

之后，我的校稿效率很高，我心里默默感念海石宾馆给了我一个宾至如归的环境。

一个月后，我向海石宾馆深情道别，与海石园林的花草鸟雀悄然拜拜。我离开了燕郊"行宫"，离开了海石宾馆，回到了南方的家乡……

这一次是我第三次来到燕郊了。这次是在参加了北京瑶台山庄一个散文笔会后，特意来海石宾馆看望那些员工朋友的。

当我走进海石园林那熟悉而富于梦幻的环境，看着已有残花飘落的故地旧景，一些断断续续的记忆蓦然复苏。到了宾馆大门前，我踏着那眼熟的红地毯直奔前台……

结果很失望，新来的服务员说，我认识的那几个员工都离开了宾馆。特别是我记忆中的那个荷花女孩，有的说，她回山东老家当导游去了；有的说，她好像去浙江做生意了；还有的告诉我，据说她跟男朋友到天津成家去了……

我顿感失落，颓然地走出宾馆，园林里惨淡的野花似乎在为我惋惜。我回望宾馆那熟悉的大门，百感交集。突然，一句俗语在耳边响起"铁打的宾馆流水的客"。细想起来，这些服务员，不管她们去了哪里，也不管她们选择什么样的生活，都经过了海石基地的哺育和历练。而当她们成熟了心智，练硬了本领，就会从容地奔向更加广阔的生活，在人生舞台上放飞自己的梦想……而我，不也正是在这里得到善待和呵护，才圆满完成了任务而南归吗？

啊，这些难以泯灭的记忆，在那一瞬间都化成了我对海石宾馆无尽的眷恋……

（原载2012年1月9日《贵州政协报》。）

金庄银杏待人识

深山藏古寺，古树保村庄，这话一点不假。最近我陪中国科学院的叶大年院士到贵州黄平县重安镇的金庄村去考察，就验证了这一道理。

来自史前的"活化石"

适值盛夏，站在重安江西岸海拔千余米的阡陌上远远望去，一棵巍峨挺立的古银杏，犹如遮天巨伞，几乎把金庄村覆盖在浓荫下。走近古树下，徐风拂面，如临氧吧。银杏高大挺拔，繁枝绿叶，密密匝匝。在主干4米处，还如莲座分瓣，形成十枝苍劲蓬勃的枝桠向四面伸展，纵横交错，覆荫亩余。顽皮的小孩们在虬曲的枝干间上窜下跳，犹如孙悟空的毛孙儿在花果山树下戏谑玩耍，那童趣野韵仿佛一幅古典的山水画。

银杏，是一种生长很慢而寿命极长的树，因有"公种而孙得食用"之义而名为"公孙树"。明代伟大的药物学家李时珍认为：公孙树至"宋初始入贡，改呼银杏。因其形似小杏，而核色白，今名白果。"

作为史前世界的遗物，银杏是中国的特产。1亿多年前，欧亚大陆到处都生长银杏，后因大片冰川的袭击，它在不少地区灭绝，遗体埋于地下成了化石。而我国由于是间断性高山冰川，因此冰川"缝隙"间的银杏便得以生存下来，绵延至今，成了人们研究古代裸子植物形态的珍稀"活化石"。

金庄银杏冠天下

对于银杏，我情有独钟。这不仅因为我读过郭沫若的《银杏》，深受其情思文韵的感染，而且在我的家乡，也有古老的银杏树。郭老的美文只给人美的享受和哲理的启迪，并没有告诉我华夏大地银杏树的冠亚军在哪里？我家乡的银杏树自然可亲可爱，但缺少"阅尽人间春色"的沧桑古韵。而金庄的银杏，弥补了郭老美文银杏与故乡银杏之不足，兼具两者之美。

金庄银杏，位于东经107°57′59.9″，北纬26°46′50.1″，海拔1031米的丘陵上。经林业专家测定，其最大胸围10米，最大胸径3.18米。树冠东西34米，南北31米，冠幅700多平方米，树高39米。据民间盛传和方志记载，其树龄已有1500余年的历史了。而且，一般的银杏进入四十年后

几人合抱的金庄银杏

才到盛果期，每年收果量只达150～200斤。可金庄银杏每年收果一般都在1000～2000斤，有时甚至达到3000斤。其累累硕果，也令人震撼惊奇。

在我国，银杏古树多见于古寺名刹。北京大觉寺、上海奉贤区新寺镇等地都有数百年的参天古银杏。江西庐山黄龙寺"黄龙三宝树"之一的古银杏，据说是晋朝高僧昙铣所植，距今1000多年。但据考，昙铣手植之三宝树，不在黄龙寺，而在大林寺。此银杏树系明代僧人在建黄龙寺时所栽，迄今不过四百余年。山东莒县定林寺的一棵古银杏，株高24.7米，最大胸围15.7米，冠幅900平方米，相传已有3000多年的高龄。当代书法家王丙龙先生曾挥毫为题之写了"天下银杏第一树"。可与金庄银杏的魁伟高度相比，这"第一树"也难免黯然失色。比较之下，综合各种指数，金庄银杏不是中国第一、也应位居第二或第三，与那些"盛名之下"的银杏相比，可谓不相伯仲，而应名冠天下。

扑朔迷离的古老传说

在我看来，金庄银杏的树龄、树围、树高及冠幅不仅能够名冠天下，而且其文化渊源也应扬名华夏，独秀一枝。且听八十九岁的苗族老村长杨通藩给我们讲述的古老而美丽的传说吧。

相传八百年前的一个秋天，杨、吴、高、徐四姓的先祖千里迢迢迁徙到此，见路边一棵膀桶大的银杏，挺拔冲天，金叶灿烂，果实累累，五人合抱才能围成一圈。他们默想，这样古老的银杏该是神树了，可见这地方是一块金银宝地。于是，他们就在此安家落脚，还给它起了个响亮的地名叫"金庄"。

安居之后，他们于次年农历的六月六相约来到这棵树下杀鸡祭拜。由于杨、高两姓是苗家，吴姓是僙家，徐姓是汉家，所以四姓盟誓世代和睦相处，亲如兄弟，永不开亲。此后，每年六月六，各姓氏户主悉率子孙聚会于银杏树下焚香烧纸，重温祖训，人人发誓，遵守规约，如有违者，依规惩治。于是这棵树被俗称为"团结树""约法树"。

老人在树下摆故事

后来，相传这棵树羽化成仙了。到了朝廷兴起科举选士的时候，据说有一年，科考发榜下来，一个姓白的士子金榜题名，皇上赐官委以重任。可数月之后，却不见白士子赴京履职。于是，朝廷官差踏破铁鞋、明察暗访来到金庄，人们都说村里没有姓白的，官差听了非常失望。当他们离开村口回望时，只见银杏树上挂着一顶大官帽。哎呀，这下他们明白了，原来那白士子是树精白果羽化的，可能是他无意于京城官场，便选择了回归家乡的田园生活……

千年之后，就在离金庄不远的一个苗寨，一个苗族后裔也做到了中央部委的大官，但他也没有迷恋京城，终于功成名就，叶落归根，回到了苗岭。人们说，这或许是当年白士子的遗风再现吧。

老人还说，后来又过了许多年，那白果曾一度变成了个潇洒英俊的后生。一天，他去附近的谷陇大寨对歌，遇上了一个美丽的苗家姑娘。他们整整唱了七天七夜，姑娘终于动情而送其项圈定情，然后跟他私奔，一路脚踩春风来到金庄银杏树下。面对老树，后生说我家到了。姑娘四面张望问道，怎么连个房屋都没有，我住哪里呀？就在迷惑之际，后生不见了。姑娘惶惑抬头，却见自己的银项圈已高高的挂在银杏树梢上。姑娘一气之下跑回家里禀告父母。她父亲是个脾气火爆的汉子，认为是那白果后生欺负了自家女儿。他一气之下，就拿出家里的铁犁头烧得通红，跑到金庄把那白果树烫得嘶嘶作响，直冒青烟……

相传现在这棵老银杏凹凸不平、满身伤疤就是那回烫坏的。后来有个风水先生说，那是白果后生只想一展歌喉并没有迷恋儿女情长而成仙去了。这事虽有些蹊跷和遗憾，但由于这棵老银杏枝叶相连、盘根错节、互不分离的神形魅力，世代以来，周围村寨青年男女，都喜欢来树下唱歌跳舞、谈情说爱，不少人因此而得美满姻缘。

黔山中的"东方圣者"

不管这些传说多么的扑朔迷离，但古银杏悠久的历史、多彩的文化无须质疑。我想，这就是文学家郭沫若歌颂银杏树为"东方圣者"的缘故吧。

那天晚上，我在微风徐徐、阴凉如春的老树下静坐，想起它的古老沧桑，感到深奥莫测。不是说"木秀于林，风必摧之，堆出于岸，流必湍之，高行于人，众必非之"吗？可这老树挺立于苗山之巅千余年，任凭风霜雨雪吹打和人间烟火侵袭，却巍然耸立，丰采不倒，并见证了朝朝代代的兴衰存亡，这难道不令人景仰和敬畏吗？这难道不就是我们黔山秀水的"东方圣者"吗？

回来的路上，见闻广博的叶大年院士兴味尤浓地感叹："好山好水出好树，这样古老不衰、硕果累累的银杏，我虽游历中外，也实为罕见。只可惜，这棵树远离古寺名刹城郭，因而榜上无名，藏在深山待人识啊！"

是的，金庄银杏，你深藏大山无人识，历经千年风雨，却安度时光，坚守淡泊。你的默默无闻和隐忍，或许就是你的博大与精深……

（原载2010年8月11日《黔东南日报》，2010年8月13日《贵州政协报》，《杉乡文学》2011年第8期。）

附

在黔东南寻找父亲的足迹

叶大年

2010年6月，我的好友欧阳自远院士邀请我参加在凯里召开的"黔东南生态文明试验区发展研讨会"，我欣然答应，并计划要实现寻找父亲足迹的夙愿。

7月6日，我从北京乘飞机到贵阳的龙洞堡机场，并转乘汽车沿高速公路直奔州府凯里。也许是因为要出席生态文明研讨会的缘故，我对车窗外面的景致特别留意观察，感觉到贵州的青山绿水真是更加迷人。

到了凯里，我见到了"老朋友"——自治州州委书记。十多年前，我到六盘水考察时与他认识的，他是个老铁路，曾经在铁五局任职，建设南昆铁路时与时任工程总指挥部副总工程师的家兄叶大同很熟。谈话中我提起六十年前家父在抢修委员会组织抢修了贵州的一批公路桥梁，其中就有重安江大桥，不知这个桥是否还在？

他说："我在铁五局工作时，对贵州的公路桥梁十分熟悉，令尊创修的桥梁有的仍在使用，有的保存着不用了，有的折了。施秉的鹅翅桥还在使用，施秉大铁桥钢铁桁架折了，桥墩仍在，重安江大桥保护得好好的，是文物，那里是旅游景点，会后送您去看看。"

我父亲叶勉之，生前是铁道部专业设计院的高级工程师。1949年11月15日贵阳解放，那时他在湘桂黔铁路局都筑段工程处任施工股长。国民党89军刘伯龙部在逃跑时将湘黔公路、滇黔公路上所有的重要桥梁都炸毁了。为了支援解放军进军云南和四川，同时也为了解决贵州、特别是贵阳二十多万人的生活物资供应，省军管会组织了以申云浦同志为主任的"支援前线抢修委员会"。工程组负责人是都筑段工程处处长刘建熙，家父是工程组秘书。

当时土匪十分猖獗，而且还有国民党的散兵游勇，因此沿公路干线抢修工作是非常艰巨和危险的。那时我只有十岁，知道父亲非常忙，常常没回家而在工地上。因为父亲参加抢修路桥，国家增发了一倍的救济粮，家里每月可多领到一百多斤，体现参加抢修的光荣，这是抢修工作留给我这个儿童的第一印象。留给我的另一个印象是父亲组织和领导抢修了四十多座桥梁，其中就有施秉桥、重安江桥、瓮城河桥、贵定桥、霸陵桥、黄果树桥、乌江大桥等等。虽然父亲已经工作十年，但都是在别人领导下做事。不过，他这个工程秘书还经常独当一面工作。当时没有起重机、吊车、柴油发电机等施工机械，父亲就指挥大家全凭人力利用杉木作杠杆，硬是把桥梁的钢桁架从江河中捞出并重新安装在修复的桥墩上。因为工作出色，父亲得到省交通厅长阎海清的赏识。

十多年前，我认识了黔东南州的侗族作家陆景川先生。2006年他主编了一本大部头著作《伟人名家与黔东南》，书中有篇文章提到，抗战期间闻一多先生曾经在黄平县重安江考察，并做了一幅"黄平县重安江链子桥"的素描图。我从头到尾品读了《伟人名家与黔东南》这本巨著，并且写了一篇读后感，后收入自治州的文集。我在文中谈到，看到闻一多先生的素描图使我想起六十年前家父抢修重安江大桥的往事，如果这座桥还在，将来有机会我一定要亲自去看看……

陆景川书中还提到了王阳明（名守仁）。王阳明的名字引起了我的联想。我在小学二年级就知道王守仁，因为学校就在贵阳南明堂的王守仁路上，那时候贵阳的学生大都知道王阳明这个人，但是对他的"心学"多是不甚了解，我也不例外。我比较了解王阳明还是在读了好朋友侗族作家袁仁琮写的历史小说《王阳明》之后的事情。

这次在凯里期间，老朋友陆景川来看我，并送我几本书，其中一本是《黄平美无涯》。书中有他写的《诗意山水 重安古峡》，记述了重安江"三朝桥"的轶闻：

"1939年春，著名学者闻一多教授曾率北京大学、清华大学和南开大学师生组成的'湘黔滇旅行团'途经重安古镇，亲自考察铁索桥，并留下'重安江链子桥'古雅风貌的速写……1987年，时任贵州省委书记的胡锦涛视察黄平时亲临铁索桥和钢架桥观赏，他称赞重安江的景色秀美，民风淳朴，三朝桥文化厚重，是发展旅游的宝贵资源……"看了这些文字和附有的精美图片，我心情非常激动，迫切期待亲赴重安江。

7月8日，我们到雷山县西江镇的千户大苗寨考察，观看了苗族的精彩歌舞和绝妙的"上刀山下火海"表演，还吃了美味的苗家长桌宴。下午赶往镇远。镇远是有两千多年历史的全国著名古镇，它坐落在上海至瑞丽的高速公路边，同时又在株洲到六盘水的双轨电气化铁路上，是个闹中取静的地方，自古以来为滇黔通往内地的门户。今天的镇远有新城和旧城之分，新城是一个相当现代化的城市，而旧城却保留着明清时的屋宇、街巷、会馆、码头，这些绝不逊色于陕西的平遥。而那清澈见底的潕阳河，绿树簇拥的山峰中若隐若现的庙宇和庭阁，更令人心旷神怡，这般景色是北方的古镇不能相比的。我们泛舟夜游了潕阳河，五光十色的霓虹灯和千年古镇的历史积淀，仿佛是行驶在时间的隧道里……

当晚，陆景川带一辆越野吉普车来到了镇远。第二天，我们就脱离会议人马单独行动，去黄平寻访父辈的足迹。

如今的黄平不在高速公路线，也不在320国道上。陆景川和我对黔东南的革命历史和红军的事迹都有浓厚的兴趣，便决定顺带寻访萧克红军的足迹。我告诉他："镇远与施秉之间有个地方叫甘溪乡，七十五年前萧克的红军在这里遭到桂系军队的伏击，有数百红军战士壮烈牺牲，我们应该去凭吊。"

在甘溪镇，我们找到公路边的一户有祖孙三代的人家座谈，景川多方引导话题，无论如何也谈不到红军的线索上，只提到50年代初期的剿匪。我们不无遗憾地离开了甘溪乡。我一直困惑，这样一次惨烈的战斗怎么在几十年后竟然无人知晓？三天后我回到北京，迫不及待地查阅有关资料，原来数百红军壮烈牺牲的那个甘溪乡是在石阡县南约15公里的地方，与我们采访的施秉县甘溪乡相隔70公里，中间还隔着佛顶山呢。记忆上的差错和我们开了一个不大不小的玩笑。

到了黄平县城新州镇，我们安顿了住地，就直奔老县城旧州镇，这里有一个著名的天主教堂。之所以著名，是因为萧克的红六军团的司令部曾设在这里，萧克在天主教堂里得到一张一米见方的法文版的贵州地图，由基督教牧师薄复礼译为中文作为唯一的"军用地图"。"萧克——薄复礼——军用地图"的传奇故事在好些关于红军长征的电视剧里都有生动的描述。这次我能在教堂里目睹地图的复制品，并在萧克司令部和薄复礼的铜像前留影，了却了多年的夙愿。

令我惊奇的是我们竟然有机会参观了郭沫若母亲故居的遗址。我们还到当年陈纳德飞虎队用过的飞机场参观，那里已经是农田，但是黄平人民并没有忘记曾经帮助中国抗战的英雄，栩栩如生的陈纳德的铜像屹立在那里。我看到飞机场，听说修飞机场用的巨大石碾至今留存。这样的石碾我在湖南怀化的芷江机场看见过，它再次让我想起六十多年前父亲在广西平

叶大年院士题词

南县丹竹修飞机场的往事，似乎在旧州也找到了父亲的足迹。

在去重安江的路上，我们还参观了旧州的古驿站——飞云驿馆。明朝大学者"心学"的创始人王阳明曾经在此住过，并留下了诗篇。县文化馆长要我为驿馆题名。我的毛笔字写得并不好，但是因为能沾上王阳明的光我也就欣然命笔题写了"飞云驿馆""人文荟萃，天然奇观"两幅字。老实说，我虽然读过袁仁琮教授写的几本有关王阳明的著作，但是由于年龄大了，记忆力衰退，竟然记不住什么。不过王阳明是一个哲学家、文学家、书法家和军事家，是几百年才能出一个的圣人，这一点我是记住了。我常和贵州的朋友议论，王阳明的心学是在贵州充军任龙场驿丞时成熟的，贵州的媒体理应更多地"解读"王阳明和"开发"王阳明，王阳明不应该只是浙江和江西的"专利"。

7月9日下午五时许，我们到达重安江镇。重安江是清水江的支流，清水江向东经过剑河、锦屏、天柱流入湖南，在洪江市黔阳镇与沅江汇合。重安江从香炉山和飞云崖之间的峡谷流出，在重安江镇江面宽约40米。从东向西不到50米距离之间平行地分布着三座桥，前清的铁索桥、民国的钢桁架桥和解放后的钢筋混凝土桥。两座桥梁平行在中国司空见惯，如北京的卢沟桥，重安江桥之所以闻名天下，三桥紧紧并列，而且是三个朝代修建的，绝无仅有，因而成了国家的文物保护单位，成为旅游景点。

兴许是时近黄昏，桥边已经游人很少，黄平县的李县长和吴副县长等陪同我游了"三朝桥"。

我先上的是铁索桥，铁索大约粗3厘米，上面铺着平整的木板，宽约3米，当然没有泸定桥那样宏伟，但是比起贵阳水口寺的铁索桥就气派多了，一人走过时有轻微的摆动，几个人同时走晃动就太大了，不过我这七十多岁的老人不用人搀扶仍能保持身体平衡，可见铁索桥是相当稳重的。在父亲抢修的钢桁架桥上，我和李县长、吴副县长、陆先生及黄平文物局张局长等分别合影，我这个北京来的老头一时成了模特，铁索桥两端有一些人围观着。

文物局长告诉我：重安江镇昔日是湘黔公路干线上的重镇，1938年国民政府为了抗战抢运物资的需要，责令桥梁专家茅以升设计了这座钢桁架桥，钢材还是从法国买来的，桥面宽约4米，铺着木板，限一辆载重汽车通行。1949年11月，刘邓大军五兵团17军向贵阳逼近，国民党89军兵败逃跑时把铁桥炸毁。几天后解放军来了，1950年春铁桥修复，再后来运输繁忙就新建了那钢筋混凝土大桥……局长如数家珍，他的介绍和我的记忆相符，我确信这座铁桥就是家父抢修过的那座重安江大桥。

我对大家说："被炸毁的铁桥的钢架都坠落江中，抢修工地没有发电设备，也没有起重机械，家父就指挥民工用杉木杆搭起三角架、支起杠杆、安装上滑轮，硬是用人力把落水的钢架捞上来，复位到桥墩上。这样的桥梁经家父抢修的有近三十座。自然抢修工程十分艰苦，而且危险，因为当时土匪和国民党的散兵游勇很猖獗。我想重安江镇上当时肯定有人亲眼看见过抢修的情景。"

陆景川说："那也是七八十岁的老人啦！"

岁月沧桑，一个甲子过去了，父亲去世已经有二十六个年头，母亲已经九十四岁高龄，人总归是会老，会驾鹤西去，连当年才十岁的我如今也过古稀之年。庆幸的是"三朝桥"已经列入国家文物保护单位，它将永存。我突然产生一个想法，我应该在铁桥上下跪，向父亲祭拜，告慰他在天之灵，但是又觉得有些唐突不妥。事后我又后悔，就把这个想法告诉了陆先生。

"中国人就是太内向，您其实可以下跪祭拜，那才忠孝两全嘛！"陆先生为我抱憾说。

黄昏的斜阳软软照射在清清的重安江上，我们登上了临江的一家酒楼，在三层的雅致包间里共进晚餐。席间我回忆六十多年前贵州公路旁边卖"帽儿头"的饭馆。所谓"帽儿头"，指饭碗里的饭总是堆成圆圆的像瓜皮帽，饭馆只有泡菜免费供应，餐费只按"帽儿头"的碗数计价。"帽儿头"饭馆的服务对象主要是马帮的马锅头。而如今，重安江酒楼就不止一家，菜肴应有尽有，现在的年轻人不知什么是"帽儿头"，这六十多年变化真大啊。

晚饭后已经七点多了，李县长突然说，附近有一棵银杏树，树龄至少有千余年，是不是可以申报吉尼斯世界纪录。陆景川先生兴致勃勃地说，中国有一棵千年古银杏曾获此殊荣，这棵千余年银杏申报会有望。于是，我们一行人分乘两辆车在夜色中翻山越岭20多公里，等找到老银杏树时已是晚上9点钟了，我们七八个人手牵手才能合抱它一圈。

"这位老爷子活了一千多岁，今天两位县太爷和一位翰林黑灯瞎火的领着一帮人来为他请晚安，大概也是他平生第一次吧。"我风趣地说，引发大伙捧腹大笑。

事后陆景川先生为察访古银杏树写了一篇生动的散文，那是后话了。

当我们回到新州住所时，已是晚上10点多了。这一夜，我久久不能入睡，仿佛漫游在黔东南的千年历史时空里……

（原载2011年7月9日《黔东南日报》，《杉乡文学》2011年第 7 期。）

娄江遐思

苗寨娄江，名气不算大，可文化含量却不小。

娄江，古称"娄罗"，系苗语"loxlox"（裸裸）的音译，意为扁担挑箩，以其地形而命名。又因地处锦屏县钟灵河畔，娄罗与钟灵同饮一江水，相距仅二十华里。远远看，钟灵河如一条玉带环绕娄罗注入亮江，故又称"娄江"。娄罗，明末属黎平府藕洞（偶里），清初属中林验洞长官司。民国前期在此设娄江乡，辖地娄、贡村、展金、八客、八佰五个村，后期属钟灵乡。新中国成立后，曾先后置娄江乡、娄江管理区、娄江公社，1984年改社为乡，1992年归并钟灵乡至今。

"娄罗"这个地名在苗语中含有美丽而富有的意思。据说古时候一个地理先生看到这里地形犹如一根扁担挑箩筐，即预示此地物产富足、稻谷飘香。后来地理先生的预言竟然成为现实。明末清初，因粮食交易之需与地理适宜，娄罗大寨地娄村即开辟了乡场米市，汇集了周边敦寨、钟灵、平略、偶里等四村八寨的谷物入市。还有那山珍、家禽、牛羊和土产，以及外地的食盐、布匹也进乡场交易，流通八方，呈现一派市井繁荣、商贸兴旺之景象。这里的农历"二、七"为赶集日，世代沿袭，至今不衰。

如今省道穿村而过，乡场更是欣欣向荣，这就使"娄罗"的扁担挑箩名至实归了。另一艳说是，"娄罗"地形如鱼网，后山的石板路蜿蜒而上，势如网纲，寨前河中有一小岛，突兀而立，似鲤鱼跳水，实乃鱼水之乡。如在远处登高眺望，"娄罗"村背丛山峻岭，逶迤如龙，气脉万象，俗称"后龙山"。如此地形地貌，村前绿水如带，鲤鱼戏浪；村中扁担箩筐，挑米运粮；村背龙山支撑，护佑生灵。可见，"娄罗"这地名，非同寻常，它体现了远古村落农耕时代的文明。

自然生态是人类赖以生存的环境。过去的娄江小乡总面积20平方公里，森林覆盖率达60.97%，树种有枫木、杉木、松木、樟木、楠木、白杨、银杏和楠竹、油茶、油桐、核桃等等。林业在过去曾是这里的经济命脉。因此，村民们有"爱树如命"的古俗。长期以来，村民们对保护风水林木有严格规定，随意砍伐风水树木、哪怕是捡拾自然干枯的风水树枝当柴烧，也要遭到严厉处罚。这一村规款约还有碑为证。听说至今寨中寨后还有数口盛满清水的大缸，以备火灾急需。而对寨里的古井更是爱护备至，一律以青石板镶砌盖护，以保井水纯净无污，永续利用。

如今在地娄的后龙山还保留有两片百余亩的原始风景林，郁郁葱葱，蔚蓝如海。而隔河对岸的那株古银杏更是独秀林中，巍然挺立，枝繁叶绿。当盛夏酷暑，我却在它的浓阴下，面拂徐风，浑身清凉。据测古银杏高达20米，最大胸围3米，树冠东西22米，南北21米，冠幅380多平方米。民间盛传它已有数百年的历史了。我想，它就是边地文化亘古以来的见证人吧。而寨南"祭祀桥"边的古松，更是"娄罗"历史的象征。据说它为开寨定居的先人所植，至今已有六百余年了。其高达25米，最大胸围3.52米，树冠东西24米，南北22米，冠幅450多平方米，树下有木、石板凳供人歇凉。它犹如一位老人，庇佑着村寨与过往行人。而且，"娄罗"人还很骄傲地对我说，他们地娄大寨五六百年来从未发生过火灾。我感到很惊奇，但绝不怀疑这种传说的真实性。我想，"娄罗"人这种爱护生态、敬畏自然、保护家园的良俗美德，无疑是中国农村民族民间文化的优秀传统。

由此可见，"娄罗"人追求山、水、人之间的平衡，体现了山、水、人关系的某种哲理。孔子曰："智者乐水，仁者乐山。"我想，"娄罗"人的山水意识，不是也给当代人留下许多生态文明建设的联想与启迪吗？

爱护生态，保护自然当然重要。但发展教育，培养人才更是人类发展的核心要义。娄罗地处一隅，就像一位乡间母亲，绝不炫耀。但她自古以来，人心向学，人才辈出。

赛龙是明朝早期人，据说曾入府学，习弓马。后因朝廷对边民镇压，赛龙不忍睹，遂于景泰五年（1454）自任总兵，率领周边苗侗万余之众，举旗起义。他兵分两路攻打铜鼓、五开两卫，旗开得胜。后因寡不敌众，赛龙军败，被俘处死。但浩气长存，为后人传唱。

杨学沛是娄罗第一个获取功名的读书人。清嘉庆九年（1804）中举，其后裔至今收藏一块"桂林一枝"的匾额，恐怕就是这一科考的记载与见证。学沛先后就读于家乡的萃文书院与亮司学馆、镇远府学等。他深知教化育人的作用，中举后第二年，即在乡里筹资重修"萃文书院"，课授地娄、钟灵及周边村寨的学童，为地方培养俊彦良才。据说，后来亮司的龙绍讷和钟灵的吴师贤两位苗族举人都曾受到学沛文脉的润泽与影响。由于治学严谨，授业有术，学沛曾出任黔西州学正，主讲"狮山书院"，名盛一时。清末，杨定隆中了秀才，后任娄江国民学校校长，一生为家乡培养人才，竭尽全力。新中国成立后，特别是改革开放以来，娄江教育兴盛，学士、硕士榜上有名，乃至留洋海外。乡间涌现了一批教育、农林、文艺、司法、政商诸界的俊才。

为了发扬尊贤尚文的传统，2011年以来，娄江村委会又多方协调争取资金，在各界热心人士的支持下，于娄江河上建起了一座富有苗侗特色的风雨桥——"尚贤桥"，并邀请省州县诸多文士与书画艺人为风雨桥创作了系列作品，建成了底蕴厚重、瑰丽多彩的文化长廊。

娄江风雨桥

如今的古"娄罗"，青春焕发。山水天地人，和谐共处生。当我漫步在娄江"尚贤桥"上，抬头一望，当年师贤先生的两首诗作跳入眼帘：

赴娄罗兴咏

邻村廿里是娄罗，
五寨中林相似多。
四野山坡青巨木，
一江河水漾清波。
民风淳朴田阡让，
诸子殷勤铁砚磨。
喜破天荒钦学沛，
省城摘桂树良模。

省城归来赴萃文书院

萃文书院我重来,
今日黉门又大开。
丹桂送香舒鼻窦,
书声悦耳喜儿孩。
良师授业心心印,
家长扶持个个乖。
莫道边隅皆后进,
文章有价上窗台。

于是,我默默为先贤们叩拜,随即思绪浮动,漾起了诗情:

后龙坡上俯娄河,
玉带绕田吟翠歌。
青山黛岫腾碧浪,
虹桥飞架疑彩落。

(原载2013年2月8日《贵州政协报》,2013年2月22日《黔东南日报》。)

高铁站就在家门口

"啊,开车了!"

"动车和谐号开车了!"

"怎么那么稳,我都没感觉呢!"

人们七嘴八舌,欣喜激动。面对缓缓启动的动车,大家心里都欢呼雀跃。好像期待已久的东西,一旦真的来到眼前,似乎都心花怒放而又有点不太相信,又有点情不自禁而不能自已……这就是2015年6月25日14:30在贵阳北站G3006次和谐号动车组第4车厢开车时的珍贵一幕。而此时,我也有幸忝列其中。

当天,天从人愿,晴空万里,夏丽景明。人们期待已久的企盼终于如愿以偿,令人心景合一。不是吗,沪昆高铁贵阳北至长沙南的动车组自6月18日开通一天后,因连日暴雨,贵州东段的隧洞积水成塘,致使第二天即19日之后直到昨天24日都一直停运,使得高铁沿线人们的心情忽然从激情喷发的巅峰跌入颓废沮丧的底谷里。有的人为此经不住折腾,又诅咒起了"贵州天无三日晴,地无三里平"的老黄历来。末了,还把"人无三分银"改为"命只三两轻",以此宣泄奚落或妄自菲薄。意思说贵州这山旮旯即使修通了高铁,人们也没有命享受它的便利与快捷。

也难怪，山里的人，穷惯了，苦惯了，长期以来，只能逆来顺受，听天由命。不过，当今时代，世道转型了。当代贵州人，从生活实践中，也不断捉摸到了"不怨天，不怪地，就怕自己没志气"的朴素道理。因而，即便连日来暴雨不断，高铁沿线的工人们也不停地奋战抢修。兴许是上苍有眼，或感动于人力，老天爷又把乌云雷电的哭脸变成了阳光灿烂的容颜。既然天人感应，归于合一。那么，高铁售票恢复营运也就是天人相依和谐相处了。自然，作为此时的乘客，我们都是幸运的！

车厢里，人们神采奕奕，笑逐颜开，有的似乎还穿上了新装，以点缀这"和谐号"更加和谐美丽。你看，我身边的女郎，身材窈窕，面容清丽，一身翠花白色长裙，脚穿腥亮的红色高跟凉鞋，手里拎着红色坤包，如春风拂面飘到我的身旁。她一落座，手机就响了。只听她激动地说道，小乖乖，妈妈上车了。你要的新鲜牛奶妈妈带来了，一小时后，乖乖就可以尝到了……

车子启动后缓缓离站，我看车厢里的速度显示屏由每小时140多至160多公里不等。而一旦出了站台驶入郊外轨道，时速马上不断提升，一下由180多飙升到200多，最后直升并保持在298公里左右。但在车内，显得很平稳，一杯满满的水放在小桌上也没有左右、上下明显晃动溢出的感觉，而车子却在迅速地往前奔。

不久，车外四周一暗，车子拐进了隧道，时速马上降到160左右。我想，这动车进了隧道也不敢"妄动"了，这不就是"车在隧洞里，不得不缩头"吗！可不曾想到，当下一个更长的隧洞来临时，时速不但不降缩，反而还一直保持在270左右。于是，我明白了，如果隧洞比较平直，时速也可以保持在很高的记录。这就是现代科技的神奇魔力吧！

动车在"走进苗乡侗寨"的旋律中高歌猛进。窗外，碧空蔚蓝，气象万千。远处，那一片片青翠的田畴，给大地披上了绿毯。土坡上，玉米节节挺拔，随风摇曳，吟唱丰收。山头上，林木葱茏，黛彩摩天。满眼都是仲夏翠色，生态锦绣。我忽然想起，织绣绿水青山，就是盘活金山银山。再过两天，贵阳生态文明国际论坛就要召开了，这高铁、这生态，不就是献给盛会的厚礼吗？

是的，要是在过去，贵州是没有资格召开这样属于国家级具有国际影响的会议的。据说这次盛会来的都是几十个国家的政要、外交官、企业家。这除了国家强盛，贵州赶超外，也得力于航空、高铁、高速等立体交通在这"高原山国"的实现啊！一直以来，莫说老外，就是省外的人士要说到来贵州也无不"谈黔色变"。可如今，真是今非昔比啊。比如，动车组里的宣传册就说到，现在贵州大学最年轻的女教授邵娇婧仅二十七岁，就是去年从天津大学引进的博士生。而她来贵州的感言是：贵州是"后发地区"，现在正在赶超，过去交通不便，如今国家投入很大，当贵阳国际机场、贵广高铁、沪昆高铁开通后，现在非常方便了。在这里大有用武之地……

她的话，引起我的沉思默想，又使思绪飘向窗外……窗外天空，浮云朵朵，飞逸飘飘。近看，这乳云一朵朵向车后飘去；而远处，那蓝天下的淡云竟然和动车头竞相往前赶。这两相逆向的丽云奇景令人迷糊，引人遐思……

面对旎婍美景，我心情难抑，也顾不得矜持，脱口就对白色女郎说："看，这窗外景色真美，令人陶醉啊！"

她嫣然一笑："嘿嘿，这人的心情更美呢！"

突然，歌曲停播了，广播提醒乘客，凯里南站到了，请大家做好下车准备！

我一慌神，不知对她说什么好。茫然中喷出一句话："祝你的乖孩子马上喝到鲜牛奶，再见！"

走到下车口，我忽然想起，一路很快，飘忽的半小时中，我竟来不及问白衣女郎的尊姓大名……唉，快捷中也有遗憾啊！

走出站台，路口中，高铁专线16、301、302路公交车早已在站牌下等候了。我心里欣然：这高铁、这公交，多快捷、安全、准点啊！

喜迎凯里南站高铁通车

一个朋友迎面走来，看见我，热情地招呼，有车接您吗？我说没有呢。

他爽快地邀请说，就坐我的车回凯里吧。我心存感激，然后抬手指指前方，笑笑道，不用了，谢谢你，我家就在高铁站门口！

（原载2015年7月16日《贵州政协报》，2015年7月23日《贵州都市报》，2015年7月23日《黔东南日报》。）

台湾的明天更美好

今年秋高气爽时节，受台湾中华企业生产力协会邀请，我有幸随贵州省市州人大考察团于2012年9月10日至17日赴台湾进行了现代农业管理的考察学习。

9月10日下午6时，考察团从贵阳龙洞堡机场飞往台湾桃园国际机场，抵台后受到当地随团导游黄玉光先生的热情接待。

11日上午，考察团参观典藏中华文物宝库台北故宫博物院。下午在桃园县新屋乡农会进行交流座谈。座谈会由新屋乡农会黄总干事和考察团团长李跃南分别主持并互赠了礼品。新屋乡农会推广股股长卢永才就新屋乡的地理位置、历史沿革和农会的组织机构、功能职责、工作情况、存在问题等进行了陈述介绍。随后参观了农会的博物馆。12日参观金碧辉煌、气氛肃穆的中台禅寺，考察日月潭的湖边生态，在台一农场观光其生态休闲教育基地。13日，考察高雄垦丁恒春镇农会。农会秘书主持座谈，农会推广股指导员曾宝霆就当地地理环境和农会沿革、组织构架、各部门业务及农会综合大楼配置，特别是洋葱的生产加工销售等进行介绍，随后互动交流，参观农会超市，观光充满南国风情的垦丁大街。14日，考察垦丁国家公园及农村

考察团在台湾（右三为作者）

建设。15日，参观台东初鹿牧场，考察台东原生药用植物园等。16日，横贯花莲中部公路，考察太鲁阁大理石峡谷山林滑坡整治与生态保护，下午回到台北。17日，瞻仰国父孙中山纪念堂，观光繁华东区的101楼鸟瞰台北市容全景。当晚乘机离开台北顺利返黔。

通过身临其境的考察学习，台湾给我们留下了深刻美好的印象。

台湾农业的组织形式，体现了农会自治与政府帮助相结合的特点。台湾农业的组织形式主要是农会。据介绍，在清末民初（日治时代），台湾即有了民间的金融组合。民国早期，演变为活络农村社会，鼓励当时各信用组合变更事业内容，名称更改为信用购买贩卖利用组合，使信用组合能兼营物资买卖。至民国二十三年（日治昭和十六年），台湾总督府公布《台湾农业会令》，将"信用利用组合"改制为"农业会"，即"农会"。"农会"是为农民服务的民间组织机构，农会机构组织及人员由会员代表大会选举产生，不称职的由大会罢免。民国三十三年（日治昭和二十六年），会长一度由选举式改为政府派任，监事由代表大会选任。至于入会的会员，一般要具有一分的土地，自愿参加，而且一年要交600元台币的会费，并积极参加农会组织的各项活动。

对比之下，大家认为，台湾现在的农会组织兼具有大陆乡镇的农推站、农机站、畜牧兽医站、水电站、林业站、文化站、供销社、信用社等机构的综合职能，并能充分发挥其多种作用。农会自行组织农民开展农业生产、产品加工、买卖销售、人员培训、福利保险、抗险救灾等等。其资金由农会自筹，政府只给一定的补助。这种管理模式减少了政府的负担，体现了民间组织自治的职责。

台湾的农会组织有严密的组织和监督机制。在我们重点考察的桃园县新屋乡农会，其组织构架是：新屋乡农会会员代表大会（最高权力机构）下设平行的监事会（监察单位）和理事会（决策单位），理事会对理事长与下属的总干事、秘书及以下的会计股、会务股、推广股、企划稽核股和信用部、供销部、保险部进行业务管理与指导；而监事会及下属的常务监事对总干事、秘书及以下的会计股、会务股、推广股、企划稽核股和信用部、供销部、保险部的业务管理的正确与否及其廉洁状况进行监督和督察。如发现问题，可以提出弹劾意见提交给会员代表大会进行审查处理。在另外的考察点屏东县恒春镇农会，其组织构架亦如此。这一管理模式既保证和促进了农会的发展，又最大限度地监督并保证了农会管理人员的清廉。

台湾能因地制宜地发展生态农业。桃园县新屋乡是全台最大的稻米基地，这里种稻米有数百年的历史。现在新屋乡有农地面积6000公顷，人口50000余人。他们的农业生产主要就是种植水稻，而且还建有碾米厂和食品加工厂，加工成农副产品和食品远销全台及海外。同时为了综合利用与环保，还养了60000只猪、500000～600000只鸡。而屏东县恒春镇农会则根据地形地势，以种植洋葱为主，并兼顾种水稻、凤梨、芒果、释迦等水果，多种经营搞得红红火火。

台东县卑南乡的初鹿牧场，因属丘陵地形，微酸性砂质土壤，为全台最大的坡地牧场。它不仅有最大的牧草地，而且还有大片的花园和次生林。所以，初鹿牧场就以养品种优良的荷兰乳牛为主。同时把牛乳加工成系列产品，诸如纯鲜乳、纯鲜炼乳、巧克力调味乳、原味优酪乳、义式鲜奶酪、鲜乳薄饼、优质鲜乳冰淇淋、优质鲜乳冰棒，还有牛奶糖、牛轧糖、初乳锭、金萱茶，以及牛奶沐浴乳、牛奶身体乳、薰衣草身体乳、薰衣草沐浴精、牛奶乳霜、牛奶面膜、牛奶泡澡球、鲜乳手工皂等等。

而台东县卑南乡的原生应用植物园则是一个植物的王国，药草的故乡。由于特殊的黑潮、海沟、东北季风及太平洋暖流等天然气候的优良条件，使这里成为一块天然无污染的处女地。这个植物园分为六大园区：水生植物区、芳香植物区、百草茶植物区、保健药草区、药膳植物区、地被性药用植物区。植物园生产的系列产品种类繁多。原生上汤养生料理包系列有何首乌、金线莲、雷公根、刺五加、牛乳蒲、肉骨茶等，还有手工药草麻糬、植物药酒及金银花保湿乳液等。其理念就是将药用植物与台东之农特产结合为健康保健特产，以提升农业的附加价值，将民众生活需求保健、养生，透过植物"生物科技"的萃取，推广出一系列预防疾病及对人体健康有益的高科技的养生保健特产，达到健康、休闲、知性、科技的"原生精神"。

台湾把生态农业与旅游产业的共同发展紧密结合，相得益彰。台湾的农会在发展农业的同时，就考虑到了农业生态的观光游。他们注意培育农业、农村的景点景区，结合农业生产的季节，推出农业观光的丰富内容，让人既有置身于田园风光和自然生态的体验感觉，又能实际考察上述多种生态农业的场景，并领略农业与旅游最佳结合的真实境界。

他们还把对农业劳作的实践，融入旅游者的参与互动中，给人以亲身体验的实感。比如新屋乡制定的推广教育就明确规定"发展当地文化以本会历史建物为中心，永安渔港、绿色隧道、红树林及周边休闲农场发展生态旅游。"而在初鹿牧场的ＤＩＹ创意工房就更有意思，它针对少年儿童的直观性与参与性，利用当地材料可以让来农场参观旅游的少年儿童亲手模仿捏制农场喂养的各种动物，并涂上颜料，使它栩栩如生，富有生命力。这个创意工房既绽放了儿童的想象翅膀，又锻炼了他们的直观视角与动手能力，这种富有吸引力的创意与实践，深受少年儿童旅游者的喜爱和欢迎。

台湾发展生态农业与传承弘扬传统文化珠联璧合，比翼双飞。农业生产实际上就是一种人类的文化活动。为了使人们获得农业体验，从工作中学习了解本乡产业文化的特色，把握农业经营环境的种种变迁与转型，台湾农业组织在把生态农业与旅游相结合的过程中，非常注意对农业文化的保护、传承与弘扬、利用。在我们考察所到之处，几乎都看到打造有文化的载体和设施。诸如新屋乡的历史建筑群就有稻米博物馆与水利灌溉展厅，恒春农会有推广教育中心与民谣文化馆，台东县卑南乡的初鹿牧场有初鹿历史馆、博物馆，台东县卑南乡的原生应用植物园有生物科技馆和植物音影剧场，台一生态休闲农场有蝶舞馆等等。这些文化设施，对当地人或旅游者，尤其是对于青少年了解和掌握当地文化的人文、生态、地质、作物等知识内涵，藉由教育训练，让青少年体验了解地方历史文化及其自然生态，建立青少年重视社区生活周遭资源维护及保育观念等，都有不可替代的独特作用。

台湾农业虽然有了相当成功的发展，并对整个经济发展贡献甚大。但由于各种原因的制约，也存在着潜在的矛盾与危机。据考察了解、资料介绍以及专家的分析，20世纪80年代以来，台湾农业发展遇到了许多新的问题与困难，尽管台湾当局采取许多措施进行改善，但一直未能得到良好妥善的解决。

这些问题表现在：

台湾农村劳动力老化，农地闲置严重，农业经营比较粗放。据近年来

作者在日月潭

的最新普查，农业就业人口中，超过50岁的占70%以上，农会主要负责人的平均年龄达58岁。由于劳力欠缺和老化，故农地荒芜闲置，即便生产，也科技含量不高，显示了粗放型的不良趋势。

台湾农场面积零碎狭小，阻碍现代化农业的良性发展。到20世纪90年代末，多数县乡农场平均每户耕地面积为1.1公顷，每人耕地面积为0.2公顷。这样的场户耕地结构严重阻碍着农业机械化的推行与生产力的提高，大型农业机械使用率偏低。

台湾粮食生产结构失调，稻米过剩，杂粮生产不足，严重依赖国际市场，民生受到影响。

台湾农田污染严重，可持续发展面临挑战。据了解，台湾土壤污染以铜、镍、锌、锰、砷等较为严重。另外，养殖渔业的过度发展，大量抽取了地下水，造成地层下陷、海水倒灌、土壤碱化等等。

这些问题，据说台湾当局目前正在采取积极的措施来解决。

我们相信，台湾的明天更美好！

2012年10月8日

附录

让侗族妇女形象走向世界
——读陆景川获奖散文《勤劳一生的侗家人》

佺 新[①]

1995年金秋时节，北京，在庄严隆重的第四届世界妇女大会上，当共青团中央、全国青联的负责人将一套丛书《写给妈妈的话》献给大会时，全场掌声雷动，经久不息。在这套丛书的"名人卷"中有一篇散文叫《勤劳一生的侗家人》，写的是作者对自己侗族母亲的拳拳之心，这篇散文荣获这次影响大、范围广的全国性征文活动"名人组"的三等奖，是该组中全国的十篇获奖作品之一。会后，随着各国代表把丛书带回自己的国家，中国侗族妇女的形象由此走向世界。

这篇散文的作者就是我省侗族青年作家陆景川。

陆景川是一位勤奋而有天赋的业余青年作家。1991年3月，他曾出席在北京召开的全国青年业余文艺创作者代表大会，受到党和国家领导人的亲切接见。他不仅对事物有独到的见解、敢于直面社会和人生，而且富于时代责任感和民族感。他的学术论文集《民俗·历史·当代》针砭时弊，真知灼见；他的长篇传记文学《龙大道传》史料翔

---

① 佺新，黔东南州文学艺术研究所研究人员。

实，文笔流畅，情节感人，立论公允，受到文、史学界的好评。

经联合国第四次世界妇女大会中国组委会批准，受联合国儿童基金会的委托，由共青团中央、全国青联、《光明日报》《中国青年报》《中国少年报》《中华儿女》杂志社联合主办的向第四次世界妇女大会献礼《写给妈妈的话》征文活动，其征文组委会由程思远、吴阶平、布赫、曾志任名誉主任，李源潮和刘鹏任主任，由新闻界和文艺界名人组成评委，其中有当代著名作家王蒙、刘心武、丛维熙、贾英华和《光明日报》副总编王晨，《中华儿女》杂志主编杨筱怀以及著名作家、中国市长协会副秘书长陶斯亮、著名艺术家、全国政协常委韩美林等。这次征文收到全国各地来稿万余件，入选作品是经评委认真评审精选出来的优秀之作。陆景川《勤劳一生的侗家人》是少数民族作者和写少数民族母亲唯一入选的作品。同时入选该卷的还有国家体委主任伍绍祖，文化部常务副部长、中国文联党组书记高占祥，广电部前部长、中国对外友协会长、陈毅元帅之子陈昊苏等对母亲回忆的文章。

陆景川《勤劳一生的侗家人》对母亲的回忆，从作者由县调到州里工作开始。本来这件事可以作为喜庆告诉母亲的，正当这时，母亲病情恶化了。作者心理非常矛盾，一方面舍不得离开自己的母亲，另一方面又是使命的驱使和事业的需要。

"我会常来看您的。"作者用着显然无奈的话来安慰母亲。"是国家调你的？"面对儿子的安慰，一个病重的母亲却发出了这样的问话。当作者回答"是的！"时，尽管她此时多么需要儿子留在身边，但"却再没有说别的"。这么一个平凡的侗族妇女，却把"国家"二字的分量看得很重很重，她对"国家"的理解朴实而深刻！正是这位普通的妇女，从小抱着对国家的真挚的爱，投入了清匪反霸、土地改革等运动，并加入了中国共产党。作者很小时，母亲亲自为他整理行装，把儿子送往湘黔铁路大会战工地，参加国家建设。正是在母亲这种力量感染下，作者的人格才得到健康的成长。当作者准备把辛苦一辈子的母亲接到城里过年时，她却离开了人世。

母亲虽然离开了人世，但她生前件件普通的事都令人难忘。她为儿女成长日夜操劳，为备办女儿嫁妆不辞辛劳，为儿子凑足读书的学杂费呕心沥血。为了乡亲和行人方便，住在乡场上的母亲，夏天挑水放在堂屋里，让人们歇脚解渴；冬季烧起大火，让人们烤火取暖。她为群众办事从不计较报酬，毫无怨言……母亲去世后，村民们为她开追悼会，小伙子纷纷争抬灵柩，送她最后一程……

作者用细腻的白描手法和流畅的文笔叙述了母亲勤劳的一生。作者通过非常普通的事情表现了母亲高尚的情操和真挚的感情。这位普通的母亲，没有干什么轰轰烈烈的大事，而正是这种普通，使读者更体味出母性的伟大，使灵魂得到净化和升华。

通过对母亲的追忆，作者向世界展示了侗族妇女的形象。同时，也使少数民族新一代拥有一种责任，一种对养育自己的母亲的责任，一种对民族母亲的责任，一种对祖国母亲的责任！

（原载1996年2月5日《贵州民族报》，1996年2月20日《今日文坛报》，《人事世界》1996年第3期。）

作家的文化情怀与文学理想
——读陆景川散文随笔集《向世界敞开大门》

杨玉梅[①]

阅读陆景川先生的散文随笔集《向世界敞开大门》，我思绪千载，陷入对人生价值与文学精神的沉思，感觉是上了一堂课，一堂关于人生与文学价值的课。这不是恭维作者的客套话，而是我作为一个读者的真实感受，特别是作为一个从山窝窝里走出的侗家女的阅读感受。"文如其人"，这部作品集的叙述风格、语言正如作者本人一样朴实、谦逊，内容则与作者多年从事文史工作相关，饱含丰富翔实的史料和深厚的生活积淀，充满丰富的社会生活与民族历史文化内涵，寄寓着一位业余作家的文化情怀和文学理想，让人感受到一位侗族文化人炙热的民族感情、一位地方官员无私的公仆意识和神圣的责任感、使命感。

"向世界敞开大门"这个书名的标题，我刚刚拿到书本时还暗想书名是不是大了一点。可是阅读了一部分作品之后，就觉得作为整部集子的标题，还是非常贴切的。因为，这部集子不仅仅记录作者个人的生活体验，还展现了黔东南乃至贵州这块神奇的土地上人们从闭塞走向开放、从传统走向现代、追求科学文明进步、走向全国甚至是走

[①] 杨玉梅，女，文学博士，中国作家协会《民族文学》杂志社总编室主任，中国作协会员。

出国门走向世界的奋斗历程。作者及其笔下人物不屈不挠、孜孜不倦的人生求索，彰显了勤劳、善良、坚韧的苗侗人民的家国情怀，特别是龙大道、杨和钧等革命烈士的英勇事迹与革命一生，有力证实了中国革命的成功是中国各族人民付出了生命与血汗、共同奋斗的结果，是中国各族人民共同缔造了新中国。因而，《向世界敞开大门》也是关于伟大祖国的复兴之梦、强国之梦的生动诠释。

托尔斯泰说过，一部真正的艺术作品，除才华、叙述的晓畅、真诚之外，还有一个最主要的条件，就是作者对其表现对象的正确的、合乎道德的态度，即对生活所采取的正确态度。《向世界敞开大门》让人深受启迪和感动，固然源自作品的思想内容，而承载着思想内容的人与事都决定于作者对生活的取舍，故而根本的就在于作者对生活所采取的态度，在于作者的人生观与价值观，在于字里行间透露出的作家的文化情怀和文学理想。

现如今已经鲜有作家谈论文学理想，追求文学理想主义也许被当成过时的受嘲讽的行为，又或许陆景川也不会跟人说自己的文学理想，他甚至不会畅谈自己的文学追求。但是从作者个人的生命历程和他所讲述的人物故事中，比如革命烈士龙大道、杨和钧、画家吴冠中、院士叶大年、赤脚医生李春燕、母亲、继父等，我们可以窥探到作者所奉行的文学理想，那就是从自己熟悉的生活出发，以严肃的现实主义精神反映黔东南这块土地上的现实生活与世态人情，展现这块土地上的生活之美、人情之美、自然之美与民族文化之美，刻画黔东南各族人民的民族性格，表达对生活、对时代、对祖国的挚爱之情。

陆景川从贫穷的侗族村寨走出大山，生命中体验过生活无尽的酸楚与无奈。在《遐想在我们心中》《勤劳一生的侗家人》《继父》等篇章中，作者叙述到了乡下生活的艰涩，乡村人物命运的多舛，表达了自己被迫中学辍学，青春理想之帆船刚刚起航就搁浅的遗憾，可是作者并没有表露出对时代过错的哀怨之气，没有对贫困、苦难命运的怨恨之情。辍学当铁路民兵之后，在语文王老师的鼓励下，他用梦想照亮生活，每天下班回到工棚，尽管疲惫不堪仍然坚持日复一日地自学、看书、写作，努力实现老师在作文课上为学生描绘的青春遐想。天道酬勤。陆景川一步步向梦想靠近，实现了理想。正是这种生活态度及文学理想主义的照耀而使得他在创作中不是诉说个人的苦楚与生活的苦难，而是去发现生活之光、挖掘人性之美，通过文学照亮生活，引领人生。

鲁迅先生曾说："文艺是国民精神所发的火光，同时也是引导国民精神的前途的灯火。"陆景川追求的正是这种文学精神。在《做跨世纪的一代新人》中，他满怀深情描绘全国青年业余文艺创作者大会的盛况，记录了老一辈优秀作家的创作经验和对青年作家的殷切期望，表达了继承老一辈文艺家的光荣传统、为祖国服务为社会主义服务的文学理想。他说："党啊，您对我们青年寄托了多么深切的厚望，祖国呀，您赋予青年作者那么崇高的责任。"为祖国、为人民、为时代而写作，是其进行文学创作的动力所在。故而，在《向世界敞开大门》这部集子中，作者泼墨书写的大多是时代的楷模，是民族的脊梁，是人民的好儿女。如开篇之作《龙大道与毛泽东周恩来》追忆龙大道与两个伟人之间因名字引发的一段意味深长的对话，简述龙大道的革命生涯及其英勇就义后周恩来、毛泽东、鲁迅的缅怀之情。鲁迅说："即使不是我，将来总会有记起他们，再说他们的时候的。"毛主席说："所有这些同志的无产阶级英雄气概，乃是永远值得我们纪念的。"作者借鲁迅、毛主席的评价表达了对这位侗族优秀儿女的深切敬仰和爱戴之情，提醒读者不要忘记革命先烈，他们永垂不朽，是永远值得后人纪念的。

再如《杨和钧：从侗乡歌师到革命烈士》讲述侗族歌师杨和钧与中央红军王连长、吴排长的生死情缘，杨和钧以诗为证表达了跟着红军、跟着共产党的坚定信念，以生命为代价证明侗族人民对中国革命的支持和做出的贡献。《缅怀陶承老妈妈》通过拜访革命前辈陶承老妈妈的过程，刻画了人物慈祥、亲切的形象，表现了人物崇高的精神境界和革命情怀。《罗章龙逸事》虽然书写的是一位素未谋面的老同志，可是翔实的史料和真实的书信，却让读者看到了一位历史老人的风骨。凯里籍文学史专家张毕来和锦屏苗族物理学家龙咸灵的执着人生与高尚人格，也是黔东南的骄傲，是民族精神之光。这些人物承载着中华民族厚重的历史文化记忆，这样的散文作品正是国民精神所发的火光。

陆景川还讲述了费孝通、吴冠中、叶大年等当代文化名人在黔东南的生活经历，借人物故事解读民族历史文化，阐释社会人生的要义。比如《费孝通的苗侗文化情结》通过费孝通先生20世纪50年代在黔东南考察调研，反映了黔东南苗族人民的生活变化。解放后黔东南结束了历史上苗汉隔阂仇恨的局面，六十多岁的苗族老人破例为毛主席派来的汉人唱起了"反歌"，展现了新中国各民族人民团结友爱、当家做主的新局面。作品还通过费老的调研阐释苗族的社会经济文化发展特征，说明中华民族不是哪个单一民族独立开发的，而是"由许多已经消失了的和现时正在发展的各民族"人民共同创造的。《吴冠中：苗岭清江丹青情》以吴老先生在雷公山、锦屏河口采风写生的故事展现这位杰出的艺术家的艺术人生，以他的亲身经历阐释其艺术观点："艺术的成功从苦中泡出来，养尊处优是不能有艺术成就的。"作者因编写《红军在黔东南》，河口是红军两次抢渡的渡口，曾去函向吴老索要当年他创作的一幅河口油画。吴老竟欣然同意奉赠原作。尽管因故未果，但也表现了吴老的一片真情和宽广的胸怀。《一片冰心在玉壶》叙述了叶大年院士对贵州经济文化发展的热忱支持和帮助，读者不仅感受到了叶先生将贵州作为第二故乡的"一片冰心在玉壶"的真情，更感动于人物的科学求索精神、社会责任感和奉献精神。

费孝通、吴冠中、叶大年这三位文化名人只是在黔东南或贵州生活过一段时间，或是做过采风调研，却对这块土地倾注了深厚的情谊，令人动容。还有挪威生态博物馆专家约翰·杰斯特龙先生、挪威驻华大使白山先生为黔东南的历史文化所迷醉，八十二岁高龄的中国科学院资深院士刘东生为"台江县古生物博物馆"题写馆名，著名作家冯骥才考察黔东南时对民族文化的眷恋和文化保护的焦虑感和急迫感，莫不是对民族文化的尊重和热爱。由此让人想到受到这块土地滋养的儿女是不是更应该热爱自己的民族文化，更应该回报故乡。这正是文学之光，它可以透过人物高尚的人格和生命价值照亮读者，给予读者生命的思考和人生的启迪。

《"赤脚医生"胸中的大世界》让读者深深感动于一个普通苗族女性李春燕的崇高人格和闪光的灵魂，而月亮山深处的山村，直到新世纪依然贫穷落后，村民宁愿相信巫师也不相信医学，着实让人忧心忡忡，启人深思民族地区摆脱贫困落后依然任重道远。所幸，李春燕的感人事迹感化了一颗颗爱心，人间大爱照亮了苗岭山寨，推动了山村走向文明进步。《在苗村侗寨构筑"精神高地"的人》将审视生活的目光转向黔东南州民族电影译制中心的工作人员，赞扬他们默默坚守岗位的奉献精神，他们曾在历史上无限风光，为民族的发展进步做出了巨大贡献，可是时代的发展变化使得这份职业变成了冷门，作者为译制中心走向衰弱、陷入低谷而忧虑。这篇作品是对人物所做出的历史贡献的真诚记录，充满了人文情怀。

陆景川有一颗敏感的心灵和睿智的双眼，善于发现和记录生活的点点滴滴，他还拥有一个文化人的学术精神，所以其作品充满了知识性和学理性。或许因为他是一个地方官员，多年从事行政工作，所以虽为性情中人却给人的感觉是严肃而内敛。他的作品中充满了感动人心的力量，却鲜有直抒胸臆的抒情，而多是借助白描手法对生活细节和故事进行细致的描摹。如《勤劳一生的侗家人》通过一些生活片段叙述母亲辛劳的一生，刻画了勤劳、善良、博爱、深明大义的侗族母亲的光辉形象，表达对母亲的无比敬仰与深切缅怀之情。母亲年轻的时候投入过家乡的清匪反霸、减租退押、土地改革等革命事业，在20世纪50年代就加入了中国共产党，可是她自认为没有文化而不当干部，而是做一个普通农民，默默地支持儿子的事业，当儿子因为工作需要远离自己，她虽有不舍，而且疾病缠身，却没有一句阻拦的话。作者感恩母亲，深深愧疚未能及时将她接到州里治病。作者愧疚母亲其实是给累死的，她和父亲供养三个儿子从小学读到大学，为两个女儿置办嫁妆，还盖起了四幢房子。母亲还有一颗宽厚、仁慈之心，一生行善，助人为乐。"母亲一生正直、勤劳和善良。如今，我没有了这样的母亲，我真羡慕有母亲的人们啊……"这个结尾，句子朴实无华，可是承载着作者沉甸甸的思念和沉痛。读到这里，笔者想起了自己的同样是一生勤劳的远去了天堂的母亲，不由得潸然泪下。这个母亲形象是侗家人，特别是侗族女性形象的典型代表，也是中国母亲形象的代表，她所承载的生活情感内涵与时代记忆必将载入史册，历久弥珍。

《继父》是陆景川散文中的另一朵奇葩。继父以宽广无私的父爱颠覆了人们印象中的自私狭隘的继父形象，并以其经历深刻诠释了侗族男人宽广的胸怀和崇高的品德。文章开篇说："我对继父的感情超过了自己的生父。"道出了继父在作者心中的地位和父子深情。随后，作者简述生父、母亲与继父的命运交错，接着将笔墨重点落在继父对"我"和弟弟的栽培和关爱上，而后通过具体事例讲述继父的文化素养，他的帅、宽、善、仁，勾勒出一个立体饱满的侗族父亲形象。这个朴素的将一生的力气都献给了家乡的好人，是侗族民族精神的集中体现。这篇作品的价值不仅在于展示继父的好，更在于通过继父的真善美人生说明生命存在的价值。此外，在《哭远森》《忆胜先》《侗乡情》三篇记人散文中，作者满怀悲痛追忆三个不幸英年早逝的优秀知识分子远森、胜先和黄医生。尽管他们的生命已然结束，但是曾经的求索和奉献，焕发着生命之光，并通过文学的记载流传于世，成为永恒。这些作品，是生动的教科书，使人读后获得诸多有益的启迪和顿悟。

虽然陆景川对自我人生经历描写不多，但是在有限的篇幅里依然能看到他的生命形态与人生追求的目标。比如《遐想在我们心中》里的青春理想追求，《绿色的记忆》《青山界：不老的歌谣》里教书育人的认真、执着，《杉乡神韵》《我的"乳娘"》《向世界敞开大门》等乡土遗韵专辑中体现出的对苗侗文化的热爱、作为地方官员和研究者为苗侗文化的传承发展上下求索，皆可以窥探到这个业余作者的使命意识和奉献精神。他像母亲一样勤劳，像继父一样帅而宽，将自己的才智与热血奉献给了黔东南的民族文化发展事业，是黔东南走向文明、进步，走向全国甚至走向世界的推动者、实践者和见证者。

习近平总书记在文艺工作座谈会上的重要讲话中指出，"艺术可以放飞想象的翅膀，但一定要脚踩坚实的大地。文艺创作方法有一百条、一千条，但最根本、最关键、最牢靠的办法是扎根人民、扎根生活。"陆景川的作品也有想象和联想，但是厚重的生活才是其创作的源泉。这些年来他行走在黔东南，扎根在侗乡苗寨，深入生活，自觉地投入时代的变革发展，勇于担当，饱含民族责任感和使命感，由此而获得了执着求索和不断前行的力量。这样的文化情怀和文学精神，必将使得他的文学之路走得更好更远。

（原载2015年1月9日《贵州政协报》，2015年1月19日《贵州都市报》，2015年2月6日《贵州日报》。）

读书读人生的人
——记全国民间文艺家、民俗学家和侗族作家陆景川

宋尧平[1]

俗话说"一方水土养一方人"。几十年来陆景川的成长正应验了这句话。

1955年春,陆景川出生在清水江畔锦屏县平秋乡一个侗族农民家庭里。孩童时代,在深山老林砍下的小米地上,慈爱的外婆和母亲给他唱童歌、摆故事,为他上了生动多彩的民间文学课,这对他后来的成长产生了不小的影响。之后,他在家乡读小学,没毕业就赶上了"文化大革命",继而读平秋初中,未毕业即参加了锦屏县平金水电站建设,接着又投入了轰轰烈烈的湘黔铁路大会战。

在会战前线,生活火热沸腾,但文化知识却异常苍白,他感到迷茫与困惑。于是,他写信向自己的初中语文老师诉求,老师来函热情鼓励他:"你要向社会学习,高尔基曾把社会称为'我的大学',这是高尔基的学习方法,也是年轻的高尔基成长的道路。紧张的筑路生活就是你的大学,在那里同样能够实现年轻人的遐想!"老师的话唤起了他埋藏在心底的自信与梦想。这之后,他借助工地就在凯里附近的方便,借阅了不少的文艺作品。终于,

---

[1] 宋尧平,黔东南日报记者。

在会战工地的墙报上，出现了他抒怀的诗文，而且一发而不可收。这些散发着工地泥土气息与会战炮火硝烟的文字，应该算是他最早发表在大地上的"作品"。虽说他的诗文在营区里小有名气，但受父亲在国民党时期当过小学教员的牵连，他这个获得团部授予"五好民兵"称号的青年却因政审不过关而未能加入共青团。随后，铁路转战回乡时安排了一批民兵当干部，他因是"异类"而未能入列就回乡当农民。

好在1972年国家政治形势好转，他有机会参加考试进入了当时黔东南州府的凯里师范读书。再后春回大地，1977年他参加高考，进入高等师范中文系学习。两进"师范"的功底，为他后来在苗乡侗寨"传道授业"铺垫了基础。新时期以来，民族民间文化的抢救保护工作提高到了国家意识的战略层面，作为一个民族地区的文化工作者和政协委员，陆景川深知自己的责任与使命。因此，他于1982年参加西南写作讲习班培训，1997年到中央文化管理干部学院进修，2002年参加中国作家协会鲁迅文学院文学创作高级班学习，2003年至2005年在中央民族大学民语系非物质文化遗产研究生班深造。这些读书修炼与人生砥砺，锻造了他的意志，积累了知识，开阔了视野，使他在以后的民族文化研究与业余文艺创作中得心应手，成果迭出。

一、情怀苗乡侗寨

1974年秋，陆景川被分配到素有锦屏、剑河、黎平三县边地"屋脊"之称的青山界脚下那遥远而陌生的宰格苗寨去任教。在那大山深处，他经常荡漾在久负盛名的河边腔、过山腔和十二诗腔苗歌的天籁声中，还兴致勃勃地融入热闹非凡的"四十八苗寨赶歌节"的气场里。对于蕴藏着生生不息古老文化遗存的青山界，他顶礼膜拜。多少年后，他与已是大学教授的当年的学生再次登临青山界，在那一览众山小的山梁顶上，欢呼雀跃！正是在长达三十年的积淀后，他终于激情奔泻，完成了长篇散文《青山界：不老的歌谣》的创作，释放了几十年来心灵深处对这"民族屋脊"的朝思暮想……

1998年，他来到"苗疆腹地"台江县挂职任县委副书记，又一次投入苗乡的怀抱。在这里，他足迹遍布苗寨村落：到苗族古歌王——王安江的家乡棉花坪去采访，驻台盘乡蹲点扶贫，在施洞镇考察独木龙舟赛，歇老屯乡彻夜不眠倾听姊妹歌，翻南宫山去白邦村抢救文化遗产，到番召乡体验名闻中外的反排木鼓舞，还深入排羊乡对苗族鼓楼、牯脏节日、招龙埋鼓、吹笙踩鼓等底蕴厚重的古老文化进行挖掘、整理，并成功申报九摆村为"贵州省艺术之乡"、白邦村被确定为贵州省民间文化遗产抢救工程示范村。

同时，在县委政府的支持下，他还创造性地开展工作，积极挖掘资源、科学保护、合理利用，创建了全国第一个县级的"台江县古生物博物馆"，得到著名古生物学家刘东生、卢衍豪、杨遵仪、欧阳自远、叶大年等八位中科院院士及国际古生物学界的热情支持和赞赏。欧阳院士为博物馆题词赞评："台江古生物博物馆展示了五亿年前寒武纪生物繁衍与生态环境的生动景观，真实重现了地球古生物早期演化的历史图像，不仅提供了研究地球演化的珍贵标本，也为开展唯物主义自然发展观的教育提供了科学普及的生动课堂，必将为提高全民的科学文化素质做出重大的贡献！"

时任中共贵州省委副书记、省长钱运录也亲临台江县古生物博物馆考察，并赞扬他"为保护古生物化石做了大量艰辛的工作，为贵州做了一件好事！"还邀他合影留念，以示嘉勉。

1999年11月，中国科学技术协会授予台江县古生物博物馆为"全国科普教育基地"，这是首批两百个全国科普教育基地中唯一的县级博物馆，堪称独秀与殊荣。同年12月，国土资源部正式将台江古生物群列为十个国家级地质遗迹公园建设项目之一，这在贵州省是唯一的一家。

2000年3月，著名科学家欧阳自远院士亲自为他颁发了首批"全国科普教育基地"的金牌和红色证书。这年7月25日，记者杨志刚在《贵州日报》发表《"台江化石群"石破天惊》的文章评述："陆景川抓的这一工作，后来被证明对提升台江古生物化石群的知名度和扩大影响力产生了极大的意义。"

锦屏县九寨侗乡是生养他的故土。一位哲人说，一个人爱家乡，就得爱家乡的文化。陆景川就是这样的人。新世纪以来他就常常想，九寨百里侗乡是中国侗族南北部方言区的结合部和过渡地带。这里的歌舞、服饰、民居、风情、习俗等，原始古朴，极具典型性，九寨因而成为侗族文化的核心保留地。于是他决定编撰一部富于抢救研究及传播利用价值的《九寨风情》。为了这一不可推卸的使命，他不辞辛苦，数返九寨调查访问，搜集资料。他撰写的《瑶白摆古节》发表在《当代贵州》和《中国民族报》后，引来了国内不少高校和科研单位及韩国首尔大学的专家学者到瑶白作田野考察。他抢救、整理的《九寨古歌》《九寨嘎花》发表后，引起民族文化界的兴趣与关注。他还深入九寨侗绣作坊，指导侗姑们描摹花草虫鱼挑花绣朵。他历时经年，查阅了大量民俗资料，最后集二十年的累积，编撰成四十余万字的《九寨风情》。该书出版后，受到学界的好评。北京大学中文系教授、著名民间文艺家段宝林先生撰文指出："陆景川同志以他特有的优势，做了很好的工作，他把自己的故乡锦屏县九寨侗乡的民俗文化作了全面的详细的记录和汇编。这本书是集中写一个乡镇风情的，所以更加集中深入而具有典型性。这是民族风情调查研究的新突破。"2004年《九寨风情》获贵州省人民政府第二届文艺三等奖。2010年4月2日《中国民族报》发表美国威斯康辛大学教育人类学博士吴晋婷的文章《九寨风情：一幅黔东南侗族的文化长卷》赞评："《九寨风情》的出版代表着在日益被物质文明夷为平地的当今世界九寨民间文化独特的魅力和生命力，也凝聚着编著者的辛勤付出，将为后人了解侗族，了解黔东南提供弥足珍贵的文化史料，更为我们了解黔东南侗族生态和生存状况提供了立体的对话窗口和交流平台。"而九寨的老乡们这样说，陆景川虽然能力有限，但他对家乡的痴情和感恩是人所共知的。

与此同时，他在黔东南州文化局分管文艺文博工作时，努力学习新的文化理念，结合国际生态博物馆建设的趋势，多次前往黎平侗寨堂安和锦屏古城隆里进行调查研究。那一次，受州政府委派，他陪同挪威驻华大使白山先生对榕江、黎平、锦屏的侗寨村落进行考察，为宣传推进中国贵州与挪威王国共建堂安侗族生态博物馆和隆里古城生态博物馆做了不少实际的工作。1998年7月24日《贵州日报》发表他撰写的《挪威大使迷"醉"黔东南》，就是这项工作的纪实。

二、"民族文化的保卫者"

1982年仲夏，还在锦屏中学任教的陆景川参加了贵州省侗族民间文学讲习班。随后他跟着采风队跋山涉水、走村串寨进行田野作业。这次采风，他收获颇丰，不仅记录了许多神话、传说、故事、寓言和歌谣，而且还结识了一大批富有才华的民间歌手和故事师。后来，他把这些民间文艺翻译、整理出来，先后发表了《平秋"鞍瓦"》《帅哥和美娜》《麦子和荞子》《侗家洗澡节》《侗食不离酸》《侗家木楼怎样来》《九寨侗年》《九寨刺绣》等一系列作品，其中多篇被贵州、广西、吉林、北京等地出版社选入集子出版，为他的民族民间文学研究累积了感悟与基础。

1997年到黔东南州文化局工作后，为抢救保护民间文化遗产，他积极奔走策划，在各级组织和有关领导、专家、同仁的大力支持和协助下，办起了全省的第一所乡镇级艺校——锦屏县九寨侗族文化艺术业余学校，专门讲授和传承民间文学、侗歌、侗舞、服饰、饮食、民居、礼仪、风情、习俗等。这一新生事物经贵州的省、州电视台和中国社会科学院《侗人网》配送照片报道后，引起了国内外的关注。次年4月美籍华人文化基金会组织主席李威达（Peterlee）博士和美国加州大学教授陈贻平（Josesy）博士等一行，千里迢迢前往九寨侗乡考察，具体商讨侗族地区文化交流和儿童教育计划，探讨侗族地区旅游开发的合作方式。随后，国际著名社会学家、全国人大原副委员长费孝通教授亲笔题写了"锦屏县九寨侗族文化艺术业余学校"的校牌。陆景川还受聘任艺术顾问，协助中央电视台拍摄"锦屏侗族民歌"专题片，并于2001年10月在中央电视台音乐频道播出，从而实现了中国北部侗族民歌习俗首次登上中央电视台的突破。平秋镇因此于2002年被贵州省人民政府命名为"贵州省文化先进乡镇"。上述工作,为后来九寨"侗族刺绣""侗年"成功申报国家"非遗"保护名录和平秋"北侗婚恋习俗""侗族歌簦""平秋'鞍瓦'""瑶白摆古节""侗族北部方言歌会""造林习俗"等被列入贵州省"非遗"保护名录铺垫了基础,也受到《中国文化报》《中国民族报》《贵州日报》《贵州政协报》《当代贵州》和贵州电视台等媒体的关注与报道。

  2002年,已在黔东南州政协工作的陆景川积极组织政协文史委员对黔东南州民族民间文化面临冲击、失传的危机和抢救保护的现状进行了为期十天的深入调研,并写出了万余字的调研报告《黔东南州民族民间文化面临的问题与对策》。黔东南州政协九届八次常委会议听取和审议了这个报告后给予高度评价,还以建议案报送州委、州政府。州委、州政府在出台的建设民族文化生态旅游大州的文件中,引用和采纳了调研报告的有关资料和建议。随后这篇文章分别被《文化广角》《贵州政协报》《贵州民族报》《贵州日报》《当代贵州》和《人民政协报》等刊发或转载,同时被新华网、人民网、光明网、中国民族文学网、中国民间文化遗产抢救工程网等国家与地方网站纷纷转载,在社会上产生广泛的反响,并被官方文件和有关专家学者的文章及媒体频繁引证与摘抄。

  2003年3月25日至26日,陆景川应邀参加了在北京召开的中国民间文化遗产抢救工程工作会议,受大会安排,他代表贵州和西南在会上作了重点发言,引起震动与反响,中央电视台和北京电视台等媒体对此作了报道。4月17日,《光明日报》发表了该报记者王建明采写的《民族民间文化须加大抢救力度——访贵州黔东南州政协文史与学习委主任、州民间文艺家协会副主席陆景川》的文章。4月18日,新华网、人民网、光明网、南方网、武汉大学网等几十家媒体纷纷赞评:"贵州黔东南州是全国最穷的民族自治州,尽管如此,黔东南州政协文史与学习委主任陆景川仍然赴京请战,要把苗族侗族文化抢救保护起来。"北京回来后,受贵州省文联、黔东南州政协委托，他多方奔走，积极筹办，终使中国（贵州）民间文化遗产抢救工程工作会议于11月25至27日在凯里召开，它标志着贵州省民间文化遗产抢救工程正式启动。随后，黔东南州被列为全国全省民间文化遗产抢救工程首批实施地区，黎平县肇兴乡被国家列为全国首批十个民族民间文化保护试点单位。这一工作引起贵州省政协和全国政协的重视，被定为人民政协履行职能、发挥优势的重要事例写成典型材料。之后，《黔东南州民族民间文化面临的问题与对策》一文被国家民委选入由民族出版社出版的《民族文化论坛论文集》。而典型材料《拯救凋落的民族文化奇葩——黔东南州政协抢救保护民族民间文化遗产纪实》一文被选入全国政协为纪念中国人民政治协商会议成立五十五周年而编辑出版的《人民政协纪事》丛书，产生了积极的社会影响。

从2011年始，陆景川就开始多方策划在其家乡恢复重建锦屏、天柱、剑河三县周边侗寨的民族宗教家园——九寨玉泉庵，同时筹建九寨侗族文化博物馆。几经奔波筹措，在锦屏县人民政府和有关部门的大力支持下，在父老乡亲的积极捐资献力下，2013年7月28日，锦屏九寨玉泉庵终于重建落成并举行开光庆典，而"锦屏县九寨侗族文化博物馆"也同时在平秋村举行开工建设仪式，省州县有关领导及专家学者参加了当天的活动。这一天，平秋村委会组织了三十多支民间文艺队伍举行游行演示，还开展斗牛争霸、篮球比赛、歌舞表演、侗歌对唱、服饰展示等文艺活动，吸引了锦屏、剑河、天柱、黎平及湖南靖县等周边各族群众三万多人，盛况空前。州内媒体及贵州人民广播电台、《贵州政协报》《贵阳晚报》《旅游休闲报》《中国文物报》、中国文物信息网、中国民族宗教网等媒体先后进行了报道，社会反响良好。

国务院参事、全国政协常委、中国文联副主席、中国民间文艺家协会主席、国家非物质文化遗产保护工作专家委员会主任委员冯骥才题写了馆名，他说："黔东南像陆景川这样热心保护民族文化的没几人，应该给予支持！"中国作家协会书记处书记、著名文化学者白庚胜也欣喜地为博物馆题词:"多彩中华文明,灿烂侗乡遗产"。

如果从1982年陆景川参加民间文学采风算起,至今他已在民族民间文化抢救保护的漫长旅程中风雨拼搏了三十余年。他这种"咬定青山不放松"的锐意坚守,被媒体誉为"民族文化的保卫者"。

三、笔耕不辍,成果丰硕

如果要分类的话,陆景川应属于"艰难困苦,玉汝于成"的那号人。童年时期,他生活困苦多舛,曾因饿昏而差一点死在老家屋檐的臭水沟里。以后坎坎坷坷,使他磨炼成了一位性格刚毅且有几分倔强内敛的侗家汉子。几十年来,靠着坚韧与毅力,他勤于笔耕,在民间文学、民俗学、旅游学、民族文学及党史、方志、文史等众多领域留下了不凡的足迹,令同行和专家们刮目相看,由衷叹服。

1982年后,陆景川的民族文化与旅游研究,成果迭出。《从"九寨嘎花"看侗族古代婚俗》《民间文学对开发少年儿童智力资源的意义和作用》《侗族风俗与精神文明》《民俗文化与伦理精神》《移风易俗是精神文明建设的重要工作》《新的民俗文化对传统道德的冲击》《论发展民俗旅游》《贵州民俗旅游发展浅探》《历史文化是高品位的旅游资源》《"旅游文化大州"如何大》《精神贫穷不是社会主义》等一篇篇力作,在省内外报刊不断推出。新颖的论点、开阔的思路、充分的论据、透彻的阐述,引起国内外同行的重视。《中国民间文艺界通讯》和日本《中国民俗研究通信》等先后予以评介。1988和1989年他发表在山东大学《民俗研究》上的《民俗旅游发展浅探》和《发展贵州民俗旅游论析》等文,被认为是中国旅游人类学研究的早期文章,一直以来都是民俗学研究的必备参考,频频被国内旅游专业的硕士、博士论文摘抄引证。学界认为,陆景川是国内最早提出"民俗旅游"概念的几个学者之一。1994年12月15日《贵州日报》发表了古仁、成双的文章《从酒乡歌海走来的民俗学子——记侗族青年作家陆景川》。之后邓小平理论、红军长征及历史名人等选题的研究与"非遗"抢救保护系列文章屡见报刊。其中《精神贫穷不是社会主义》一文被中央党校辑入《邓小平理论研究文库》出版。《黔东南州民族民间文化面临的问题与对策》成为研究民族地区"非遗"问题的重要参考,还被写进2004年《中国文学年鉴·2003年民间文学研究综述》之中。

2006年新华出版社出版的《文化与旅游》是陆景川民族文化及旅游研究的结集。2007年1月2日,王建明在《光明日报》发表《深爱黔东南》一文予以评介。北京大学段宝林教授在《一本理论联系实际的好书——评〈文化与旅游〉》中点评:"陆景川同志是少数重视并切实研究和保护民间文化的知识分子之一,可谓凤毛麟角,弥足珍贵。我们从这本文集可以看到他多年来含辛茹苦,对深山险谷中的民间文化进行调查研究、保护开发的闪光足迹,不光对了解黔东南丰富多彩、神奇灿烂的民间文化遗产有重要价值,而且对全国各民族的民间文化遗产的保护也有重要的参考价值。他是一个保护与开发非物质文化遗产的先行者和鼓吹者,文集中的许多文章都是有长远的学术价值和指导意义的。比如《黔东南州民族民间文化面临的问题与对策》《"旅游文化大州"如何大》以及《贵州生态博物馆与古村落保护》等文,都是经过深入调查写出来的有血有肉的论文,其中包涵了大量事实与数据,和画龙点睛的理论分析,很有现实针对性和说服力,所以被北京的《人民政协报》《农民日报》等多种报刊和国家级网站刊登转载,并在实践中受到各级领导机关的重视,发挥了重要指导作用。"

他的《侗年文化探析与开发利用》一文,从田野调查入手,以时代的视角与理念,在全国侗学界首次对侗年的诸多文化现象进行了系统梳理与阐释,并结合湘黔桂侗族地区经济社会的发展提出了对侗年文化资源进行整合、传承、保护和开发利用的对策及举措。该文被《原生态民族文化学刊》(2013年第3期)、《贵州文史丛刊》(2013年第4期)、《贵州政协报》(2013年8月9日)等刊发或转载,并被辑入周彦华主编的《海峡两岸侗族文化研究论文集》于2014年由中国文史出版社出版。随后,他依据这一内容写成提案《关于建立黔湘桂鄂"侗年文化旅游月"精品旅游线路的建议》，在贵州的有关政协会议上提出受到关注，并被2015年3月25日《贵州政协报》、贵州《侗学研究通讯》2015年第1期、湖南《鼓楼》2015年第1期等分别刊发，社会反响良好。

陆景川不但论文丰硕，而且文艺作品也不逊色。他的一部《龙大道传》1990年贵州人民出版社出版后，已经一再三版。该传以纪实的手法，系统真实地记述了中国共产党早期优秀党员、中国工人运动的卓越活动家、中国现代革命史上杰出的侗族革命家、著名的上海龙华二十四烈士之一龙大道沿着清水江畔，走出杉乡林区，追求真理，接受马列，投身革命，英勇奋斗，壮烈牺牲的光辉一生。传书史料翔实，文笔流畅，情节感人，立论公允，是一部启人心智，认识历史，陶冶情操，接受教育的好教材。贵州省政协主席、老作家龙志毅作序评介，文化部文艺研究院研究员杨志一和中国社会科学院研究员邓敏文作再版序言。专家认为，这是第一部由侗族纪实作家写侗族革命家的长篇传记，在贵州党史与全国侗学研究及侗族文学史上都有特殊的意义和价值。传记出版后部分章节先后被贵州省教委选定为中小学和师范学校的乡土教材，并被1994年《贵州年鉴》和《20世纪贵州文学史书系》载入评介。1992年该传获贵州省人民政府社科优秀成果奖，1992年获黔东南州人民政府第二次社科优秀成果一等奖，2000年获首届（1949年至1999年）全国侗族文学"风雨桥奖"。2001年以该传为素材拍成贵州党史人物纪录片《青山赤子——龙大道》向中国共产党建党八十周年献礼。该片播出后在省内外产生良好社会影响，被中央组织部资源库收入，中央组织部和中央党校分别把该片作为全国党员教育和党校教程的重要内容。2011年建党九十周年之际，《龙大道传》被中共贵州省委党史研究室编入《贵州革命英烈图传》丛书由贵州出版集团、贵州教育出版社出版，并获第十二届贵州"五个一工程"奖。

《龙大道传》中的有关内容《三坐牢房的龙大道烈士》在北京大型中文历史核心期刊《纵横》2010年第3期发表后，2014年被辑入中国作家协会主编的《新时期少数民族文学作品选》（侗族卷），由作家出版社出版；另有三章内容被贵州省作协主编的《贵州新文学大系1990——2014》丛书（纪实文学卷）辑入，由贵州出版集团出版。

此外，他撰著的《杉木王——王佑求传》，入选1988年贵州人民出版社出版的《贵州合作化经济史料》（第三辑）。他还发表了系列的纪实文学作品：《杨至成：从黔山走来的侗族上将》发表于《纵横》2009年第5期；《龙大道在浙江省委的革命岁月》发表于《浙江文史》2011年第1期；《张毕来与茅盾的"笔墨之交"》发表于2011年11月3日《人民政协报》；《龙大道与毛泽东周恩来》发表在2012年2月2日《人民政协报》后，引起广泛关注，新华网、光明网、人民网、中共中央党史研究室的中国共产党历史网、中共中央文献研究室网站、中华人民共和国年鉴网等国家主流媒体及地方网站纷纷转载，形成了良好的外宣效应。2012年3月16日《贵州政协报》发表李远莉采写陆景川的文章《秉笔直书 挥斥方遒——他是现代的"史官"》。

陆景川的散文也写得极富韵味与张力。2012年中国戏剧出版社出版的散文随笔集《向世界敞开大门》，是他三十年来的散文随笔结集，收录有五十多篇文章，大部分曾发表在省内外及台湾地区的报刊上。其中的名篇《勤劳一生的侗家人》，选入光明日报社编、王晨主编的《写给妈妈的话》（名人卷）丛书，1995年8月大众文艺出版社出版。1995年9月该文获联合国第四次世界妇女大会、联合国儿童基金会授予的"迎接联合国第四次世界妇女大会"征文名人组三等奖。1996年2月20日《今日文坛报》发表佥新的文章《让侗族妇女形象走向世界》称："这篇散文是这次迎接联合国第四次世界妇女大会征文中少数民族作者写少数民族母亲唯一入选获奖的作品，它使中国侗族妇女的形象第一次走向世界。"著名作家魏巍曾给该文题词。2010年9月该文荣获中国散文学会授予的"中国当代散文奖"，并被辑入林非、周明、石英主编的中国当代散文大系《中国散文家代表作集》，由作家出版社出版。中国散文学会会长、著名散文家、评论家林非先生还题词鼓励他："读书，读人生，两相融汇，一定会写出动人心灵之散文佳作,不断修改,愈改愈好!"

《民族文学》杂志社文学评论家杨玉梅博士发表在2015年2月6日《文艺报》的评论《2014年少数民族文学:文学精神的延伸与拓展》指出:"侗族作家陆景川的散文随笔集《向世界敞开大门》展现了在贵州这片神奇的土地上,人们从闭塞走向开放、从传统走向现代的奋斗历程。作者笔下的人物进行着不屈不挠、孜孜不倦的人生求索,彰显了他们勤劳、善良、坚韧的民族精神。"散文研究家、山东师范大学文学院博士生导师王景科教授认为:"这本作品选集的出版,标志着作者散文随笔创作的丰硕成果。"贵州著名作家、文艺评论家袁仁琮教授在2015年第6期《当代贵州》撰文评介:"《向世界敞开大门》是值得一读的好书,它在读者眼前展开了广阔的天地和这片天地里美不胜收的自然风光、历史文化和饶有趣味的民风民俗,为世人所惊叹。读罢这本书,能清晰地听到贵州走向世界的有力脚步声,感受到苗侗各族同胞敞开胸怀、拥抱世界的积极姿态。"《黔东南日报》《贵州政协报》《贵州都市报》《贵州日报》以及人民网、新华网、新民网、中新网、中国作家网等媒体都对文集予以评介与推荐。

不仅如此,陆景川近二十年来,还主编出版了为数可观的品味高雅、史料翔实、可读性强的著述图书。如《纪念龙大道文集》《黔东南州劳动人事志》《杨至成诗文集》《伟人名家与黔东南》《原生态的魅力》《黔东南文史感评》《苗族百年实录》《世纪大坝·清江明珠》《纪念张毕来文集》《夏同龢研究文集》等。作为主笔参加编撰了《红军在黔东南》《黔东南州政协志》《黔东南州人物志》《黄平美无涯》《侗族百年实录》《侗族通史》《贵州侗族文化大观》等。

其主编的《黔东南州劳动人事志》,1993年贵州人民出版社出版,这是全国公开出版的第一部劳动人事志。1993年荣获第一届全国新编地方志优秀成果三等奖,1997年获国家人事部首届科研成果二等奖,是贵州省唯一的一个最高奖项。国家人事部科研所专家对这部专志的评语是:"《黔东南州劳动人事志》的最大特点是融地方性、民族性、专业性为一炉,注重特色,专博互见。它不仅对贵州乃至全国人事劳动系统研究人事劳动工作的历史和现状,加快人事劳动制度改革,为社会主义经济建设服务,都有着重要的参考价值,也必将对存史、资政、教化起到积极的作用。"

《杨至成诗文集》,2003年贵州人民出版社出版,2013年再版,这是国内第一本公开出版的杨至成上将的诗文专集,曾先后献给纪念杨至成上将诞辰100周年、110周年座谈会。《杨至成诗文集》出版后,得到中央军委有关领导及军队相关院校与党史部门的肯定。还为中央电视台"永远的丰碑"栏目于2006年2月12日播发的《解放军后勤工作的开拓者——杨至成》的通稿提供了资料基础。特别是陆景川在纪念文章中首次提出的"杨至成是卓越的军队教育家"的新论断已成为党史、军史界的共识。该文集2005年获黔东南州人民政府社科优秀成果奖。

而一部由冯骥才先生题写书名的《伟人名家与黔东南》2006年作家出版社出版后于2007年再版。该书为黔东南自治州成立50周年献了一份厚礼,还参加了全国政协文史资料工作50周年成果展。2007年11月26日《贵州日报》发表全国著名文艺评论家、中国文联研究员刘锡诚的文章《新的理念:伟人与文化——评〈伟人名家与黔东南〉》指出:"发掘和发扬与当地有某种关系的伟人名家,是弘扬地域文化和文化传统、培育民族文化精神的一个新的视角和理念。一代名人,往往是一个时代、一个地区或一种文化的杰出代表,各地区或各城市无不以他们的名字和事迹为骄傲。陆景川主编的《伟人名家与黔东南》一书,从一个新的角度阐释黔东南的历史文化及其悠久性和多样性,为黔东南的社会史和文化史做了新的梳理和积累。这是他致力于开掘和弘扬黔东南的地域文化和民族文化的建树。"该书已被中国国家图书馆、全国政协文史馆、中国社会科学院、北京大学、北京师范大学、中央民族大学等和贵州省内外有关高校、图书、文博等单位作为重要民族文献收藏,同时成为黔东南州对外文化交流的馈赠礼品。

《原生态的魅力》,著名文化学者余秋雨题签,2009年文化艺术出版社出版。其内容，一是2007年7月余秋雨先生在"黔东南原生态民族文化论坛"上的主题演讲，二是专家学者的论文。冯骥才先生在文章中盛赞："黔东南是举世公认的中华多民族灿烂的文化宝库，民族文化蕴藏博大精深。"该书一经面世，即成为黔东南州的一张文化名片，并被国内外研究原生态民族文化的专家学者视为必备参考。

作为全国民间文艺家、民俗学家和少数民族作家，陆景川几十年来在民族文化的保护研究与业余文艺创作及史志编研的诸多领域中取得了丰硕的成果，受到有关部门和社会的肯定与赞誉。1991年3月他在北京出席全国青年业余文艺创作者代表大会，是五百余名代表中唯一的侗族代表，2001年3月在北京出席中国民间文艺家协会第六次全国代表大会，两次受到党和国家领导人的亲切接见。2002年12月被鲁迅文学院评为优秀学员，2003年6月经中共贵州省委宣传部批准、贵州省文联授予他"贵州省德艺双馨会员"称号，同时还先后被评为"贵州省人事宣传先进工作者""贵州省地方志先进工作者""贵州省政协文史资料工作先进个人""贵州省优秀社科普及专家"和"全国优秀社科普及工作者"等。2013年元月被贵州省人民政府聘为文史研究馆馆员。其词条辑入《中国文艺家传集》《中国当代艺术界名人录》《中国民间文艺家大辞典》《当代少数民族作家大辞典》《中国散文家大辞典》等。

（原载2015年6月17日《贵州政协报》，2015年7月20、7月27、8月10日《黔东南日报》连载。）

"勤劳一生的侗家人"
——陆景川先生评记

李家禄[1]

一

景川先生年届六十退休,在我想为他写些什么,思考用什么标题的时候,想起他的散文名篇《勤劳一生的侗家人》,即信手拈来。这虽然难免"夺人之美",但却能表明侗家人所具有的优秀品质,于他也非常贴切。当然,景川先生仅六十岁而已,仅离开了职业岗位而已,仅脱离了朝八晚六的日子而已。退休于一个人的事业来说,只是换了一种方式,于生活来说,却迎来了人生的第二个春天。于是,在他悠然享受他的人生第二春之时,我凭着感性随意写一些文字,以示志庆。

古书描写江湖人士相见,常说久闻大名,如雷贯耳。在未识景川先生之前,我待在台江一中破漏的老宿舍里,闲情所至,也写些性情文字,时常看到著名学者陆景川的文章大版大版横亘于《黔东南日报》《贵州日报》《当代贵州》《贵州民族研究》《山东大学民俗研究》《民族团

---

[1] 李家禄,笔名斯力,黔东南州委党校副教授,黔东南州作协、剧协副主席。先后出版《军饷》《县委组织部长》《木鼓之舞》等七部长篇小说,2015年中国作协少数民族创作课题获得者。

结》等报刊版面上，大河奔流，一泻千里，大浪澎湃，涌而齐天。那时他刚出版《龙大道传》，这在本土作家中是第一个为名人立传，为本土著名的侗族革命家立传，其意义自不待言，红透了文坛这片天。宽大的视野，敏锐的文史观，精美的文字，已然让我佩服得五体投地。

　　大凡喜好写些文字的人，都对收集资料有深刻的感受。我站在三尺讲台上讲解一篇文章，突然心有灵犀，文中所说腐烂的草怎么会化为萤火虫？我花了一个星期，翻遍几乎所有能够找到的资料，弄清楚了原委，写了一篇千余字的小文发表在《学语文》报上，换得十三块稿费。拿到稿费单，我伤心之至，曾下决心再也不与论文打交道。景川先生收集龙大道相关史料的时候，许多材料都是废旧纸堆里的东西，需要像淘金一般慢慢淘。更多的是存在于人们记忆中的故事，需要与人打交道，交流感情，让他们把逝去的生活作为故事娓娓道出，甚至是那些当事者再也不愿意回顾和触碰的痛苦，也要一一揭开伤痕，作为英雄故事展示给后人，这需要多大的真诚，多大的沟通技巧，以及需要多大的耐心啊。更为难能可贵的是，在《龙大道传》出版之前，龙大道在家乡并不著名。由于当时条件所限，龙大道本身又是从事地下工作，加上英年早逝，他的故事几乎要伴随着"龙华二十四烈士"一起，成为历史中最为宝贵的一部分，将被诸如得到鲁迅点赞的柔石、殷夫、胡也频等"左联"烈士的英名与光华所遮掩。想想鲁迅是什么人啊，一度是中国人的精神领袖，文坛霸主，年轻人的精神导师，被导师著文赞扬的人都将名垂青史。先不说别的，单是贵州乡土作家蹇先艾，仅被鲁迅在编著的小说集中，轻轻点过一笔，蹇先艾就足够回乡当上贵州的文坛霸主，稳坐江山几十年。柔石等人，不仅得到鲁迅点名，他们还是"左联"时期的并肩战友，诤诤挚友，是鲁迅心中的英雄。要在他们的光环之下，将并不著名的人物史料挖掘出来，把人物形象树立起来，需要多大的勇气和毅力啊。

　　成就一项事业，尤其是涉及文字的事业，光有勇气是不够的，还需要过人的才华和雕花琢玉般的耐心。当然，我们所看到的，包括现在，景川先生和其他知名人士，依然纵横着他们的才华，思想像一匹奔腾不止的千里马，志在千里，笔耕不休。由此，也给我们造成了一种威压，让我的灵魂不停挣扎，期冀在他们横溢的才华之下，在他耕耘的土地一旁留一块空地，留给我一点思想自由呼吸的空间。

因为景川先生，我的文字有了目标和方向，事业上有了良师和益友。

二

作为领导和师长，景川先生给人的第一印象，还真有点《红楼梦》中王熙凤出场的气势，未曾入堂而声已扬，引人足够的好奇。

台江县第一次举办姊妹节活动，各单位广泛邀请客人莅临，以扩大台江之名气，改善台江形象。其时我在一个单位负点小责任，那个下午在院子里等候客人，忽然听到响亮而中气十足的声音从政府楼上传来。这在庄严而带一点肃穆气氛的大院里，多少有点不和谐。仔细一听，更让人惊讶，竟然是对文化局那帮伙弟下达指令，让他们像没头苍蝇一般忙上忙下，点头哈腰。除了书记县长，谁还敢充当主人，对好歹是个官的文化局领导下达命令呢？我不禁有些纳闷。来人从楼上下来，原来是一个中等个、神清气爽的中年人，虽然不十分强壮，步履频率却不是一般的快。尤其是语言速度，更是超于常人。常言道，人贵而语沉。说话语速慢，故作沉缓也是为官尊贵的一种表征，一种修炼。语速快而思维快，性情急，办事效率高。江浙人聪明，一个重要表现就是说话的语速和频率要远远高于其他地区。犹如一部汽车轮子，在单位时间内转了更多圈数，效率自然要超过轮子转得慢的汽车了。

你快你的，别指挥他人转圈圈呀。我的地盘我做主，哪能由他人来指挥呢？我悄悄拉住熟识的文化局长问，这个人是谁呢？文化局长瞪大眼睛看着我说：他——你不认识？州文化局副局长、大名鼎鼎的陆景川陆大人！

呀！我看着景川先生走出大院的背影目瞪口呆。在传统观念里，上级指导下级是理所当然的，我却在心里置疑一个精神偶像的热心和好意，那颗羞愧的小小心子几乎无地自容，恨不得钻进水泥地里躲起来。

人生就是百般巧合。姊妹节刚结束，景川先生就作为州委工作队队长，挂任台江县委副书记。第二年省里不派工作队下县，他又兼任省委工作队队长与州委工作队队长驻台江。我们的交往和师友情谊，就以这么一种奇妙的方式得以开始和不断加深，我有更多的机会向他学习，请教，在我急切需要了解社会的时候，能够得到高手耳提面命，真乃人生一大幸事。

春风得意马蹄疾。景川先生是有热情和干劲的，希望以更大的激情干更多的事，工作方法带着强大的主动性和介入性，把台江的发展当成了自己的事业和本职岗位，全身心投入其间。时州工作队帮扶台盘乡，乡政府前是一条弯弯曲曲的土路，每逢赶集，经常拥堵。他与时任乡党委书记吴昌明等一起，以工作队的十万元帮扶资金启动，搞起了道路改造，又跑省州有关部门要来后续投资，填平了水塘，拉直了道路，改造了水泥路面，老百姓在公路两旁建起了房子，将台盘乡打造出小城镇规模来。在全县乡镇驻地，台盘乡第一个进行小城镇建设，全得益于州委工作队的大力推动。如果缺乏积极主动的介入精神，挂职干部一般会挑选轻松的、花哨好看的项目着力，哪会搞小城镇建设这样费力费时、又不容易看出成绩的项目呢？但是，实干总是能够感动人的，省委和州委领导也是有眼光的，景川先生凭工作实绩，成为受到省委表彰的"优秀工作队长"和"优秀工作队员"，一人荣登两榜，实在难得，又难能可贵。

景川先生以主人翁精神从事了一项副业，却还给台江留下了一笔弥足珍贵的文化资产。时台江革东镇发现了被称为寒武纪代表生物的三叶虫化石，作为一位有着深厚历史感和文化视野的文史学家，他敏锐地觉察到这一发现对于台江的意义，建议县委建立台江古生物化石博物馆，并主动承担领导建馆的工作任务。当时古生物化石博物馆只有一名工作人员邰通澍，景川先生把自己当成了工作人员，两人一起陪同国内外著名地质专家和省州专家实地考察，挖掘化石，从中挑选具有代表性的化石样品，制作实物标本。将实物拍照，放大，制作展板。为了让古生物化石博物馆赶在

第二届姊妹节开馆，景川先生不仅加班加点制作标本，还利用出差和参加会议的机会，拜访了欧阳自远、刘东生、叶大年等院士，请他们为博物馆题词；拜访省州领导，介绍古生物化石的意义，请他们题词。更难得的是，他不仅请到了时任省委书记钱运录的墨宝，还让钱书记考察黔东南时改变行程，亲临博物馆参观，大大提高了古生物化石博物馆的知名度和影响力。

欧阳自远是世界知名的天体化学及地球化学家，后又担当中国探月工程首席科学家，工作繁忙，请他为博物馆题词，可是颇费了一番心思。通过相关人员联系了几次，方才有机会拜见。当景川先生把台江古生物化石的情况一介绍，欧阳自远院士认为这是在做一件大好事，既于地球科普知识推介有很重要的意义，也对于保护化石具有很好的作用，于是欣然题词。记得我陪同景川先生到时任州委书记刘光磊的办公室请求题词，刘书记听到汇报很高兴，景川先生趁机摆上事先备好的纸笔。仅此一点，足见他的预见性和心细如微。刘书记先练笔，写了好几幅，其间不断有人请示工作，都被示意等待。刘书记百忙中挥毫题词，足见景川先生为人的实诚，以及他作为一个文史专家，能够与领导、专家等不同类型和行业的人物打交道。他也说过，就普通人而言，去拜访平时看起来高大上的领导，何尝心理不犯怵？如果因而退步，哪能办成事？可见景川先生对古生物化石博物馆的工作是投入了热情和精力的，把它作为工作和事业的一部分，才能如此热心、无所畏惧而勇往直前。依靠这种事业心和敬业精神，使得景川先生在学术专业和机关管理方面游刃有余，成为名副其实的两栖人才。

当然，要成就一番事业，仅有主动精神是不够的，还必须具备一个文史家的眼光、见识和胸怀，才能使没有与那些来自远古时代、埋在地层深处冷冰冰的石头打过交道的领导认识到其宝贵价值，并为之付出热情和给予资金支持。为此，景川先生像一位小学生一样，重新学习有关地球、生物、化石等相关知识，撰写文章在省内外报刊上发表；查阅典籍，自己动手编撰布展提纲和馆藏资料，宣传介绍台江古生物化石。正是他以泥瓦匠般的踏实精神苦干实干加巧干，不断添砖加瓦，古生物化石博物馆才得以立馆，也才真正树起了品牌形象，并成为全国首批两百个科普教育基地的唯一县级馆。

作为朋友，景川先生又是热情、宽和、平易近人的。记得当年排羊乡九摆村举办牯脏节，参观考察的客人多，参加的领导也多，吃饭倒没问题，困难在于住宿。我负责五位挂职副书记、常委的出行和食宿，曾和他们开玩笑："今天领导比较多，意见难得统一，吃饭住宿听秘书安排。"我把几位领导安排到农户家后，景川先生到村里走了一圈，很快就和村里老百姓攀上了关系。原来他是搞民族文化研究的，走进富于浓郁民族风俗的村寨，犹如鱼进大海，回归了故乡。老百姓都把他当成了自家人，每一家都留他吃饭。席间，在主人家做客的少男少女还主动为我们唱歌，载歌载舞，一次又一次将节日气氛推向高潮。到第二天，他又与我的学生家长认了亲戚，拜了老庚，聊风俗，谈牯脏，把过节变成了交友活动，变成一次乡风民俗考察。

有一个词叫反弹琵琶，景川先生在一个陌生的地方，很快能够反客为主，不仅自己在节日活动中游刃有余，还给外地客人当起导游，期间又结交了不少民族文化研究专家学者。我跟着景川先生，名为服务，实则学习，既考察民间文化，又学到了如何与老百姓打交道，还结识了新朋友，一举而三得，不虚此行。更为重要的是，通过景川先生指导，并整理资料，帮助九摆村申报"贵州省艺术之乡"成功。可谓书生一行，惠及一方。

时宁波北仑区长助理傅三峰挂任台江县委常委，一起参加节日活动，对景川先生的热情友好留下了深刻的印象，两人也结下了深厚情谊。不久前，傅先生打电话热情邀请景川先生到浙江叙旧。仅此足以说明，景川先生的热情为人所欣赏，真诚足以打动他人，友谊足以一生心系。

三

作为文史家，景川先生文贵而语沉。

在我读到景川先生的文章中，简练通达，语意厚重，在最小语言单位里，包含了最大的信息容量。他是怎么做到这一点的呢？

《龙大道传》在不长的篇幅里，字字珠玑，精确地描写了龙大道烈士为革命事业奋斗的短暂而辉煌的一生。它像一道烈焰划过长空，给人们留下了鲜明的印记。但是，龙大道烈士的事迹散佚在资料典籍中，遗存在革命志士的记忆里，景川先生花费了大量的精力，慢慢收集起来，事业闪光起来，方能编撰成精致的传记，将龙大道烈士的光辉形象树立起来，以高大鲜活的形象重新出现在人们面前。

如果了解景川先生，那就不会为他能够用精致厚重的文字、生动撰写牺牲了几十年的革命先烈的事迹而感到惊奇。在进行准备工作的前期，他除了进行翔实的调查采访，还收集了大量实物和文献资料。他的文字是从海量资料里淘出来的，是熠熠生辉的金子，还能不厚重么？史学家讲究春秋笔法，为了达到真实客观而不惜牺牲性命。春秋笔法的另一个含义就是微言大义，文字信息最大化，并成为华夏文化之重要传统。景川先生正是秉承了这一优秀传统，凭借收集到的详细实物资料，并热情提议和切实推动，促成在烈士的故乡茅坪古镇建立了龙大道纪念馆。

《龙大道传》和纪念馆对景川先生的文史事业，既是一个起点，又是一个支点。以此为起点，围绕着英烈事迹，景川先生开始了黔东南红色文化研究，将龙大道以及与黔东南有关的领袖人物的事迹及精彩故事，一一挖掘整理出来，编撰成《伟人名家与黔东南》，形成了一个宏大的文化体系。以此为支点，他在文史研究领域和博物馆创建领域都取得了不凡的成就。台江古生物化石博物馆只是一个特例，更多的还是民俗和民族文化博物馆建设方面，参与推动了锦屏隆里古城、黎平堂安等生态博物馆建设，还策划筹资在其家乡建成锦屏县九寨侗族文化博物馆并对外发放。今年他退而不休，发现在黔东南被捕而牺牲的红军师长龙云是茅坪人后，又着手收集龙云相关资料，以及茅坪籍的原中国科学院武汉分院空间物理研究所所长、武汉大学物理学教授龙咸灵资料，着手规划和筹建茅坪三位著名人物的纪念馆。州委常委、州委秘书长耿生茂建议定为"三杰纪念馆"。为收集龙咸灵学术及生平事迹资料,景川先生多方联系,得到了地方政府、武汉大学、以及龙咸灵家人的大力支持,将龙咸灵的遗物及学术资料全部交付景川先生一行。武汉大学还专门举行座谈会,专家和领导盛赞地方政府给武大专家学者建纪念馆的事在这个百年老校实为首例,因而在珞珈山校园传为美谈。

茅坪古镇建"三杰"纪念馆,也在黔东南开创一个文化先例,有利于提升地方文化形象,激发民族自尊心、自信心和自豪感。同时,也是尊重知识、尊重人才的重要体现,让学术有地位,学者有尊严,英雄留青史,是为推动科技创新文化创新、构筑精神高地做贡献。

四

作为侗家人,景川先生像一只勤劳的蜜蜂,精心构巢,小心酿蜜,在成就个人事业的同时,留下了蔚为大观的文史创作成果,成为黔东南文艺界史学界斐然事业之重要部分。

《勤劳一生的侗家人》在北京举行的联合国第四届妇女大会征文比赛中,荣获三等奖。景川先生以一颗拳拳之心深情地回顾了母亲勤劳善良的一生,以及对儿子的殷殷希望,将侗家人身上的优秀特点展示得生动而贴切。真诚的文字打动了读者,侗家人质朴温暖的形象,令无数参加联合国妇女大会的代表久久难忘,以至于联合国第四届妇女大会秘书长杰楚德·蒙盖拉夫人,在多年后接受记者采访,还提到《勤劳一生的侗家人》所描写的侗族妇女形象和平等地位,称赞是世界妇女的优秀代表和典范。

景川先生对母亲的描写真情款款,爱心拳拳,力透纸背,是真诚的回馈和感恩的心语。记得有一次我们赴锦屏开会,会议结束已是夜半,景川先生非要去探望母亲。大家担心山道陡险,劝他改时间前往,他仍然坚持让司机送他回家。母亲也心灵感应一般,深夜一点仍然守在星火点点的火塘边,一边做着手工活,一边等候。他的到来令母亲非常激动,忙给我们端上夜宵,并靠近他坐着,慈祥地凝望着他,努力用昏花的老眼看清楚他有什么变化。

见两人在亲切絮语，我们吃过油茶便起身离开了。后来才知道，景川先生深夜工作之余探望的，是继母。他的生母已于多年前过逝。对继母如此，何况生母呢？

但凡与侗家人处久，就会被他们质朴勤劳、和善待人的品质所感动，这是支撑侗家和谐社会的最基本也最为优秀的品质，并可放大到黔东南苗侗人民甚至扩展到贵州这块土地上的人民。被毛泽东主席誉为"革命老人"的周素园先生在《国民革命军陆军第一百〇二师纪念塔铭》（即贵阳传统地名上的纪念塔）书曰："大抵黔人执事敬，与人忠，颇吸中国文化之精髓，而生活环境又养成习劳耐苦之天性，故其表现为朴诚、果毅，有不教而率，不言而喻之风。"黔人包括侗家人天性善良，个性率真，聪明且通情达理。受到青山秀水的熏染，心灵像纯净的自然一样通透，手巧而聪慧，一生清晰而明朗，闪烁着灿烂轻盈的幸福色彩。

其实，母亲的优秀品质在景川先生身上完美地体现出来。他天资聪慧，又勤奋努力，奠定了事业基础。据耿生茂秘书长介绍，在锦屏一中担任教职时，除了上课看到景川先生身影，其他时间他一头扎进图书馆埋头苦读。写到这里，我禁不住想起玉镯儿所写的著名《白狐》，书生思想的灵性与千年狐妖的美艳精灵是可通透的，如果寒窗苦读的书生，真有一只修行千年的狐到寒窗前跳一曲美丽的舞，是否能够转移他专注的目光，动摇其苦读修炼的定力呢？当然，这是一个奇怪而没有答案的问题。正是一本一本的苦读，广泛的接纳与积累，使景川先生具有了深厚的知识、深刻的思想、广阔的视野、及修炼了客观而中庸的辩证思维，方能在治史上取得今日之丰硕成果。

景川先生的心灵手巧更在于文字工夫。母亲用心编织她的生活，成就家人一生的梦想，景川先生则用智慧编织精美文字，成就事业和人生理想。同时，作为极具奉献精神的侗家人，他又乐于助人，乐于为师。在指导我的问题上，他甚至好为我师，使我学有所师，行有榜样，是一位可以掏心掏肺的师长。

景川先生又是大气而通达的。虽然有思想的学者在某些思想观点、某些学术表达上，会坚守原则和底线，在圆滑的社会人士看来，未免有些迂。反而言之，如果孔子与常人一样，他会是教育大家和文化集大成者吗？经历丰富、视野宽阔、精神大气的景川先生凡事能从事业着想，从有利于苗乡侗寨发展、有利于促进人民福祉的高度考虑问题，无论是治史还是文学创作，他都竭尽全力表现黔东南的美，表现当代社会的和谐，好像一个心底不存私念的人，要将家里最美好的东西展示于人，发扬光大，留存后世，泽被子孙。立足于黔东南而言，他又从本州、本民族的发展出发，将一切于黔东南发展的有利因素挖掘出来，聚拢来，哈进来，就如同母亲将山上的花花草草、泡泡果果、枯树枝杉木刺笼笼统统哈进背篓，带回家，让家人多一些温暖，物质上多一些富足。他为此不惜奔波劳碌数十年，并贡献出全部精力和心智。

  人杰地灵，优秀人物往往能为地方积淀起深厚的人文气息。亦如凤凰，因沈从文而气韵淡雅闲静。茅坪因为"三杰"而异峰突地，令人神往。同样，当下的锦屏乃至黔东南，因为有无数如景川先生者的努力而积淀起文化的厚度，美誉的宽度，人文的温度。使这片如画屏般的锦锈江山变得厚重大气，辉耀着理想之光，精神之光，道德之光，成为诗意的居所。

  退休通知下达那一天，他给我打了个电话。时我正在施秉县委党校任村支书专题班班主任，只能在电话里遥祝他卸下单位责任，换来自由身，开始人生又一个春天的旅程。大凡退休的人，或锻炼身体，或旅游，或迷茫，景川先生却确定了一个明确的目标，继续用知识、智慧、汗水和人脉关系为家乡服务。这不，我动手写这篇文章之前，打电话给他，以为他有闲时可以聊一聊，他却正在锦屏县开会，与县领导一起研究建立"茅坪三杰"纪念馆问题。

  退休而不能闲下来的景川先生，还将创造更多的文化成果，积淀更多的精神财富，给我们带来更多的惊喜。

（原载2015年9月7日《贵州都市报》，2015年10月14日《贵州政协报》。）

"贵州情怀：一个人和一片土地"
——陆景川与黔东南地域文化研讨会在筑举行

本报讯（实习记者吴伟剑）10月27日，"贵州情怀：一个人和一片土地——陆景川与黔东南地域文化研讨会"在筑举行，来自省内外的文史、文学界专家，围绕省文史馆馆员、侗族作家陆景川系列作品及黔东南名人文化进行研讨，肯定了陆景川对黔东南文化旅游的贡献。研讨书目包括《龙大道传》《陆景川散文随笔集》《文化与旅游》及其主编的《九寨风情》《伟人名家与黔东南》《原生态的魅力》等。

（原载2015年10月30日《贵州日报》。）

附

贵州省文史研究馆举办陆景川与黔东南地域文化研讨会

贵州省人民政府网站发布

时间：2015-11-05

文章来源：贵州省文史研究馆

2015年10月27日，贵州省文史研究馆举行"贵州情怀：一个人和一片土地——陆景川与黔东南地域文化研讨会"。来自省内外的文史、文学界人士，省文史馆馆员、特聘研究员等四十余人参加了研讨活动，省人大常委会原副主任、省文史馆馆长、省文联主席顾久教授，省文史馆党组书记王德玉，副馆长、编审靖晓莉等出席。会议由王德玉书记主持。

研讨会对省文史馆馆员、侗族作家、民族文化工作者陆景川系列作品及黔东南名人文化进行研讨，凸显陆景川先生为黔东南地域民族文化所做的贡献。研讨书目包括《龙大道传》《陆景川散文随笔集》《文化与旅游》及主编的《九寨风情》《伟人名家与黔东南》《原生态的魅力》《杨至成诗文集》《纪念张毕来文集》《夏同龢研究文集》等。

中国作协《民族文学》总编室副主任、文学博士杨玉梅，光明日报社总编室副主任、高级记者、散文作家王建明，贵州省社科院院长、教授、博导吴大华，以及黔东南州政协常务副主席杨胜勇分别作了主题发言，从不同的角度解读分析了陆景川先生的作品成就和对乡土文化的建设贡献。正如杨玉梅女士在发言中所说，陆景川先生几十年来用脚丈量黔东南这块土地的神奇与厚重，用心用爱体验这块土地的温度和情意，他为黔东南文化事业的发展上下求索，特别是将自己的青春、智慧和精力都投入到了抢救和保护黔东南非物质文化遗产工作当中。透过陆景川的文学创作、文学工作、文化研究及其工作实践，我们可以深切感受到这位侗族作家对黔东南这块土地的一片深情，对苗乡侗寨多民族文化的无限热爱，对文学的无比虔诚。各与会专家来宾也分别做了发言，对陆景川先生的文学创作和研究成果及对黔东南文化的贡献给予高度的肯定，对陆景川先生几十年关注乡土文化，致力于乡土文化建设的精神表达敬意。

民族文化是贵州的宝贵精神财富。贵州省委书记陈敏尔把生态文明和民族文化誉为贵州的两大"宝贝"。挖掘、整理、爱惜和彰显贵州优秀的民族文化是贵州文化建设的重头戏，是文史馆和文化工作者义不容辞的责任。省文史馆继与贵州民族大学合作打造贵州民族研究成果交流论坛的同时，又对本土民族民间文化工作者的实践和成果予以深切关注。在此背景下，文史馆通过开展地域民族文化工作者的实践及成果的研讨，丰富贵州地域文化内容，支持和促进民族地区文化建设和经济社会发展，引导社会对民族文化资源的重视和珍惜，增强地域民族文化的影响力和凝聚力，为多彩贵州民族文化的繁荣发展和打造文化旅游贵州夯实基础。

顾久馆长在会议讲话中指出，贵州文化中有两只翅膀：一是接近于儒家的经世致用，能够与中原文化联结的精英文化；一是接近于道家的源于自然，立足于乡土的民族文化。对贵州文化的研究也有两翼：有着专业素养的学者型精英文化研究，和生根于脚下土地的乡土文化研究。前一种研究非常重要，得到了普遍的认同和关注；而后一种研究也不可忽视，应该得到发扬和彰显。陆景川先生正是这后一种学者，孜孜不倦致力于黔东南民族文化的发扬传承和发展建设，非常难能可贵。也寄希望于贵州文化今后的研究，立足于乡土，关注、传承和发扬从乡土中生长出来的文化。

研讨会还邀请《贵州日报》《贵州都市报》《贵州政协报》《黔东南日报》、黔东南电视台等多家媒体参会报道。

（2015年10月29日—11月6日，《黔东南日报》《贵州政协报》《贵州日报》《贵州都市报》、黔东南电视台及黔东南新闻网、新华网贵州频道、贵州网、贵阳网、环球大华头条网等多家媒体分别对这次活动进行了报道或转载。）

后记

这是我三十年来散文随笔的结集。这六十多篇文章,大部分曾发表在省内外的报刊上,其中一部分已被辑入有关集子出版,有的被电台、电视台配乐播放,有的被媒体网络转载。

关于书名,我原先定为《勤劳一生的侗族人》。这是向著名作家秦牧学习的。秦老在编《花城》集子时说:"至于书名,是没有多少道理好讲的,那不过是随意择取集子中的一个篇目,拿来应用一下。它并不能概括全书内容,也并没有什么特别的含义。"当然,我选这个书名,还有一个小小的故事。1995年我在参加联合国第四届世界妇女大会宣传动员委员会、共青团中央、全国青联、《光明日报》等举办的"写给妈妈的话"征文活动中,曾以《母亲——不可泯灭的形象》应征,结果有幸获得三等奖。北京大众文艺出版社在结集优秀征文出版时,将题目改为《勤劳一生的侗家人》。1997年秋,我在北京国家文化部学习,曾将拟结集出版散文随笔集的事通过北京军区文化部向著名作家魏巍同志请教。缘由是1991年3月,我出席全国青年业余文艺创作者大会时曾聆听过魏老的报告,而魏老为征集红军长征史料也到过我的家乡。也许魏老是为了勉励一个少数民族青年业余作者吧，在北京301医院的病床上，他欣然以《勤劳一生的侗族人》题写书名，使我深受感动和激励。我想，不管是编辑修改题目，还是魏老题写书名，都是对我们侗家人即侗族人的友爱与尊重，这是一曲民族团结之歌。为了深深感激他们，也为了铭记我勤劳一生的母亲，我便将这本集子定名为《勤劳一生的侗族人》出版。后来，我修订集子时，有专家审稿后建议以《向世界敞开大门——陆景川散文随笔集》定名出版为好。我以为，这个书名更能概括集子的内容，于是采纳了这一建议。

本书在选编过程中，得到著名文艺理论家、中国文联研究员刘锡诚先生的悉心指导。刘先生在审稿后于2012年3月10日来信指出："收到您的散文稿后，陆续拜读，由于年迈，视力严重衰退，晚上几乎不能工作，不得不读读停停。前几天您来电话，我把初步印象和设想告诉您了。您的散文写得很好，对事物有艺术感悟，这很难得。但作为朋友，我的意见不过是，您写了这么多年，应该出一本选得严、质量高、水平齐的代表作而已。"遵照先生的意见，我对集子重新修改和调整，并毅然删去自以为水平不齐的十余篇，再请先生审阅，先生最后回复说，修改过的散文随笔集比最初的选本要好多了。当然，我自知之明，选本离先生"选得严、质量高、水平齐"的要求还相去甚远。为此，这次修订出版，又对全稿进行了认真的审定删改，并增加了近年来发表的新作，终成现在的样子。自然，"文章千古事，得失寸心知"，修订正未有穷期，永远在路上。

侗族著名作家、文艺评论家袁仁琮教授不惜耗费时日，从头至尾审阅全稿，提出了许多宝贵而富有识见的建议，并拨冗作序。先生一丝不苟的敬业精神与关爱后辈的民族情怀，使我深为钦敬，且受益匪浅。散文评论家、山东师范大学博士生导师王景科教授赐序谬赞，以志北京金秋笔会文缘，情意拳拳，感人肺腑。中国作协《民族文学》编辑部杨玉梅博士为鼓励笔者，在其于2015年2月6日《文艺报》发表的《2014年少数民族文学：

文学精神的延伸与拓展》的专论中对拙作予以点评，还在《贵州日报》撰文评介，使我感奋惶恐。中国文联副主席、中国民间文艺家协会主席冯骥才先生一直以来都关心指导和支持我的民族文化保护工作与业余创作，此次又欣然为我题写书名；中国散文学会会长、著名散文家、文艺评论家林非先生为我的散文创作指点迷津，对两位先生的厚爱，倾心铭记和感恩！中共中央委员、中共贵州省委常委、省委统战部部长刘晓凯，贵州省人大原副主任、省文史研究馆馆长、省文联主席顾久，省文史研究馆党组书记王德玉等领导关心拙著出版，贵州省新闻出版广电局和贵州人民出版社慨然将此书列入出版计划，黔东南州及县市有关领导与朋友、乡贤在我调查采访、体验生活过程中，提供诸多支持和方便，或馈赠插图照片，谨此一并鸣谢，诚表敬意！

陆景川
2016年8月于凯里